DONGSUH MYSTERY BOOKS 79

THE HOG MURDERS
호그 연쇄살인
W.L. 데안드리아/허문순 옮김

동서문화사

옮긴이 허문순(許文純)

춘천사범 졸업. 경남대학교 불교학 수학. 월간〈희망〉편집인. 1962년 동아일보 신춘문예〈세 번째 사람〉당선. 지은책 역사소설《대신라기》미스터리《백설령》《너를 노린다》하드보일드《번개탐정시리즈 총20권》, 옮긴책 마스모토 세이초《제로의 초점》《점과 선》에드가와 란포《음울한 짐승》요꼬미조 세이시《혼징살인 사건》. 한국미스터리클럽 창립 주도.

DONGSUH MYSTERY BOOKS 79

호그 연쇄살인

W.L. 데안드리아 지음/허문순 옮김
초판 발행/1980년 12월 1일
중판 발행/2003년 8월 1일
발행인 고정일/발행처 동서문화사
창업 1956. 12. 12. 등록 16-345(윤)
서울강남구신사동540-22 ☎ 546-0331〜6 (FAX) 545-0331
www.epascal.co.kr

*

이 책의 출판권은 동서문화사(동판)가 소유합니다.
의장권 제호권 편집권은 저작권 법에 의해 보호를 받는 출판물이므로
무단전재와 무단복제를 금합니다.

편찬·필름·제작 일체「동판」자본으로 이루어짐에 따라
출판권 소유권자「동판」에서 제조출판판매 세무일체를 전담합니다.
사업자등록번호 211-90-02201
ISBN 89-497-0164-2 04840
ISBN 89-497-0081-6 (세트)

호그 연쇄살인
차례

호그 연쇄살인······11

메그레 경감—조르즈 시므농
메그레 경감······266

**WMA 최우수상에 빛나는 데안드리아,
25개 필명으로 400여 작품 쓴 시므농**······317

등장인물

니콜로 베네데티 교수
론 젠트리 사립 탐정
재닛 히긴스 정신과 의사
고롤스키 부인 론의 비서
뷰얼 테이섬 신문기자
디둘 체스터 뷰얼의 약혼자
베스 링 ⎫
캐럴 샐린스키 ⎬ 고등학생
바바라 엘레거 ⎭
스탠리 왓슨 혼자 사는 노인
해럴드 애틀러 주식 중개인
레슬리 비켈 대학원생
테리 윌버 레슬리의 남자친구
데비 리드 사체로 발견된 소년
조지 루이스 버스케이스 헤로인 판매원
제프리 재스트로 전 보안관보
글로리아 마커스 청소부
셔너시 형사부장
조셉 플라이셔 경감

호그 연쇄살인

1

한 사람도 살해당한 사람은 없지만 뉴욕 주의 스파터(Sparta, 인구 약 19만 1천 명) 시민들이 그해 겨울을 잊으려면 오랜 시일이 걸릴 것이다. 흔히 말하듯이 1년이 겨울과 7월밖에 없다는 뉴욕 주의 중앙부에서도 잊을 수 없는 기후를 겪었던 해였다. 10월에서 4월에 걸쳐 스파터에는 4미터가 넘는 큰 눈이 내렸던 것이다. 더구나 2월 2일의 그라운드 HOG 데이(Ground Hog Day, 성촉절(聖燭節))에는 76센티미터나 쌓이는 눈보라가 몰아쳤다.

그 눈보라 친 날이 그라운드 HOG 데이였다는 것도 운명의 나쁜 농담처럼 생각되었다. 스파터 시민들은 변화한 거리의 활동을 마비시킨 HOG 데이의 날씨를, 죽음을 예고하는 메모에 'HOG'라는 서명을 남겨놓는 수수께끼의 인물과 연결시켜 생각하고 있었다. 너도나도 그들은 '어떤 관계가 있다'고 같은 말들을 했다.

"그는 우리들을 한꺼번에 몰살시키려고 한다"고 지방 라디오 방송국에 나온 이름 모를 어느 노부인이 수다를 떨었다. "도시에 있는 사람들을 모두 죽일 작정인가봐!"라고 사람들은 그녀와 마찬가지로 그 농담 같은 이야기를 웃어넘기고 있지만 그것도 공포심을 감추는 하나의 방법이었던 것이다.

과거에도 연쇄살인 사건이란 것은 있었다. 잔인하게 칼로 베어 버리는 런던의 잭(Jack the Ripper), 뉴욕 시의 샘의 아들, 로스앤젤레스의 슬래셔, 샌프란시스코의 제브라와 조디악 등. 그러나 이것은 모두 대도시에서의 사건이었다. 스파터의 사람들은 이 같은 사건은 대도시가 아니면 일어나지 않는다고 굳게 믿고 있었다. 스파터는 시러큐스와 로체스터의 중간에 위치하여 기계 부품 공장과 대학이 있는 깨끗하면서도 그다지 크지 않은 마을에 지나지 않는다. '그런데도 무엇 때문에 우리들이 그런 일을 당해야 하는가?' 사람들은 하느님에게 물었으나 대답은 없었다.

납득할 수 없는 점은 그밖에도 있었다. 잔인한 칼잡이 잭은 창부를 토막내고, 슬래셔는 사회의 낙오자들을 면도날로 그어 버렸으며, 샘의 아들은 매력적인 젊은 연인들을 공격했고, 제브라와 조디악도 과거의 연쇄살인 사건과 마찬가지로 죽이려는 상대방이 정해져 있었다.

그런데 HOG는 분명한 이유도 없이 여러 다양한 수법으로 누구든 가리지 않고 죽여 버리는 것이다. 그리고 죽인 다음에는 조소한다. 스파터 같은 시가지에서는 1년에 20건 정도의 살인 사건이 발생해도 야단난 것처럼 떠들썩한데, 불과 3주일 사이에 6건이 발생한다면 사람들이 침착성을 잃고 들뜨게 되는 것도 무리가 아니다. 그리고 그 6건 모두가 동일한 범인에 의한 것이 분명하고, 그 범인은 관련된 사람들이나 사건 내용을 완전히 장악하고 있는 것처럼 생각되었다.

그 즈음 베네데티는 자기는 철학자일 뿐 탐정이 아니라고 주장하고 있었으나 결국 그는 그 사건에 관여하게 되었다. 물론 평소와 같이 상당한 보수를 청구하긴 했지만, 베네데티 교수가 사건에 착수할 결심을 하게 된 바탕에는 스파터에 대한 애착심이라든가 론 젠트리와 조셉 플라이셔 경감에 대한 배려 때문인 것이 틀림없었다.

스파터의 일반 시민들은 그 사건에 대하여 크게 걱정하지 않았다. 다만 HOG가 베네데티에게 붙잡히지 않을 경우, 스파터의 연쇄살인 사건도 수수께끼가 된 다른 유명 사건처럼 될 것이라는 사실만은 분명히 알고 있었다.

뒷날 교수가 지적한 바와 같이 뉴욕 주, 아스위고에 사는 노파가 118세의 생일을 맞지 않았다면 상황은 전혀 달라졌을 것이다.

뷰얼 테이섬은 취재를 끝내고 스파터에 돌아가는 차 안에서 〈클랜트〉 신문에 매일 쓰고 있는 자기 칼럼을 어떻게 구성할 것인가를 골똘히 생각하고 있었다. '이 길고 긴 결실 있는 인생은……'라는 식이나 '젊었을 때와 비교할 때 이 세상은 완전히 변화했다'라거나 하는 등, 100세가 넘은 사람들의 평범하고 진부한 기사조는 곤란하다. 그런 정도라면 컴퓨터에 의뢰해도 가능하다. 뷰얼 테이섬은 여기에 칼럼니스트의 고민이 있다고 생각하면서 얼굴을 찌푸렸다. 인간의 호기심이란 것도 골치 아픈 것이다.

물론 취재할 때마다 항상 그런 기분이 드는 것은 아니다. 60년대 초부터 중반을 지나 시민권 운동이 왕성했을 무렵 남부에서도 배척당하는 골수 자유주의자였던 뷰얼은 그가 직접 목격한 인종 차별이 유발하는 흑인과 백인의 고민, 남부 사람들이 살아남기 위해서도 인종 차별은 끝내야 하는 이유에 대한 날카로운 기사를 〈클랜트〉 신문에 연재했다. 그 중 몇 가지 기사는 방송국에서 취급되는 일도 있었다. 물론 남부의 '녹스 카운티 레지스터' 방송국에서는 취급하지 않으리라는 것을 그는 알고 있었다. 그는 필명으로 된 자기 기사를 같은 고향 친구들이 읽었을 것이라고 생각하면 웃음을 참을 수가 없었다.

뷰얼은 보스턴이나 필라델피아, 뉴욕의 신문사에서도 청탁이 들어왔지만 모두 거절했다. 용감하고 모험심이 강했던 선조가 조지1세로부터 하사받은 토지에서 떠나왔고, 조상의 특권이나 명예를 포기한 것이 뷰얼에겐 정신적인 상처로 남아 있었다. 10년이 걸려 겨우 스파터가 고향처럼 생각되던 그때 스파터를 떠난다고 하는 사실은 도저히 상상할 수 없었기 때문이다.

북부에 온 지 25년이 지난 그는 어느 정도 사회적으로 인정받아 보통 중년 남자 가운데서는 출세한 것으로 알려졌지만 흐뭇한 마음으로 자기의 성공을 자화자찬하기는 싫었다. 그는 아직도 할 일이 많다고 생각하면서 진지하게 몰두할 작정이었다. 어느 누구로부터 방해를 받지 않는다면, 방해만 없다면!

자동차의 경적에 제정신을 찾은 뷰얼은 다시 운전에 신경을 집중시켰다. 자기도 모르는 사이에 도로의 중앙선으로 진입하여 젊은 세 여자가 탄 황색 폴크스바겐 비틀의 앞쪽으로 들어가고 만 것이다. 정신 차리라는 소리가 과거의 기억 속에서 들려왔다. 생각에 빠지면서 운전하면 사고나기 쉽다고…….

도로를 똑바로 응시했다. 아직 저녁의 러시아워는 시작되지 않았지만 어두컴컴했고 하늘에는 구름이 드리워지고 있어 헤드라이트를 켰다. 백미러로 뒤를 살펴보았으나 따라오는 차가 하나도 없었다. 그 폴크스바겐은 이미 앞서 달리고 고속도로에서 만난 차는 그 차뿐이었다. 그래서 그는 다시 주위 풍경으로 눈을 돌렸다.

스파터의 겨울 풍경을 몇 년간 보아오는 동안 그는 호감을 갖게 되었다. 모든 것을 눈과 얼음으로 덮어 버리면 마치 알루미늄으로 깨끗이 처리된 아르데코 양식의 풍경이 되기 때문이다. 녹스 카운티의 붉은 흙과 머릿속으로 비교해 보기도 했다. 그 스파터 시가지를 떠났다가 돌아올 때는 그 경치를 바라보는 것이 더욱 즐거웠다. 스파터에도 붉은 흙은 있지만 전혀 다른 것이다. 그리고 또 한 가지 이곳에 도착하면 가장 큰 차이점이 기다리고 있었다.

 우선 첫째로 디둘과 어린 아들이 있다. 무엇보다도 스파터에 감사하게 생각할 것은 그녀와의 만남이었다. 디둘 체스터와의 만남. 그는 진실로 사랑할 수 있는 여성이 얼마나 필요한가를 스스로도 모르고 있었다. 인간이란 자기에게 필요한 것이 충족되기 시작할 때까지 얼마나 그것이 필요한가를 결코 모르는 것이다.

 스파터 시내라는 푯말이 눈에 들어왔다. 앞으로 20분 정도만 가면 된다. 전에는 10분이면 갈 수 있었다. 작년 여름 행정 당국에서 육교와 램프의 건설에 착수한 것은 좋았으나 심한 폭설이 시작되는 10월 전에 골조 공사가 중단된 것이다. 해빙기의 홍수로 골조 공사가 유실되지 않으면 공사는 봄에 재개될 것이다.

 앞쪽에는 공사중인 육교가 있었고 '공사중 위험'이라는 표지판이 걸려 있었다. 비바람과 눈보라에 글씨가 뚜렷하지 않으나 어느 정도 읽을 수는 있었다.

 뷰얼은 여자들이 운전하는 폴크스바겐보다 100미터쯤 뒤떨어져 달리고 있었다. 그녀들이 탄 폴크스바겐이 그 육교 밑을 지날 때였다. 순간 표지판이 갑자기 떨어졌다.

 분명 세워져 있던 철제 장식이 부서지는 소리가 났겠지만 뷰얼에게는 들리지 않았다. 무거운 나무 표지판의 왼쪽이 떨어지면서 서서히 흔들리다가 그대로 떨어졌다. 그는 5미터 정도 낙하하는 것을, 오싹하는 걸 느끼면서도 보고 있었다. 표지판 모서리가 노란 폴크스바겐의 덮개 위에 떨어지고 만 것이다.

 운전중이던 여자는 무엇에 부딪쳤는지도 몰랐을 것이다. 자동차는 완전히 방향 감각을 잃고 육교의 콘크리트 기둥을 들이받았다. 자동차의 앞쪽은 거인이 물어뜯은 것처럼 움푹 찌그러지더니 한 번 크게 회전한 뒤 뒤집어지고 말았다.

뷰얼은 차를 세운 다음 사고 차량을 보면서 몸을 떨었다. 그러나 즉시 행동에 착수했다. 머릿속에서 어떻게 해야 할지 결정된 것이다.

우선 자기 차의 트렁크에서 소화기, 담요, 기타 필요할 듯싶은 것들을 가지고 뒤집힌 차로 달려갔다. 뒤집힌 폴크스바겐의 바퀴는 계속 겉돌고 있다. 그는 얼어붙은 아스팔트 위에 엎어져 부서진 창문 틈 사이로 손을 넣어 엔진 키를 잡아뺐다. 그리고 소화용 화학 물질을 뿌리면서 여자들을 보았다.

뷰얼이 인간의 죽음을 처음 본 것은 부친의 유해를 지키면서 밤샘할 때였지만 그것도 이제는 특별한 의미가 없었다. 기억 속에서 풍화 작용으로 희미해지고 말았기 때문이다. 그후에는 한국전쟁에서 폭격으로 사람이 하늘로 날아가는 것을 목격했고, 일반 취재 기자들과 마찬가지로 여러 가지 다양한 인간의 죽음을 목격해 왔다. 그러나 이번 사고는 여러 가지 의미에서 다른 것이었다.

폴크스바겐을 운전하던 여자가 죽은 것은 분명했다. 몸이 작으면서도 고상하고 날씬한 느낌의 동양인이었다. 떨어지는 표지판의 충격 때문에 구부러진 듯한 핸들이 가슴을 짓누르고 있다. 그녀는 뒤집어진 차 안에서 거꾸로 매달린 것처럼 엎어져 있다. 운전석 옆의 금발 아가씨는 계기반을 보듬고 있는 듯한 모습인데 마치 연인의 허리를 손톱으로 꼭 끼고 있듯이 그것을 꼭 껴안고 있다. 그는 그 아가씨의 입술이 유난히 붉은 것을 이상하게 생각했으나 곧 목에서 피가 넘어오고 있기 때문이라는 걸 알았다.

그녀들의 생명을 구해낸다는 것은 도저히 불가능하다고 일단 판단한 그는 그래도 뒷좌석에 있는 거무스름한 여자를 구해보기로 했다. 그 아가씨는 머리에서 피가 흐르고 있었는데 뒷문으로 기어나오려 하고 있었다. 뷰얼은 뒤쪽으로 돌아가 그녀를 끌어낸 다음, 담요를 덮어 편안하게 해주었다.

사고 현장에서의 응급 조치를 완벽하게 끝낸 뒤 뷰얼은 경찰의 도움을 받으려고 다시 도로로 나왔다.

마침 주 경찰차가 다가오고 있었다.

"구급차를 불러주시오! 여자가 중상으로 신음하고 있어요!" 뷰얼이 말했다.

경찰은 길가에 버려진 듯한 뷰얼의 승용차를 검문하려다가 그의 완벽한 복장과 누가 들어도 확실한 남부 사람들의 '억양'과 절박한 설명으로 사태의 긴박성을 즉시 알 수 있었다. 경찰관은 무선으로 구급차를 요청했고 경찰서에 연락하여 지원을 부탁한 다음 뷰얼에게 사고 경위를 물었다.

뷰얼은 사건의 경과를 설명했다. 그리고 그 다음부터 경찰관의 간부에게 같은 이야기를 반복하고 또 그 후에 그 간부의 간부에게도 같은 이야기를 반복하여 설명했다. 같은 이야기를 몇 번 반복하는 것도 시간이 오래 걸리지 않았다. 현장에 오래 있으면 있는 만큼 그때까지 깨닫지 못했던 상세한 사실을 알게 된다. 뭐라고 해도 그는 기자인 것이다. 죽은 동양인 여자가 베스 링이라는 이름이고, 금발의 아가씨 이름은 캐럴 샐린스키, 가장 상처가 가볍고 키 큰 거무스름한 아가씨는 바바라 엘레서라는 것도 밝혀졌다. 얼마 후에 샐린스키는 병원에 가는 도중 사망했고, 엘레거는 생명을 건졌다는 사실도 알게 되었다.

뷰얼은 여자들의 돈지갑 속을 경관이 조사하는 모습을 비밀스럽게 보았다. 세 사람 모두 글로버 클리블랜드 고등학교의 학생증을 갖고 있었다. 베스 링은 배우 엘릭 에스트라자의 사인이 있는 사진을 갖고 있었고, 바바라 엘레거는 최신 피임기구인 페서리와 산부인과 의사가 써준 사용법 메모지를 갖고 있었다.

마지막으로 상황 설명을 하기 전 뷰얼은 또 하나의 정보를 얻게 되었다. 지방 경찰의 경위가 뷰얼을 호출했다.

"병원의 보고에 의하면 당신은 살아남은 그 아가씨의 생명의 은인이라더군요, 테이섬 씨."

이 이야기를 들은 뷰얼은 진심으로 기뻤다.

"아버지가 늘 들려주신 말씀과 같이 난 오직 하느님의 가르침에 따랐을 뿐입니다. 나도 단순한 인간입니다."

경위는 웃으면서 뭔가를 말하려고 했으나 부하인 경찰관의 큰 소리에 중단됐다. 목재 표지판을 조사하고 있던 감식과 직원이었다.

뷰얼이 돌아서서 그쪽으로 시선을 보냈다. 그 뚱뚱한 남자는 확대경을 갖고 있었다. 그는 세계의 중심에라도 서 있는 듯한 기분이었지만 그 세계도 이젠 아름다운 아르데코풍의 격조 있는 환상적인 세계는 아니었다. 경찰차의 빨강과 파랑 회전등으로 채색된 불길한 악몽의 세계였다.

뷰얼은 파편을 밟지 않도록 주의하면서 경위를 따라 그 감식과 직원이 있는 곳으로 갔다.

"표지판이 떨어진 원인은 이것입니다. 경위, 이 잠금쇠를 잘 보십시오."

그 표지판은 두 개의 U자형 쇠붙이로 위쪽 쇠기둥과 연결돼 있었던 것이다. 양쪽 모두 아직 볼트로 표지판과 연결되어 있으나 한쪽은 비틀어져 끊어지고 또 한쪽은 그대로 있었다. U자형으로 되어 있어야 할 부분은 2센티미터 정도 틈이 있었다. 나비 유충이 거울 앞에서 발돋움하면서 자기 모습을 바라보고 있는 모양과 비슷했다.

"이것이 떨어지는 순간을 보았습니다. 확실히 이런 상태로 떨어졌습니다." 경위에게 뷰얼이 강조하듯이 말했다.

"그렇군요." 감식과 직원이 매우 불쾌하게 대답했다. "하지만 잘 보세요. 물론 연구실에 가서 상세히 조사해 봐야겠지만 이곳이 문제지요." 그는 쇠붙이의 부러진 부위를 손가락으로 가리켰다. 그 쇠붙이는 보통 두께의 직선에서 꺾어진 곳으로 갈수록 둥근 느낌을 주며 얇아진다. 끝이 심하게 무디어져 둥그런 드라이버 같았다.
 "이 금속은 부러진 것이 아닙니다. 누군가가 볼트 절단기로 절단한 것입니다. 이것은 살인입니다, 경위." 감식과 직원이 말했다.
 경위는 부하의 날카로운 판단을 칭찬했다. 그리고 누군가 저지른 교묘한 짓에 대해 혼잣말처럼 마구 욕설을 퍼부었다. 이윽고 무전기로 스파터 경찰 본부의 플라이서 경감에게 살인 사건이 발생했다는 것, 현장은 스파터시티 경계선 안 500미터 지점이라는 것을 보고하도록 명령했다.

 사건이 발생한 것은 1월 15일 목요일이었다. 1월 17일인 토요일, 스파터의 〈데일리 클랜트〉 신문에 '휴먼 앵글'이란 칼럼을 쓰고 있는 뷰얼 테이섬의 사무실에 도착한 우편물 속에 한 통의 편지가 섞여 있었다.
 흰 싸구려 봉투인데 보낸 사람의 주소도 이름도 없었다. 소인을 보니 스파터의 시내에 있는 우체통에서 넣은 것이었다. 수신인의 주소와 성명은 싸구려 19센트짜리 볼펜으로 필적 감정도 불가능할 만큼 깨끗하고 바르게 쓴 대문자였다.
 봉투 속에는 편지가 한 장 들어 있었는데, 같은 펜, 같은 필체로 쓴 메시지였다. 그 내용은 이러했다.

 뷰얼 테이섬 씨에게
 목요일 저녁, 자네는 행운아였지. 목격자인 자네가 나의 메시지를 경찰에 전할 수 있게 되었기 때문이야. 경찰도 행운아지. 내가 고의로 조잡한 수법을 사용했기 때문에 경찰도 그것이 단순한 사고가 아닌 것을 알게 된 것이니까. 이제부터는 내가 메시지를 도착시킬 때까지 내가 한 일은 아무도 모를 것이다. 키가 큰 아가씨도 행운이었지. 이제는 돈지갑에 들어 있던 페서리를 사용하여 즐길 수 있기 때문이지. 이 편지가 마지막이라고 생각하지 않도록. 아직도 죽어야 할 사람이 있다. 그럼 그때까지.

HOG

한쪽 손으로 편지를 꽉 쥐고 다른 한쪽 손으로 경찰 전화번호를 돌리면서 '이것이다'라고 뷰얼은 생각했다. 드디어 사건이 현실로 드러나기 시작한 것이다. 그 이유는 몇 명의 경관, 뷰얼, 거기에 산부인과 의사 이외는 바바라 엘레거가 그날 오후 그 산부인과 병원에 페서리를 가지러 간 사실을 아무도 모르기 때문이다. 그것은 아무도 알 수 없었다. 그녀의 부모조차 알 수 없었다. 바바라 자신도 아직 의식을 회복하지 못하고 있는 것이다.

그렇다면, 뷰얼은 생각했다. 머리가 제대로 돌아가는 사람이라면 이 편지가 살인범으로부터 온 것이라는 것을 인정하지 않을 수 없는 것이다.

2

디둘은 새벽에 일어나 잠옷 위에 겉옷을 걸치고 신문 판매대로 〈클랜트〉 신문을 구입하기 위해 갔다. HOG 사건의 최신 정보를 알고 싶어 견딜 수가 없었기 때문이다. 전날 밤 전화해 준 뷰얼은 바빠서 사건의 대략만 이야기할 수밖에 없었다. 아파트에 돌아온 디둘은 코트와 구두를 벗자마자 침대로 뛰어올라갔다.

'HOG, 또 살인하다.' 제목은 이렇게 씌어 있었다. 뷰얼이 편지를 받은 것은 어제였다. 그래서 둘이 같이 하려고 했던 저녁 식사도 취소되었고 그는 하루 종일 경찰과 함께 있었다.

기사에 따르면, 맨 처음 편지와 똑같은 종이, 같은 서체로 된 HOG의 편지가 도착했고, 처음에 사고로 생각했던 81세의 스탠리 왓슨 씨 사망이 사실은 HOG의 범행이었다는 것이다. "왓슨은 잘못하여 계단에서 추락한 것이 아니다. 내가 약간 밀친 것이다"라고 편지에 씌어 있었다.

처음의 두 희생자 때와 마찬가지로 편지의 주인공은 수사에 관여하고 있는 사람 이외에는 아무도 알 수 없는 사실을 알고 있었다. 왓슨은 열려 있지 않은 밀러 하이라이프 맥주의 깡통을 한손으로 꼭 쥐고 죽어 있었다.

왓슨은 집에 있는 과자 상자와 2개의 꽃병에 소액 화폐로 7백 달러 정도 숨겨놓고 있었는데, 거기에는 전혀 손댄 흔적이 없는 듯했다. 왓슨은 22년 전, 스파터에 있는 제너럴 전기회사의 공장을 퇴직했다. 경찰은 궁지에 몰려 있었다.

곤혹스런 경찰의 입장이 신문에는 기사화되지 않았다. 뷰얼이 디둘에게 전화로 알려준 것이다. 물론 무서운 사건이었지만 그만큼 조마조마한 것도 사실이었다. 뷰얼은 이 사건에서 중요한 인물이고 경찰을 돕고 있는 것이다.

디둘은 뷰얼이 개인적인 느낌을 말해주는 것을 모두 좋은 방향으로 해석하고 있었다. 자기가 특별한 존재처럼 느껴졌기 때문이다. 그녀는 엷은 금발 머리에 짙은 푸른빛 눈을 가졌고, 얼굴이나 스타일도 영화 배우 같았다. 그녀 자신이 나온 영화가 실제 어떤지를 알 때까지는 스타라고 해도 괜찮을 것이다. 디둘 스웬슨은 자기가 자라난 미네소타 주 포겔즈버그의 여자들은 모두 그 같은 소질을 갖고 있는 것을 알고 있었다. 미국에서 두 번째로 큰 은행의 사장과 매우 절친한 친구이며, 리베리아의 UN 대사와 결혼하여 2개국의 시민권이 있는 아들을 가진 여자가 또 있을까? 그리고 경찰이 도움을 청할 만큼 자기 고향에서 존경을 받고 있는 기자와 약혼한 그런 여자가 과연 있겠느냐 말이다. 물론 그런 여자는 디둘 외에는 한 명도 없다. 대부분이 포겔즈버그에 남아 도서관에서 일하거나 밀농사를 짓는 농부와 결혼해 살고 있다. 뛰어나게 훌륭한 남자들로부터 사랑받는 여성은 특별한 것이다. 비범한 여자라야 하는 것이다. 디둘에게 유일하게 남아 있는 미련을 아들 리키가 아버지와 함께 아프리카로 돌아가 버려서 앞으로 의붓아버지가 될 남자의 중요성, 그런 데서 오는 가슴 설렘을 공유할 수 없다는 것뿐이었다.

그리고 뷰얼이 얼마 안 있어 상속받는 재산을 손에 넣으면 그의 존재는 그녀에게 더욱 중요하게 된다. 그 돈을 고향의 가난한 사람들을 위해 사용하겠다는 멋진 계획을 그는 갖고 있기 때문이다. 그러한 남자와 같이 산다는 것은 그와 함께 잠자리에 드는 것 이상으로 스릴 있고 전율스러운 것이라고 조용히 생각하고 있었다. 디둘은 창문으로 쏟아져 들어오는 아침 햇살이 신문에 비치도록 한 다음 뷰얼이 쓴 기사를 읽기 시작했다.

책상 위의 램프를 켜놓았지만 론 젠트리도 햇빛 아래 똑같은 기사를 읽고 있었다. 그의 사무실이 있는 낡은 빅스비 빌딩 경영자는 창을 얼마나 청결하게 관리하는가 하는 점에 있어서 디둘이 살고 있는 아파트 관리인보다 열의가 부족하다. 그러니 스파터가 어제처럼 섭씨 1도씩이나 올라갈 정도로 따뜻한 열기에 시달린다고 해도 어차피 그곳에 비치는 겨울 햇살은 약하디약할 수밖에 없다고 론은 생각했다.

뷰얼 테이섬이 쓴 기사를 읽으면서 론은 가슴이 아팠다. 지난 몇 년간 그가 쓴 기사 중에서도 처음으로 성실한 뉴스인 것이다. 론이 그 칼럼니스트와 알게 된 것은 3년 전, 베네데티 교수가 스파터 대학을 떠나기 직전 뷰얼이 교수에 관한 칼럼을 썼을 때였다. 론은 뷰얼이 사건 수사 내부에 관련되어 있는 것이 부럽게 여겨졌다. 마치 학교 운동장에서 야구놀이를 즐기고 있는 아이들을 울타리 밖에서 쳐다보고 있는 남자 아이 같은 느낌이 들었다. 꼭 그가 수사 내부에 관여해 들어갈 수 없는 것도 아니지만, 누가 뭐라 해도 그는 면허증을 받은 사립 탐정이고 더구나 베네데티 교수로부터 직접 훈련받은 세계에서 유일한 탐정이기 때문이다.

복도 쪽의 사무실 밖에서 손잡이 소리가 들려 신경이 그쪽으로 쏠렸다. 발소리로 비서인 고롤스키 부인임을 직감할 수 있었다. 고롤스키 부인은 사립 탐정, 특히 혼자 활동하고 있는 탐정에게는 안성맞춤인 머리 회전이 빠르고 융통성이 있는 유능한 오피스매니저였다. 언제나 아침부터 착실히 일하는 소리가 들려왔다. 가령 2권의 스파터 전화 장부를 의자 옆에 두는 소리, 타이프라이터에 종이를 끼우는 소리, 교환에게 사무를 시작했다는 것을 알리기 위해 전화 거는 소리 등.

다음에 들려오는 것은 전화 장부 옆에 앉았던 그녀가 단단한 나무 바닥을 걷는 구두 소리였다. 사무실 밖을 걷고 있는 자그마한 발소리. 자기 방과 통하는 문에 달린 창문에 그녀 머리가 보이자마자 문이 열리고 안으로 들어왔다.

그녀가 입을 열었다.

"안녕하십니까? 젠트리 씨. 오늘 아침엔 일찍 나오셨군요. 간밤엔 잠을 못 주무셨습니까?"

고등학교에서 축구 코치를 했던, 지금은 고인이 된 고롤스키 씨는 히죽 웃으면서 "좋은 것은 작은 보따리에 넣을 수 있어야 하는 거요. 가령 우리 집 꼬마라든가, 우리 마누라 말이오"라고 자주 말해왔다. 그는 독창성이 부족한 점을 사랑과 정확한 언어를 통해 보충해 주었다. 이 경우 '꼬마'라는 것은 말 그대로 '난쟁이'를 뜻한다. 정확하게 표현하면 뇌하수체 난쟁이라 할까. 약 135센티미터 정도도 못 되는 키인 것이다. 그렇지만 난쟁이로서는 상당히 큰 편이다. 더구나 고롤스키 부인의 프로포션은 섹시하고 훌륭하기 때문에 사무실을 방문하는 사람들이 젠트리는 그녀를 위해 무엇 때문에 이렇게 큰 책상이나 의자를 구입했는지 모르겠다고 의아스럽게 생각하는 사람도 드물지 않았다.

"안녕! 고롤스키 부인! 아니요, 잘 잤어요. 신문을 사려고 일찍 일어났을 뿐이오." 론이 대답했다.

비서에 대해 굳이 불만을 말한다면 어머니 같은 태도를 보이는 경향이 있다는 것이었다. 고롤스키 부인에게는 스파터 대학 축구팀에서 올 아메리카 라인배커 후보로 뛰고 있는 아들이 있지만, 그런 것과는 전혀 상관없다는 태도인 것이다.

"HOG 사건입니다만."

론의 말에 고롤스키 부인은 흥미진진한 듯 말했다.

"라디오에서 들었어요. 또 편지를 보내왔다지요?" 그녀는 론의 책상을 한 바퀴 돌아와서 신문 기사를 넘보며 말했다. "이 사건에 한 몫 하리라고 생각하십니까?" 그녀의 말에는 의욕이 넘쳐났다.

폭력이나 살인 사건이 사회적으로 문제되고 있을 때 보여주는 비서의 의욕과 눈빛은 항상 론을 즐겁게 하였다. 자기도 비슷한 느낌이 들었고 그것이 별로 건전하지 않다는 것을 알면서도 저 유명한 니콜로 베네데티 교수와 장기간 관계를 갖게 되면 어차피 누구나 정상적이진 못할 것이라고 그는 생각했다.

"아마도 그렇게 되겠지요, 고롤스키 부인. 가령 경찰로부터의 요청이 없더라도 결국은 어쩔 수 없이 교수를 부를 수밖에 없는 상황이 되면 나도 자동적으로 한 몫하게 되지요, 조수로서……." 그는 대답했다.

"그렇게 되면 좋겠군요!" 이렇게 말하고 고롤스키 부인은 사무실에서 나갔다. 론도 그렇게 되기를 바라고 있었다. 안경을 닦은 다음 다시 한 번 기사를 읽었다.

론이 사립 탐정이 된 것은 간접적으로 시력이 약한 것도 원인이 되었다. 지방 신문에서 처음으로 딕 트레이시를 고생 끝에 읽은 어느 일요일부터 론은 경찰관이 되는 것이 꿈이었다. 그러나 고등학교를 졸업할 무렵에 시력 검사에서 떨어지리라는 것이 분명해진 것이다.

유감스럽기 짝이 없는 일이었다. 장신이면서도 늠름한 금발의 론은 틀림없이 유니폼이 어울렸을 것이다. 늘 여자들이 그렇게 말했다. 그런데 여자들이 매력 있다고 하는 엷은 잿빛의 그 눈이 그의 꿈을 말살시킨 것이다.

론은 가급적 냉정하게 그 사실을 받아들여 대학의 법과에 진학함으로써 스스로 만족하려고 했다. 그리고 언젠가는 지방검사가 될 수 있으리라 기대하고 있었다.

그런데 스파터 대학 3학년 때 강의가 끝난 혼잡스런 시간에 복도에서, 그야말로 우연히 니콜로 베네데티 교수와 부닥친 것이다. 교수는 그를 본 순간 이렇게 말했다. "자네! 자네 마음에 드는군! 나의 연구실로 찾아오게. 이름은?"

론은 이에 대답했고 그후 수일간 수많은 질문에 대답했다. 교수를 상대로 전심전력을 다해 말하고 기록했다. 그러나 교수는 모나리자처럼 웃으며 귀를 기울이거나 글을 읽을 뿐 말이 없었다.

이윽고 론이 진실로 자기의 인생 문제를 심각하게 말하자 그 노인이 말했다. "축하한다. 로널드 젠트리! 만일 그대가 원한다면 나의 여섯 번째 조수로 선택하겠다. 내가 이 직책에 있는 동안 연구에 협조하기 바란다."

세계에서 가장 위대한 탐정의 조수가 되는 것이다. 법과에 다니는 것보다 좋은 일이다. 론은 즉시 좋다고 대답했다.

교수는 머리를 흔들었다.

"허둥대지 말게. 이 일은 육체적, 정신적으로도 위험이 따르는 것이네. 이제까지의 5명 중, 한 사람은 죽었고, 한 사람은 10억 달러의 회사를 운영하고 있으며, 두 사람은 교도소에, 또 한 사람은 태평양의 어느 섬에서 독재자로 군림하고 있지. 교도소에 있는 두 사람 중, 하나는 부당하게 고생하고 있고, 내 조수가 되면 '악'과 상대하게 되지만, 악이란 것도 매력적인 경우가 있거든……."

베네데티에게 있어서 범죄 수사란 하나의 연구 도구에 불과했다. 그의 필생 사업은 인간 안에 잠재된 악의 본질을 궁극적으로 밝히는 것이었다. 그가 범죄자를 색출하는 것도 그에게 형벌을 주기 위한 것이 아니고 그들을 연구하기 위해서였다.

그렇지만 베네데티의 조수로 있었던 3년 동안 론은 기대 이상으로 다양한 수사 기술을 배울 수 있었다. 그리고 조수를 사직할 무렵, 플라이셔 경감의 조언과 관청 면허국의 호의로 사립 탐정의 면허를 받아 스스로 그 세계에 들어가게 된 것이다. 물론 그는 베네데티의 수사법을 최대한 활용했다.

기회만 온다면 하고 그는 늘 생각했다. 참으로 보람 있는 일이란 난데없이 돌연 나타나는 것이 아니다. 그와 같은 큰 사건이 현실로 나타났는데도 그는 '아웃사이더'인 것이다. 참을 수 없는 기분이다.

그렇다고 자기 나름대로 추리하지 말라는 법도 없다. 필요한 경비는 신문 구독료뿐이고 어차피 신문은 매일 사는 것이다. 론은 〈클랜트〉 신문을 입수하여 베네데티 방법을 그 사건에 적용시켜 보았다.

교수는 자기의 테크닉을 두 가지로 요약했다. 분석과 추리다. 그는 범죄를 소설과 비교하여 생각하고 있었다. 그의 방법 자체는 매우 흔한 것이지만 베네데티는 범죄자가 아닌 수사 담당자를 작가의 입장에 두는 것이었다.

모든 훌륭한 이론이 그러하듯이 이론으로는 극히 단순한 것이라고 교수는 이렇게 설명했다.

"우리들은 소설의 마지막 이야기를 대상으로 하는 것이다. 결국 현재 있는 그대로의 상황인 것이다. 그 누군가가 죽었고, 그 누구는 부자라는 것이지. 잊어서는 안 될 것은 진실된 현재 상황을 확실히 파악하는 것인데, 이것이 매우 어려운 경우도 있다.

다음에 우리들은 여러 가지 사실을 파악해야 한다. 이것은 사건을 조사하는 도중에 자연스럽게 명백해질 때도 있다. 아내가 남편을 증오하고 있었다거나, 사업상 파트너가 범행 시간에 로마 교황과 저녁 식사를 했다거나. 그러나 이런 사실을 기억해 두긴 해야 하지만, 일시적으로 무시해야 하지.

세 번째로 소설의 맨 처음을 생각한다. 거기에는 '어느 누가 피해자를 살해하려고 결심했다'라는 문장을 만든 다음 '어느 누구'와 관련된 사람의 이름을 순서대로 적용시키면 된다. 거기에서 소설의 중간 부분을 만든다. 현실적인 소설에서 '어떻게', '그리고', '왜'라는 부문이다. 이렇게 만들어진 몇 가지 소설의 대부분은 엄밀히 말해 있을 수 없는 것이겠지만 그렇지도 않은 경우가 있는 것이다.

여기까지 오면 남은 일은 맨 처음 지나쳐 버린 사실들을 찾아내는 것뿐이다. 관련된 사실을 적용시켜도 모순되지 않는 이야기, 결국 진실된 이야기에 도달될 때까지 몇 번이고 반복적으로 생각하는 것이다.

물론 현실이 이론을 조소할 때도 있지, 로널드. 더욱이 범인 이외의 사람들도 은근히 수사를 방해할 경우도 있겠지만, 이것은 결국 밝혀지게 될 때가 오고 말아. 수사하는 사람 자체가 수사 진행에 필연적인 변화를 가져오거든. 그리고 아무리 위대할지라도 인간은 인간이야. 악에 대항하면서 우리 몸의 안전을 위해 노력하고 동시에 자기 한계를 수용하기 위해서는 참으로 심사숙고가 필요하지.

그리고 나의 이론은 수사에 도움이 되기 위한 하나의 수단에 불과하고 인내와 두뇌의 회전, 조심스러운 언행으로 그 수단을 이용하지 않으면 안 되지."

그러나 피해자가 많고 복잡하게 전개되고 있는 HOG 사건에 관해서는 그 범죄의 '현실적 소설'을 쓰기 전에 더욱 많은 사실을 수집하지 않으면 안 된다고 론은 깊게 생각해 왔다. 신문 기사만으로는 부족했다. 사건에는 사실상 흥미 있는 의문도 나타나고 있었다.

예를 들면 15일에 두 여자가 죽었고 17일에 뷰얼 테이섬이 편지를 받은 사실. 그 일요일 25일에 스탠리 왓슨이 죽고, 어제 27일에 편지가 도착했다는 것. 이것은 하나의 유형이 될 것인가? HOG의 행동을 제약하고 있는 자연스런 또는 어떤 사정에 의해 10일마다 일어나는 그 무엇이 있는 것일까? 예를 들면 5대호(大湖)의 정기 여객선 선원일 수도 있을 것이다.

그런데 HOG는 범행 전 피해자에 대하여 상세히 조사하는 것 같기도 하다. 여자들의 행선지를 알고 있었다. 미리 그녀들이 가려고 하는 목적지를 알고 있지 못했다면 앞뒤가 맞지 않는다. 사고 후에 그것을 안다는 것은 불가능하다. 사고 직후에 뷰얼 테이섬이 현장에 있었기 때문이다. 이렇게 론은 생각했다. HOG는 그녀들을 미행하고 감시해 왔다고 할 수 있다. 결국 HOG는 그날의 살해 대상자로 그 세 사람을 표적으로 삼은 셈이다. 바바라 엘레거가 구조된 것은 행운 이외의 아무것도 아니다. 그녀나 경찰이나 행운이었을 뿐이다. 그녀가 의식을 회복하면 뭔가를 알 수 있을지도 모른다. 〈

클랜트) 신문에 의하면 의식 회복은 시간 문제라고 한다.

왓슨 노인의 경우는 어떤가? 물론 독신 노인이 이야기 상대로 잘 모르는 사람을 집 안에 끌어들일 수 있다고 생각할 수도 있다. 그렇지만 검시관의 보고와 같이 가장 높은 계단에서 자기 배후에 모르는 사람이 둘러서 있게 한 것을 어떻게 설명할 수 있는가? 론은 HOG가 상당 기간 그 노인과 얼굴을 익혀 왔다고밖에는 생각할 수 없었다.

한 번도 만나 본 일이 없는 인간을 죽이기 위해 준비하고, 사고사인 것처럼 꾸민 뒤, 그리고서 살인이라고 선언한다는 것은 엉뚱하고 소름끼치는 방법이었다.

론의 책상에서 전화 소리가 울렸지만 그는 무시했다. 세 번째의 벨소리에 고롤스키 부인이 받을 것이기 때문이다. 급할 것이 없다.

"젠트리 탐정사입니다." 그녀의 소리가 들려왔다. "네! 네! 잠깐만 기다려 주세요."

인터폰의 버저 소리가 나고, 론이 수화기를 들었다. "뭡니까, 고롤스키 부인?"

"해럴드 애틀러 씨로부터 전화가 왔습니다. 통화하시겠습니까? 급한 용건이 있다고 하는데요……."

"'애틀러 포링 애프터 앤드 버스'의 애틀러 씨인가요? 주식 중개인! 그 사람이면 셜록 홈즈도 고용할 만큼 돈이 많은 사람인데……. 좋아요, 연결시켜요, 고롤스키 부인."

찰칵 소리와 함께 그가 말했다.

"젠트리입니다."

"젠트리, 난 해럴드 애틀러요. 내가 누군지 아시겠지요?"

애틀러의 어조가 고압적이어서 론은 슬며시 화가 치밀었다. 수고료를 충분히 지불할 수 있다고 해서 사건을 부탁하는 사람의 기본적인 태도가 이렇게 방자하다는 것은 사립 탐정가에게 불행한 일이나 참을 수밖에 없었다.

　사람은 살기 위해 먹고 먹기 위해 일한다는 생각에 론은 화가 치미는 것을 억누르며 대답했다.

"네! 알고 있습니다. 애틀러 씨. 어떻게 도와드릴까요?"

"즉시 이곳으로 와 주시오. 상세한 것은 만나서 이야기 합시다. 약간 민감한 이야기라……."

"이혼 문제라면 맡지 않겠습니다." 론이 못을 박았다.

모욕당한 애틀러는 화가 난 듯 말했다.

"뭐라고? 그런 걱정은 하지 마시오, 젠트리. 난 결혼한 적이 없으니까. 전문가의 판단이 필요해서 그러는데……. 경찰이 개입하면 곤란해. 알겠소?"

"예, 예! 잘 알았습니다. 요금은 하루에 2백 달러입니다. 거기에 경비가 첨가됩니다. 좋습니까?"

"별것이 아니군. 그러면 1주일에 천 달러면 되겠군." 돈문제가 되면 애틀러는 즉시 감정적이 되는 것이었다.

"매일 일이 계속되는 것은 아닙니다, 애틀러 씨." 론은 말했다. "더구나 상품 거래에 드는 비용처럼 많은 돈이 드는 것도 아니고. 하루에 2백 달러입니다."

상품 거래라는 말이 어떤 효과를 나타낸 듯했다.

"좋소! 젠트리, 지불하겠소."

"그리고 경비가 있습니다." 론이 또 못을 박았다.

"알고 있소! 그런데 언제쯤 여기에 올 수 있겠소?"

"말씀하시는 거기가 어딘지……. 어디 계십니까?"

애틀러는 매우 당황스러워했다. 그의 부하가 이런 실수를 했다면 그대로 지나치지 않았을 것이다.

"미안합니다, 젠트리. 내 정신이 아니군! 대학 캠퍼스에 있어요, 섬터 홀! 어딘지는 알겠소?"
"물론이지요." 론이 교수를 처음 만난 곳이 바로 그곳이었다.
"119호실이오. 서둘러 주시오."
론은 외투를 집어든 다음 사무실 밖으로 나와 고롤스키 부인에게 행선지를 말했다.
"수고료에 대해 불만이던가요?" 그녀가 말했다.
"부자들은 항상 깎으려고 하지! 그렇게 해서 부자가 되니까! 결국은 수락했어요."
"재미있는 이야기 같습니까?"
"그렇겠죠. 최소한 하루 200달러는 되니까……. HOG 살인 사건은 아니겠지만." 론이 대답했다.

3

대학 캠퍼스 안이나 그 근처에 자동차를 주차한다는 것은 무리란 것을 론은 알고 있었다. 상당한 시간이 지났어도 변하지 않는 것이 있는 것이다. 학교 근처의 상점가 빈 터에 차를 세우고 곧 학생들의 활동 중심지인 얼어붙은 운동장을 걸었다. 사방이 건물로 둘러싸인 안뜰에 들어서자 서둘러 다음 강의로 달려가는 두터운 옷차림의 여학생들이 많이 보였다. 그는 자신도 모르게 입이 벌어졌다. 스노켈 코트를 입고 벙어리장갑을 낀 그 여학생들 모두 귀엽고 천진난만해 보인다.
섬터 홀은 천연 석회암으로 만들어진 볼품 없는 건물이다. 땅에서부터 지붕까지 외벽이 담쟁이덩굴로 뒤덮여 있다. 론은 눈을 치워놓은 길로 둘러 가지 않고 곧바로 안뜰을 향하여 비스듬히 가로질러 갔다. 1주일 전부터 내린 눈 위를 한 발자국씩 걸을 때마다 바삭바삭

소리가 난다.

론은 모교인 대학에 올 때마다 추억 속의 상아탑 분위기를 즐겁게 떠올렸다. 문득 떠오르는 어떤 장소보다도 많은 사람들로 붐볐고 그런 상태에 거의 변화가 없는 곳이다.

섬터 홀 안의 후텁지근함은 변화라고도 할 수 있는 유일한 것이었다. 뜨거운 라디에이터에서 나오는 그 열기, 오존 냄새, 먼지, 이런 것들이 확 풍겨나오자 얼어붙은 것 같은 바깥 공기를 쐬고 온 그에겐 마치 벽돌 담장에 갑자기 부딪치는 듯한 느낌이었다. 손을 뒤로 돌려 문을 닫은 순간, 론의 안경은 부옇게 흐려졌다. 거기에서 렌즈를 닦으려다 떨어뜨려 깨지기라도 하면 장님처럼 될까봐, 론은 렌즈의 온도가 자연히 올라가서 흐려진 것이 없어질 때까지 기다렸다. 얼마 후 안경이 깨끗해지자 119호실로 향했다.

그 방은 지하에 있는 연구실이었다. 애틀러는 문 밖 깨어진 유리의 파편에 둘러싸여 서 있었다. 단정한 옷차림에 수수하면서도 비교적 좋은 옷을 입고 있었다. 이제부터 어디론가 일 때문에 출장가려는 사람 같았다.

정성껏 빗어 넘긴 반백의 머리 밑에 보이는 얼굴 모습은 매우 평범했다. 다만 윗입술이 푸르뎅뎅하고 매우 길었다. 콧수염이라도 길렀더라면 좋았을 텐데, 애틀러는 수염에 대해선 생각조차 해보지 않은 사람 같았다. 콧수염과 자기는 어울리지 않는다는 듯. 경박하게 보이기 때문이다. 배우라면 모르지만 주식 중개인 신분에겐 맞지 않는다는 것일 테지. 그는 그만큼 자존심이 강한 것이다.

복도를 걸어오고 있는 남자가 애틀러에게 다가갔다. 안경을 쓴 금발 남자였다. 그도 머리를 약간만 자르면 사업가처럼 보일 것이다. 그렇지만 자기와 함께 일했던 죽은 아들처럼, 녹색 신사복을 입고 사무실에 출근하여 진지하게 마리화나의 선물 거래에 대해 이야기하고 항상 은퇴라든가 시시한 화제만을 끄집어내는 그런 남자 같지는 않다.

이 남자는 그렇게 보이지 않았다. 외모가 말쑥한 젊은이다. 아마 실업학교에서 교육받았을 것이다. 어떤 회사에서나 그와 같은 남자는 귀중한 존재일 것임에 틀림없다. 아마도…….

그 남자가 걸음을 멈추고 한번 고개를 끄덕인 다음 입을 열었다.

"애틀러 씨입니까? 제가 론 젠트리입니다."

최근에는 모든 일들이 예상 밖이군. 애틀러는 그렇게 생각하며 말했다. "그런데 젠트리, 이런 일을 어떻게 생각하오?"

깜짝 놀란 듯한 표정으로 젊은이가 빙긋 웃었다. 애틀러는 그의 기세를 꺾으려고 의식적으로 한 질문이었다.

"무엇에 관한 것 말씀입니까, 애틀러 씨? 전화상으로는 전혀 납득할 수 있는 것이 없었습니다만……." 젠트리가 말했다.

"아, 그렇군! 사실은 어제 도둑이 들어왔소!"

탐정이 자기의 얼굴을 보려고 하지 않고 마루만 쳐다보는 것이 애틀러는 전혀 마음에 들지 않았다. 그는 말했다. "그럴 것이라고 짐작했습니다. 도난당한 것은 없습니까?"

애틀러의 시선도 마루를 주시했다. 헛기침을 하면서 뭐라고 말을 했다. 그러나 헛기침과 동시에 말했기 때문에 론은 무슨 말인지 알아들을 수 없었다.

"뭐라고요?"

"5천 달러라고 말했네!" 애틀러가 고함치듯 말했다. 그는 자기 목소리에 스스로 놀라 누가 듣지 않았는가 하고 복도 주위를 살폈다.

"현금입니까?"

애틀러는 고개를 끄덕였다.

"섬터 홀의 연구실에 5천 달러를 두었단 말입니까?"

애틀러는 젊은이의 말투가 아무래도 건달처럼 느껴졌다. 저 에프타가 불쑥 나타난 것 같은 느낌이었다. 요즘 젊은이들은 왜 그리 빈정거리는 걸 좋아하고 의심이 많을까 하고 애틀러는 생각했다.

"이봐요, 젠트리……. 복도에서 이럴 것이 아니라 2층 스낵바에 가서 커피라도 마시면서 얘기하는 게 어떻겠소?"

"좋습니다. 우선 현장을 잠깐 보여주시지요."

론은 조심스럽게 유리 파편 위로 가서 연구실 문을 슬쩍 밀어 열었다. 대부분의 연구실에 흔히 있는 넓은 벽면을 가득 채운 인쇄물이나 고시물이 없는 것이 약간 달랐다. 그밖에는 다를 것이 없었다. 회색의 강철제 책상, 녹색 비닐 가죽으로 만든 회전의자, 방문하는 학생을 위해 설치된 긴 플라스틱 의자 2개. 책상의 서랍은 모두 열려 있었다. 론이 수상쩍다는 듯이 애틀러를 보자, 그런 상태였다고 말했다. 열쇠 없이 서랍을 억지로 비틀어 연 것은 아니라는 것을 쉽게 알 수 있다. 어린아이 속임수와 같다고 론은 생각했다. 탐정 핸드북 제1장에 있는 아마추어도 누구나 알 수 있는 현장인 것이다. '깨어진 유리 파편이 밖에 있는 경우, 그 도둑질은 내부의 범행이다.' 이 정도는 애틀러도 상식적으로 알 것이다.

"이제 됐습니다. 커피를 마시러 가시지요." 론은 말했다.

커피 가격표를 본 론은 애틀러가 지불해주어서 다행이라고 생각했다. 주식 중개인이 거의 사람이 없는 커피 숍의 구석진 테이블을 고르자 두 사람은 거기에 앉았다.

"그렇다면?" 애틀러가 재촉하듯 말했다.

론은 우선 스티로폼 컵에 있는 커피를 홀짝 마셨다.

"우선 두세 가지 질문할 일이 있습니다만, 괜찮겠습니까?"

애틀러는 젊은이의 말에 따르기로 했다.

"필요하다면…… 얼마든지."

"그럼, 첫째로 연구실에 있었던 현금은 어디서 나온 것입니까? 그리고 지금 연구실에서는 무슨 일을 맡고 계십니까?"

과연, 이 젊은이는 그리 나쁘지는 않다고 애틀러는 생각했다. 질문에 대답하려는 순간 그는 침착성을 회복했다.

"상경대 학장이 오랜 친구지. 그 친구의 부탁으로 5년 전부터 4학년 학생에게 '응용 시장판매론'을 강의하고 있지. 현실 세계를 적극적으로 개조하면서 발전하려는 진지한 젊은이를 위한 선택 과목이야. 이 나라를 지배할 자유 경제의 시스템을 지키기 위해서라도 적극적인 노력가가 필요해."

애틀러는 마치 중대한 사실을 발표하는 것 같은 시선으로 론을 보았다.

론은 호감가는 웃음을 띠며 고개를 끄덕였다. 베네데티 교수로부터 이렇게 배워왔기 때문이다.

"가능하다면 이야기하는 상대방을 재촉하지 말라. 시간이 있으면 상대방의 모든 이야기에 귀를 기울여라. 좋을 대로 떠드는 사람들의 말은 때때로 중요한 점만을 이야기하려는 사람보다도 시사하는 바가 큰 경우가 있지. 거기에다 자네! 참으로 중요한 요소란 것이 어디 있는가 하는 것은 시간이 지난 뒤 아니면 알 수 없는 거야!"

론은 이 말을 믿고 있었고 그날 그날의 수고비는 받을 수 있다고 생각했으므로 조용히 듣고 있었다.

부드러운 어조였지만 애틀러는 말을 계속했다. 여기까지 이야기는 지난달에 애틀러가 미국애국부인회 집회에서 했던 연설의 반복이었다. 얼마 후 화제는 본론으로 되돌아왔다.

"나는 교육자가 아니고 투기꾼이지. 이해할 수 있을지 모르겠지만, 젊은이들에 대해 내가 그럴 수 있었던 것은 나름대로 이유가 있었지. 우선 학생수를 50명으로 한정하고, 1인당 20달러씩 클라스 기금을 모금하도록 했어. 그 다음에 학생들은 시장이란 것을 배우고 그 기금을 어떻게 하면 좋은가를 나에게 물었소. 물론 조언을 해주지만 결정하는 것은 학생들 자신이었지. 이해하겠소, 젠트리?"
론은 이해한다고 대답했다.
"좋아! 그리고 다음 학기 초에 증권을 현금으로 바꿔서 학생들에게 분배해 준다고 했어. 돈을 벌거나 손해를 보거나 모두에게 공평하게!"
"현금으로요? 수표가 더 안전하지 않을까요?"
애틀러의 얼굴이 붉어졌다. 주식 중개인으로서는 주체 못하는 문제에 직면해 있다는 사실이 론에게 들통난 것이다.
"나는 결국…… 우리들이 다루고 있는 것이 '진짜'라는 것을 학생들에게 주지시키고 싶었거든. 진짜 곡식, 진짜 콩, 특히 진짜 돈……, 이런 식으로."
"50명의 학생들로부터 20달러씩이면 계산상으로 1천 달러가 되는데요, 애틀러 씨. 학생들도 진짜 돈에 대하여 깊이 이해하겠군요."
론이 말했다.
애틀러가 자랑하는 듯한 웃음을 떠올렸다.
"그렇소, 사실 머리가 명석한 학생들이지요, 대단하더군. 정말 적절한 시간에 선택이 훌륭했지! 커피와 육류의 부산물 같은 것인데 값이 크게 뛰기 직전이었거든." 그 당시 일을 기억하면서 애틀러는 몹시 즐거워했다. 그는 시장에서 돈 버는 것에 보람을 느끼고 있었다. 그것만이 유일한 정열인 것이다. 새삼스럽게 기특하다고 생각하면서 론은 커피를 마셨다. 4배의 이익이라면 대단한 것이다. "하지만 더 많은 이익을 남기는 사람도 있지!" 애틀러가 말했다.
"20배 이상 돈을 번 사람이 있어요, 그렇게 말한다면. 그런데 그 돈이 거기에 있었다는 것을 알고 있었던 사람은, 애틀러 씨?"

"그 부분은 전혀 파악하기 어렵네, 젠트리." 애틀러는 무뚝뚝하게 말했다. "오늘 현금분배가 있다는 것은 클라스 전부가 알고 있었으니까. 게다가 친구들에게도 수다를 떨었을 테고……."

"그랬겠죠. 그렇다고 해도 5천 달러라는 큰 돈을 무엇 때문에 하룻밤 연구실에 두었습니까?"

놀랍게도 애틀러의 긴 윗입술이 떨기 시작하면서 날카로운 눈에서 눈물이 글썽거렸다. 론은 필사적으로 평정을 되찾으려고 노력하는 애틀러를 지켜보고 있었다. 겨우 그가 입을 열었다. "경찰을 부르지 못하는 이유도 거기에 있는 거지, 젠트리. 그러니까 이번 일에 대해서는 부디 비밀에 부치기 바라네!"

애틀러는 눈을 닦고 헛기침을 했다. 론은 애틀러가 어떤 사정을 이야기할 것이라고 기대하면서 기다렸다.

"내가 잘못을 저지르고 말았네. 그 사실에 관하여는 변명의 여지도 없네. 오늘이 '창설자의 날'이기 때문에 어제 은행에서 돈을 찾아놓아야 했었거든."

'창설자의 날'이란 것은 지방자치단체가 독자적으로 정한 반휴일이다. 스파터의 경우 시설로 맥라켄이 이 땅에 처음으로 상륙하여 캠프를 친 1월 28일이 바로 그날이다. 공립학교와 은행은 쉬지만 대학과 대부분의 기업은 쉬지 않는다.

"오늘은 예금을 찾을 수가 없거든. 이제 생각해 보면 바보 같은 짓이었는데 미리 오늘을 지불날이라고 말해 버린 것이지. 그러한 이유로 현금을 찾아두었던 것이야!"

"더 안전한 장소도 있었을 텐데요."

"물론 있었지. 그러니까 착오를 일으켰다고 말했지 않나! 회사의 사무실이나 금고에 넣어둘 수도 있었지. 아니면 내 아파트로 가지고 귀가했어도 괜찮을 것이고. 연구실에 둔 것은 특별한 이유가 있어서가 아니라, 다만 그것이 편하다고 생각했기 때문일세. 중요한 것은 젠트리……."

애틀러는 자기의 목소리가 상당히 크다는 것을 스스로 느낀 듯 소리를 낮춰 이야기를 계속했다. "중요한 것은 내가 현금을 조심스럽게 다루지 않았다는 것이지. 이 해럴드 애틀러가 주의가 부족했었다는 것이지! 나의 평가에 돌이킬 수 없는 상처를 남긴 것인데……. 젠트리, 그러니까 평가가 더 나쁘지 않게 해주기를 바라는 바요. 자, 조사해 보게!"

론은 찬 커피를 마신 다음 스티로폼 컵을 꽉 쥐어 찌그러뜨렸다.

"누가 도둑질했는지 내가 밝혀낼 겁니다. 그리고 아마도 어느 정도는 현금도 되찾을 수 있겠지요. 그렇지만 당신의 평판에 대해서는 어떻게 될지 보증할 수 없습니다." 론은 주식 중개인에게 말했다.

애틀러는 생각했다. '보증할 수 없다고! 무책임하군. 내가 왜 이리 어리석지? 이번 일을 에프타(유럽자유무역연합)의 젊은이가 어떻게 이용하는지 모른단 말인가? 분명 이 일을 회사에서 몰아내는 이유로 이용할 것이다. 이제까지도 몇 번 그 같은 압력이 있었지만 그가 스스로 그만둘 생각은 전혀 없었다. 60세라면 늙은이라고 할 수도 없다. 머리도 하얗게 세지는 않았다. 아직 원기가 왕성하다는 것을 보여줘야 한다. 아직도…….'

"좋습니다. 애틀러 씨!"

"그래요, 아아, 괜찮아요! 젠트리. 보증은 필요없어. 그러나 경찰에 알리지 말고 범인을 잡아 주게. 뒤처리는 내가 알아서 할 테니."

론은 그 점은 신경 쓸 것이 없다고 대답했다. "그런데 연구실과 책상 열쇠를 갖고 있는 사람은요?"

"그런 것이 무슨 소용이 있겠나?" 애틀러가 날카롭게 말했다.

"누가 침입한 것 같은데……."

"그렇지 않습니다." 론이 태연하게 말했다.

"어떻게 아는가?"

"그것이 나의 전문입니다. 애틀러 씨. 가령 딸기 크림이라고 하면서 말똥을 가져와도 즉시 알 수 있을 겁니다. 나는 알 수 있습니다. 말똥을 보면 알 수 있어요. 훌륭한 은사가 계셨습니다. 애틀러 씨, 믿어 주세요. 현금을 훔친 사람은 열쇠를 가진 사람입니다. 열쇠를 가진 사람은 누굽니까? 애틀러 씨?"

애틀러는 입을 다문 채 침묵을 지켰다. 궁지에 몰린 듯한 표정이었다.

론은 말하기 어려우리라는 것을 깨닫고 그를 설득했다.

"애틀러 씨는 강의할 때 모든 일을 완벽하게 혼자서 하는 것은 아니겠지요. 채점할 때, 졸업생인 제자를 조수로 쓰지 않습니까? 열쇠를 가진 것은 누굽니까?"

애틀러는 어이없다는 듯 멍한 태도였다.

"그 여자지. 레슬리 비켈이라는 여자지. 프로비던스에 있는 빅켈스 어업회사 아가씬데……."

해럴드 애틀러에게 있어서는 가장 괴로운 날이었다. 젠트리가 특별히 마음에 걸렸기 때문이다.

"열쇠는 가지고 있겠지요?" 론이 물었다. 빅켈스라는 회사 이름은 한번도 들은 일이 없었다.

"물론 가지고 있지!" 애틀러가 말했다.

"어디에 살고 있습니까?" 론이 묻자 애틀러가 주소를 가르쳐 주었다. 앨버트 런얀 아파트, 대학원 학생을 위한 건물이다.

"애틀러 씨, 이 아가씨를 친절하게 대해 주길 바라지 않습니까?"

애틀러가 소리 질렀다. "무슨 뜻으로 빈정거리는 거야, 젠트리?"

론은 그의 눈을 응시했다. "별다른 뜻은 없습니다. 애틀러 씨. 다른 일은 없었습니까?"

"없어. 조금도 없어!"

"그러면 즉시 가보겠습니다. 나중에 연락드리겠습니다."

론은 그 자리를 떴다. 그리고 머릿속으로 이 사건을 정리해 봤다. 이제까지 별 어려움 없이 200달러를 벌었으나 지긋지긋했다. 몹시 싫증이 났다.

4

플라이셔 경감에게 수요일의 해돋이는 별 의미가 없었다. 그에게는 그 시간이 아직도 화요일 밤이기 때문이다. 30년 동안 함께 살아온 아내가 있는 집으로 돌아갈 수 없다면 지금도 변함없이 사랑하고 있다고는 해도 차라리 바람이라도 나서 돌아가지 않는 편이 나을 것이라고 생각했다. 그러면 최소한 잠은 편하게 잘 수는 있을 것이다.

경감은 새빨간 눈을 비비며 책상 건너편에 있는 기자를 매섭게 노려보았다. 테이섬 쪽은 박하처럼 산뜻했다. 플라이셔는 이제 지긋지긋해졌다. 그런데 도대체 이 남자는 왜일까. 어제 오후부터 계속 같이 있었는데도 그는 끄떡도 하지 않는 것이다.

긴장을 늦추면 금방이라도 무너져 내리리란 것을 경감은 알고 있었다. '창설자의 날'을 축하하는 미친 것 같은 퍼레이드가 끝나자 자기 스스로가 얼만큼 피곤한가를 느낄 수 있었다.

HOG를 잡고 싶었다. 어떤 방법으로든 HOG를 잡고 싶었다. 플라이셔는 완강하고 예리한 통찰력이 있으며 몸을 아끼지 않는 경찰관이었다. 범죄가 발견되면 철저하게 수단 방법을 가리지 않고 체포하지 않으면 직성이 풀리지 않는 기질이었다. 그래도 이렇게 미치고 싶을 정도로 붙잡고 싶은 범죄자는 하나도 없었다. 말하자면 개인적인 집념 같은 것이었다.

HOG 때문에 거리는 미쳐 있는 것 같았다. 돼지 가면을 쓴 남자아이가 여자아이에게 소리도 없이 살금살금 다가가 놀래 주고 있었다. 이 가면들을 돈만 벌면 된다고 생각하는 멍청이가 시내에서 버젓이 팔고 있는 것이다. 총기 휴대허가증 신청도 옛날보다 많이 증가하고 있다. 이틀 전 밤, 창문 근처에서 이상한 소리에 놀란 젊은 아내가 남편이 시킨 대로 엽총을 들고 곧 쏠 자세로 있었다. 그런데 얼마 뒤 마침 열쇠를 잃고 집에 기어 들어오려고 했던 자기 남편을 도둑으로 잘못 알고 쏘아 죽게 만들었다. 이와 비슷한 사건들이 점점 증가하고 있었다.

그런데 플라이셔 자신도 점점 이상해지고 있었다. 역시 HOG 때문이다. 33년에 걸친 경찰 근무에서 배운 것이 있다면 피해자의 출혈이 끝나기 전에 수사에 착수하고 사실 관계를 깨끗하게 밝혀내지 않으면 안 된다는 것이다. 물론 가능하다면이라는 단서가 붙지만, 그런데 HOG의 경우 피해자의 죽음을 사소한 사고처럼 위장하고 있어서 경험에서 배운 원칙대로 하려면 사고사가 있을 경우 반드시 현장에 달려가 수사하고 사망이 HOG에 의한 것이라는 것을 밝혀내야 한다.

이와 같은 일은 다른 여러 일과 겹쳐서 조셉 플라이셔에게 엄청난 헛수고를 하게 만들었다. 오늘밤에는 자동차 사고가 3건, 화재가 2건, 약물의 정량 초과가 15건, 마치 여기에 구색을 맞추려는 듯이 유명한 약물 중개상 폭행 사건이 있었다. 폭행을 당한 남자는 팬 비자로였다. 그는 마약의 교황으로 알려져 있는 조지 루이스 버스케이스인데 실은 범인이 한 명인지 여러 명인지도 알 수 없었다. 다행히 죽은 사람은 없지만 비자로는 중상을 입었다. 그는 발견됐을 때, 다량의 헤로인을 가지고 있었기 때문에 사실상 체포되었다. 병원에 수용

되었는데 병실이 엘레거의 옆방이었기 때문에 마치 경찰 병원 같은 느낌이 들었다.

"뭐가 뭔지 알 수가 없군!" 플라이셔가 말했다. 그러면서 그는 셔너시 형사부장과 테이섬에게 동의를 구하는 듯한 시선을 보냈다. 두 사람 모두 수긍했다. 셔너시는 늘 좌우로 목을 흔드는 남자였지만 이 자리에서는 플라이셔는 그것으로 만족했다. 도저히 의논을 계속할 기분이 아니었다.

플라이셔가 말했다. "셔너시! 감식 담당자에게 전화 걸어 그 편지에서 뭔가 알아낸 것이 있는지 알아봐 주게." 부장 형사가 전화 쪽으로 향하자 플라이셔는 이마로 흘러내린 머리를 올렸다. 지푸라기에 매달리는 심정이 이런 것이구나 하고 생각했다. 전혀 새로운 사실이 발견되지 않은 것이다.

플라이셔가 확인한바, 감식 결과에서 알게 된 가장 중요한 사실은 테이섬이 결백하다는 것이었다. 그때까지 그와 친분상 의리가 있었지만, 그는 그 기자에게 의심을 품었다. 그를 항상 자기 옆에 둔 것도 그 때문이었다. 그런데 감식반원은 고속도로 옆 경사면에 발자국을 남기지 않고 표지판에 세공한다는 것은 불가능하다는 결론을 내렸다. 고속도로와 육교 사이에는 어떤 방향으로 간 흔적도 없었다. 이것은 확실했다.

테이섬이 결백하다는 것을 알게 된 지금 물론 그를 이 사건에서 제외시킬 수도 있지만 공교롭게도 편지를 받은 본인이고 이제부터라도 다시 온다면 그에게로 오게 되어 있는 것이다. 그렇다면 가까이에 두는 것이 좋다. 그리고 테이섬은 좋은 사람이다. 플라이셔는 그가 마음에 들었다.

셔너시는 수화기를 놓았다. 그가 말했다. "틀린 것 같군요, 경감님. 모든 테스트를 끝낸 것은 아닌 것 같은데. 저쪽에서 다시 연락해 주겠답니다."

그때 전화벨이 울렸다. 셔너시가 "굉장히 빠르군!" 하면서 수화기를 들었다. 그리고 즉시 말했다. "경감, 가서서 직접 이야기를 들어 보시지요."

낮에 녹았던 얼음이 밤 사이에 또 얼어붙었다. 그 얼음도 아침 햇볕에 다시 녹기 시작해 도로는 실리콘으로 코팅한 것처럼 미끄러웠다. 베일 애버뉴와 유니버시티 플레이스의 교차점에서 급브레이크를 밟은 차가 미끄러지며 돌진해왔으나 간신히 피한 경찰차는 충돌하는 것만은 면할 수 있었다. 핸들을 잡고 있는 셔너시는 그놈이 미워 죽겠다는 태도였다.

"정신차려 운전해, 마이크." 플라이셔가 주의를 주었다.

"네!" 셔너시가 대답했다.

경감은 등을 뒤에 기대면서 뭐라고 혼자 투덜댔다. 아침에 온 전화가 오늘 하루를 어처구니없는 날로 만들고 있는 것이 아닌가 하고 생각했다. 조금 전 급정거한 차와 충돌했다면 이런 의문도 가져볼 수 없었을 거라고 생각했다. 운전자에게 정신차리라고 말한 것을 후회했다. 책임은 저쪽에 있는 것이다.

플라이셔는 다른 사람에게 들릴 정도로 혼자 떠들고 있었다는 것을 알아차리지 못했다. 뷰얼 테이섬이 물었다.

"그 말을 인용해도 괜찮을까요, 경감?"

플라이셔가 망연한 눈길로 그를 쳐다보았다. 이 녀석 싱글거리는 것이 싫어지는군! 그러나 아직은 해사한 얼굴인 것으로 보아 최악의 상태는 아닌 듯하다.

"아니야, 그건 안 되지! 난 오랜 경력을 가진 경찰관이고 이 직업을 누구보다도 사랑하고 있어. 시장도, 시의회도 좋아. 충치까지도, 그리고 테이섬! 나는 이 거리의 사람들을 매우 좋아하지. HOG는 다르지만. HOG는 싫어. 이런 말은 인용해도 좋아."

"미안합니다, 경감. 긴장을 조금 풀려고 했을 뿐입니다." 기자는 남부 사람 특유의 느려빠진 말투로 말했다.

경감은 듣고 있지 않은 듯했다. "아이라더군, 테이섬. 남자아이래. 순찰 경찰관 이야기로는 여덟 살이라더군. 지독한 놈인 것 같아. 안심하고 남자와 잘 생각을 한 여고생과는 다르지. 이번엔 작은 남자아이야. 젠장!"

경감의 마지막 한 마디가 너무나 커서 셔너시는 평소처럼 맞장구치는 것을 잊을 만큼 몹시 놀랐다. "말씀드리기 거북하지만 아직 HOG의 범행인지는 확실하지 않아요. 시체가 발견된 것도 아니니까요."

플라이셔는 셔너시가 돌연 자기 의사를 드러낸 데 대해 놀라면서 즉시 흥분 상태에서 평정을 되찾았다. "확실히 그래, 마이크. 자네 말이 맞아. 그런데 나의 머리에 떠오르는 것이 있지. 내 말을 잊지 말게, 테이섬. 분명히 자네는 곧 편지를 받게 될 거야."

"농담하지 마세요, 경감님." 뷰얼이 말하기 시작하자 플라이셔가 말을 가로막았다.

"내 말을 잊지 말게!" 경감이 반복했다. "30년 경찰 생활에서 배운 것이 있다면 이것뿐이야. 결국 사기꾼뿐만 아니라 선량한 시민도, 고관도, 때로는 같은 경찰관도, 아내도 거짓말을 한다는 거야. 하지만 직감에는 거짓이 없지. 물론 직감이 항상 맞는 것은 아니지만, 그것이 느껴진다는 것은 그때는 생각지도 못한 그 나름대로의 이유가 있기 때문이지."

뷰얼은 마음속 깊이 긍정했다. 경감의 이야기를 잘 이해할 수 있다. 기자에게도 직감은 있다. "그렇지만 경감님, 편지가 도착할 때까지 혹시 편지가 도착하지 않아도, 이제까지와 똑같이 할 수밖에 없어요. 수사하고, ……생각한 뒤, 보고서를 3통 만들고…….”

"4통이지." 플라이셔가 정정했다. "그 여자 정신과 의사가 꼭 1통을 달라고 했거든."

"히긴스 박사가 어떤 실마리나 단서 같은 것을 포착할 수 있다고 생각하지 않으세요?"

"쳇!" 플라이셔의 대답은 이것뿐이었다. 몇 년 동안 플라이셔는 대학 병원의 제이콥 이설 박사를 존경해 왔다. 그는 스파터 경찰이 필요한 경우, 언제나 자문해 주었다. 대부분은 용의자와 대화한 다음, 그 정신 상태에 대하여 즉석 의견서를 제출하는 것이다.

그런데 지금의 의사는 전혀 달랐다. 매우 나쁘다고 해도 될 것이다. 지금 이곳엔 이설 박사는 없었다. 이설 박사가 은퇴 후 이스라엘로 돌아가자 시장의 얼간이 측근이 그 후계자로 플라이셔의 딸과 몇 살 차이도 나지 않는 연약한 독신 여자를 대신 앉힌 것이었다. 〈커봉〉 신문에 대해서는 별 신경 쓸 것이 없으니 철학박사인 재닛 히긴스는 경감을 방해하지 않는 한 보고서를 입수할 수 있게 된 것이다.

그렇게까지 도움을 주려고 한다면 시의 일당들은 왜 그 놀랄 만한 해결사를 발견하여 데려오지 않는가? 확실히 능력이 있는 사람이고 비전문가인 플라이셔가 보기에도 분명한 괴짜였다. 이 사건 자체가 기괴망측한 만큼 베네데티 교수라면 수수께끼를 해결할 수 있을 것이다. 수수료의 일부로서, 범인이 체포됐을 때는 그 범인과 둘이서 2시간 이야기를 한다는 조건이 있긴 하지만 누가 그것을 반대하겠는가? 범죄자 중에서도 그것을 거절한 사람은 하나도 없다. 그뿐만 아니라 명예라고 생각하고 있는 것 같다. 만일 그들이 원한다면 변호사를 합석시킬 수도 있다. 지방검사도 안심이란 얘기다. 시 당국은 무엇을 주저하고 있는 것이냐? 베네데티라 해도 수수료를 받으려면 범인을 체포하여야 되는 것이니까.

셔너시가 큰 도로에서 빠져나와 차가 막다른 교외길로 들어서자 플라이셔는 마음속으로 맹세했다. 만일 이것이 HOG가 저지른 일이란 것이 분명하다면 시의회 의원들을 의회 안에 묶어두고 베네데티에게 지출할 예산을 통과시킬 때까지 공기유통관에다 최루가스를 흘려 보내 주겠다고. 나에게 배당된 연금과 상관 없다면 어디서 돈을 끄집어 내건 문제될 것이 없다.

뷰얼에게는 지금 찾아가고 있는 집이 곱사등이를 위해 설계된 집처럼 생각되었다. 도로 옆에 쌓인 거대한 눈덩이와 잔디밭에 두텁게 깔려 있는 눈 때문에 지붕이 낮게 보이는 것이다. 그 외관이 이제부터 HOG의 희생자일지도 모르는 피해자를 만나게 되리라는 불안한 분위기를 더욱 고조시켰다.

그 집에는 경감의 도착을 기다리고 있는 젊은 순찰 경관이 있었다. 그는 재킷의 지퍼를 열어 놓고 심호흡을 하듯이 숨을 고르고 있었다. 뷰얼은 모자를 벗고 손바닥으로 눈을 비비고 있는 순경을 보며 이상하게 생각했다. 비교적 따뜻한 날이지만 기온은 섭씨 0도 정도였다.

경감은 그 젊은 순경을 유심히 본 다음 물었다.

"별일 없는가, 피어리?"

"아무일 없습니다, 경감님." 피어리 순경은 침을 삼키며 대답했다.

플라이셔는 의심스런 눈길을 보내면서도 이야기를 계속했다.

"좋아, 시체가 발견된 곳이 어딘가?"

"네, 드라이브 길입니다."

그때까지 붉었던 피어리의 얼굴이 창백해졌다. "시체의 발견자는 소년의 어머니인데, 집 안에서 제퍼슨이 감시하고 있습니다. 어머니는 쇼크 상태여서 주치의를 불렀습니다. 일단 이렇게 알고 있습니다."

뷰얼과 셔너시는 동시에 수첩을 끄집어냈다. 경감이 "피해자는 누군가?"라고 묻자, 두 사람은 메모를 시작했다.

피어리는 자기 수첩을 보았다. "리드입니다. 데비 리드, 철자는 R-E-A-D-E. 데비는 데이비드의 애칭이라고 생각합니다. 여하튼 어머니는 제정신이 아니고……, 소년 나이는 여덟 살입니다."

"어머니 이름은?"

"조이스 리드, 존 부인입니다. 이혼했지요. 의사로부터 전화로 들은 바에 따르면 이혼한 남편은 캘리포니아의 어딘가에 있답니다."

이번 사건으로 두 사람은 다시 합치게 될 것이라고 뷰얼은 씁쓸하게 생각했다, 적어도 장례가 끝날 때까지는.

"좋아, 피어리. 시체를 보자. 검시관도 곧 도착할 거야."

피어리 순경이 또 침을 삼키고 '네'라는 대답과 동시에 구부러진 매캐덤의 드라이브 길로 우리를 안내했다. 집으로 가는 길에 플라이서가 멈추더니 눈 위에서 모락모락 김이 피어오르는 누런 오렌지색의 냄새나는 오물을 가리켰다.

"이것이 뭔가, 피어리?"

순찰 경찰의 얼굴이 붉어졌다.

"제가……. 도저히 참을 수가 없어서."

맨 처음 피어리 순경을 보았을 때의 모습은 이것 때문이었구나 하고 뷰얼은 생각했다. 신선한 공기를 마시고 싶었던 것이다.

플라이서는 걱정하지 않아도 된다고 말했다.

드라이브 길이 곡선을 그리고 있고 양편에 높은 눈덩이 벽이 쌓여 있기 때문에 바로 옆에 가까이 갈 때까지 뷰얼에게는 무엇이 가로놓여 있는지 보이지 않았다. 그런데 이제 피어리 순경이 토한 이유를 이해할 수 있었다. 뷰얼은 업무상 시체를 많이 보아왔기 때문에 냉정할 수 있었지만 그 광경을 본 순간 그도 역시 꿀꺽하고 침을 삼키고 말았다.

시체를 본 뷰얼은 "이게 뭐야!"라고 말하면서 눈을 감고 몸을 돌렸다. 서너시는 낮은 음으로 휘파람을 길게 불었다. 경감은 헛기침을 계속했다.

뷰얼은 필사적으로 시체를 철저하게 관찰한 다음 그 세부적인 상태를 기억 속에 입력시켰다. 그래야 된다는 의무감을 느꼈기 때문이다.

누가, 또는 어떤 무엇이 학교에 가려고 집을 나선 데비 리드를 붙잡은 것이다. 시체를 얇게 둘러싸고 있는 피의 바다에 내팽겨쳐진 나선형 바인더에서 떨어진 푸르스름한 괘선지가 여기저기 떠 있었다. 새빨간 피는 매캐덤의 위쪽뿐이 아니고 차고의 문에서 3미터 정도 떨어진 곳까지 날아가 퍼져 있었다. 뭔가 흉기로 목을 절단할 때 동맥에서 튀어나온 것일 것이다.

무엇이 소년을 내리쳤든 간에 그것을 내리친 곳은 차고의 문 근방이었다. 소년의 한 쪽 발은 문에 닿아 있고 머리는 길가 쪽으로 넘어져 있다.

"저 얼음을 봐, 서너시." 손으로 가리키면서 경감이 말했다. 뷰얼은 시체로부터 눈을 떼어 형사부장 쪽으로 시선을 돌렸다. 희미한 회색빛을 띤 것이 눈에 들어왔다. 그쪽으로 가보니 그것은 커다란 얼음덩어리였다. 엄동설한에 차고의 지붕에서부터 아래로 얼어내려오면서 커다랗게 변한 그것은 무서운 무기처럼 단단하고 육중한 칼날이 되어 있었다.

이것이 사고가 아니란 것을 증명할 수 있는 사람은 하나도 없다는 것이 뷰얼은 이해가 갔다. 지난해 가을 첫눈이 내린 후 자랄 대로 자란 고드름이 몇 시간 동안 빙점을 넘는 따뜻한 온도에 녹다가 지붕 끝에서 떨어졌다는 것을 반대로 증명할 수 있는 사람도 하나도 없다. 그리고 동시에 뷰얼은 데비 리드의 죽음에 싱글벙글하는 HOG의 편지가 얼마 후 자기 책상으로 도착하리라는 것도 확신했다. 플라이셔의 직감은 맞아떨어질 것이다.

이 소년의 죽음도 HOG 사건으로서 취급할 수 있는 충분한 요소를 갖고 있다. 죄 없는 희생자, 비참한 죽음.

뷰얼은 눈을 비빈 다음, 시체를 외면했다. 피곤했다. 예전에, 윌리 큰아버지님에게 밤늦게까지 자지 않고 있다고 야단을 맞은 적이 있었다. "자네 아버지는 여러 곳에서 설교하느라 가끔 철야하는 경우가 있었지." 뷰얼의 귀에 그 깊은 소리가 들려왔다.

"수면 시간이 부족했어. 그래서 사고가 일어난 거지. 그렇게 아버지를 쉬게 하는 것이 하느님의 자비로운 방법이었지." 이렇게 말하고 윌리 큰아버지는 방을 나갈 때까지 웃음을 참고 있었다. 그러나 뷰얼은 방 밖에서 그의 웃음 소리를 들었다. 큰아버지의 웃음소리는 녹스 카운티에서 가장 컸다.

그때 뷰얼은 생각했다. 늙은 윌리는 지옥에서 즉시 화형에 처해야 한다고.

시체부검소에서 온 왜건, 셔너시에게 지시하여 소집한 지원 경찰관, 감식과 직원, 희생자의 어머니를 돌보는 의사들이 속속 도착했다. 동시에 경감도 바빠졌다.

검시관의 조수나 감식과 직원은 자기들 일에 익숙해서 플라이셔는 그들에게 관여하지 않았다. 그리고 제정신이 아닌 어머니에게 의사를 보내고 부하 형사들에게는 가까운 곳에서 뭔가를 보았거나 듣거나 탐지한 사람이 있는지를 알아보도록 하면서(물론 가능성은 희박하리라 짐작되지만) 검시관인 드미트리 박사에게 온 신경을 집중시켰다.

드미트리가 조사를 하고 있을 때, 아무렇지도 않은 듯한 그의 표정을 보고 있으면 엉터리 연기를 하고 있는 것처럼 생각된다. 플라이셔는 엉엉 우는 것보다는 그편이 더 낫다고 생각했다. 그러나 오만상을 찌푸린 표정을 보여주는 것이 좋지 않을까? 그러한 표정이야말로 살인 사건의 수사에는 어울리는 것이다.

드미트리에게는 조사하는 동안 혀로 소리내는 습관이 있었다. 그 습관은 지난 수년 동안 경감의 신경을 계속 거스르게 했다. '왜 저러지? 남들의 인내심을 실험하려고 하나?'

혀 차는 소리를 몇 분간 들은 후 마침내 플라이셔가 입을 열었다.

"그것도 의과대학에서 공부할 때 배웠소?"

드미트리는 부드러운 얼굴로 플라이셔를 보았다.

"배우다니, 뭘?" 여전히 혀로 소리를 내면서 다시 묻는다.

경감은 그것을 무시했다. "뭔가 짐작이 되는 게 있소?"

드미트리가 어깨를 움츠렸다. "언뜻 보면 누구에게나 분명하거든. 남자아이는 죽었소. 사망 원인은 출혈과다이고."

"그런 건 누구나 다 알고 있지!"

"대단하군. 아무래도 의학부에 가서 쓸데없는 돈만 낭비한 것 같군. 그건 그렇고, 출혈한 부위는 목이오. 목을 자른 것이 얼음이라고 생각하는 추리는 나쁘지 않소. 왜 그렇게 됐는지는 알 수 없소. 얼음에 대해 내가 알고 있는 것은 시체 보전에 사용한다는 것뿐이야. 물론 처음부터 다시 상세히 조사해 봐야겠지만, 이번 일은 언제 다시 놀랄 만한 사실이 발견될지 예상할 수도 없어요."

"조속히 조사할 수 없겠소, 드미트리? 이번 사건에는 약간의 직감이 동원되고 있소. 어떤 놈이 우리를 앞지를지는 모르지만."

드미트리는 또 어깨를 움츠렸다.

"가능한 한 빨리 해보지요. 내가 있는 곳에는 장작더미처럼 시체가 쌓여 있어요. 교통사고사든가, 동사거나, 난방기기에 의한 감전사거나……. 금년 겨울은 죽기에 알맞은 계절인 것 같군."

플라이셔는 조이스 리드를 만났다. 아직 불안정하고 제정신이 아니었지만, 의사가 제공한 신경안정제 때문에 약간 멍한 상태였다. 약의 효력이 서서히 나타나는지 다소 안정을 되찾았다.

경감이 방에 들어가자 어머니는 그를 보면서 이렇게 말했다.

"나를 체포하려고 왔습니까, 경감님?"

"농담하지 마세요." 의사가 어머니의 손을 가볍게 두드리며 말했다.

"왜 그렇게 생각하십니까, 리드 부인?" 경감이 물었다. 그 어조는 부드러운 할아버지 같았고 매우 조용했다.

"제가 데비를 죽였으니까요."

라이오넬 배리모어를 닮은 완고해 뵈는 듯한 노의사가 말했다.

"경감, 보시다시피 리드 부인은 질문에 답변할 수 있는 상태가 아니라서……."

환자가 의사의 이야기를 중단시켰다. "아닙니다. 그렇지 않아요." 아이들에게 무엇인가를 설명하는 듯한 태도다. "평소 같으면 내가 학교까지 데비를 데려다 주었을 텐데……. 우편물을 거둬 가기 전에 편지를 보내겠다고…… 오늘 아침에는 아들이 일찍 나가더니……."

"아버지께 보내는 편지인가요?"

"아니지요. 데비는 슈퍼맨의 팬클럽에 가입하려고 했어요. 그걸 아주 좋아했거든요."

"그런데 왜 당신 탓이라고 여깁니까, 리드 부인?"

"내가 따라 갔어야 했으니까요. 이 시내에는 미치광이가 하나 있잖아요. 그런데도 그때 나는 30분쯤 잠을 더 자고 싶었거든요. 내가 같이 있었으면 이런 일은 없었을 텐데!"

이 이야기가 전혀 이치에 안 맞는다는 것을 경감도 알고 있었다. 하지만 HOG는, 두 사람을 죽이든 세 사람을 죽이든 살인에 앞서 미리 예고를 하지 않았다. 이 사건이 HOG 살인이 아닐지도 모른다는 것을 그 자신도 깜빡 잊은 듯했다.

리드 부인은 다시 흥분하는 것 같았다. 의사가 플라이셔를 노려보았다. 경감이 끄덕이자 의사는 다른 방으로 데리고 가서 침대에 눕혔다.

시간이 오래 걸렸다. 그동안에 경감은 제퍼슨 순경과 이야기를 나누고, 항상 경감 옆에 붙어 있는 뷰얼 테이섬에게 아이 어머니의 이야기를 기사화할 때는 신중하게 하라며 방 안을 둘러보았다.

정돈되지는 않았으나 좋은 방이었다. 방 가운데에 아무렇게나 벗어 놓은 소년의 스니커 운동화가 보였고, 따뜻한 기후 때문인지 오토맨 위에 두터운 스웨터가 내팽겨쳐져 있었다. 소파에는 만화 잡지가 5권, 난로 위 나무로 된 틀을 까맣게 태워 '아버지'라고 비뚤어진 글씨로 새겨넣은 액자에는, 난폭하게 보이면서도 미남형의 남자 사진이 끼워져 있었다.

플라이셔는 한숨을 쉬면서 돌아온 의사에게 말을 걸었다. 의사로부터 경감은 몇 가지 새로운 사실을 알게 되었다. 리드 부부는 수년 전, 원만하게 이혼했다는 것. 소년의 아버지는 샌프란시스코에서 모터사이클의 특수 판매권으로 크게 성공했다는 것. 그는 여름 휴가 6주간과 크리스마스 휴가 때마다 아들을 불러 함께 보냈다는 것.

소년의 아버지에게 데비의 죽음을 알리는 것은 의사에게 맡겼다. 플라이셔가 '잘 부탁합니다'라고 말하고 있을 때 피어리 순경이 뛰어들어왔다.

"경감님, 10분 전쯤에 또 변사체가 발견됐답니다."

플라이셔는 하늘을 쳐다보았다가 정신을 가다듬어 순경을 주시했다.

"이번에는 어딘가?"

"대학 옆에 있는 앨버트 런얀 아파트입니다." 피어리가 대답했다.

5

 하비에게는 지독한 밤이었다. 잠을 한숨도 못 잤기 때문이다. 침대에 누워 눈을 감고 제멋대로 떠오르는 잡생각들을 중단시키려고 노력했으나 잘 되지 않았다. 하비 프랭크는 공부할 수도 없고 그렇다고 잠을 잘 수도 없었다. 따뜻한 우유를 마시지 않고서는 침대에 들어가지 못하는 사람이 있듯이 하비는 수학이론인 라플라스 변환을 공부하고 프로그래밍 준비를 하지 않으면 침대에 들어갈 수 없었다.

 그런데 전날 밤은 지나치게 나빴다. 위층에서 싸움소리가 들려 정신 집중이 안 되고 다음은 수도꼭지 사건이다. 레슬리에게 공부하고 있는 중이므로 조용히 해달라고 말해 두어야 했었다. 그리고 그녀와 남자 친구인 스포츠맨 테리 윌버가 가지 않고 싸울 거라면 어디 다른 데서 싸워 달라고, 그는 공부해야 되기 때문이다. 컴퓨터 엔지니어링이란 직업은 그리 간단한 일이 아니다.

 윌버는 레슬리를 '화냥년'이라고 불렀다. 이 사실이 도저히 하비의 머리에서 떠나지 않았다. 그것은 새벽 1시경이었다. 하비는 오염물질을 제어하는 프로그램을 요약하고 있었다. 그때 금속으로 만든 계단을 올라가는 윌버의 큰 발소리가 앨버트 런얀 공동빌딩 내의 4칸이나 되는 소위 가든 아파트로 통하는 콘크리트 동굴까지 울려퍼진 것이다. 싫든 좋든 귀에 들렸다. 벽이 얇아 복도가 메아리 같은 울림잔치를 하게 된 것이다.

 하비에겐 테리 윌버가 레슬리의 아파트에 노크도 없이 들어가는 소리가 들렸다. 얼마 후 그 덩치가 크고 다부진 멍청이가 레슬리에게 소리지르는 것이었다.

 "뭐라고! 레슬리! 화냥년! 화냥년! 매춘부!"

 이것이 하비의 신경을 건드렸다.

 저 능력도 없는 놈이 레슬리를 매도할 권리는 없다. 그 녀석은 씩

씩하고 늠름해 용모는 좋으나 고등학교도 나오지 못했다. 거기에 비하면 레슬리는 대학원생이다. 전공은 경영학 같은 간단한 것이지만 레슬리는 미인이다. 용모가 훌륭한 인간에게서 정도 이상의 높은 지성을 기대할 수 없다. 그러한 인간들은 마음의 수양이 부족한 것이다.

하비에게는 레슬리가 훌륭하다는 것만으로 충분했다. 9월의 어느 날 그녀가 짐을 들고 자기 아파트의 계단을 오르려고 할 때 하비가 도와주겠다고 말했다. 그녀는 다른 사람들처럼 의심스럽게 생각하는 표정도 없이 다만 고맙다고만 말할 뿐이었다. 레슬리는 그녀와 얼굴이 마주칠 때마다 부드러운 웃음으로 '안녕하세요' 하고 인사한다. 자기보다 머리가 잘 돌아가는 사람을 조롱하는 일이 결코 없다.

레슬리에게라면 하비도 다른 사람에게 말하기 싫은 이야기도 잘 할 수 있었다. 몹시 싫증나는 아침의 학교 버스 안에서도 레슬리가 타고 있으면 분위기가 화려하고 아름다웠다. 어느 날 아침, 여드름 이야기가 나와 하비가 치료 방법을 모르겠다고 말하자, 그날 저녁 레슬리가 찾아와 피부과 의사가 권했다는 약병을 주었다. 그것을 발라보니 다소의 효과를 느낄 수 있었다.

그런 일이 있었기 때문에 하비는 레슬리 비켈을 좋은 친구로 생각하게 되었다. 특히 지난 1주일간은 그녀의 밝지 못한 표정을 누구나 느낄 수 있었기 때문에 더욱 안타깝게 느껴졌다. 남자 친구가 찾아와 그녀에게 욕을 퍼붓는 것은 참기 어려웠으나 다른 방법이 없었다. 하비는 그녀의 아래층 자기 방에서 주먹을 불끈 쥐고 생각했다.

'그놈이 지나치게 행동하는 날이면 내가, 나 자신이 가만두지 않겠다고……'

갑자기 조용해졌다. 하비는 숨을 죽이고 기다렸다.

다음에 들려온 것은 위층 목욕탕 수도꼭지에서 나오는 물소리였다.

눈물을 닦기 위해 세수하는 것이라고 하비는 생각했다. 레슬리는 모욕을 참고 견디면서도 한마디도 대꾸하지 않았다.

불쌍하다고 그는 생각했다. 남자에 대한 그녀의 인내심은 대단했다. 남자들이 심하게 행동해도 침묵을 지킨다. 하비는 레슬리가 가엾고 불쌍했다. 연필을 딱 두 동강 내고 노트를 뒤죽박죽 꾸깃거리고 침대 속에 들어가 얼굴을 파묻었다.

그러나 잠을 잘 수가 없었다. 물은 계속 흐르고 있다. 쿨럭거리는 듯한 소리가 머릿속에 스쳐지나갔다. 위층에 사는 주민들 귀에도 물소리가 분명 들렸으리라고 생각했으나 듣지 못한 것 같았다. 하비는 위층에 올라가 한마디 하려고 했으나 레슬리가 비참한 자기 모습을 보여주길 꺼릴 거라고 생각했다. 하비는 침대에 누워 전전긍긍하면서 몸을 뒤척이고 있었다.

그렇게 아침이 되었다. 은근히 울화통이 터졌다. 그는 일어나기로 작정했다. 공항 종합청사로 가서 컴퓨터 앞에 설 때까지는 아직 시간이 있었다.

하비는 얼굴을 매만지면서 침대에서 빠져나왔다. 새로 생긴 여드름 따위도 없었다. 이것은 좋은 징조다. 목욕탕 문을 열 때도 얼굴을 계속 매만지고 있었다. 목욕탕에는 미지근한 물이 1센티미터 정도 고여 있었다.

우선 천장을 쳐다보았을 때 그 원인을 알아냈다. 위층의 세면대에서 아직도 물이 나오고 있기 때문이다. 어딘가가 막혀 넘쳐흘렀을 것이다. 바닥과 천장을 뚫고 하비의 목욕탕까지 흘러온 것이다. 이것은 너무 지나치다. 레슬리라 하더라도 이건 너무 하다. 아파트의 소유자는 대학이다. 이것 때문에 대학 당국과 티격태격하고 싶지는 않다.

하비는 급히 주섬주섬 옷을 입고 구두를 신었다. 처음엔 잠옷 위에 외투를 걸치고 갈 생각도 했으나 이상스럽게 보일 듯하여 그만두었다.

하비는 문 밖으로 나와 문을 잠그고 계단을 올라 레슬리 방으로 향했다. 잠시 주저했으나 문을 노크했다.

대답이 없다.

다시 한번 두드려 보았다. 마찬가지였다. 레슬리의 이름을 불렀으나 조용했다.

생각할 겨를도 없이 문고리를 잡고 돌렸다. 더욱 놀란 것은 문이 잠겨 있지 않다는 것이었다. 천천히 문을 열고 머리를 안쪽으로 들이밀고 한 발짝 들어섰다. 거실에는 아무도 없었다.

"안녕? 레슬리?" 큰소리로 말했다.

남의 아파트를 제멋대로 들어간 듯한 생각에 자기도 모르게 어깨가 움츠러들었다. 천천히 안쪽으로 들어가 방문을 열자 그녀가 눈에 들어왔다. 방 구석 움푹 들어간 빈 백(공기/주머니) 의자에, 열려 있는 문 뒤에 숨어 있는 듯을 돌려 기대 앉아 있었다. 머리를 뒤로 젖히고 눈을 감은 채 입을 크게 벌리고 있어 황홀경 속에 빠져 있는 것 같았다. 청바지를 입고 있었지만 상반신은 벗은 모습이었다. 앞쪽으로 길게 늘어진 검은 머리 사이로 보이는 젖꼭지에 하비는 자기도 알 수 없는 돌발적인 충동이 느껴졌다. 그러나 그것도 잠시, 레슬리 비켈의 왼손 팔꿈치 안쪽, 푸른 혈관에 꽂혀 아래로 늘어진 은빛 주사바늘을 본 순간 그런 충동이 사라져 버리고 말았다.

하비는 거기에서 더 이상 상세하게 상황을 알아보고 싶지 않았다. 몸을 떨면서 아파트를 뛰쳐나와 계단을 뛰어내려와 자기 방으로 들어간 그는 전화로 경찰을 불렀다.

플라이서 경감은 세부적으로 상황을 조사했다. 방바닥에 벗어놓은 스파터 대학의 운동복. 부드러운 팔에 주사 바늘을 꽂으려고 황급히 옷을 벗었을 것이다. 팔을 걷어 올리려면 소매가 꽉 조여지기 때문에 마약 상습자들은 운동복 같은 것을 기피하는데, 그 점을 모르는 것으로 볼 때 그녀가 마약을 시작한 건 그리 오래된 것은 아닌 듯했다. 이것도 경감의 판단이었다. 이 아가씨는 마약을 시작한 지 얼마 안 된다. 짐작한 바와 같이 팔에는 주사 바늘 흔적도 별로 없고 아직 한 번도 꽂지 않은 혈관들이 많았다. 그리고 오른손으로 바늘을 꽂고 있는 상태다. 장기간 마약에 중독된 사람은 모두가 스위치 히터(야구에서 좌우 양쪽에서 칠 수 있는 타자)인 것이다. 왼쪽팔에 꽂았다가 끝나면 오른쪽 팔로 옮기고 좌우의 넓적다리로, 발끝, 혀밑 등으로 확대되는 것이다.

'약물의 과잉 투여가 16건 째인데, 사람이 죽은 건 이번이 처음이구나. 빌어먹을 HOG(돼지)의 짓이 아니라면 HORSE(말. 속속로 '헤로인'이라는 뜻)의 짓인가, 농담이 너무 심하군.' 플라이셔는 생각했다.

만일 아래층 여드름투성이 녀석의 이야기에 일관성이 있었다면 플라이셔는 여기 현장까지 출동하지 않았을 것이다. 그런 일이 아니더라도 골치 아픈 일이 산더미처럼 많다.

적어도 경찰에게 직무태만이라고 말할 사람은 하나도 없을 것이다. 플라이셔는 최소한 몇몇 경찰관만을 리드 집 현장에 남겨놓고 순찰경관, 형사, 감식과 직원, 검시과 직원 등을 이끌고 여기에 왔다. 오는 도중 차 안에서 뷰얼 테이섬이 입을 열었다.

"항상 여행 대원들 같군요, 경감님."

플라이셔가 씁쓸하게 대답했다. "우리들은 서커스의 퍼레이드와 비슷하지! 참으로 견디기 어려운 직업이야!"

그에게는 이 쇼를 끝까지 볼 생각이 없었다. 심각할 만큼 피곤했다. 증거를 가지고 현장에 온 형사 이름도 생각나지 않을 정도였다.

"세면대에 막혀 있던 것이 이것입니다." 이름이 생각나지 않는 그 형사가 말했다. 경감의 눈에는 텅 빈 플라스틱 용기처럼 보였다.

"뭐야, 그게? 공기인가?" 경감이 불쾌한 듯이 말했다.

"아닙니다. 다릅니다. 플라스틱 용기인데……."

"그걸 모르는 사람이 어디 있나? 바보로군! 그 속에 증거가 있느냐는 거야, 호킨스!"

맞다. 호킨스다. 화가 나서야 이름이 떠오르는군.

"네!" 호킨스는 침착하게 계속했다. "여기 제가 들고 있는 것은 플라스틱 용기에 '들어 있는' 플라스틱 용기입니다. 이것이 세면대를 막아서 물이 넘친 것이지요. 그 속에는 양초와 스푼도 있었으니까 마약도 들어 있었다고 생각됩니다. 분명히 욕실에서 주사를 맞았을 것입니다."

플라이셔가 그에게 뜨거운 시선을 보냈다. "항상 그런 식으로 생각하면 어떻게 되는지 알고 있는가, 호킨스?"

호킨스가 경감의 눈을 주시했다. "알겠습니다. 형사부장이 될 수 있겠죠."

플라이셔가 웃었다. 이것으로 하루가 지나갔다. "잘했어, 호킨스. 그런 식으로 조사하는 거야. 잘 해보게. 나는 셔너시와 함께 돌아가겠네. 한숨 때려야겠어. 한 가지 부탁이 있는데."

"경감님!" 문 밖에 배치됐던 피어리 순경의 소리였다. "레슬리 비켈을 만나고 싶다는 남자가 왔습니다."

경감의 귀에는 다른 소리도 들렸다. "어이, 조심하시오. 일을 복잡하게 만들려고 하는 것이 아니오. 그녀와 이야기할 일이 있을 뿐이오. 벌써 체포했다고요? 어떻게 알았지요?"

플라이셔는 그 목소리의 주인공을 알 수 있었다. 이 녀석, 이런데서 도대체 무엇을 하고 있는 것이냐? 그것을 알 수 있는 방법은 하나다.

"안으로 들어오게." 그는 큰소리로 말했다.

새로 온 사람은 키가 크고 핸섬했다. 금발이었고 큰 사각 안경을 쓴 회색눈이 풍부한 표정을 발산하고 있었다. 그러한 눈으로 그는 플라이셔가 가리키는 곳으로 시선을 돌려 시체를 보았다.
 "무슨 일입니까?" 그는 이렇게 말하고는 이해할 수 없다는 표정으로 경감을 보았다.
 "무슨 일인가, 젠트리?" 경감은 조용하게 물었다.

6

 2월 1일, 뉴욕에서 오후 10시 36분에 도착하는 비행기편으로 교수가 방문했다. 그뒤 이틀 반에 걸쳐 불어닥친 눈보라 때문에 귀넷 지역이 폐쇄되기 직전이었다. 론은 공항에 늦게 도착했다. 도착 시간을 미리 알려주지 않았기 때문이다. 교수는 그럴 필요가 있다고 생각될 경우 혼자서 활동한다. 레소토의 호텔에서 론의 연락을 받은 것도 정말 하루 반 만이었다. 론의 편에서도 교수의 위치를 확인하는 데도 족히 하루가 걸린 것이었다.
 갑자기 남을 놀라게 하는 평소 버릇대로 교수는 론의 전보에 대해서도 회답하지 않았던 것이다. 느닷없이 도착하여 론에게 마중 나오라고 전화한 것이다. 론은 30분 안에 공항에 가겠다고 대답했으나 계속되는 눈 때문에 거의 1시간도 넘게 걸렸다.
 핸들을 잡고 자꾸 옆쪽으로 미끄러지는 고생을 하면서도 론은 무의식 중에 웃음이 나왔다. 베네데티의 사고 방식을 잘 이해했기 때문이다. 만일 회신 전보를 보냈다면 공항에 신문 기자들이 대기하고 있었을 것이다. 물론 카메라맨도. 그뿐만이 아니라 정치인들도 악수를 나누면서 이러한 어려움을 타개하는 데 있어서 교수에게 큰 기대를 갖고 있다고 연설했을 것이다.
 교수가 그런 일을 하도록 방치할 리가 없다. 론 젠트리에게는 자기가 살아 있는 동안에 니콜로 베네데티가 정치가의 자기 선전에 이용되는 광경을 볼 수 없을 거라는 사실을 잘 알고 있었다.

공항 터미널은 정면을 유리벽으로 가득 채운 거대한 녹색 건물이었다. 론은 차를 주차시킨 다음 안으로 뛰어갔다. 흐린 안경을 깨끗하게 닦고 건물의 중앙 로비로 가서 개성이 강한 교수의 모습을 찾았다. 눈에 띄지 않았다. 론은 교수가 충동적으로 뭔가를 하지 않고 있으면 좋으련만 하고 생각하면서 이리저리 찾아다녔다.

담배 가게에서 간신히 교수를 발견했다. 카운터 저편에 있는 매력적이며 포동포동한 피부의 중년 여성에게 플로렌스 사람 특유의 마법을 시도하는 중이었다. 론이 보기에 이미 교수는 그 여자의 웃음과 호감을 독점하고 있었다. 젠트리가 여러 가지로 생각해 볼 때 교수는 방탕자였다. 이 늙은 교수가 여성에 대하여 놀랄 만한 성공을 거둘 수 있는 것은 용모 때문이 아니란 것을 론은 알고 있었다. 만일 니콜로 베네데티가 매일 서구식 면도기로 수염을 깎거나 트위드로 만든 옷을 깨끗이 매만지거나 나비넥타이를 매는 데 꼼꼼하지 않다면 누가 보아도 떠돌이 방랑자처럼 보였을 것이다. 몸매는 듬직한 편이지만 야무진 데가 없었다. 헐렁헐렁한 양복을 입은 교수는 모양 없이 용접된 쇠뭉치처럼 보인다. 크고 거친 손은 소맷부리부터 볼품없이 길게 나와 있다. 걸어갈 때는 작은 머리를 앞으로 쑥 내밀고 미끄러지듯 나아가는데, 철길 위에서 움직이는 듯했다. 그 이유는 교수의 걸음이란 단순히 목적하는 곳에 도착하는 것을 의미할 뿐이 아니라 거기에 가는 도중에도 참으로 우아한 인상을 보여주기까지 하기 때문이다.

론은 늘 생각하는 것이지만 기운이 센 몸에 조그만 머리를 올려놓은 교수는 엘 그레코의 그림 같았다. 그 머릿속에 이 세기 최고의 두뇌가 가득 차 있다는 것은 믿기 어려운 일이었다.

교수는 말로 표현하기 어려운 모습을 하고 있다. 이마는 높고 턱은 작고 짧으며 눈은 검게 빛나고 그리고 놀랄 만큼 섬세한 코와 입을 갖고 있다.

'족제비처럼 뾰족하고 긴 얼굴'이라고 하는 것이 적절한데, 오해가 생길 수도 있겠다. 교수에겐 고결하면서도 귀족적인 분위기가 있기 때문이다. 장엄한 족제비라고 해둘까. 흰 담비라고 해도 괜찮을 듯하다.

교수는 그 여성과의 대화에 열중한 나머지 론의 모습도 보지 못했고 발소리조차 듣지 못했다. 젊은 탐정은 교수의 뒤편에 서서 말했다.

"스파터에 오신 것을 환영합니다, 교수님."

교수가 그를 웃음으로 반겼다.

"오! 로널드, 나의 친구여! 다시 만나니 반갑군. 마침 이 마칼로이 부인에게 자네 이야기를 했었지. 이곳 여성들은 내가 있을 때와 변함없이 모두 매력적이야. 자네를 기다린 63분도 잠깐 사이 지나가 버렸지."

짓궂거나 남을 비꼬는 습관은 베네데티의 최고 무기이다. 이럴 땐 이탈리아말 사투리가 더욱 효과적이다.

그러나 교수가 비꼬는 것에 젠트리가 동요하던 것도 옛날 이야기이다.

"죄송합니다, 마에스트로. 택시를 잡든지 리무진을 부르든지 하겠습니다!"

"천만에! 그렇게 하면 차 안에서 자네와 즐거운 대화를 나눌 수 없게 되지. 로널드, 내가 그런 사람처럼 보였다니 의외로군."

교수는 참으로 실망하는 듯이 머리를 흔들었으나 검은 눈은 빛나고 있었다. 론에게는 이 구두쇠 노인네가 택시 요금을 지불할 생각이 없어서 이런다는 것쯤은 알고 있었다. 다른 것도 마찬가지지만 니콜로 베네데티 교수는 어떤 대금 지불도 절대로 하지 않기로 유명했던 것이다.

교수는 1달러 75센트짜리 시가 상자를 집어들면서 마칼로이 부인에게 이렇게 말했다.

"아름다운 부인이여! 이것으로 정합시다. 이 담배를 한 대씩 피울 때마다 당신을 생각하겠습니다."

그리고 론 쪽을 향해 소곤거렸다.

"로널드! 잠깐 생리적인 요구에 응답하지 않을 수가 없으니 이 담배 좀 부탁하네. 그리고 나서 출발하도록 하지."

그가 마칼로이 부인에게 작별의 미소를 던지자 그녀는 소녀처럼 우물우물 망설이고 있었다. 교수가 가게에서 나오려는 순간에 그녀가 느닷없이 말했다.

"가르쳐 드린 전화번호 잊지 마세요!"

론은 막 값을 지불한 시가 상자와 카운터에 서 있는 부끄러워 얼굴이 빨개진 부인을 응시하면서 빙그레 웃었다. 그는 베네데티의 두 가지 승리라고 생각했다. 매사가 항상 이런 식이었다.

특히 교수가 가지고 온 화구와 짐을 잘 챙겨 론은 트렁크 속에 넣었다. 교수에게 그림을 그리는 일은 본업을 추진하는 데 도움이 된다. 더구나 다른 이름을 내건 그의 그림이 유명 미술관에 전시되기도 했다.

교수의 뒤를 따라 운전석에 앉은 론은 머리에 내려앉은 커다란 눈송이를 털어내며 시동을 걸었다. 교수에게 여행이 재미있었느냐고 물었다.

"물론 즐거웠지. 이 자연의 대 스펙터클은 어느 것보다도 훌륭하지."

그는 창밖의 눈보라를 바라보았다.

론은 투덜투덜 불평했다. 눈, 특히 스파터의 눈에 대한 서로의 관점은 매우 판이한 것이었다.

그런데 베네데티는 수다쟁이처럼 화제를 바꾸는 것이었다.

"나는 언제나 일반적인 '여성운동'의 지지자는 아니야. 여자와 남자의 현격한 차이를 최소한으로 줄이려는 시도일 뿐이지. 그런데 최근에 박수를 보내지 않을 수 없는 것을 한 가지 배우게 됐지.

런던에서 뉴욕까지 가는 비행기 안에서 어리석고 재미도 없는 여자라고 생각했던 여자 승무원이 사실은 아름답고 성숙한 여자임을 발견했거든. 이번 여행에서 나 혼자 우연히 만났지. 참, 그래 여행이라는 말이 나왔으니 하는 말인데, 여기에서 누가 내 여비나 경비를 지불해 주는지 몰라서 항공회사에는 자네에게 청구하도록 말해 두었다네. 그래, 어떤 스튜어디스를 만났는데, 아니 그녀들이 좋아하는 말로 '비행 안내원'이라고 할까. 그 아가씨가 매력적인 손님 한 사람을 '비행기를 갈아타려고 기다리고 있는 분'이라며 소개해 주더구먼. 그건 아주 뜻밖이었지⋯⋯."

론은 그 이야기가 몇 시간이고 계속될 것 같아 이번에는 그의 쪽에서 화제를 바꾸었다.

"사건에 대해서는 어느 정도 파악하고 계신가요, 마에스트로?"

그는 교수에게서 배운 대로 주의깊게 발음했다. 미국인들은 일반적으로 '마에스─트로'라고 발음하지만 사실은 '마─에이스─트로'인 것이다.

"사건에 대해 말인가?"

교수가 말했다. 그는 그것을 음미라도 하는 듯한 여유 있는 태도였다.

"뉴욕 시의 신문을 읽어보면 상당히 흥미가 있지. 진짜 악이 활동하고 있는 것 같아. 그러니까 자네와 자네 친구인 플라이서 경감이 나에게 HOG를 다룰 기회를 준 것에 대해 즐겁게 생각하고 있지. 참으로 고마워."
교수는 다시 창밖의 눈보라를 바라보았다.
약간 몸서리치면서 교수가 말했다.
"그렇지만 자네, 우선 먼저 특별히 의논해야 될 일이 하나 있지."
"특별히요?"
"물론, 자네가 고맙게 사준 시가에 관한 것인데 그 대금을 내가 갚아야 돼."

론은 그 문제에 대하여 염려할 필요가 없다고 말하려고 했다. 시가 한 상자 가격이 교수에게 지불되는 레소토-나이로비, 나이로비-런던, 런던-뉴욕, 뉴욕-스파터에 이르는 항공 요금에 비하면 공짜와 다름없기 때문이다. 그런데 론은 니콜로 베네데티가 돈을 주겠다고 스스로 말한 전례가 없었기 때문에 놀라서 말조차 나오지 않았.

교수가 지갑을 끄집어냈을 때 그저 도로만을 내다보고 있을 뿐이었다. 론은 돈을 주리라고 반쯤 기대하면서 주면 꼭 챙길 작정이었다. 지갑에서 돈을 끄집어내는 교수의 모습이 시야에 들어왔다.
"자! 이봐, 자네!"
교수가 다정스럽게 말했다.
론은 손을 내밀었고 돈의 감촉을 느꼈다. 그러자 교수가 이렇게 말했다.
"이 모로코 돈 딜함을 달러로 바꾸는 것을 자네가 쉽게 할 수 있겠나?"
론은 자기의 어리석음을 깨달았다. 좀더 빨리 예상했어야 했다.
"할 수 없어? 그래."
이렇게 말하자마자 교수는 재빨리 돈을 지갑 속에 다시 넣었다.
"늘 여행을 하니까 어떤 화폐가 어디서 사용되는지 쉽게 잊는 경우가 많지. 물론 자네에게 폐를 끼칠 거라고는 전혀 생각하지 못했어. 이번 일에 관해서는 다음 기회에 해결하도록 하지. 괜찮겠지?"
"좋습니다, 좋고요."
"여기에 있는 동안 나는 어디서 묵게 되는가?" 교수는 그것을 알려고 했다.
"미리 통고해 주시지도 않고 심각한 눈보라 날씨인데 일요일 밤 11시에 도착해 그런 말씀을 하십니까? 시 당국에서도 전혀 준비할 틈이 없었으니까 당연히 저의 숙소로 모실 수밖에 없겠습니다."
"그것도 좋지. 나에겐 안성맞춤이지."
'그렇고말고, 팁 줄 사람이 없으니까.' 이렇게 론은 생각했다.

시가지가 남쪽으로 확장되기 전까지는 론의 집은 사냥꾼들의 산막이었다. 현재 집의 뒤쪽으로는 철도가 달리고 있고 앞쪽은 주(州) 고속도로의 우회도로와 접하고 있다. 그러나 주위에는 울창한 떡갈나무와 밤나무가 20세기의 파도를 저지하고 있었다. 내부에는 많은 나무를 활용하여 장식되어 있었고 조각물들도 세워져 있었다. 근무 도중 콘크리트 속에 감금된 듯한 느낌에서 해방시켜 주었다.
늘 하던 대로 베네데티 교수는 곧 일에 착수하려고 하는 것 같았다. 베네데티는 사건에 착수하고 있는 동안만은 여성과 관련된 분위기를 완전히 차단하고 있었는데, 그의 말을 빌리면 사건을 신속하게 해결하기 위한 원칙이라는 것이었다. 론에겐 수요일, 레슬리 비켈의 시체가 발견될 때까지의 상황에 관한 경찰보고서 복사본이 준비되어 있었다. 론이 큰 화강암 난로에 불을 피우고 있는 동안 교수는 붉은 와인 글라스에 입을 대면서 그 보고서를 읽고 있었다.
두 사람은 거의 동시에 각각의 작업을 끝냈다.

교수가 입을 열었다. "이 보고서에서 플라이셔 경감의 실망이 얼마나 큰지 깊이 이해할 수 있었네." 그는 심술궂게 웃었다.

"엘레거라는 여자의 남자 친구 칼튼 맨츠에 대해 읽어보았지요? 영리한 젊은이더군요."

"확실히 그런 것 같더군."

"그리고 맨 처음 사람이 죽은 후 플라이셔가 여러 가지로 사정을 들어보았는데, 젊은 맨츠 군은 사정 청취를 할 장소를 지정했을 뿐 아니라, 플라이셔가 그녀가 가지고 있던 피임용 페서리로써 위협했을 때도 대답을 논리정연하게 했던 것이지요."

"바로 그 점을 흥미 있게 읽었네. 맨츠의 주장은 엘레거 양이 자기보다 몇 개월 연상인데 자기가 17세의 미성년일 때 그녀는 한발 앞서 18세가 되었다. 그러니까 책임을 지는 것은 자기가 아니고 엘레거 양이라는 것이지. 미성년자의 복지를 위협했다는 점에서 그녀가 법 해석상으로 유죄라는 것이야. 그렇지, 로널드, 젊은 세대는 자네나 나의 세대와 마찬가지로 성적으로 적극적이지 못한 거야. 적어도 우리는 성에 관해서 부끄럽게 생각하고 몸가짐을 조심하고 있었어. 비록 그것이 부모님을 안심시키기 위한 것일지라도.

계속해서 말해 두겠는데 최초의 살인에 사용된 방법이 아무래도 문제가 될 것 같아. 그 표지판은 경찰이 보관하고 있겠지?"

론이 틀림없이 보관중이라고 대답하자 교수는 "좋아, 보러 가야지" 하면서 와인에 다시 입을 갖다 댔다.

베네데티 교수가 말하는 대로 메모하면서 론은 침묵을 지켰다. 언제나 베네데티는 자기 눈으로 현장을 보고 '잘 모르겠다'고 하면서 증거물을 감식 담당자에게 떠넘기는 습성이 있었다.

"그런데 이것은 문제야." 교수가 보고서를 가볍게 두드리며 말했다. "시의 고위층이 무엇 때문에 나를 초빙했는지 모르겠어. 더구나 보통의 수고비로……."

"네, 마에스트로(대가·거장·), 수고비에다 범인과의 면담 2시간입니다만. 만일 범인이 잡힌다면요."

베네데티는 부드럽게 웃었다. "좋아, 자네. 하지만 이 다음엔 인플레를 염두에 두어야 할 거야. 그러면 이제 다른 문제를 이야기해 볼까. 오늘부터 착수하려면 지금 모든 사실을 알아두어야 하는데……."

론이 수긍했다. "마에스트로, 이것은 좀 다른 이야긴데요."

1월 28일 수요일 오후는 평소와 같은 순서로 진행되었다. 플라이셔의 직감에 따라 HOG 사건에 배치된 형사들은 데비 리드가 죽은 자택 부근을 조사했지만 전혀 아무런 성과가 없었다. 어느 누구도 무엇 하나 본 사람이 없었다.

"잘 되어 갑니까, 형사님들. 그날 아침 제가 일어나 보니 날씨가 아주 좋았어요. 알고 계시죠?"

베테랑 형사들은 아이의 목을 자른 범인이 있다고 하면 문자 그대로 피를 뒤집어썼을 것이라면서 소년의 사망은 사고임에 틀림없다는 의견으로 모아지고 있었다.

레슬리 비켈의 아파트 현장을 조사한 후 다른 형사팀을 거기에 남겨놓은 플라이셔 경감은 부인이 기다리고 있는 집으로 돌아왔다. 뷰얼은 〈클랜트〉 신문사의 사무실에 들러 기사를 마감하고 시내의 또 한 곳을 거친 다음 아내 디둘 체스터의 기분 좋은 품으로 달려갔다.

전날 밤 실컷 잔 론 젠트리는 잠시 현장에 있었다. 레슬리 비켈이 팬 비자로, 즉 '마약의 교황'으로서 잘 알려져 있는 조지 루이스 버스케이스와 어떤 관계를 맺고 있었다는 흥미로운 사실을 형사가 확인했을 때도 론 젠트리는 거기에 있었다. 그 버스케이스는 너무나 강력한 헤로인을 열다섯 보따리나 팔다가 얻어터져 병원으로 운반되었다. 그리고 비켈 양의 시체는 검시 해부 리스트의 맨 끝에 등록되었다.

한편, 하비 프랭크의 증언에 의하면 비켈 양의 현재 남자 친구로 그녀가 죽은 날 밤에 그 방에서 미친 듯이 노발대발했다는 테리 윌버는 전혀 모습을 볼 수 없었다. 윌버는 정원사라서 겨울에는 일이 없고 헨리 거리의 아파트에도 돌아오지 않았다. 경찰은 그를 계속 찾고 있을 것이다.

론 젠트리는 현장에서 의뢰인인 해럴드 애틀러의 사무실로 갔다. 그리고 부분적으로 몇 가지를 말했다. "그런 이유로 애틀러 씨, 대충 본 바에 따르면 이런 형편입니다. 당신의 대학원생 조수가 지난 2, 3개월 동안 헤로인을 맞고 있었지요. 보통의 경우……"

"그렇지만 이유는? 나는 전혀 알 수가 없군!" 애틀러는 반론하듯이 말했다.

"저도 똑같습니다, 애틀러 씨. 납득될 수 있는 마약 사건은 하나도 없어요. 자기가 자기를 벌하여야 되는 사람도 있습니다. 어쨌든 지금까지 레슬리가 돈에 구애받은 일은 한 번도 없었습니다. 부친이 자산가여서 많은 돈을 송금해 주었으니까요. 그런데 이유는 알 수 없지만 이 달의 송금은 늦게 도착했어요. 그녀가 쓴 기록을 조사했는데 송금은 1주일 전에 도착했어야 했거든요. 아마도 버크서 언덕의 눈더미 붕괴 사고에 휩쓸렸던 그 우편차에 우편물이 실려 있었겠지요.

그런 이유 때문에 레슬리는 돈이 없었고 약도 떨어졌습니다. 마약 상용자에게는 무엇보다도 약이란 것이 최우선이니까 무슨 방법으로든 그 약을 입수해야 했습니다. 거기에 당신의 5천 달러가 등장한 것이지요. 레슬리에게는 당신이 산타클로스로 보였을 것입니다. 그것이 있으면 약을 구할 수 있고 궁지에서 빠져나올 수 있었기 때문이지요.

 아마도 그녀는 돈을 탈취하자마자 즉시 딜러에게 연락하고 자기 아파트로 급히 귀가했을 겁니다. 거기에서 불행한 일이 두 가지 있었습니다. 하나는 물이 흐르고 있는 세면대 옆이나 위에 약을 올려 놓았다가 그것이 떨어져 흘러 버린 것이고, 또 하나는 약 그 자체가 지나치게 강했다는 것. 약물과다가 될 만큼 강했던 것이지요."

 애틀러는 옆에서 보기에도 쉽게 알 수 있을 만큼 깜짝 놀랐다. 5천 달러는 남몰래 변상하면 된다. 그리고 돈에 대한 부주의도 젠트리와 경찰, 그 자신만이 알고 있으니 그것을 누구도 퍼뜨릴 리가 없다. 그런데도 그녀가 그렇게 어리석은 짓을 하다니 놀라운 일이다. 강의할 때는 크게 도움을 주었는데. 어쨌든 애틀러는 5천 달러로 교훈을 얻게 된 것이다. 이것으로 사무실에 있는 녹색 신사복을 입은 흥미 없는 남자도 두 번 다시 이번처럼 만날 일이 없을 것이다.

 애틀러는 한숨을 쉬면서 마음을 진정시켰다.

 "얄궂은 일이라고 생각하지 않소, 젠트리? 레슬리는 나쁜 일에 쓰려고 돈을 훔치고, 그것도 문자 그대로 하수구로 흘러가 버렸으니까."

 이렇게 말하면서 머리를 흔들었다.

 "그것이 아닙니다." 론 젠트리가 정정했다. "목욕탕의 바닥으로 흘렀지요. 플라스틱 용기가 세면대를 막히게 했고요."

 "그렇군." 애틀러는 이야기가 중간에 차단되는 데 익숙하지 못했다. 론의 한마디에 그는 순간 어안이 벙벙했다.

 얼마 후 애틀러가 입을 열었다. "이 이야기, 틀림없겠지?"

 론은 머리를 긁적였다. "절대로 확실하다고 단언할 순 없지만 더 이상 깊이 파고들면 당신에게 난처한 일이 생길 수 있어요. 예를 들면 그녀의 아버지를 만나 5천 달러를 요구한다든가 하면……."

"그런 일은 더 이상 하지 말아야 된다고?"

"그렇다고 생각합니다. 돈이 회수되지도 않을 것이고, 나도 수고료를 청구하지 않겠습니다. 별로 한 일도 없고요. 이번 사건 하나는 이것으로 끝났다고 생각하는 것이 좋을 겁니다."

그런데 그렇게 되지 않았다. 뷰얼 테이섬이 다음과 같은 편지를 받은 것이다.

편지는 1월 29일 목요일 점심 때쯤 〈클랜트〉 신문사 사무실에 도착했다. 파란 잉크의 볼펜을 사용한 블록체로 쓰여진 글자를 보자 지시받은 대로 즉시 경찰에 전화했다. 그 서체는 몇천 통의 가짜 HOG 편지가 와도 즉시 분간할 수가 있었다.

지문 검사 담당 남자와 함께 플라이서 경감이 달려왔다. 봉투에서는 뷰얼의 지문만이 나타났다. 우편 배달부의 것조차 없었다. 겨울에는 모두 장갑을 끼고 있는 것이다. 편지에서도 지문은 검출되지 않았다. 항상 눈에 띄게 주제넘지 않으려고 신경 쓰는 셔너시 형사부장이 드디어 '제기랄' 하고 투덜거렸다.

그런데 편지의 내용 자체가 이제까지와는 약간 달랐다. 자세하게 기록되어 있었다. 내용은 이러했다.

테이섬에게

경찰에게 이번은 하루에 두 사람 해치웠다고 전하라. 하긴 나의 계산상으로 한 사람 반이지만. 그 여자는 처음 팔에 주사바늘을 꽂을 때부터 죽음을 향해 걷기 시작한 것이다. 대학의 운동복은 어디 있었나? 벗었을 때 어디에 방치했는지 보지를 못했군요. 그 남자아이는 슈퍼맨처럼 되고 싶다고 말해왔는데 불사신이 아니어서 유감이군요. 다음엔 세 사람으로 하지. 그때까지.

HOG

편지를 다 읽은 플라이셔 경감은 미친 듯이 분노했다. 30년 만에 처음으로 교통과로 복귀하고 싶다는 생각을 했다. 시내를 다니는 사람들에게 자기와 같은 비참한 기분을 느끼도록 해주고 싶었다.

그가 입을 열었다. "좋다. 확고한 태도와 자세를 갖추자. 전부 재조사를 시작해. 맨츠도, 여드름 남자도, 젠트리도, 누구나 모두. 시장에게는 내가 만나러 가겠다고 전해."

그때 시장은 손님과 이야기중이었다. 젊고 풍채 좋은 시장에게는 어여쁜 부인과 귀여운 아이가 하나 있었다. 시장은 비서나 매춘부나 다른 여자와의 바람 핀 사실이 알려진 것도 전혀 없다. 그는 시장 자리를 매우 좋아했다. 그래도 그 이상으로 상원의원의 자리에 매력을 느끼고 있었다.

시장을 찾아온 손님은 뉴욕 시 정계에서 강력한 영향력을 갖고 있는 할리 래너건이었다. 도저히 만나지 않을 수가 없었던 것이다. 시장에게 성실성이 부족해서가 아니었다. 그 자신도 마음속 깊이 HOG를 체포하고 싶었던 것이다. 유권자들이란 그러한 것을 철저히 기억하고 있기 때문이다. 그런데 HOG는 아직도 이 거리에서 도망치지 않고 있었다. 래너건은 뉴욕으로 다시 돌아갔고, 거기에서 1911년 그가 2살 때 떠나온 아일랜드로 가기 위해 센티멘털 저니호로 출발했다. 플라이셔는 나중에라도 만날 수 있는 것이다.

시장의 비서는 땅딸막하지만 쾌활한 여자다. 시장이 그녀를 채용한 것은 유혹당하지 않으리라는 느낌 때문이었다. 어쨌든 그녀는 유능했고 아주 충실했다. 그녀는 시장의 이야기를 경감에게 전했고 그것을 들은 경감이 불쾌한 표정을 보이며 큰소리를 치면 그것을 당해내겠다는 당당한 태도였다.

"알겠어요, 기다리지요." 그런데 경감이 입을 닫고 감정을 억제하면서 부드럽게 말했기 때문에 그녀는 오히려 어찌할 바를 몰랐다. 덩치 큰 두 경관과 역시 키가 큰 기자를 내쫓는다는 것은 그녀에게 무리였다. 경찰을 부를 수도 없다. 그렇다고 해서 합중국 상원의원의 비서로 승진시켜 줄지도 모르는 시장의 말을 거역하고 싶지도 않았다. 결국 세 사람을 기다리게 했다.

플라이셔와 셔너시 그리고 테이섬은 기다리는 동안 사건에 대하여 이야기하고 있었다.

"기억나십니까? 사건 다음날에 편지가 도착한 것은 처음이지요, 그렇지요?" 셔너시가 말했다.

"그렇지. 이것은 작은 일에 불과해." 뷰얼이 대답했다.

"무슨 말을 하고 있는 거야! 처음 두 사건이 일어난 것은 저녁 때야. 우편물 수집이 끝났기 때문이지. 이번은 두 사람 모두 오전 8시 전에 죽었어." 경감이 투덜거렸다.

셔너시는 소극적이며 조심스러운 본래의 태도로 돌아갔다. 시장의 대기실에는 침묵이 흘렀다. 드미트리 박사가 들어올 때까지 그 상황이 계속됐다.

드미트리는 급히 경감에게 전할 것이 발견되어 시간이 없는데도 시체안치소에서 찾아온 것이다. 그는 세 사람의 우울한 분위기와는 반대로 기분이 매우 좋았다. 드미트리는 이들의 기분에는 관심도 없었다. 점심 식사 전에 또 하나 시체를 해부하는 것보다는 플라이셔의 노여움을 먼저 확인하는 것이 좋을 듯했다.

"여기에 계시다고 해서요." 드미트리가 경감에게 말했다.

"무슨 일이오, 드미트리?"

"비켈의 검시 해부가 끝났어요."

"그랬소? 사고에 의한 '약물 정량 초과'가 아니라는 증거는 없었소?"

"그게 아니에요. 그녀는 죽기 1시간 전에 유리에 상처를 입었어요."
"그것을 어떻게 알 수 있소?"
"오른쪽 손에 작지만 베인 상처가 있었어요. 그런데 그뿐만이 아니요."
"어떻다는 거요?"
"유리를 깼을 때 손뼈 세 군데에 금이 갔어요. 이것은 상당히 아팠을 거요."
플라이셔는 즉시 그 의미를 이해하고 흥분하기 시작했다.
"왼쪽 팔 혈관에 박힌 바늘로 볼 때……."
"그렇지, 발끝을 자유자재로 활용하는 곡예사가 아닌 한 레슬리 비켈이 스스로 찔렀다고는 생각할 수 없어요. 불가능해요. 요컨대 내가 온 것은 살인 사건이란 걸 알리려 온 거요."
"시간이 됐어. 자, 행동 개시야." 플라이셔가 말했다. 그는 시장의 사무실 문쪽으로 향했다. 깜짝 놀란 비서를 옆으로 밀어붙이고 거칠게 안으로 들어갔다.

"그쪽에서 전화가 걸려왔습니다. 시장실로부터입니다. 물론 뉴욕에 돈줄이 있는 한 시장이라고 해서 플라이셔를 호되게 꾸짖을 수는 없지요. 그래서 플라이셔가 우리들의 협조를 받으라고 간청한 것이지요." 론이 교수에게 말했다.

교수가 빙그레 웃었다. "자네도 이 사건에 참여하게 되어 좋아하고 있는 거지?"

"물론입니다, 마에스트로."

"그것에 관해 '물론'이라고 말할 것은 없지. 나의 제자 중에서 배운 것과는 관계없이 동업자를 발판으로 자기 이익을 추구하는 것은 자네 혼자뿐이야. 자네는 재미있고 흥미로우면서도 이해하기 어려운 점이 있어, 로널드."
"나는 생활하기 위하여 싸우고 있는 사립 탐정일 뿐입니다. 특별한 것은 없습니다."
"정치나 상거래에서 돈과 힘을 축적할 수도 있는데, 생활고와 싸우는 사립 탐정이군! 자네는 이해하기 어려운 사람이거나 바보나 둘 중의 한 사람인데 어느 편이냐 하면 바보는 아니거든, 친구. 왜냐하면 니콜로 베네데티가 바보와는 만나지 않으니까. 어쨌든 좋아. 우리 사업 이야기나 하지. 내일 우선 물증을 보고 싶은데 경찰이 보관하고 있을까?"
론이 수긍했다. "냉장고에 그때의 얼음까지도 잘 보관되어 있습니다."
"좋아! 그리고 증인도 만나고 싶어. 특히 테리 윌버란 남자를 만나고 싶은데……."
"플라이셔가 찾아내면…… 언제든지 가능합니다, 마에스트로." 론은 약속했다.
"부탁해! 그런데 이 사건에 관하여 경찰은 정신과 의사의 의견을 들어보았는가?"
"그럼요. 히긴스 박사로부터……."
"좋아! 나도 내일 그를 만나기로 하지."
"여자분입니다."
이 말을 들은 베네데티 교수는 크게 놀랐다. "그렇다면은 우리 친구 경감 자신도 권세 있는 여자의 힘 앞에 머리를 숙이지 않을 수 없다는 것 아닌가?" 교수는 수염이나 있는 것처럼 턱을 매만졌다. "유능한가?"
"열의가 대단합니다." 론이 대답했다. "플라이셔는 상당히 애를 먹고 있습니다. 정신과 의사에 대한 그의 편견이 있긴 하지만 직업 여성이란 점을 감안해서 여자 정신과 의사에 대한 올바른 평가가 나올 것입니다. 그녀는 젊고 침착한 편입니다만 이번엔 막중한 부담을 느끼고 있는 듯합니다. 도서관에서 언뜻 보았을 때 상당히 여러 가지로 의욕이 떨어진 것 같았으니까."

교수가 활짝 웃었다. "자네는 놀랄 만한 남자로군! 로널드, 체포하지 않으면 안 될 살인범이 있는데 책을 읽고 있었다니……."

"도서관에서 그놈을 추적하고 있었어요, 마에스트로, 경관이 시간이 없어 못 찍은 것을 1장 촬영했어요, 그것뿐입니다."

교수는 공항에서 구입한 고급 시가에 불을 붙였다. 성냥불을 시가 끝에서 좀 떨어지게 놓고 타들어가는 연기 속에서 붉은 빛이 보일 때까지 계속 빨아들였다. "자네가 느낀 것은?"

"이제까지는 몇 가지 공통점이 있는데 이것이 매우 흥미롭습니다. 여러 사람들로부터 이야기를 들으면 더 재미있는 이야기가 될지도 모르지요."

베네데티는 시가를 촛대처럼 반듯하게 세우고 의자 등에 기댔다. 남의 이야기를 들을 때 그의 일반적인 자세다. 아주 느긋한 자세에서 마음에 드는 제자 이야기를 듣기 위해 이렇게 말했다.

"시작하게, 로널드."

7

'음악의 신동'이라는 찬사와 기대를 받았는데도 그것을 포기하고 정신과 의사가 된 이유를 재닛 히긴스에게 묻는다면 그녀는 인간을 위한 봉사라든가, 참으로 중요한 일을 할 수 있는 기회를 얻을 수 있다든가 하는 여러 가지 이유를 말할 것이다. 그러나 사실상의 이유는 극비 사항이다. 그녀가 정신과 의사가 된 근본적인 이유는 정신과 의사에게 진찰을 받아야 되는 부끄러움을 피하기 위한 것이었다.

평소와 마찬가지로 히긴스 박사가 자기 분석을 하면, 예를 들면 자기는 항상 신경질 상태에 있다는 것인데, 자기에겐 고전적인 열등감이란 것이 있고 그것이 자기 존재를 증명하는 형태로 보완되고 있다고 보는 것이다. 음악 분야에서가 그랬고 지금은 현재의 직업 분야에서다. 어떤 분야에서든 그녀는 탁월했다.

그렇지만 재닛은 착한 아이인 체하고 있다고 스스로 생각하고 있었다. 어떻게 해서든 사람들을 속이지 않으면 안 된다. 그녀의 마음속 밑바닥에는 언젠가 본성이 발각되지 않을까 하는 불안감이 항상 도사리고 있었다. 20대 후반의 여자, 빠르게 노처녀로 다가서는 여자(아직 거기까지는 아니지만), 소나무처럼 가냘프고, 어깨는 넓고 가슴이 적은 여자. 볼품없는 코, 쥐색의 머리. 어렸을 때부터 원근 두 가지 렌즈의 안경을 가지고 세상을 보지 않을 수 없었던 갈색 눈. 그녀는 남의 눈을 속이는 데 익숙했다.

스파터 치안 빌딩의 계단을 뛰어오르던 재닛은 발이 걸려 넘어지고 말았다. 자기도 모르게 손과 발을 뻗으면서 노트가 바람에 날렸다. "드디어 찾아왔구나, 재닛!" 노트를 주우면서 그녀는 스스로에게 따지듯 말했다. 이런 경우는 근육 운동의 균형을 잃게 된다. 신경질이 나 있는 경우는 얼빠진 상태여서 자기 분석을 정상적으로 할 수가 없는 것이다.

재닛은 오늘은 새로운 목표 지점에 도달하겠다고 스스로 마음속 깊이 맹세하고 있었다. 이번 사건에 관하여 세계적으로 최고 권위자로 알려진 니콜로 베네데티 교수에게 이 사건에 대한 자기 견해를 설명하여야 되는 것이다. 베네데티 교수 같은 인간이 그녀로부터 과연 뭔가 배울 점이 있을까? 그녀의 설명을 믿지 않는 것은 아닐까? 재닛은 신경 쓸 것 없다고 스스로에게 타일렀다. 그녀의 허둥대는 태도는 훈련을 쌓은 과학자와는 전혀 달랐다. 자기 스스로도 열등신경증이라고 인정했으나 편집광과는 분명히 달랐다.

그런데도 재닛은 베네데티의 조수인 젠트리에 대해서는 신경 쓰지 않을 수가 없었다. 교수로부터 요청이 있었다고는 하지만 젠트리는 재닛이 대부분의 시간을 보내고 있는 도서관에 항상 나타나고 있기 때문이다. 자기 나름대로의 이론을 연구하기 위해서라고 말하고 있지만 그렇다고 하더라도 무엇 때문에 항상 자기를 주시하고 있는 것인가? 분명 아름답기 때문만은 아닐 것이다.

재닛은 절대로 믿지 않겠지만, 그때 증거물 보관실에서 플라이셔의 사무실로 통하는 치안 빌딩의 복도를 걸어가던 론 젠트리의 얼굴에는 재닛 히긴스 박사를 또 만난다는 사실이 즐거운지, 분명히 미소가 넘치고 있었다. 베네데티가 증거물 조사를 끝마친 바로 그 순간 그 미소가 떠오르기 시작했었다. 조사한 증거물은 뒤틀려 부러진 표지판, 맥주 깡통, 날카로운 얼음, 주사 바늘이었는데, 그것을 조사하던 교수는 무언가를 포착한 듯한 표정을 지었기 때문에, 론은 그것이 무엇인지 필사적으로 알아내고 싶었다. 그래서 사건 이외의 일에 관해서는 전혀 신경 쓰지 않았다.

그렇지만 조사가 끝나 자기가 좋아하는 일을 생각할 수 있게 되자 우선 재닛이 머리에 떠올랐다. 그것은 그녀의 아름다움 때문이었다. 재닛 본인은 볼품없다고 생각하는 코나 시력이 약한 눈에 대하여 론은 매력이 넘친다고 생각했다. 그녀는 특징 없는 자신의 머리색을 좋아하지 않았으나 론은 오히려 윤이 나고 풍족한 머리라고 생각했다. 그녀는 자신의 남자 같은 체격과 큰 키를 한탄하고 있었지만, 론은 그녀의 여성적인 히프와 늘씬하게 긴 다리에 매력을 느꼈다.

또 한 가지 론이 마음에 드는 것은 그녀가 진실로 얼마나 아름다운지를 알고 있는 사람은 자신뿐이라는 사실이었다. 그래서 자기가 위대한 탐정가 같은 느낌이 들고 그녀의 아름다움을 모르고 있는 다른 사람들보다도 훌륭한 것처럼 느껴지는 것이다. 이 사건이 해결되면 이 점을 분명히 밝혀두어야겠다고 생각했다.

베네데티가 플라이셔 사무실의 문을 열어 놓고 기다리고 있었다.

"들어와, 로널드. 그렇게 하루 종일 복도에서 멍하니 서 있을 작정인가?"

50센티미터 가까이 눈이 쌓이고도 계속 함박눈이 쏟아지는 복도 창밖을 뷰얼이 내다보고 있었다. 그렇지만 눈 오는 경치를 즐기는 것은 아니었다. 플라이셔의 표정은 바라보기 민망할 정도로 고뇌로 가득차 있었다.

뷰얼이 마지막으로 사무실에 들어갔다.

스파터에 온 지 얼마 되지 않았을 때 디들은 눈보라가 심할 때면 "아가야! 밖은 너무 춥단다" 하면서 나가지 못하게 했었다. 뷰얼은 그 장면을 떠올리면서 은근히 웃음짓고 있었다.

플라이셔의 찌푸린 얼굴을 보고 놀란 뷰얼은 정신을 추스렸다. 경감은 경찰이 조사해온 수사 내용을 요약하고 있다.

"용의자 문제인데, 사건 때마다 새로운 용의자가 떠오르고 있소. 현재 상황으로 볼 때 한 사람을 연쇄살인과 연결시킬 수는 없소. 더구나 모두들 살인 사건마다 완벽한 알리바이를 갖고 있거든."

"테리 윌버도 포함해서 말입니까?" 론 젠트리가 물었다.

"그럼. 차 속에서 두 여자가 죽었을 때 그는 YMCA에 있었지. 그렇다고 해서 사정 청취가 어렵다고 할 순 없지. 목격자라고? 목격자처럼 보여지는 것은 이 뷰얼과 엘레거, 하비 프랭크뿐이지. 뷰얼이 본 것은 우리들도 알고 있소. 바바라 엘레거는 표지판이 차에 충돌했을 때의 소리를 기억하고 있을 뿐이지. 프랭크의 말대로라면 윌버가 범인이라는 것이고, 이런 상황이오."

"그는 현장에 있었소, 경감." 베네데티가 말했다.

뷰얼은 경감이 베네데티에 대하여 갖고 있는 복잡한 감정에 놀랐다. 플라이셔의 씁쓸한 표정이 수상한 모습으로 변했다.

"결국, 윌버란 말입니까, 교수?"

"아직 그렇게까진 말하지 않았는데. 어쨌든 테리 윌버의 행동과 실종을 설명할 수 없는 추리는 잘못됐다고 생각합니다. 프랭크 씨의 말이 옳습니다. 윌버를 찾아야 합니다." 교수가 대답했다.

"정말 총력을 다해 노력합시다." 플라이셔가 설명을 계속했다.

"그리고 피해자들 문제인데, 공통점이 전혀 없소. 나이는 8세부터 10대, 20대 전반, 노인으로 이처럼 다양하고, 가정적으로도 비켈은 유복한 집안 출신이고 나머지는 중산계급입니다. 종교에 있어서는 링은 루터교, 샐린스키는 가톨릭교, 왓슨은 침례교, 비켈은 성공회입니다. 그리고 리드 집 사람들은 교회와는 거리가 멉니다. 거기에다 이해 관계, 경력, 취향, 기호, 직업, 모두가 각양각색이죠. 그 밖에 다른 것들에 관해서도 유능한 형사들 열여섯 명도 전혀 발견하지 못하고 있는 상황입니다."

그때 뷰얼이 입을 열었다. "틀림없습니까, 경감?"

이와 동시에 베네데티가 말했다. "아무것도?"

이때 당연히 플라이셔가 교수의 그 말 한마디를 곱씹는 것 같았다. 뷰얼은 후유하고 안심했다. 여러 가지 이유로 열심히 노력하고 있는 경감에게 어떤 암시를 자신이 직접하고 싶지 않았던 것이다.

"무슨 뜻입니까, 교수? 뭔가 느끼는 게 있습니까?"

"내가 아니고 나의 젊은 동료인데. 상당히 흥미 있는 발견을 한 것 같은데. 어쩌면 피해자가 이 이상일지도 몰라요."

경감은 금발의 탐정에게 빨리 이야기를 계속하라고 했고 뷰얼은 신문 제1면에 게재할 기사를 위해 메모할 준비를 서둘렀다. 그러나 젠트리는 이야기하려고 하지 않았다.

"우선 확인해야 된다고 봅니다. 엉뚱한 일이고 그래서 아무것도 아닐지도 모르고……." 그는 이렇게 버텼다.

그래도 플라이셔는 계속 이야기하라고 다그쳤지만, 교수가 경감에게 하던 얘기나 계속하라고 해서 젠트리는 모면할 수 있었다. 경감은 마지못해 이야기를 시작했다.

"나는 세 가지 가능성이 있을 것으로 생각합니다. 첫째, HOG는 각각의 피해자에 대하여 뭔가 원한을 갖고 있다는 가능성."

"아주 다양한 인간과 교제가 있었겠군." 교수가 투덜댔다.

"그렇소." 플라이셔는 위협적인 어조로 말했다. "그런데 여덟 살 아이에게 무슨 원한이 있겠느냐고 하면 첫 번째 가능성은 없어집니다. 둘째 똑같은 한 가지 이유 때문에 피해자 전부를 증오하고 있었을 가능성인데, 이것은 도저히 있을 수 없소. 피해자들이 함께 뭔가를 한 일은 없었을 테니까.

그렇게 되면 가능성은 단 하나. HOG는 피해자가 인간이라는 것 이외에 아무런 원한도 없다는 것이죠. 그놈은 머리가 좋을지는 모르지만 미치광이입니다. 머리가 좋은 것은 확실합니다. 두 사건을 완전히 사고처럼 가장시키고 나머지 두 사건도 거의 완벽하게 사고처럼 가장한다는 것은 머리가 좋다는 증거입니다. 히긴스 박사, 이런 문제는 당신의 영역이라고 생각하는데?"

"그렇습니다. 이 사건에 대한 당신의 생각을 꼭 듣고 싶은데요." 교수가 말했다.

재닛은 일어설 때 또 노트를 떨어뜨려, 얼굴과 목덜미가 붉어지는 것을 느꼈다. "재닛, 뭔가 연주해보렴." 이것은 어렸을 때부터 그녀가 가장 싫어했던 말이었다. 그런 그녀가 삶과 죽음의 문제에 대하여 독창회를 개최하는 것이다.

그런데 그것을 모면하는 방법은 그 일을 하는 길밖에 없다는 것을 재닛은 체험적으로 알고 있었다.

"이번 사건은" 이렇게 시작한 자기의 목소리가 시원시원하고 자신감에 찬 것을 느끼며 재닛은 스스로도 놀랐다. "몇 가지 점에서 과거에 발생한 비슷한 사건과는 다릅니다. 나로서는 그 차이가 무엇을 의미하는지 아직 확신할 수 없습니다. 하지만 우리가 찾고 있는 범인의 모습에 대해서는 어느 정도 해답을 가질 수 있다고 생각합니다. 제가 확신하고 있는 것은 HOG가 남자라는 것입니다."

교수가 가볍게 손뼉을 쳤다. "훌륭해요. 멋진 출발점이에요. 모두가 동감하리라고 생각합니다. 물론 나는 여성 살인범을 알고 있고, 대량으로 희생자를 낸 여성 살인범도 알고 있습니다. 그러나 자기 범죄를 자만하거나 과장하는 여성은 본 일이 없습니다. 정말 대단합니다."

재닛은 마음속 깊이 교수에게 감사했다. 그녀는 베네데티 교수가 겉치레로 말하는 사람이라고는 생각하지 않았다. 그가 칭찬했다는 것은 진실로 뭔가를 인정한 것이 된다. 더구나 HOG가 남자일 것이라는 것은 명백하다는 것을 그녀 자신도 확신하고 있었다.

"외모에 대하여 말한다면," 그녀는 계속했다. "신장은 아마도 표준보다는 작을 것입니다. 디설보도, 맨슨도 또 히틀러도, 나폴레옹도, 프랑코도, 모두 체구가 작지요. 어떤 경우에는 그것이 무력감을 더욱 부추기는 겁니다."

"무력감이라니? 그럼 HOG가 무력감을 갖고 있다는 말인가요?" 플라이셔가 물었다.

재닛은 처음에 가지고 있던 긴장이 풀리자 자기 이야기에 도취되어 플라이셔의 질문 속에 함축된 빈정대는 뉘앙스도 느낄 수 없었다. 그녀는 이야기를 계속했다.

"그렇습니다. 무력감입니다. 열등감이라고도 할 수 있지요. 그것이

다수의 살인을 범하는 사람의 '인생 패턴'인 경우가 매우 흔하지요. 아마도 HOG의 나이는 20대 중반이거나 후반, 그보다 좀 위일지도 모릅니다. 자기가 이젠 아이가 아니라는 사실에 직면한 시기지요.

HOG는 아마도 독신일 겁니다. 그리고 여성과 한 번도 원만한 관계를 유지하지 못했거나 혹은 항상 아주 손쉽게 여자와 교제했기 때문에 여자를 경멸하는 성격 가운데 하나일 겁니다. 만일 누군가에게 고용된 몸이라면 아마 심부름하는 정도의 일일 거라고 생각합니다. 자기 같은 남자가 할 직업이 아니라고 생각할 것입니다. 친구는 없을 것입니다. 직장 동료가 있다 해도 속마음을 털어놓을 수 있는 사람은 없다고 생각합니다.

가정에 대해 말하면 파괴된 가정이나 환경이 나쁜 가정에서 성장했다고 생각합니다. 부친이 그의 눈앞에서 어머니를 때리거나 그 자신을 때리거나 했을 겁니다. 섹스에 있어서는 그가 굴욕적이라고 생각되는 성행위를 강요당하거나 그것을 억지로 보게 만든 경우도 있을 겁니다." 안경을 닦으면서 재닛은 말을 계속했다. "이렇게 과거의 실례에서 생각할 때 HOG는 남성이고, 연령은 25세에서 40세 사이, 작은 체격에 파괴된 가정에서 성장한 인간입니다. 고독하고 자기에게 어울리지 않는 천한 직업에 종사하고 있다고 생각하며 성적으로도 만족하지 못하고 상당한 열등감을 갖고 있는 인간이라고 말할 수 있습니다."

베네데티가 헛기침을 했다. "로널드, 이 같은 조건을 충분히 갖고 있는 어떤 사람을 알지 못하나요?"

뷰얼이 입을 다물고 미안하다는 표정으로 말했다. "성생활에 대해서는 모르겠지만 몸매에 있어서는 하비 프랭크가 꼭 들어맞는다고 생각되는데. 그는 모두가 미남이고 매력적이라고 하는 테리 윌버에게 나쁜 감정을 갖고 있지."

"누가 열등감을 갖고 있는지 알고 싶다는 건가? 나야. 열등감을 갖고 있는 것은 이 나라고." 플라이셔가 으르렁거리는 소리로 말했다.

교수를 제외하고 모두들 약간 간살스럽게 웃었다. 교수는 공항에서 산 시가에 불을 붙이면서 이렇게 말했다. "이것으로 최소한 두 사람이 된 셈이군요, 경감. 이 HOG라고 하는 남자에게 존경심을 갖게 되는군요."

"무슨 이유에서입니까?" 뷰얼이 물었다.

베네데티가 경감에게 설명해 주라는 몸짓을 했다.

플라이셔가 입을 열었다. "요컨대 히긴스 박사님의 생각에는 감탄하지만……." 그의 태도에 비웃는 모습 같은 것은 없었다. "HOG란 자는 완전히 새로운 타입의 범죄자지요. 특별하지요. 그놈이 어떤 모습을 하고 있거나 왜 살인을 했는가 하는 것은 문제가 아니에요. 그것보다 그놈이 한 사실들을 더듬어보자고요. 그놈은 바바라 엘레거에 대해 수색했어요. 아마 세 사람 모두겠지만. 가방의 안까지 수색한 것이지요. 더구나 미리 수색한 거요. 뒤에 수색할 기회가 없었으니까. 그는 언제쯤 건설 현장 아래를 지나갈 것인가 알고 있었소. 거기에서 시간적으로 정확히 차와 부딪치도록 표지판을 떨어뜨렸고, 더구나 아무런 흔적도 남기지 않고 해치운 것이지요.

두 번째 살인에서 놈은 왓슨이라고 하는 노인과 알게 되어 2층으로 만나러 갈 정도로 친하게 되었어요. 그날 왓슨은 그놈 앞에 서서 계단을 내려가려고 했고 거기에서 HOG가 가볍게 밀었던 것이오. 이것으로 충분했지요. 집까지 그를 만나러 간 사람은 아무도 없었으니까. 물론 그 근방은 인적이 드문 곳이긴 하지만. 그리고 세 번째 살인을 하러 그놈은 레슬리 비켈의 아파트에 들어간 거지요."

뷰얼 테이섬이 말참견을 했다. "만일 그것이 테리 윌버였다면 어떻게 거기에 들어간 것인지 이상할 것도 없죠."

플라이셔도 인정했다. "그렇지요. 하지만 첫 번째 살인에 대해서는 알리바이가 있소."

"그는 흔적없이 사라진 것이지요." 공정한 판단을 위해 론이 덧붙였다. "그의 방에서 발견된 것을 잊지 마세요."

재닛이 머리를 돌렸다. "윌버의 방에서 무엇을 발견했나요?"

"그렇지, 잊었네요. 경찰은 중요하게 생각하지 않는 것 같은데. 오후에 교수님께 봐 달라고 부탁드릴 참이었습니다. 같이 가시겠습니까?" 론이 말했다.

"물론이죠, 교수님만 좋으시다면."

"상관없소이다." 베네데티가 말했다. 교수는 거의 말이 없었지만 그가 입을 열면 누구 이야기보다 중대하다는 것을 모두들 느끼고 있었다. 단순히 한마디로 제멋대로 굴러갈 듯한 대화를 중단시켜 버린 것이다. 교수가 말했다. "경감의 이야기는 아직 끝나지 않았다고 생각하는데."

플라이셔가 신음하듯 말했다. "감사합니다. 윌버의 문제인데 나로서는 그가 HOG라곤 생각할 수 없습니다. 자기의 여자 친구를 죽이기 위해 세 사람과 죄없는 아이들을 죽인 끝에 자취를 감춘다는 것을 이해할 수 없거든요."

"어쨌든 모습이 사라진 것은 사실이오. 찾아내야 합니다." 교수가 말했다.

"물론 알고 있습니다, 알고 있어요." 플라이셔가 말했다. 그는 초조해지기 시작했다. "어디까지 이야기했었죠? 그렇군요. 그놈은 레슬리 비켈의 아파트에 들어가 그녀의 상반신을 벗기고 주사기 속에 약을 넣어 그것을 찔렀습니다. 그 사이에 그녀는 얌전히 있었죠. 마약 상습자라면 조금도 이상한 일이 아닙니다. 그녀는 오른손을 쓰지 않았고 주사를 맞은 것은 왼팔입니다. 결국 그녀의 입장에서 보면 HOG는 친절한 아주머니처럼 생각되었을 겁니다. 이것은 이치에 맞는 이야기입니다.

그런데 HOG가 다음에 한 짓은 상식적으로 이해하기 어렵습니다. 리드 집안의 아들 녀석이 슈퍼맨 팬클럽에 편지를 보내려고 일찍 집을 나섰습니다. 그것을 HOG가 알았을 때, 레슬리 비켈의 시체는 아직 식지도 않았습니다. 그리고 밝은 아침 그 애의 집 옆 차도에서 뒤로 돌아가 날카로운 얼음으로 죽이고 도망친 거죠. 밝은 아침에 말입니다. 드미트리는 그놈은 틀림없이 솟구친 피로 온몸이 젖었을 거라고까지 말했습니다. 그런데 히긴스 박사." 플라이서는 깔보듯 하면서도 정중하게 결론지었다. "만일 HOG가 열등감을 갖고 있다면 그놈이 열등감을 느끼는 상대방 인간을 꼭 만나보고 싶군. 내가 보기에 그놈은 누구보다고 뒤떨어진 것이 없어요. 다만 미친놈이지."

재닛은 마음이 상했다. 누구보다도 열심히 HOG에 대한 인물평을 연구했는데. 자신이 잘못 생각한 부분이 있으면 확실하게 그렇게 말해주면 좋을 텐데. 이런 식으로 창피를 주지 않아도 될 텐데. 재닛은 지금 그렇게 말하려고 했다. 그러나 교수의 입이 더 빨랐다.

"좋은 말씀이십니다. 플라이셔 경감. 문제점을 솜씨좋게 적절히 표현하셨습니다. 하지만 HOG가 저지른 것 중에서 가장 주목할 만한 것을 빠뜨렸군요."

"그게 뭔데요?" 이것은 모든 사람의 질문이었다. 맨 처음 입을 연 것은 뷰얼이었다. 베네데티가 모나리자처럼 웃음 짓는 것을 론은 보았다. 그가 웃음 짓는 것은 만족하고 있을 때뿐이다. 교수는 왼쪽 손가락으로 오른손 손등을 잡고 있었다. 론은 항상 그의 그런 모습이 고양이 같다고 생각했다. 어딘가로 뛰어오를 것 같은 고양이의 모습과 비슷했기 때문이다.

교수가 대답했다. "그것은 말이지요, 테이섬 씨. 내가 알고 있는 한 HOG는 살인 현장에서 꼭 한 번쯤은 단서가 될 만한 것을 가지고 사라졌다는 사실입니다."

8

플라이셔는 뭐라고 투덜대고 있었다. 그 단서를 발견하는 기회를 놓친 형사를 오싹하게 혼내주려고 마음먹고 있었다. 그러나 지나친 화 때문에 목이 메어 말이 나오지 않았다.

론 젠트리 역시 불만스러웠다. 교수가 뭔가를 포착하고 있는 것은 알고 있었다. 경험 부족으로 아직 베네데티와 대등하다고 볼 수는 없지만 역시 통찰력이 부족했다. 빌어먹을. 론은 낙심했다.

재닛 히긴스는 자기의 가벼운 이중인격을 느끼고 있었다. 휘청거리는 꼴사나운 모양의 재닛이 제대로 일을 처리하지 못할 때는 유능한 전문가인 히긴스 박사가 뛰어들어 재닛을 구해주는 것이다. 그것이 다만 지금 일어났을 뿐이다. 그러나 준비하고 있었던 싸움은 불발로 끝났다. 그래서 베네데티 교수의 폭탄 발언에 대한 반응을 보는 데에도 여느 때보다 냉정하게 판단할 수가 있었다.

그녀는 플라이셔가 갖고 있는 인간적이면서도 무력감이 혼합된 노여움을 이해했고, 론 젠트리의 자기에 대한 초조감에 대하여도 동정했다. 한편 뷰얼 테이섬의 반응에 대하여는 직업상으로 약간 놀랐다. 그만큼 민감한 인간이라고는 생각하지 못했기 때문이다. 심하게 기분이 상한 듯했다. 그러나 테이섬은 노력가인 동시에 민감한 인간이란 것을 그녀는 곧 알 수 있었다.

뷰얼이 그녀에게 물었다. "그것은 예의 패턴에 적합한 것 아닙니까, 박사? 살인광 잭은 피해자의 심장을 가져가지 않았던가요?" 그는 생각을 바꿔 경감의 얼굴을 보았다. "무슨 일이 있어도 그놈을 잡아야지, 안 그러면 큰일납니다. 플라이셔!"

베네데티가 살며시 웃었다. "남부 사람 고유의 감수성을 진정시켜 주세요, 테이섬 씨. 내가 말한 것은 그러한 종류의 단서가 아닙니다. HOG는 살인 방법이 지독하지만 어쨌든 죽이는 것만으로 만족하고 있는 것 같아요, 적어도 지금까지는.

HOG가 가져간 것은 공포나 분노를 느낄 만한 것은 아닙니다. 물론 나로서는 말입니다. 하긴 몸서리는 쳐지지만, 어쨌든 호기심이 자극되는 것은 사실입니다. 로널드, 경감님과 다른 분들에게 감식 결과를 담은 사진을 보여 드리게."

론은 사진첩을 하나씩 넘겼다. "어떤 사진입니까?"

교수의 웃음이 커졌다. "모르겠는가?" 이렇게 말하면서 혀를 찼다. "어이 자네, 항상 맡은 일에 대해 신경을 집중시켜야 해." 그는 웃으면서 다른 사람들에게 들리도록 말했다.

재닛은 젊은 탐정의 얼굴에 떠오르는 강한 승부욕의 표정을 읽을 수 있었다. 지금은 여유 있게 한 장, 한 장 보고 있다. 조사하고 있다고 할 정도로 주시하는 것은 아니라 대충 살펴보고 있었다. 사진첩에서 그 사진을 끄집어낼 때의 눈빛을 재닛은 간파했다.

"이것하고" 론이 말했다. "이것과…… 이것입니다. 그렇지요?"

베네데티의 얼굴에 여유가 생겼다. "과연 그렇군. 로널드, 자네라면 분명 알 수 있으리라 생각했지. 이제 모두에게 보여 드리게."

사진을 보았지만 재닛은 전혀 알 수 없었다. 스테이트 하이웨이와 연결된 미완성의 육교에 그 목재 표지판을 붙잡아 맨 쇠붙이가 찍혀 있었다. 그 사진이라면 전에도 본 일이 있다. 한 장에는 매달린 표지판의 무게 때문에 끊어져 휘어진 쇠붙이가 찍혀 있었다. 두 번째는 손을 댄 흔적이 있는 쇠붙이 사진인데, 불완전한 아치형으로 양쪽 끝에 HOG가 사용한 볼트 절단기 흔적이 있다. 세 번째는 그 두 개를 나란히 놓고 찍은 사진이다.

모두가 본 다음에 교수가 입을 열었다. "어떻습니까?" 모든 사람의 반응은 어깨를 움츠리거나 머리를 갸우뚱하거나 또는 확실히 알 수 없다는 표정이었다. "설명하지 않으면 안 되겠지요? 설명하게, 로널드!"

"감사합니다, 마에스트로." 그가 설명을 시작했다. 재닛을 냉정함과 신중성 그리고 히긴스 박사다운 요소들이 사라지고 있음을 스스로 느끼면서 놀랐다. 그녀는 훌륭한 추리 이야기를 들으려는 기대와 흥분을 갖고 론 쪽으로 바투 앉았다.

'이게 무슨 꼴이람.' 설명을 시작한 론은 생각했다. 마치 자기가 귀여움을 받고 있는 애완견처럼 느껴졌기 때문이다. 혼자 힘으로 알아낸 것인데.

우선 최초의 사진을 내걸어 보여 주었다. "이것은 뷰얼이 본 바와 같이 표지판 오른쪽 위 끝을 지탱하고 있던 쇠붙이입니다. 이 모양에서 알 수 있듯이 흔들거리는 표지판의 무게를 더 이상 지탱하지 못하고 부러진 것이지요. 흔들거리고 있었지요, 뷰얼?"

기자가 끄덕였다. "한 번만 더 흔들거렸으면 그 여자들이 무사히 그곳을 통과할 수 있었을 텐데. HOG는 운이 좋은 놈이야."

"옳은 말이야. 확실히 그 말대로였을걸." 만족감에 시가를 천천히 피우면서 베네데티가 말했다.

두 번째 사진을 가지고 론은 설명을 계속했다. "이것은 볼트 절단기로 절단된 것입니다. 이것은 절단한 단면이 분명합니다. 우리들이 감식 보고서에서 읽은 것처럼 가령 쇠붙이가 자연히 부러졌다고 해도 이상할 것이 없습니다. 강풍이 부는 겨울 날씨에도 지탱할 수 있게 만들어진 것이 아니고 임시로 사용한 금속 제품이니까요.

하지만 만일 부러졌다면 절단면이 까칠까칠해야지 이렇게 매끈하게 될 수는 없지요."

셔너시 형사부장이 오후가 되어 처음으로 입을 열었다. "그럴까?"

"볼트 절단기란 것은 그 칼날의 움직임 때문에 이렇게 단면을 만드는 것입니다." 론이 말했다. 시야의 한쪽 편에 보이던 교수는 긍정적인 표정을 지었다. "결국 절단하려는 금속에 V자형의 칼날을 쐐기처럼 박아서 둘로 절단될 때까지 단면을 벌리는 거죠."

론은 재닛의 표정으로 보아 충분히 이해하지 못하는 것을 알 수 있었다. 그래서 더욱 쉽게 설명하려고 했다. "그것은 예를 들면…… 예컨대……."

"엿가락을 이빨로 끊는 것과 같은 것이죠." 플라이셔가 도와주었다.

베네데티가 가볍게 웃었다. "이제 제대로 착수했군. 경감! 정확한 비유요."

플라이셔는 약간 부끄러운 듯한 표정을 지었다. "감식하던 사람들이 그렇게 실명해 주었습니다."

론이 말했다. "완벽한 비유지만 그 점을 생각해 봅시다. 만일 볼트 절단기가 절단되는 금속의 길이에 어떤 영향을 준다고 한다면 금속은 반드시 길게 됩니다. 금속용 줄을 사용하는 것처럼 쇠붙이를 갈아 없애지는 않지요, 절단될 때까지 소위 가위질하듯 짓눌러 찌부러뜨리기 때문이지요. 절단된 금속 기구는 최소한 부러진 것보다 약간 길거나 비슷한 길이어야 되는데 이 사진에서는 그렇지 않은 것입니다."

론은 플라이셔가 "빌어먹을…… 이게 뭐야!"라고 투덜댈 거라고는 생각지도 않았으나 경감은 그렇게 중얼거렸다.

"교수가 어떤 분인지는 알고 계실 테니까 지금 이야기한 것은 실제로 길이를 계산하여 확인할 필요가 있다고 생각합니다. 그렇지요, 마에스트로?" 론이 이렇게 결말지었다.

"물론이지. 절단된 쇠붙이는 2센티미터 좀 모자랄 거야. 거의 16밀리미터쯤 되지. 결국 쇠붙이를 3등분으로 자르듯이 두 군데를 절단했다는 것이지. 경감의 부하들은 현장에서 철저하게 조사를 한 것인가?"

"무슨 말씀입니까. 우리와 주 경찰 양쪽에서 조사했습니다. 내가 사표를 써야 될 모양이군요. 2주가 지난 후에도 소중하게 보관하고 있어 나도 신경을 쓰지 않았고, 감식 담당자도 아무도 신경쓰지 않았을 뿐입니다!"

"그렇게 화낼 것 없습니다. 경찰이 모든 일에 완벽하면 니콜로 베네데티는 거지가 될 것 아닙니까? 그런데 쇠붙이의 한쪽을 잃어버려 눈 속에 파묻혀 있을 가능성도 있는데 나로서는 그것을 절단한 놈이 가지고 달아났을 가능성이 훨씬 많다고 생각합니다. 이 경우 문제되는 것이 무엇이냐는 것인데. 히긴스 박사님?" 교수가 말했다.

재닛이 입을 열었다. "그렇군요. 패턴과는 맞지 않는군요. 보통 경우, 연쇄살인범은 입술 연지나 장신구 같은 것을 가지고 달아나는 일이 많지요. 또는 테이섬 씨가 지적한 바와 같이 피해자의 신체 일부라든가."

뷰얼이 말했다. "나는 교수의 생각을 알고 싶습니다. HOG가 아무런 가치도 없는 쇠붙이 파편 같은 것을 가지고 달아날까요?"

"사실은 테이섬 씨, 나는 아주 엉뚱한 것을 생각하고 있어요." 교수의 목소리가 점점 작아졌다. 론은 교수의 눈에서 예술가가 뭔가를 구상해 내려고 독특한 생각을 할 때 짓는 꿈꾸는 듯한 표정을 간파했다. 얼마 후 교수는 한숨을 쉬면서 말했다.

"아닐세. 다른 사실과는 모순되거든. 모호한 착상이고 핵심에서 벗어난 것 같아!"

교수는 일어서서 장갑을 낀 다음 모자를 쓰고 말했다. "그런데 경감, 로널드의 양해를 얻을 수 있다면 그와 나, 그리고 본인이 원한다면 히긴스 박사 세 사람이 모두 증인들의 이야기를 듣기 위해 가려고 하는데……. 그렇다면, 다음에."

눈보라 속을 미친 듯이 운전하는 것은 그들뿐이었다. 도로를 독점하면서 달렸다. 속도를 적당히 올려놓고서 운전하면 차가 제대로 앞을 향해 달려가게 할 수가 있었다. 교수는 뒷좌석에서 눈을 감고 론의 악전고투하는 운전에 전혀 신경도 쓰지 않았다. 입에 물고 있는 시가 끝이 가끔씩 빨갛게 되지 않으면 잠든 것으로 아마 생각할 것이다.

"우선 어디로 갈 건가요?" 재닛이 물었다.

"윌버의 방이요. 그곳이 가장 멀거든요. 다른 곳은 돌아올 때 들르면 되고. 외출했을 염려는 일단 없다고 생각해." 론이 시계를 보았다. "라디오를 켤까요? 뉴스 시간인데……."

"그러세요."

론이 주파수를 맞추었다. 우울한 뉴스였다. 시내는 온통 폭풍과 심한 눈보라로 엉망진창이다. 북동부 전체가 그랬다. 클리블랜드에서 동쪽으로 대서양까지, 볼티모어에서 북쪽은 허드슨 만까지. 많은 사람들이 눈 속에 갇혀 꼼짝도 못하고 있다는 것이다. 지붕이 붕괴되고 도시의 교통은 마비되고 있단다. 이것이 톱뉴스였다.

두 번째 뉴스도 스케일은 작지만 역시 비극적이었다. 스파터 북쪽의 어느 양돈장 주인이 모든 가족들이 모인 자리에서 의형제인 동생을 때려죽인 것이다. 두 사람 모두 술에 취해 있었다. 동생이 형에게 매상고를 올려 이익을 얻으려고 소위 HOG(돼지) 살인을 하고 있는 것이 아닌가 하고 비꼬았기 때문이었다는 것이다. 분명히 당시 스파터에서는 돼지 고기의 매상이 평소보다 10 내지 20퍼센트 증가하고 있었다. 맨 처음의 HOG 사건 이래로.

뒷좌석의 베네데티의 무거운 한숨소리가 들려왔다. 교수가 말했다. "완전히 정떨어지는 뉴스로군. 꺼버릴 수 없나, 로널드. 그런 걸 들어서 뭘 하나?" 라디오를 끄자 교수는 다시 뒷좌석에 파묻혔다.

론은 머리를 흔들었다. 그가 말했다. "당신은 전 미국의 동업자들에게 부러움의 대상이에요, 재닛. 이 사건에는 심리학자 6명을 흥분시킬 정도의 히스테리가 있기 때문이지요."

그녀의 웃음에는 론이 말한 것에 대한 안타까운 동의와 재닛이라고 불러준 것에 대한 즐거움이 반씩 담겨 있었다. 그녀가 말했다. "이런 사실은 책으로 쓰면 인정을 받게 되는가 보더군요. 심리학자는 모두 책을 쓰지 않으면 안 되나요?"

"그것은 모르겠소. 하나의 과정이라고나 할까?"

"경험으로 배웠어요. 출판하든가, 없앤다는 것을."

"그렇겠군요!" 그가 갑자기 핸들을 돌리는 바람에 자동차가 옆으로 미끄러져 정지되었다. 그는 자동차를 향해 "정신차려"라고 말했다.

"고향이 어디죠?" 그는 재닛에게 물었다.

"리틀 록이에요. 제가 사투리를 많이 쓰지요?"

"아닌데요. 대학도 거기서 나왔나요?"

"네, 아칸소 대학. 석사와 철학박사는 스파터였지요. 이상합니까?"

론이 그녀를 보고 웃었다. "습관일 뿐입니다. 탐정이니까요. 그것보다도 회의 때 빠뜨린 질문이 있는데요. HOG가 자신이 저지른 범죄 사실을 깨닫지 못하고 있는 것이 아닐까요? 일시적으로 의식을 상실하거나 특별한 성격의 소유자거나?"

"전문 용어로 말하면 '도피'군요."

"그렇지 않을까요?"

"그렇게 생각하진 않아요."

"그 이유는?"

"우선 첫째로 편지 때문입니다. 편지를 보낸 자가 살인범이라고 경찰은 확신하고 있지요? 더구나 범행 시각으로부터 편지를 보낼 때까지는 상당한 시간적 차이가 있어요. 그렇다면 도피 또는 의식을 상실한 상태가 두 번 있었다는 뜻이 되겠지요. 결국 도피 상태에서 사람을 죽이고 한번 정상을 회복한 뒤 또 한 번 도피 상태가 되어 편지를 써보낸 것이 되지요. 확실히 이설 박사가 말한 것처럼 불가사의한 일은 늘 일어나긴 하지요. 그러나 이따금 장기간 의식을 상실하는 사람이라면 꼭 진찰을 받을 거예요. 그래서 플라이서 경감은 이 근처의 의사들이나 카운슬러에 대해 신경을 집중시키고 있는 것 아닐까요?"

"과연 그렇군요. 한마디 부탁한다면 HOG가 희생자들에 대해 예비조사를 하고 있는 것은 틀림없는데 이것을 감안하면 도피상태에 있는 시간은 더욱 길어진다고 볼 수 있지요?" 론이 말했다.

재닛은 자기도 모르게 테스트당하고 있는 듯한 느낌이 들었다. 쉽게 통과됐다고 해도 느낌이 좋지 않았다.

재닛은 자기 옆에 있는 젊은이의 진지한 얼굴을 주시했다. 론은 단순한 습관에서 질문한 것이 아니다. 아마도 강박관념 때문일 것이다. 그러나 그녀는 로널드 젠트리 씨도 훌륭한 그의 스승처럼 하나하나 모두 이유가 있어 질문했을 것이고 각각의 사실을 유효하게 활용하고 있다고 확신했다. 히긴스 박사는 그의 본성을 이해했다. 그는 감시인이었던 것이다. 그는 항상 탐색하고 조사하며 잘못된 말투나 목소리에 대해서도 신경을 집중시키고 있다.

그리고 론은 이 사건에 대해 완전히 푹 빠져 있는 것 같다. 사람의 죽음에 소름이 끼치면서도 새로운 수사 진행에 매혹되고 흥분하는 것이다. 자동차 사고를 구경하기 위해 고속도로에서 속도를 늦추는 사람들과 똑같다고 그녀는 생각했다. 사람을 유혹할 만큼 상냥하고 부드러운 젠트리 씨는 부자연스러울 정도로 그런 경향이 강하기에, 그것을 충족시키기 위한 정당한 방법을 발견한 것이리라.

그러나 똑같은 말을 재닛 히긴스 박사에게도 할 수 있다는 것을 그녀는 생각지 못했다.

9

범죄라고 하는 것은 다양한 규모와 형태, 색깔, 향기, 촉감과 함께 발생되는 것이다. 그렇지만 여기에는 공통점이 하나 있다. 크건 작건 모든 범죄는 납세자의 돈을 먹어치운다는 것이다.

플라이셔는 양심적인 경관이지만, 무엇보다도 앞서 그는 납세자인 것이다. 그래서 정당한 지출을 지나치게 아끼려고 하지는 않지만 여러 가지 방법으로 귀중한 세금을 낭비하지 않으려고 노력했다. 한 가지 예를 든다면 부하 형사가 보고서를 작성할 때도 종이를 절약하기 위해 반드시 양면을 쓰도록 했다.

그런데 때로는 재정적인 문제를 포함하여 사회적으로 다양하게 고통을 강요하는 사건이 일어나는 것이다. 이 HOG 사건도 마치 이런 것이었다.

오늘 경감은 자기보다도 훨씬 풍부한 상상력을 지닌 셔너시 형사부장의 제안에 따라 수사 기록상 문제가 되는 특정 인물들을 재조사하기 위해 그들을 본부로 연행하도록 형사를 출동시켰다. 폭풍과 눈보라 속에서 그들을 연행하려면 상당한 수고와 경비가 소요된다. 셔너시의 생각에 따르면 살인범이 편지 끝에 'HOG'라고 쓴 것은 단순히 자기 이름을 쓴 것이거나 그것과 관련된 뭔가를 기록한 것이 아닐까 라는 것이었다.

그러한 사고 방식도 엉뚱했지만 셔너시 이외는 별로 여기에 기대를 갖는 사람도 없었다. 수사가 시작한 뒤 처음으로 테이섬의 모습이 보이지 않았다. 그래서 플라이셔는 조금 쓸쓸했다. 그리고 자기와 테이섬, 셔너시는 세 쌍둥이 같다고 생각하고 있었다.

플라이셔는 '피기' 플레밍을 취조하고 있었다. 조직적인 매춘과 관련된 죄 때문에 2년간의 형기를 마치고 최근 석방된 남자다. 즉 배후 조종자였다. 그의 별명인 '피기(Piggy)'는 돼지 코 같은 '위로 들린 콧구멍'에다 '오페라의 괴물'인 론 채니를 닮았기 때문만이 아니라 지금은 전설이 되어 버린 시 공원의 피겨스케이트장을 가로질러 도망치려고 한 것에서도 유래되었다.

피기는 매우 실망하고 있었다. 그는 사회를 위해 애쓴 시민을 경찰이 호출한다는 것을 믿을 수가 없는 일이라고 했다. 그는 자기의 성실성을 주장했다. 경찰에게 이런 지나친 권리는 없는 것이다.

"내가 법을 어겼다고 하지만 나는 건전했어요. 필요한 서비스를 사회를 위해 제공했을 뿐이에요. 누구에게도 상처를 준 사실이 없다니까요."

플라이셔가 얼굴을 찌푸렸다. "피기, 날 깔보지 마라, 알았나? 너의 여자 포니는 목에 보호대를 대고 증언대에 섰어. 어떻게 매트리스 위로 펄쩍 뛰어 떨어졌다고 그 모양이 될 수 있나, 너는 추악하고 비굴하며 더러워, 피기! 단지 중요한 건 네가 미쳤는가, 안 미쳤는가 하는 거야!"

"좋아요." 피기가 말했다. 그는 잘난 체하면서 가슴을 폈다. "사흘 동안 숨어 있던 닳고 닳은 여자 거짓말쟁이를 좀 혼내준 것과 어린

아이의 목을 끊어놓는 것과는 크게 다르죠. 나를 그렇게 생각하는 자체가 모욕적인데요. 더 이상 이야기하려면 변호사를 통해서 하시오."

플라이서는 피기 쪽에서 모욕을 받았다는 것을 이해할 수 있었다. 이것은 놀랄 만한 일이었다. 피기를 그토록 심하게 모욕할 수 있다는 것은 그로서는 상상조차 할 수 없었기 때문이다. 언제 어디서나 배울 바가 있다는 것을 플라이서는 다시 한 번 생각했다. HOG 사건에는 이같은 대수롭지 않은 사람들의 통찰력이 가득 차 있다.

경감은 셔너시를 돌아보며 '너 때문이다'라는 듯한 표정을 드러냈다. 경감이 말했다. "피기에게 문이 있는 쪽을 알려 주게. 바깥에까지 동행하도록 하고."

다음은 레스터 오스굿이었다. 파면당한 경찰관이다. 그가 끌려온 이유는 이러했다. HOG란 단어는 'PIG'(PIG는 속어로 순경). 결국 오스굿이 옛날 동료들을 바보로 만들려고 이 사건을 계획했다는 것이다.

조사를 위해 캐묻는 대화가 끝났을 때 플라이서는 바보가 된 듯한 느낌이 들었다. 그것은 오스굿과 같은 남자를 때리거나 발로 찰 수 있는 난폭한 행동을 할 수가 없었기 때문이다.

그래서 플라이서는 별도로 피기(엿보기꾼), 포키(강간범), 하비 오스카 고먼(Harvey Oscar Gorman, 횡령범, 살인범과는 다르지만 그의 이니셜이 매우 특이했다)과도 캐묻는 조사를 진행했고, 유아학대죄를 범한 래비니아 HOG 양까지도 조사했다. 결과는 모두 비슷했다.

캐묻는 조사가 모두 끝나고 연행한 사람들을 귀가시키려고 많은 경비를 들여 고도로 훈련시킨 형사들의 시간을 낭비하게 될 때 경감은 자기 기분을 한마디로 표현했다. "빌어먹을!"

납세자의 돈이 또 변소로 흘러갔고 조셉 플라이서는 더욱 피곤한 처지가 된 것이다. 경감은 이 실패가 뷰얼 때문이라고 생각했다. 그가 계속 경찰 본부에 있었더라면······.

그 시간에 뷰얼은 디둘 체스터의 아파트 소파에서 달콤한 목소리로 애교를 떨며 그녀 팔에 안겨 있었다. 실컷 응석부리던 디둘도 어리광을 그만두고 웃음을 흘리면서 말했다. "무슨 일 있어요, 당신?"

뷰얼은 피곤한 듯이 웃어 보였다. "나도 이젠 나이를 먹은 것 같아. 디둘, 그뿐이야. 내가 쓰는 칼럼에만 전념하고 플라이셔에겐 젊은 친구를 연결시켜 줘야겠는데……. 그는 피곤한 줄을 모르고 뛰는 사람 같아."

"아마도 영양 보충을 충분히 할 거예요." 디둘은 뷰얼의 손을 잡아 그의 눈앞에 손을 들이밀고 꾸짖듯이 말했다. "이것 좀 보세요. 밖에 눈같이 허옇잖아요. 이렇게 말라빠져선. 헨젤 같잖아."

"누구라고?"

"헨젤과 그레텔요. 마녀가 근시안이어서 헨젤을 살찌게 하려고 했을 때 헨젤이 손가락이 아니고 나뭇가지를 보여주며 속였잖아요. 어렸을 때 읽은 동화 기억나지요?"

"아버지가 돌아가신 후, 큰아버지 윌리가 돌봐주신 것을 잊었어? 그 집에는 이교도의 책이 없었지. 윌리 챈들러의 복음서뿐이었고 〈사회주의 제8의 대죄〉라든가 〈열등 인종에 관한 예수의 말씀〉과 같은 팸플릿이 많았지!"

디둘은 웃음을 참고 있었다. 얼마나 바보스런 이야기인가. "병환중인 노인을 그런 식으로 말하는 것이 아니에요. 그런데 요즘 상태는 어떠신가요?"

뷰얼은 큰아버지 윌리의 이야기를 믿지 않는 디둘의 순수함에 감사하고 있었다.

"녹스 카운티의 친구 얘기로는 앞으로 한 달도 못 갈거라고 해."

"본인은 알고 있어요? 당신을 제대로 알아보기나 하세요?"

"여전히 고집도 세고 의심도 많으시고."

"자주 만나도록 하세요, 뷰얼. 사이가 나쁜 상태에서 돌아가시면 안 되지요." 그녀는 뷰얼의 어깨에 머리를 기댔다.

"우린 그런 식으로 살아왔어, 처음부터. 결국엔 나에게 엽총을 들이대고 30분 이내에 자기 땅에서 나가라고 했지. 큰아버지의 땅은 녹스 카운티의 90퍼센트가 넘었는데 그리 쉬운 일이 아니었지."

옛날 이야기라고 하지만 뷰얼이 긴장한 것을 디둘은 느낄 수 있었다.

"무엇 때문에 그랬어요, 뷰얼?"

"나를 내쫓은 이유 말이야? 내가 농장에서 일하고 있는 멕시코 사람 가족의 여자 아이와 드라이브했기 때문이야. 사실은 드라이브도 아니었지. 할머니 집까지 태워다 준 것뿐이었으니까."

뷰얼에게는 지금도 큰아버지의 아우성 소리가 들리는 것 같았다.

"흑인 여자와 사귀는 것은 그렇다 치더라도, 너는 이미 다른 사람들에게 들켜 버렸어. 자, 나가거라!"

뷰얼의 마음을 진정시키려고 그의 어깨를 쓰다듬으며 디둘이 말했다. "그래도 얼마 있으면 나는 당신의 것이에요."

뷰얼은 고개를 끄덕였다. 큰아버지 윌리는 유서의 작성에도 반대했다. 죽은 뒤에 영향력을 미치는 것은 큰 죄를 범하는 거라고 생각했다. 자유로운 백인의 재산은 자유로운 백인 가족의 것이라는 것이다. 그것이 오히려 큰아버지 윌리에 대한 가장 좋은 농담이었다. 뷰얼은 녹스 카운티를 남북전쟁 이전의 봉건제도 최후의 거점에서 새로운 남부의 이상적인 표준 같은 토지로 만들려고 했던 것이다. 녹스 카운티 같은 토지나 윌리 큰아버지 같은 인간은 이 세상에 존재할 가치가 없는 것이다. 사악한 것은 자연히 제거되는 것이다.

"남부에 돌아갈 수 없는 데는 또 하나의 이유가 있어. 이번 사건 때문이지. 해결할 때까지는 중도에서 단념할 수 없을 거야."

"물론이고 말고요." 디둘이 말했다. 수수방관만 하는 것은 그녀도 원치 않았다. 그만큼 큰 사건이었던 것이다.
 디둘은 또 한번 그의 손을 잡았다. "뷰얼, 우리 결혼하면 이렇게 지내면 안 돼요. 큰 샌드위치를 만들어 드리겠어요. 체력을 보강시켜야 하니까요. 작은 빵 부스러기라도 먹어야 해요. 그렇지 않으면……."
 "그렇지 않으면이라니, 무슨 말이야?"
 "그렇지 않으면 징계를 당할 테니까요." 두 사람은 같이 웃었다. 디둘은 즉시 키스를 한 다음 부엌으로 달려갔다.
 샌드위치를 만들면서 즐겁게 콧노래를 부르는 소리가 들렸다. 그 소리를 들으면서 뷰얼은 방을 둘러보았다. 디둘의 성격이 주위에 있는 가구나 집기에 잘 반영되고 있는 것을 보면 항상 상쾌한 기분이 된다. 여성적이면서도 섬세하고 장난기도 있다. 주름 장식이 붙은 레이스의 전등갓에는 콧수염 같은 검은 종이가 달려 있다. 액자에 들어 있는 사진이 이 방의 반대편에 있다.
 "디둘, 당신과 나와 리키가 찍은 사진은 어디 있어?"
 샌드위치를 가지고 그녀가 부엌에서 돌아왔다. "놀라게 해주려고 생각했는데……. 그것으로 포스터를 만들어 달라고 부탁했어요. 45×90센티미터 정도 되는데, 굉장할 것 같지 않아요? 영화배우처럼 되는 거예요."
 뷰얼이 웃음을 지었다. "당신은 나에게 있어서 항상 인기스타야!"
 "샌드위치 드세요."
 "그래, 그래." 대답하면서 뷰얼은 샌드위치를 먹었다. "어떻게 그런 생각을 했어?"
 "새로 개업한 사진관에서 전화가 왔어요. 개업 기념으로 필름 2개를 현상하면 흑백이나 컬러로 포스터를 1장 서비스하겠다고요. 그런데 무슨 일이 있어요?"

약혼자의 표정이 굳어 있었다.

"무슨 사진관인데?"

"어딘가에 그 사서함 번호를 기록해 놓았는데……. 무슨 문제가?"

"날씨가 이렇게 나쁠 때 사진을 우편으로 보내는 것이 괜찮을까? 젖을 수도 있고 잘못될지도 모르고, 얼마나 중요한 사진인데……."

"그 문제라면 염려할 것 없어요. 내가 필름을 잘 보관하고 있으니까요." 그래도 그의 표정은 밝지 않았다. 기분을 바꾸려고 디둘이 말했다. "그 사건은 어떻게 되어가고 있어요?"

뷰얼은 오전에 있었던 이야기를 들려주었다. 재닛 히긴스에 관한 것, 의심 많은 플라이셔 경감, 그리고 무엇보다도 표지판에 관한 교수의 폭탄 발언 등. 사진 이야기는 더이상 하진 않았으나 그래도 뷰얼은 별로 기분이 상쾌하지 않은 듯했다.

이야기가 끝나자 디둘이 말했다. "그 사람들은 모두 재미있는 분들 같아요. 만나보고 싶어요. 모두를 저녁 식사에 초대하겠어요. 오늘은 월요일이니까 수요일에 칠면조로 저녁 식사를 준비하겠어요. 신선한 야채와 함께……."

"디둘, 살인 사건의 수사란 것은……."

"모두가 오시도록 약속을 받으세요, 뷰얼."

"무리일 것 같은데……."

"그렇지 않아요. 즐거움을 독차지하려고 생각하면 못써요."

뷰얼이 드디어 폭발했다. "즐거움이라고! 이것이 즐거운 일인 줄 알아!"

디둘이 두 손을 흔들며 그를 진정시켰다. "그런 뜻이 아니에요. 달링, 제발 화내지 말아요, 제발!"

뷰얼의 흥분은 진정됐지만 머리를 흔들었다. "디둘, 사건을 생각하면 가끔 까닭 없이 기분이 나빠진다고. 즐거움 같은 건 전혀 없거든, 이것은."

디둘은 난처한 표정이었다. "알고 있어요. 내가 말을 잘못했어요. 오직 당신을 사랑하고 있다는 것을 말하고 싶었어요. 더구나 당신이 부럽기도 하고요. 모든 사람들과 사이좋게 협조적으로 노력하시니까요. 당신이 관여하는 일에 나도 관련을 갖고 싶었어요. 당신이 알고 있는 분들을 나도 알고 싶어요. 그래서 당신 생활이나 느낌을 똑같이 나도 나누어 갖고 싶었어요!"

뷰얼은 웃음을 띠면서 그녀의 머리를 쓰다듬어 주었다. "그랬었군. 나는 멍청해, 바보야! 미안해!"

디둘은 그를 용서했다. "그럼 모두를 초대해도 되겠지요?"

20센티미터 사이를 두고 두 쌍의 푸른 눈이 서로 마주쳤다. 뷰얼이 말했다. "당신이 원한다면 지옥에 가서 악마라도 불러오지!" 그리고 키스가 시작되었다.

재닛은 테리 월버의 방에 관한 론 젠트리의 수수께끼 같은 말을 하나의 도전으로 받아들이고 있었다. 여기엔 무엇인가가 있는 것이 분명하다. 그녀는 한 번, 또 한 번 몸을 되돌리면서 방을 돌아보았다.

"당신은 어린애예요, 아니면 망아지예요?" 론이 작게 말했다.

"뭐라고요?" 재닛이 되물었다.

"그냥, 월버의 문학 취미를 생각해볼 때 안성맞춤인 것 같아서……."

이 말을 들은 심리학자는 20대 중반인 방 주인에게 순수한 어린애 같은 면이 있다는 느낌을 받았다. 페라 포셋 메저스의 포스터(재닛은 마음속으로 그녀를 싫어했다)나 하키 도구는 이해가 간다. 나이와 관계없이 남자들이 좋아하는 거니까. 그런데 윌버의 방에는 여러 가지 다양한 동화책들이 널려 있었다. 일곱 살까지의 아이들이 읽는 리틀 골든북스, 닥터 스스, 그리고 시대에 뒤떨어진 초등학교에서 읽고쓰기 수업 시간에 활용하고 있는 옛날 1학년 교과서인 앨리스와 젤리도 있다. 전에 론이 인용했던 《거울 나라의 앨리스》 이외는 무엇이든 있는 것 같았다.

교수는 자기 존재를 잊은 듯이 골똘하게 어느 책의 페이지를 한 장씩 넘기고 있다. 재닛이 그의 어깨 너머로 엿보았다. 연필 글씨로 가득 채운 페이지도 있다. 기묘하게 강조된 문장 아래 밑줄친 곳도 있다. 예를 들면, "아뇨, 난 그걸 좋아하지 않아요, 샘. 초록색 계단이나 햄은 좋아하지 않아." 이런 식이다. 단어나 문장, 때로는 알파벳 글자가 이상하게 왜곡된 서체로 씌어진 것도 있다. 어느 페이지는 화가 치민 듯 줄을 무질서하게 그어 종이가 찢어진 곳도 보인다.

교수가 머리를 들어 제자에게 말했다. "자네의 말 그대로야, 로널드, 이 방은 매우 중요해. 나도 그것을 느낄 수 있어. 경찰은 이 방을 조사하지 않았다고?"

"두 번 조사했습니다. 맨 처음엔 마약을 찾았습니다. 편지가 도착한 뒤 두 번째의 수색에서는 윌버가 HOG의 편지를 쓴 증거가 되는 것을 찾았지요. 책을 모두 조사해서 뭔가를 발견하려고 노력했었지요." 론이 대답했다.

재닛은 《더 리틀리스트 스노우볼》이란 제목의 얇은 책에 주목하며 마치 더러운 것을 만지는 듯한 태도로 손을 놀렸다. 과학자란 것을 잊은 그녀는 의아스런 표정으로 약간 공포감에 휩쓸렸다.

"그런데 도대체 무엇 때문일까? 이 간단한 책의 무엇이 그를 화나게 한 것 같은데 도대체 무엇이 쓰여 있어 그토록 화나게 했을까?"

이렇게 말하면서 그녀는 책을 주시했다.

"그것을 알 수가 없어요, 재닛. 그 책 이름이 뭐죠?《더 리틀리스트 스노우볼》인가요? 그보다도 더 화를 불러일으킨 책이 있어요, 《커다란 빨간색 개》라는 책인데, 마치 심장을 단칼에 찌르듯이 연필로 날카롭게 표현하고 있어요. 나는 정신분석 의사는 아니지만 테리 윌버는 확실히 보통 사람과 다른 것 같군요." 론이 말했다.

재닛은 이 문제에 대해 논쟁할 수 없었다. 윌버가 이렇게 해놓은 행동에 대한 이유를 간파할 수 없어 불안감을 느꼈기 때문이다. 눈보라가 끝나면 즉시 도서관에 가서 그러한 경우의 실례를 조사하려고 그녀는 결심했다. 책이란 것이 여성의 질(膣)을 상징한다는 것을 그녀도 알고 있었다. 그것을 출발점으로 하여 조사해 보자.

"그렇지만……." 다시 책을 조사하고 있던 베네데티가 입을 열었다. "그렇지만 모든 책이 윌버의 분노를 산 것 같진 않군. 두꺼운 책일수록 초조감을 덜 느낀 것 같은데. 전혀 손댄 적이 없는 책도 있어."

"나도 짐작했습니다, 마에스트로. 이것도 그렇습니다." 이렇게 말하고 론은 E.B. 화이트의 새 책《샬로트의 거미줄》을 교수에게 직접 전했다. 그것은 윌버의 수집품 중 가장 두꺼운 책이고 거의 만져 본 흔적이 없다. 교수가 커버를 열 때 소리가 날 정도다. 이것은 윌버가 갖고 있는 유일한 '동화의 고전'이기도 했다.

"자네가 말한 것은 이것이겠지, 친구?"

론이 끄덕였다. 재닛이 질문했다. "이 이야기의 어떤 점이 특별하지요?"

"기억이 안 납니까?" 론이 말했다.

"읽은 적이 없거든요."

"당신《샬로트의 거미줄》을 읽은 일이 없다고요?" 론은 어이없는 표정이었다. "이 이야기는 말이지요."

교수가 말참견했다. "히긴스 박사가 직접 읽는 것이 조사를 위해 좋다고 생각해. 만일 박사가 자네와 똑같은 과정을 거친다면 자네 이론보다 정확한 판단이 나오리라고 생각해. 어떻습니까, 박사님?"

재닛은 교수의 듣기 좋은 소리에 부끄러우면서도 우쭐대고 싶은 생각이 들었다. 그러나 그렇게 말하려고 했던 그녀도 검게 빛나는 교수의 눈에 드러난 지칠 줄 모르는 힘에 얌전히 따를 수밖에 없었다.

"좋습니다. 그렇게 하겠습니다. 이제 월버의 집주인과 이야기를 해야겠군요."

집주인은 계단의 층계참에서 세 사람이 언제 내려오나 하면서 기다리고 있었다. 론의 이곳 방문은 세 번째였으므로 낯이 익은 그녀가 론에게 말했다.

"어때요, 론? 뭔가 발견했나요? 증거가 아니면 반증이라도?"

"보통 어려운 일이 아닙니다, 투티오 부인." 론이 알기에도 로자 투티오는 조금도 시시하게 산 인생이 아닌 것 같았다. 전에도 이곳을 방문했을 때 그녀는 "어머! 이렇게 키 큰 사람은 처음입니다."(그녀는 이야기를 시작하기 전에 흔히 '어머, 어머나'를 자주 썼다)라고 말했다. 평소 인사할 때도 음률이 넘치는 감격스러운 목소리였고 체격은 작지만 시원시원한 제스처를 연발하는 매력적인 여성이었다.

이 투티오 부인은 두 가지 감정적인 딜레마에 빠져 있었다. 호감을 갖고 있는 테리 월버에 대한 걱정과 HOG의 집주인으로서 역사에 오래 이름이 남을지도 모른다는 흥분감이다. 이 같은 중대한 사실은 앞으로 수년간 재빠르게 그녀의 입으로부터 계속 퍼져나갈 것이다.

교수가 두세 가지 질문을 하겠다고 말하자, 그녀의 큰 눈이 풀리는 것을 론은 알아챘다. 베네데티 교수에게 호감을 갖는 여자가 또 한 사람 늘었다. 투티오 부인은 둥실둥실 떠 있는 것처럼 거실로 걸어들어가 하숙인들을 나가도록 한 다음, 론과 재닛, 교수를 소리내며 타고 있는 장작불 곁에 앉도록 했다.

"저 사람이 테리입니다." 난로 위에 걸려 있는 사진을 가리키면서 그녀가 말했다. 당시 하숙하고 있던 사진 기사가 새로 구입한 사진기를 테스트하기 위해 하숙한 사람들을 모델로 찍은 사진 가운데 하나라고 했다.

윌버의 사진에서는 조금도 악의 같은 것이 느껴지지 않았다. 늠름한 체격이 건강하게 보였고 눈이 맑은 젊은이였다.

투티오 부인이 커피와 이탈리아 쿠키를 가지고 왔다. 베네데티가 맛있다며 칭찬을 하자 그녀는 완전히 그의 노예가 된 듯 친절했다.

교수가 말했다. "그런데 부인! 테리 윌버에 대하여 말씀해주세요."

론은 사립 탐정이 가장 싫어하는 것이 '벌써 경찰에 말했습니다'라는 말이란 것을 체험적으로 알고 있었다. 하지만 로자 투티오로부터 그런 말을 들을 가능성은 없었다. 경찰과 똑같은 질문인데도 묻는 교수에게 다정스럽게 대답할 뿐만 아니라, 한마디 한마디 똑같은 말을 친절히 되풀이했다.

테리 윌버가 그 집에 하숙한 것은 18살 때부터로 어언 9년이 된다. 불쌍하게도 친척은 한 사람도 없다. 스파터 잔디밭 정원 회사에 11년째 근무하고 있다. 학교를 중퇴한 뒤 바로 취직했다. 모두가 호감을 갖고 있어 그를 싫어하는 사람이 전혀 없다. 얌전하고 부드러우며 평판이 좋고 쾌활한 젊은이다.

여자는? 물론 여자 친구가 있다. 좋은 아가씨라 할 수 있다. 11시가 넘어서까지 집에 머물게 한 적은 없었다. "그 시간이 지나서 여자 친구를 집에 잡아두는 것은 내가 금지시키지요. 꼭 만나야 할 경우에는 그가 나가서 만나도록 했어요." 그녀가 설명했다.

레슬리 비켈을 만난 일은?

"죽은 아가씨 말인가요? 한 번 만난 일은 있지만, 별로 친해 보이지 않더군요. 자존심이 너무 강해서 다정한 관계로 발전된 것 같지 않던데. 왜 그러세요, 교수님?" 돌연 불안스럽게 부인이 물었다.

론은 재미있다는 듯이 그 장면을 보고 있었다. 베네데티가 엉뚱하게 얼굴을 찌푸리고 있는 것이다. 교수는 경찰 조사에서 기록된 것과 똑같은 답변을 얻기 위해 그런 질문을 하고 있는 것이 아니었다. 경찰에 대한 답변과 자기에게 하는 답변을 비교하여 그 차이점에서 무엇인가를 찾으려고 하는 것이다.

그런데 투티오 부인에겐 그 작전이 통하지 않았다. 녹음기를 듣는 것처럼 똑같은 것이다. 베네데티로서는 경찰에서 묻지 않은 사실을 생각하지 않을 수 없었다. 론은 교수가 먼저 진행하는 것을 기다렸다.

"윌버는 정원사로서의 능력이 어땠었나요?" 베네데티가 질문했다. 이런 것에서 그의 훌륭한 지도자의 면모를 볼 수 있는 것이라고 론은 생각했다. 이 같은 형식의 질문에서 뭔가를 끌어낼 수 있는 사람이기 때문이다.

투티오 부인이 대답했다. "상당히 유능한 것 같았어요."

"그는 9년이나 여기서 지냈는데 그에게 한 번이라도 뜰을 손보게 한 적은 없었나요?"

"수국화를 한 번 다른 화분에 옮긴 일이 있는데……."

"하하하!" 교수가 가볍게 웃었다. "그런 거 말고 집 밖에서 하는 일 말입니다."

"어머나! 그런 일은 부탁할 수 없지요. 봄부터 가을 중순까지는 회사일이 바쁘니까 불가능하고……. 그때가 지나면 이 지방 땅은 돌덩어리가 되니까요!"
"그러면 겨울 동안은 무엇을 하고 지냈지요?"
"지난해는 시내 레스토랑에서 웨이터 보조 일을 했지요."
"금년은요?"
"금년은 일하지 않았어요. 무슨 계획이 있다고 하던데……."

이런 점에서 교수는 훌륭한 지도자라는 것을 증명하는 것이라고 론은 생각했다. 질문을 시작하기 전에 베네데티가 무엇을 겨냥하는가는 하느님만이 알겠지만 그 결과는 어떨까?

"그 계획이란 것이 무엇일까요, 투티오 부인?"
"모르겠어요. 전혀 말해주지 않았어요. 끝나면 말해주겠다고 하던데요."
"전혀 말하지 않았군요?"

그녀가 머리를 긁적였다. "아마 10월인가, 11월이지요. 저 큰 책보따리를 보고 어떻게 할 작정이냐고 물었을 때니까요."

10

다음 목적지인 병원에 도착할 때까지 교수는 낮은 목소리로 계속 중얼거리고 있었다. 이탈리아 말이었지만 빨랐기 때문에 론은 알아들을 수가 없었다. 그러나 그동안의 경험으로 생각해 볼 때 어려움에 부닥쳤다는 뜻인 듯 싶었다.

위로 올라가고 있는 엘리베이터 속에서 돌연 교수가 말했다. "안 돼!"

재닛은 깜짝 놀라 넘어질 것 같았고 론은 "네, 네, 마에스트로"라고 말할 뿐이었다.

"월버의 실종은 알겠어. 그렇지만 저 책, 책을 파손시킨 것은 도저히 이해할 수가 없어, 로널드."

"네, 네. 마에스트로."

"아, 아" 하면서 교수는 턱을 문질렀다. "이것은 내가 생각한 것보다 더 나쁜 징조가 있는지도 몰라. 그렇다면 대환영이지! 그놈의 얼굴을 차분히 보겠어. 나는 탐정이 아니고 철학자지. 배워야 할 일이 항상 산처럼 쌓여 있어." 그는 결심을 표현하듯 머리를 뒤로 젖혔다.

"우선 먼저 누굴 만나시겠습니까, 마에스트로, 엘레거입니까, 버스케이스입니까?"

"버스케이스라니요?" 재닛이 물었다.

"레슬리 비켈에게 헤로인을 판 것으로 짐작되는 남자지요. 테리 윌버하고 같은 학교에 다녔습니다." 론이 말했다.

교수는 먼저 엘레거를 만나겠다고 말했다. 양쪽 두 곳의 병실을 감시하고 있는 경찰관이 그들의 증명서를 확인하고 방문을 허가했다.

깁스와 붕대로 칭칭 감았지만 바바라 엘레거는 상당히 호전된 것이 분명했다. 그녀가 답답한 것을 참지 못하고 안달복달하는 것으로 보아 분명 알 수 있었다.

세 사람이 병실에 들어가자 그녀는 중년의 부부에게 불만을 터뜨리고 있는 중이었다. 병원의 규칙인 10시 소등이 불만인 것이다. 이때 중년 부부를 본 론은 그랜트 우드의 《아메리칸 고딕》을 상상했다.

"잠을 잘 수가 없을 거야. 옆으로 누워 있어서 피곤하지?"

그녀의 부모는 딸을 동정했지만 그것은 병원의 방침이니 자기들 힘으로는 어쩔 수 없다고 말했다. 그녀는 부모에게 엉뚱한 화풀이를 하는 것 같았다.

병실에 들어온 사람이 누구인지를 알아차린 그녀는 이렇게 말했다. "제발 뷰얼 테이섬 기자님을 불러 주세요. 감사하다는 말씀을 드려야겠는데 이 병원 선생님들은 전화로 연락조차 못하게 해요."

그들은 그렇게 전해주겠다고 말했다.

"부탁드리겠어요. 그런데 무슨 일로 오셨는지?"

이때 침묵을 지키고 있던 엘레거 씨가 돌연 일어나 교수에게 대들었다. "잘 들으세요." 갑자기 이렇게 말했다. "사고에 대하여 묻는 것은 좋으나 바바라에게 저 맨츠라는 남자나 페서리 같은 것에 대해 질문하면 용서하지 않겠어요, 알겠습니까?"

바바라 엘레거는 몸을 제대로 움직일 수 없었지만 엉뚱한 눈초리와 싫증나는 듯한 표정으로 "제발⋯⋯ 아버지"라고 말했다.

론은 교수의 굳은 듯한 웃음으로 아버지의 말에 동의하리라는 것을 알 수 있었다. 교수는 부드럽게 말을 꺼냈다.

"알겠습니다. 엘레거 씨. 하지만 병원에서 큰소리 치는 것은 삼가세요. 그런데 그 이유가 뭡니까?"

엘레거 씨는 허둥댔다. "그것은 바바라에게 그런 것에 대해 말하게 하고 싶지 않으니까."

"그렇겠지요! 하지만 경찰의 조사 내용을 보면 이미 모두 말한 것 같던데요." 교수가 말했다.

엘레거 씨가 교수를 때릴 듯이 덤벼들었다. 교수는 거북이처럼 머리에 외투를 씌워 손찌검을 피할 수 있었다. 엘레거 씨는 다시 한 번 때리려고 시도했다. 그때 본이 그의 팔꿈치를 안쪽에서 꽉 잡아 균형을 못잡게 하면서 의자로 끌고 갔다.

"도대체 어떻게 하실 작정이세요?" 론이 그에게 물었다. "당신은 나보다 나이가 배나 많고, 저분은 당신 나이보다 배나 많습니다. 이것은 뭔가 잘못된 싸움이 아닌가요."

"나는 자네보다 4배나 나이가 많진 않아, 로널드. 아직 100살도 안 됐다고." 베네데티가 말했다.

엘레거 부인이 그때를 놓칠세라 입을 열었다. 남편의 대머리를 어루만지면서 말했다. "이제 그만 집으로 돌아갑시다, 러셀!" 그녀는 담요 사이로 보이는 딸의 이마에 키스하면서 세 사람을 향해 웃었다.
"여러분을 만나서 다행입니다."

그들이 병실을 나가자 바바라가 입을 열었다. "정말 어렵군요." 엉뚱한 짐을 어깨에 지고 있는 듯한 말투였다. "그런데 무엇을 알고 싶으세요?"

어수선함 때문에 이야기는 그리 유익한 것이 못 되었다. 그녀의 대답 대부분은 '이미 경찰에 말했어요'였고 그 뒤엔 부정적인 것뿐이었다.

"아니요, 나에게 적은 없습니다."
"아니요, 누가 날 감시하고 있다고 생각한 적이 없습니다."
"아니요, 페서리에 관한 것은 죽은 두 친구 이외에 이야기 한 적이 없어요."
"아니요, 스탠리 왓슨의 일도, 레슬리 비켈의 일도, 테리 윌버의 일도, 데비 리드에 관한 것도 듣거나 그들을 만난 적도 없어요. 수사 도중에 등장한 다른 사람들도 마찬가지입니다."

그녀는 사고 그 자체에 대해서도 그 순간의 충격과 차에서 구조된 것만 기억하고 있을 뿐이었다.

"그밖에 또?" 화난 듯한 어조로 그녀가 질문했다.
교수는 손을 옆으로 흔들었다. "로널드는?"
"예……, 예. 두 가지뿐인데……."
바바라 엘레거가 한숨을 쉬었다.
"캐럴 샐린스키는 폴란드계인가요?"
"그런가요? 아아, 그런데 혼혈입니다, 어머니는 프랑스 사람이니까."
"베스 링은 중국계이고."
"대단하군요, 맞습니다." 그녀의 태도는 빈정거리는 듯했다.

"폴란드와 중국이군." 이렇게 말하고 론은 일어섰다. "이것뿐입니다. 감사합니다."
"좋습니다, 이제 좀 쉴 수가 있겠군요." 그녀가 말했다.

팬 비자로 또는 '마약의 왕'으로 알려진 조지 루이스 버스케이스는 자동차 사고를 당한 일도 없는데 한쪽 팔을 겨우 움직일 수는 있으나 엘레거보다 좋은 상태는 아니었다.

비자로와 론은 전부터 안면이 있어서 탐정의 말투도 상당히 난폭해졌다.

"교수님이 너에게 몇 가지 묻고 싶은 일이 있으시다는데, 비자로?"

"영어로는 못하는데……."

붕대 사이로 보이는 버스케이스는 핸섬하고 지적으로 보였다. 그는 상당히 돈을 많이 벌어 여유 있게 지내고 있었다. 그런데 상처를 입었지만 주사 바늘의 흔적은 전혀 보이지 않았다. 바보가 아닌 것이다.

"한번 해봐! 조지. 상점에서 자네 형님을 만났는데 에스파냐어를 망각하지 않았다면 이런 쓰레기 같은 인간이 되지는 않았을 것이라고 말하더군. 어른들로부터 분별이 무엇인가를 잘 배워두었으면 좋았을걸."

"가련한 일이지." 버스케이스가 반농담으로 말했다.

"그렇게 생각할 것 없어." 베네데티가 말로 참견했다.

"어차피 누구나 쓰레기가 되기 마련이지. 그렇지만 너에게 흥미가 없을 뿐이야. 버스케이스, HOG 사건, 특히 레슬리 비켈과 테리 윌버에 대한 것을 말해 주지 않으니까!"

"뭣 때문에 말해야 되는데?" 버스케이스가 냉정하게 콧방귀를 뀌었다.

"무슨 이유냐고? 만일 말하지 않으면 관련자들이 오래 병석에 눕거나 그 여자가 죽은 이유를 내가 불어 버릴 거니까." 론이 말했다. "너는 헤로인 호스 속에 파이프 청소용 세제인 도라노를 섞은 거야. 아마 너를 혼내줄 놈들이 달려올 거야."

"그놈들에겐 신경 쓰지 않아!" 버스케이스는 이렇게 대답했지만 긴장되는 듯 슬쩍 입술에 혀를 붙였다.

"약물 과잉 투여자들이 16명이나 되는데. 그들에겐 모두 부모나 형제들, 친구들이 있고……." 론이 말했다.

버스케이스가 신경질적으로 큰소리로 론의 말을 가로막았다. "알았다고, 뭘 말해 주기 바라는거야?"

"그들에게 판 헤로인이 얼마나 강한 것이었는가를 알고 있었나?"

"팔지 않았어."

"경찰이 코카인 속에 너를 처넣을지도 몰라. 조지, 형벌은 똑같아. 헤로인이 아니라도 괜찮아. 정확하게 대답해."

이것은 론이 교수에 대하여 우월감을 갖고 있는 분야였다. 베네데티에게는 직업적인 범죄자를 다룰 수 있는 재능이 없었다.

"아니, 사실은 모르고 있었지. 그렇게 강한 줄 알았다면 더 많이 혼합시켜 더 많이 돈을 벌었지. 평소와 같이 설탕을 섞었을 뿐이야." 버스케이스가 대답했다. 장사꾼이란 소문이 생명이라며 버스케이스는 자기 평판이 확실히 좋았다고 말했다.

교수가 질문을 시작했다. "레슬리 비켈은 자네로부터 많이 샀지, 그렇지?"

버스케이스는 과거를 회상하면서 웃었다. "소액권이었는데, 헌 돈으로 5천이었지. 최고였어. 재고품을 팔아 버렸으니까. 부잣집 자식들은 최고의 고객이거든. 그렇게 해서 대학까지 나왔지. 졸업할 때쯤에는 돈벌이가 좋아서 그만둘 수가 없었어. 게다가 일에는 관록도 붙었고."

"비켈 양과 알게 된 동기는?" 베네데티가 물었다.

버스케이스가 웃었다. "저, 테리 월버가 소개해 주었어. 어느 날 우연히 만났는데 그때 그녀를 데리고 왔었지. 학창 시절의 친구들 이야기를 하면서 소개해 주었어. 그 후에 그 젊은이는 정원 일로 2주일 정도 시내를 비운다고 말했지. 레슬리는 항상 도도하게 굴었고 자기는 못하는 것이 없으며 매사에 호기심이 강하다는 것을 과시하는 표정이었지. 나는 그것에 호감을 느꼈지. 테리가 시내를 떠난 뒤부터 레슬리를 찾아다녔지. 그녀는 대학 출신인 남자와 테리같이 바보스럽고 마약 때문에 사고 방식이 비정상적인 자를 비교하면서 즐기는 듯 했어. 그래서 조금 주사해 주었더니 엄마 젖이라도 먹고 있는 것처럼 좋아했지."

"언제쯤 일이지?"

"2, 3개월 전쯤이지. 아마도 테리가 그런 것을 눈치채고 HOG 소동을 만든 것인지도 몰라."

"월버가 HOG라고 생각하고 있는가?"

"물론이지. 그 녀석은 옛날부터 머리가 좀 이상했거든. 여자들이나 하찮은 패거리를 죽이고 레슬리를 죽이고 남자를 죽였어. 그렇게 하면 당신들이 혼란에 빠질 것이라고 생각했을 거야."

"무엇 때문에 모습을 감추었다고 생각하지?"

버스케이스가 또 웃었다. "문초당하는 것이 두려워서였겠지. 모든 것을 고백하게 되고 결국 자기 목이 잘리게 될 것을 증명해야 되니까."

"자네는 그를 잘 아는 것 같군."

"그럼. 어느 날 아침 9시 30분에 나는 산후안에서 비행기를 탔어.

다섯 살때였지. 11시에 뉴욕에 도착했고 12시 30분에는 이 스파터의 큰아버지 집에 도착했지. 그리고 1시에 테리 월버를 만난 거야. 나의 이름을 즉시 에스파냐 말로 '호아헤이'라고 부르는 것은 그놈뿐이지. 옛날부터 머리가 이상했거든, 그 녀석은.

고등학교에 다닐 때 독서 후에 감상문을 제출하라는 숙제가 있었는데 테리는 시간이 없다고 하면서 제출하지 않았어. 티몬즈 선생님은 그 녀석은 바보라 못한 것이라고 말했지. 테리는 커다랗게 소리를 내지르면서 그 선생님을 때려눕혔지. 그것을 말리는 데 체육선생님 네 분이 동원됐어. 테리 월버의 학교 생활은 그것으로 끝나고 말았지."

세 사람이 병실을 나올 때도 버스케이스의 웃음소리는 뒤에서 계속 들려왔다.

"이제부터는 어디로?" 차의 뒷좌석에서 재닛이 피곤한 듯 물었다.

"돌아가세." 시가를 입에 물면서 교수가 대답했다. 잠시 시가를 피우다가 말을 이었다. "테리 월버를 찾지 못하면! 이 사건은 아무런 의미가 없어." 그는 또 이탈리아 말로 혼자 중얼거리기 시작했다.

"그전에 사무실에 들르고 싶습니다만…… 마에스트로, 찾아오지 않는다고 고롤스키 부인이 불평할 텐데요." 교수가 좋다고 말하자 론은 재닛에게 물었다.

"엘레거 씨에 대해 어떻게 생각하세요?"

"딸의 애인을 질투한다고 생각해요!"

론은 고개를 끄덕였다. "인간의 그런 면모를 보면 우울해지지 않습니까? 머릿속에 그런 생각으로 가득 차 있으니……."

"버스케이스 같은 인간을 다루는 것과 같은 거죠. 당신도 비슷한 일을 하고 있는 것이 아닌가요?"

론이 웃음을 띠었다. "이거 한 방 맞았군."
재닛을 아파트 앞에 내려주고 사무실로 향할 때는 눈도 그쳤다.

빅스비 빌딩에서는 옥신각신 다툼이 벌어지고 있었다. 베네데티 교수와 회색 복도를 걷고 있을 때 론의 사무실에서 시끄러운 소리가 들려왔다. 목소리가 높은 것은 고롤스키 부인이었다. 또 하나 탁한 목소리의 주인공은 재계의 거물인 해럴드 애틀러 씨였다. 론은 깜짝 놀랐다.

"거짓말 마! 이, 이 돌대가리!" 먼저 찾아온 의뢰인이 부르짖었다. "즉시 만나게 해달라고!"

"무슨 거짓말을 했다는 거예요?" 고롤스키 부인도 강하게 반박했다. "다시 한 번 말하겠는데, 젠트리 씨는 지금 부재중입니다!" 체격이 작은 이 여성은 즉시 애틀러를 때려눕힐 것만 같았다.

애틀러가 말도 안 되는 신음소리로 떠들었다. 고롤스키 부인도 소리친다. "하지 말아요. 안 됩니다. 들어가지 마세요!"

"나가는 문은 여깁니다. 애틀러 씨!"

주식 중개인 애틀러는 우뚝 걸음을 멈추고 뒤돌아보았다. "나는 잠깐 들렀을 뿐입니다."

"그것은 알겠는데 무슨 상담이라도? 두 번째 찾아오시는 손님께는 언제고 상담해드립니다만……." 론이 이렇게 말했다.

주식 중개인은 안심하는 듯한 표정을 지었다.

론이 말했다. "고롤스키 부인에게 사과한다면 이야기를 들어 드리겠습니다."

애틀러는 평소에 누구에게든 사과하는 일이 절대 없었다. 이번에 그런 경험을 해보는 것도 괜찮을 것이라고 론은 생각했다. 주식 중개인은 그녀의 얼굴을 보며 소리내어 말했다.

"저, 죄송합니다. 너무 흥분해서……."

"그리고 그분에게 거짓말쟁이라고 말한 것도요." 론이 말했다.

"미안해요. 거짓말을 했다고 말한 거 이해해 주세요."

베네데티가 처음으로 입을 열었다. "돌대가리라고 말한 것도 지나쳤죠."

애틀러는 아연실색하는 표정이었지만 계속 말했다. "돌대가리라고 말한 점도 이해해 주세요."

"좋습니다. 앞으로 두 번 다시 이런 일이 없도록 조심하세요." 고롤스키 부인도 의연한 태도로 말했다.

애틀러는 이렇게 굴욕적인 일을 당한 적이 한 번도 없었다. 난쟁이 같은 사립 탐정 비서에게 사과를 하다니! 하지만 그들의 요구에 따르지 않을 수가 없었다.

젠트리는 이상한 모습의 노인을 베네데티 교수라고 소개했다. 그것은 일을 더 귀찮게 만들지도 모르지만 어쩔 수가 없었다.

애틀러는 이야기를 시작했다. "젠트리 씨, 오늘 신문에 의하면 당신은, 물론 교수도 함께(그러면서 그는 웃었다) 경찰과도 협조적으로 레슬리를 죽인 살인범을 수사하고 있다던데……."

"네, 맞습니다. 애틀러 씨. 당신 덕분에 사건에 한다리 끼어 관여하게 되었어요. 교수의 조수로서 수수료까지 받고 있어요. 당신의 수수료는 돌려드렸지요?"

"청구서를 아직 보내지 않았지만." 애틀러는 거래에 있어서는 철저했다.

"이야기가 전혀 달라졌소. 사실은 날 지켜 달라고 온 것이오. 그러니 계약 내용도 달라져야 하고 금액은 당신이 정해도 좋소."

"당신을 무엇으로부터 지켜 달라는 것입니까?"

"적이지. 나에겐 적이 있거든."

그것이 사실이라고 애틀러는 생각했다. 녹색의 신사복 정장을 입은 남자들.

"경찰에서는 뭐라고 하던가요?"

"그런 일로 경찰에 갈 수는 없지!"

"그 적과 그놈들 이름은 뭐지요? 애틀러 씨."

'이 젊은이는 말투나 태도가 무례하다. 나를 처다보려고도 하지 않는다! 그는 책상을 보면서 안경을 닦고 있다.'

"책임지고 일을 맡아준다면 말하겠소."

"당신에게 있어서는 당신 자신이야말로 최악의 적인 것 같군요, 시뇨레." 심술궂은 이탈리아 사람이 말하기 시작했다. "당신이 말하고 있는 것은 아무리 생각해도 사리에 어긋나는군요. 그렇게 빗대어 말하는 것은 당신에게 어울리지 않아요. 당신이 이 살인 사건 수사에서 젠트리 씨를 제외시키려는 이유가 뭡니까?"

"날 뭘로 생각하고 있는 겁니까!" 애틀러가 일어섰다.

"난 그렇게 생각하고 있어요." 베네데티가 조용히 말했다.

그는 신경이 거슬렸다. "나도 그 괴물 때문에 괜한 꼬투리가 잡혔소! 하루 빨리 그놈이 잡히길 원합니다, 가급적 빨리!"

젠트리는 안경을 고쳐 쓰고 거리낌없이 애틀러를 보았다. "그런데도 왜 매수를?"

"그런 말을 하면 고소하겠소!" 애틀러가 소리쳤다. 잠깐 생각한 끝에 그가 말했다. "지금 한 이야기는 너그럽게 봐주지, 젠트리. 당신은 HOG 사건에서 즉시 손 뗄 의무가 있는 거야!"

"왜죠?"

애틀러가 론의 책상 가까이까지 다가서서 부탁하는 듯한 표정으로 말했다. "알겠는가, 젠트리. 만일 HOG의 체포에 큰 역할을 하게 된다면 모든 사람에게 유명해질 것이고 관심의 표적이 될 거야. 그렇게 되면 신문들은 사건의 내용을 상세히 보도하게 될 것이며 이번 수사에 참여하게 된 이유까지 포함하여……

내가 책상 서랍에 현금 5천 달러를 넣어둔 사실이 공개되면 곤란하게 되지. 절대로 안 돼. 그렇게 되면 나의 이력에 상상할 수 없는 큰 흠집이 생기게 돼!"

애틀러는 이때의 론의 차가운 잿빛 시선 같은 것은 상상도 못했다. 그 눈에서 경멸을 느꼈었다. 같은 시대에 사는 인간에게서 공감을 얻는다는 것이 어떤 것인가를 잘 알고 있었어야만 했다. 그들은 자기들도 나이가 들어 스스로 만든 것들을 어쩔 수 없이 포기하게 되는 처지가 되고 녹색 신사복 남자에게 모두 넘겨줄 수밖에 없게 되는 것을 상상도 못하는 것이다.

"돌아가십시오, 애틀러 씨." 젠트리가 말했다.

절망적인 주식 중개인은 노인에게 도움을 청했다. "교수님, 당신 같으면……"

"나의 사무실에서 나가세요, 애틀러 씨." 젠트리가 다시 한 번 말했다.

"그렇지 않으면 당신 얼굴에 엄청난 상처가 생길 수 있어요. 5명이 죽었습니다. 애틀러 씨, 다섯 사람이에요. 젊은 여성이 3명, 노인이 한 사람, 소년이 하나, 내 눈을 보고 대답해 보세요, 애틀러 씨. 당신의 이력이 이보다도 훨씬 훌륭한 것입니까?"

애틀러는 일어섰고 사무실에서 뛰쳐나가려고 했다. 그가 눈물 흘리는 것을 본 사람은 이제까지 한 사람도 없었다. 애틀러는 젠트리의 말에 걸음을 멈추었다.

"한 가지 묻겠는데, 애틀러 씨. 그 돈은 커피콩과 다른 무슨 장사로 번 돈입니까?" 대답이 없다. "고기의 부산물이었습니까, 정확히? 어떤 고기의 부산물인가요?"

애틀러는 간신히 들릴 정도로 작게 말했다. "무슨 말인지 모르겠군!" 그리고 혼쭐이 난 것처럼 사무실을 뛰쳐나갔다.

너무 강하게 문을 닫았기 때문에 론은 유리가 깨지는 줄 알았다. 교수가 크게 한숨을 쉬었다.

"과연, 아미고." 노인이 말했다. "내가 가르친 것을 이런 식으로 활용하는가? 애틀러 같은 바보를 다루면서."

"그는 소심한 사람입니다. 그뿐 아니라 이상한 사람이고요."

"무엇이 이상해?"

"알지도 못하는 5명의 희생자를 위해 개인의 사업을 희생해 달라고 부탁했을 때 보통 사람들의 극히 평범한 대답이 말이지요."

"조용히 있어. 자네는 탐정이야, 철학자가 아니라고. 나도 이상할 때가 있지."

론이 환하게 웃었다. "교수님은 어디가 이상합니까, 마에스트로?"

"애틀러는 진짜 바보인지 아닌지 알 수 없지! 자네의 평범한 질문의 깊은 뜻을 짐작한 사람은 지금까지 그 사람 하나뿐이야. 더 놀랄 만한 일이 있을지도 모르지."

11

만일 그날 밤 HOG의 불안정한 정신 상태를 이해할 수 있는 사람이 있다면 아마도 HOG가 5명의 생명을 빼앗았다고는 도저히 믿기 어려웠을 것이다. 그의 생각은 초조함, 의심, 불안감으로 가득했다.

HOG는 다음 편지 내용을 생각함으로써 마음을 안정시키려고 했다. 이것은 처음이었다. 그때까지는 사람이 죽은 뒤 비웃는 듯한 메시지를 생각하고 있었다. 그러나 오늘밤은 평소와는 조금 다르다.

달이 뜨지 않은 날씨 좋은 밤이었다. 건조하고 차가운 밤을 남겨놓고 폭풍과 눈보라는 동쪽으로 이동했다. 살을 에는 듯한 찬바람이, 남겨진 발자국을 즉시 눈으로 덮어버릴 정도로 강하게 불기 때문에 HOG는 안도의 숨을 쉬고 있었다.

모텔의 창에서 나오는 불빛이 눈에 들어왔다. HOG에게는 곧 죽게 될 남자의 모습이 그림자처럼 보였다. 그 모텔은 구불구불 구부러진 단층 건물이다. 표적이 되고 있는 남자는 모텔 사무실과 다른 숙박 손님들로부터 거리가 떨어진 방에 투숙했다. 그러니까 그 방에 접근하는 데 어려움은 없다.

그런데 HOG는 아직도 망설이고 있었다. 오늘밤이 아니면 안 된다. 지금이어야 된다. 그런데…… 이제까지 사람이 죽을 때마다 HOG는 이 같은 미치광이 같은 짓을 그만둘까 생각하며 괴로워하기도 했다. 그러나 이런 식으로 일이 시작되면 중단할 수 없다는 것을 깨달은 것이다. 사건이라는 것은 인간의 의지에 따라 좌지우지되는 것이 아니다. 그것은 하느님의 손에 달려 있는 것이다.

그렇지만 정신을 차려야 한다! HOG의 생각은 자기를 향한 채찍이기도 했다. 비켈의 경우처럼 실수를 한 번 더 하게 되면 모든 것은 돌이킬 수 없게 된다. 이번에는 통할 리가 없다. HOG의 일은 거의 막바지에 다가서고 있다. 실패는 용서할 수 없다. 베네데티는 날카로운 사람이기 때문에 얕보면 큰일 난다. 이 순간에도 진실을 꿰뚫어보고 있는지도 모른다.

그러나 HOG는 무서워할 것이 없다고 생각했다. 베네데티도, 다른 사람들도 잘못 생각하고 있는 것이다. 정확하지 못하다.

눈 덮인 모텔의 잔디밭을 재빨리 가로질렀다. 그리고 파티오 유리의 미닫이를 가볍게 노크했다. 방에 있는 남자는 시선을 문쪽으로 돌리며 웃으면서 문을 열었다.

"지금쯤 올 시간이 됐다고 생각했지." 그가 말했다. 남자는 중간 정도의 키에 탄탄하게 살이 찐 남자였다. 머리는 잘 빗었는데 심하게 곱슬거렸다. 하얀 치아를 보이면서 싱글싱글 웃고 있었지만 즐거운 것 같지는 않았다. 중고 자동차의 세일즈맨이 의식적으로 웃는 듯했다.

"들어갈까, 재스트로. 추워서 말야!" HOG가 말했다.

"좋아요, 들어와요! 거래 관계 이야기겠지?"

HOG의 표정이 어두워졌다. "기록해 주시오, 서명할 테니까."

재스트로의 억지웃음이 커졌다. "그 말 한마디가 듣고 싶었지!"

그는 조명이 있는 책상으로 가서 종이를 꺼내어 기록하기 시작했다. "내가 다 기록한 다음에······." 재스트로가 머리를 숙인 채 말했다. "당신도 이와 똑같이 쓰도록 해. 그것이 확실하니까, 괜찮지?"

"당신 말대로 하겠소."

재스트로의 손이 다시 움직이기 시작했다. 재스트로는 인간을 평가하는 데 자신감이 있었다. 오늘밤 이 방에 온 남자를 몇 번 만났지만 그가 위험 인물이 아니란 것을 확신하는 데 어느 정도 시간이 걸렸었다. 그런데 오늘은 걱정할 필요가 없다는 확신을 갖게 되었다. 그러나 그것은 오산이었다.

HOG는 외투 주머니에서 32구경 리볼버(연발권총)를 꺼냈다. 몽유병자처럼 HOG는 방을 가로질러 의자에 앉은 재스트로의 오른쪽에 섰다.

재스트로가 얼굴을 들었다. "뭐야?"

"서명할 서류를 보려고."

"이제 곧 천천히 읽을 수 있어. 뒤에선 확실하게 볼 수가 없어."

"당연하지. 미안해." 이렇게 말하면서 HOG는 재스트로의 관자놀이에서 3센티미터쯤 떨어져 권총을 대고 방아쇠를 당겼다. HOG가 생각한 것보다 소리는 적었는데 즉시 비참한 사태가 벌어지고 말았다.

HOG는 피를 흘리고 있는 재스트로의 머리를 책상에서 3센티미터 정도 들어올리고 그 밑에 있는 서류를 뽑아냈다. 그리고 매우 부드러운 손놀림으로 쥐고 있던 펜을 빼고 대신에 지문을 깨끗이 닦은 권총을 쥐어 주었다. 혹시 지문을 남긴 곳이 없는지 유심히 방을 살펴보았다. 찾던 물건이 나왔다. 끈적끈적한 피가 묻은 서류를 플라스틱 가방 속에 넣고 찾은 물건을 주머니에 넣었다. HOG가 죽음의 현장에서 단서를 가지고 사라진 것은 이것이 두 번째였다. HOG가 방에서 나오는 것을 본 것은 재스트로의 죽은 눈뿐이었다. 밖은 서서히 눈이 내려 HOG의 발자국을 뒤덮고 있었다.

론은 임시로 만든 침실의 문틈을 통해, 교수가 바리톤으로 작게 부르는 〈잊지 말아 다오〉를 들을 수 있었다. 교수가 말하기를 그 방을 선택한 것은 햇빛이 잘 들기 때문이라고 했다. 그러나 론은 교수가 낮에는 그림을 그리지 않는다는 것을 알고 있기 때문에 그 구실이 이상하게 생각되었다.

론은 문을 노크하고 안으로 들어갔다. 방 안 공기는 시가 연기로 약간 회색빛을 띠고 있다. 교수는 이젤을 향해 앉아 그림을 그리고 있었다. 그림에 조예가 없는 론의 눈에 그것은 사냥하는 모습을 그린, 옛날 모직물 같은 중세풍 그림으로 보였다. 니콜로 베네데티와 얼굴이 비슷한 기사가 백마를 타고 못생긴 멧돼지를 은빛 창으로 찌르고 있다. 그림은 부분적으로 완성되어 있었다. 교수는 빨리 마르는 물감을 쓰고 있는데 뚜렷한 목표도 없는 것 같은 손놀림이 캔버스 위에서 춤추고 있다.

오랫동안의 경험으로 론은 캔버스에 그려진 그림에서 사건에 대한 추리의 발전을 통찰할 수 있었다. 해결에 가까워짐에 따라 교수의 그림은 추상적이 되어 가는 것이다. 그리고 최후에는 교수가 말하는 '순수사고'의 그림이 된다.

론이 인사를 하자 교수도 투덜투덜 응대했다. 론은 냉정하게 그림을 응시했다……. 아직도 그림이 사실적이다. 사건과 관계된 어느 누구와 비슷한 것이 아닌가 하고 찔린 멧돼지를 잘 보았으나 알 수가 없었다.

잠깐 후에 론이 입을 열었다. "상당히 재미있는 그림이군요."

교수가 엄지손가락으로 캔버스를 짚었다. "이런 것?" 그는 낮은 목소리로 말했다. "이런 것은 졸작이야."

론은 잠시 생각했다. "포르케리아란 것은 돼지의 '신소리'군요, 마에스트로?"

노인이 웃었다. "그런 생각으로 말한 것은 아닌데 확실히 그렇군. 포르케리아를 문자 그대로 직역하면 '돼지에게 주는 물건'이란 뜻이지만 관용적인 영어로 번역하면 '똥'이 가장 가까울 거야."

이 같은 교수의 설명에 론의 언어학적 흥미는 사라져 버렸다. 그래서 화제를 바꾸었다.

"뷰얼 테이섬의 약혼자가 내일 초대할 예정인 파티에는 참석하시겠습니까?"

"그럴 작정인데." 이렇게 대답한 교수는 가느다란 붓으로 상세한 부분을 그리기 시작했다. "자네에게도 여러 가지 의견을 듣게 되는 좋은 기회가 될 거야. 여러 사람의 반응을 보는 것도 즐거운 일이고."

그러나 론은 반신반의였다. "교제상으로 즐기는 자리가 아니지요, 마에스트로. 저도 오늘에야 알았습니다. 일에 집중하기 위하여 잠시 연기를 하는 게 좋다고 생각합니다만."

"선택의 여지가 없어. 초대자가 틀림없이 자네를 오라고 할 거야.

내일 저녁 식사 목적은 체스터 부인을 이 사건의 수사에 조금이라도 관여시키려는 것이야. 현재……."
플라이셔가 걸어 온 전화로 이야기는 중단되고 말았다.

그것은 론이 이 나라 안에서 보았던 다른 모텔 방과 조금도 다른 점이 없었다. 회색빛이 강한 파스텔 그림, 마시멜로 같이 부드러운 침대, 포마이커를 칠한 서랍 달린 책상. 시체는 요즘 유행하는 의자에 앉아 그 책상에 엎드린 채로 있었다. 구부러진 쇠파이프에 철사를 감아 거기에 얇은 기포 고무가 들어 있는 비닐 쿠션 의자. 그것은 의자라기보다는 바구니 같은 느낌이 드는, 앉기가 불편해 보이는 의자였다.

론은 시체를 보았다. 오른쪽 관자놀이가 있던 곳에 큰 구멍이 나 있다. 슬랙스와 터틀넥의 편안한 복장이다. 소매를 걷어올렸고 총을 쥔 쪽 팔꿈치 바로 아래에 독수리 문신이 있다.

플라이셔가 시체 운반 차량의 관계자와 대화하고 있다. "시체를 그대로 두게. 책상에 엎드린 채로. 나는 말야, 오, 오셨군, 교수님."

베네데티 교수는 입술에 약간 웃음을 머금었다. "안녕하세요! 경감. 이 살인 사건에서 내가 볼 것은 뭡니까?"

플라이셔가 말했다. "그런데 살인 사건이라고 생각하는 이유가 뭡니까? 전화로 나는 '분명한 자살'이라고 말했을 텐데요." 의심스런 말투로 그가 물었다.

베네데티가 약간 웃으며 말했다. "경감, 당신에겐 당신의 방법이 있듯이 나에게도 나의 방법이 있소. 당신이 시체가 있는 현장에 꼭 와야 한다고 말한 것은 단순히 날 이젤에서 철수시키려고 그런 것은 아니었겠지요? 이 사건에도 당신 나름대로 신경 쓰이는 점이 있을 거요. 우리들은 사고나 자살로 위장된 살인 사건을 다루고 있는 중이니까. 당신이 나를 호출한 것은 당신의 관심사가 분명히 자살이냐 타살이냐는 점이기 때문이죠."

경감이 말했다. "이것은 분명히 타살입니다. 정말 타살이 아니었으면 좋겠지만. 이 남자가 HOG일 가능성이 가장 유력한 후보자였지요."

"누군지 알고 있습니까?" 론 젠트리가 물었다.

뷰얼 테이섬이 말했다. "여기에 와서 즉시 알 수 있었죠. 〈클랜트〉 신문을 통해서 말이오. 경감도 알고 있어요."

"그래, 누굽니까?" 론이 물었다.

"아니, 아니, 우선 타살로 보는 이유를 교수님께 들어본 다음에……"

"나에게 도전하는 겁니까? 경감." 교수는 즐거운 듯이 말했다.

"아닙니다. 나의 견해를 점검해보는 것뿐입니다."

"그렇겠지." 떠 있는 시체의 눈부터 베네데티는 조사를 시작했다. "만일 이것이 자살이라면 상당히 죽고 싶어했던 것이 틀림없어. 표정은 평온하고 눈을 뜨고 있거든."

교수는 시체에서 눈을 떼고 제자를 바라보았다. "멍청하게 서 있지만 말고 물을 것을 질문해! 로널드."

"네, 마에스트로!" 론이 대답했다. "시체를 처음 발견한 사람은 누굽니까, 경감님?"

"여기에 있는 지배인이오. 투숙한 손님 한 사람이 불을 냈다는 거요. 휴지통을 태운 정도에 불과하지만, 여기의 규정상으로는 즉각 물러나 피하도록 되어 있거든. 그런데 피해자는 지배인에게 여기에 숙박할 테니까 자기를 귀찮게 하지 말아 달라고 했다는 거요."

"그래서 손님도 적은데…… 이렇게 거리가 떨어진 방을 정했군요?"

"그렇지. 뭔가 일을 마무리해야 되니까 조용한 곳이 좋다고 말했다는군! 1월 12일부터 숙박하고 있었지. 그런데 첫 번째 경보 벨소리에도 나오지 않으니까 지배인이 그 방으로 찾아간 거지."

교수가 철제 의자 뒤에 뼈가 앙상한 손을 얹었다. 이때, 시체 운반차의 관계자가 말했다. "손대지 말아요!" 피투성이의 머리가 종이 위에서 모서리 쪽으로 미끄러지기 시작한 것이다.

"미안하오!"라고 교수가 말했지만 진심은 아니었다. "그럼, 계속하시오, 경감."

플라이셔가 어깨를 움츠렸다. "더 이상 할 말이 없어요. 지배인의 이름은 이크스라고 하는데, 그가 문을 노크했을 때 대답이 없자 잠든 줄 알고 비상 열쇠로 열고 들어간 결과 이 모양이었다는 겁니다."

"이 자세로 있었다는 것입니까? 아니, 내가 머리를 움직이기 전의 그 자세로?" 베네데티가 물었다.

"아, 그래요. 그 자세가 맞아요."

"그렇다면 당신의 말처럼 이것은 타살이군요."

"그것은 나도 알고 있소! 자살이나 사고처럼 위장시키는 것은 매우 어려운데 HOG는 거기에 능숙하거든. 그래서 우리도 자신할 수 없을 정도요. 당신이 타살이라고 생각하는 것도 나와 이유가 같습니까?" 플라이셔가 말했다.

교수가 고개를 끄덕였다. "당신의 추리 근거가 이 의자에 있다면 같습니다."

플라이셔가 동의하자 론도 이해할 수 있다는 표정을 지었다. 이때 뷰얼이 끼어들었다.

"나로서는 아직도 이해가 가지 않는군요. 모두들 교수님처럼 수수께끼같이 말하지 마세요."

교수가 말했다. "아주 단순한 것이요, 테이섬 씨. 시체의 자세를 이해할 수 있습니까?"

"물론이지요. 자기의 머리를 쏜 다음 엎드렸겠지요?"

교수가 또 한번 의자 뒤에 손을 얹었다. 시체 머리가 3센티미터쯤 움직여지자 흰 옷 입은 남자가 또 투덜거렸다.

"이 의자는" 노인이 설명했다. "쇠파이프로 되어 있고 용수철처럼 움직이지요. 말하자면 뒤쪽으로 기울게 되어 있습니다. 책상에 알맞은 의자가 아니지요. 내가 보기에는 사용된 일도 없는 것 같습니다. 무엇인가를 쓰려면 책상 쪽으로 상체를 굽혀야 하기 때문이지요. 그런데 이 의자에 앉아 있으면 굽히기가 불편합니다. 반듯하게 앉는 것도 상당히 불편할 테니까. 그런데 이 시체가 발견되었을 때, 책상에 엎드려 있었습니다. 이것은 방아쇠를 당겼을 때 앞으로 상반신을 굽히면서 책상 위에 엎어진 거지요. 즉 책상 위에 머리가 곧바로 떨어진 겁니다. 시체의 자세는 간신히 유지되었고, 내가 슬쩍 손을 올려놓았는데도 머리가 제멋대로 움직였습니다. 한 번 더 올려놓으면 시체는 바닥에 떨어질 거요, 아마도."

"제발 하지 마세요! 바닥에 떨어져 생기는 상처마저 드미트리 검시관에게 설명하지 않으면 안 되니까요." 감식 담당자가 부탁하듯이 말했다.

교수는 그에게 미안했다. "물론입니다. 더 이상 시체는 볼 것이 없지요, 경감?"

"자, 시체를 운반하도록."

시체 운반차 담당자가 작업을 시작했고 베네데티는 이야기를 계속했다.

"그런데 만일 방아쇠를 당길 때 저 남자가 반듯하게 앉아 있었다면 시체는 바닥으로 굴러 떨어졌을 가능성이 많다고 생각하는데, 아마도 의자 등에 기대고 있었던 것 같군요. 마치 레슬리 비켈이 빈백

(콩기/주머니)에 기대고 있었던 것처럼 말입니다. 그래서 타살이라고 추리할 수 있는 겁니다. 만일 자살이라고 판단하려면 이제부터, 머리를 강하게 날려 버릴 때 무슨 이유로 코가 책상과 수직이 될 정도로 무리하게 상반신을 구부렸는지를 설명하여야 합니다! 그런 것을 이치에 맞게 설명할 수는 없지요. 니콜로 베네데티가 바보 취급당하기는 딱 질색이니까."

교수가 고양이처럼 손등을 매만졌다. "자, 이제 내가 설명했으니까 누군가가 친절하게 죽은 남자가 누군지 말해 줄 수는 없습니까?"

이때 놀랍게도 입을 연 것은 론 젠트리였다. "재스트로가 아닙니까?"

"그렇지. 알고 있었군." 플라이서가 말했다.

론은 고개를 끄덕였다. "몇 개의 칼럼에서 뷰얼이 그의 사진을 실은 것이 기억이 납니다. 그 즈음 나는 범죄 관계 스크랩북을 만들고 있었어요. 고등학교에 다닐 때였지요."

"자네의 아카데믹한 경력은 역시 대단한데. 죽은 남자가 누군지 아직 듣지 않았는데 말야." 교수가 말했다.

'평소와 달리 그늘 속에 있는 것은 어떤 기분인지요, 마에스트로?' 론은 그렇게 생각했지만 입으로 말할 수는 없었다. "재스트로, 퍼스트 네임은 분명 제프리였는데……." 뷰얼이 고개를 끄덕였다. "그는 전에 경찰관이었습니다. 정확히 말하면 카운티의 보안관 보조로 근무했는데 해고될 때까지 카운티의 도로에서도 무서운 존재였죠!"

"녀석은 그 자리에서 쫓겨났지. 그것이 모두에게 알려지자 모두들 맥이 풀렸지." 낮은 소리로 플라이서가 말했다.

"마리화나로 함정에 빠뜨렸던 게 맞죠, 경감님?"

"그렇습니다. 속도 위반이 있거나 없거나 차를 속도 위반이라고 정지시키고 차에 탄 사람들을 내리게 하고 차 안을 수색하고 실형을 받을 수 있을 정도의 마리화나를 찾아내는 겁니다. 특히 다른 주의 번호판을 붙인 차에는 가혹했지요. 그런 뒤 눈감아 주겠다며 150달러 정도 받아내는 거죠."

교수가 턱을 매만졌다. "바꿔 말하면 완벽하게 부정 취득을 직업적으로 한 셈이군!"

"그렇습니다. 돈이 부족하면 능숙하게 암암리에 자백을 받아내 구속하기도 하는데…… 더구나 여자와 동승한 경우는 신속하게 처리합니다. 무슨 뜻인지 이해할 수 있지요?" 뷰얼이 말했다.

"물론 알 수 있지요. 전형적인 부정 축재군요."

"뷰얼이 아니었으면 지금도 계속되고 있었을 겁니다." 론이 말했다.

"경감의 공적을 잊으면 안 되지요." 기자가 말했다.

"아니요. 그 따위 쓸모 없는 사람이 있으면 경찰 모두의 평판이 나빠지기 마련이지!" 경감이 말했다.

뷰얼이 이야기를 계속했다. "자, 이만하고. 어쨌든 재스트로에 대한 소문을 듣고 나섰어요. 어떤 남자가 파출소에 연행됐는데 그 후에 소식이 끊어졌다는 소문도 들었습니다. 어딘가로 도망친 것이지요. 그래서 그 소문을 확인하려고 생각했어요. 경감에 요청하여 오시도록 부탁했지요. 즉시 남부의 차량 번호판을 하나 만들어 달고 제한 속도를 3킬로미터 정도 더 올려 달려갔지요. 예상하는 바와 같이 재스트로에게 정지당했고 나는 그와 대화를 나누었습니다. 그가 현금을 받기 직전까지 잘 갔는데……."

플라이셔가 불쾌한 듯이 말했다. "내가 큰 실수를 저지르고 말았지! 지갑에서 배지는 떼어 놓았는데 신분증은 그대로 있었거든. 그것을 본 재스트로가 눈치를 채고는 즉시 이것은 전부 장난이라고 꾸며대는 것이었지!" 경감은 지금까지도 스스로에게 화가 나는 듯 주먹으로 상대편 손바닥을 쳤다. "무조건 나는 딴소리 말고 테이섬에게 칼럼에 쓰라고 말했지, 구속시킬 수 있는 증거는 없었지만. 그렇다고 다른 주에서 증언하기 위해 올 사람도 없었고. 그러나 해고시킬 수는 있었지. 연금도 취소하도록 조치했고, 뷰얼은 그 공적으로 보안관으로부터 감사장을 받았지."

"그러니까 당신과 뷰얼은 그 사건으로 관계가 깊어진 셈이군요." 론이 말했다.

"그러니까 그가 HOG가 아닌가 하고?"

플라이셔가 말했다. "옳은 말이요. 우리들에게 복수하고 있었다고 생각하면 이치에 맞죠. 그런데 그 녀석은 경찰관이었거든. HOG라고 하는 것이 뭔가를 나타내고 있다고 생각한 것은 셔너시야. 그래서 우린 난폭한 경찰관에게 주목해온 거지. PIG(경찰관)과 HOG, 이해할 수 있겠나?"

베네데티가 생긋 웃었다. "훌륭한 생각이군. 들었지, 자네!"

"네, 물론입니다. 마에스트로. 형사부장, 축하할 일이군요!" 론이 대답했다.

"알겠소, 알겠어요. 그렇게 비꼬지 마쇼. 그놈도 우리와 마찬가지로 필사적이니까."

론은 웃지 않을 수가 없었다. 플라이셔가 기분 나쁜 듯이 보았다.

교수가 말했다. "괜찮다면 지배인과 이야기하고 싶은데요, 경감님."

"좋습니다." 경감은 문에서 머리를 내놓고 큰소리로 셔너시에게 전했다.

그는 겁에 질린 남자를 데리고 되돌아왔다. 겁에 질린 상태가 사라지면서 점점 침착해지는 것 같아 보였다.

이크스는 비교적 새로운 경제 계층의 일원이라고 할 수 있다. 그는 프랜차이즈 매니저이다. 그들은 두려움을 가지고 상사를 모신다는 하느님에게서 받은 권리를 버릴 줄도 모르고, 소유자의 책임과 자기들 돈을 거는 위험을 자초하는 마조히스트인 것이다.

 이크스는 공포라는 엑스터시 상태에 있었다. 그는 경찰 그 자체를 두려워하고 있었다. 또 사투리 쓰는 남자를 두려워했다. 악마의 심부름꾼처럼 보였기 때문이다. 눈앞에 있는 사람을 바로 보지 못하고 지역 감독자 앞에서 카펫에 넘어지는 것이 아닌가 하고 두려워했다. 키가 크고 뼈가 앙상한 외국인이 그날 재스트로에게 찾아온 손님이 없었느냐고 묻자 이크스는 '모릅니다'라고 하면서 '레스토버 인'에 투숙하면 아주 편하다는 듯이 정답게 대답했다.

 "밤새도록 열쇠를 잠그지 않지요. 우리들의 모토가 '레스토버 인에 투숙하면 집에 귀가한 듯한 느낌을 준다'는 것이지요. 사람을 집에 가두거나 갇히게 하는 것은 기분을 상하게 하니까요. 회사의 안내서를 보면……."

 회사의 안내서 설명 전에 플라이셔 경감이 먼저 차단해 말했다. "알았어, 알았어. 찾아온 손님은 없었다고? 전화는 있었나?"

 "없었습니다. 여기에 숙박하는 동안 전화를 걸지도 않았고, 외부에서 걸려오지도 않았지요. 적어도 교환을 통해서는 말이죠. 주차장의 공중전화는 썼는지도 모르겠지만."

 이크스는 뭔가를 말할까 말까 망설이는 듯 보였는데 이내 입을 다물어 버렸다. 지역 감독자는 경찰에 대해 말참견하는 것을 싫어할지도 모른다. 그러나 회사는 프랜차이즈의 남자에게 훌륭한 시민이 되기를 요구하고 있다. 그는 레스토버 인의 영예를 위해 감히 이야기하기로 했다.

 이크스가 입을 열었다. "경감님, 호텔 업계에 근무하게 되면 사람을 보고 판단하는 수준이 높아집니다. 잘 이해하시겠지만."

"물론이지!" 경감은 쌀쌀맞게 대답했다.

안심한 듯한 모습으로 이크스가 말을 계속 이었다. "예를 들면, 얼마 전의 이야기인데 어떤 여성과 남성이 찾아오셨는데…… 카드에 윌리엄 스미스 부부라고 기록한 일이 있었어요. 그 이름이 문제인데 거짓 이름인 것은 명백하거든요. 그런데도 그 남자가 너무나도 주위의 이목을 꺼리는 모습이어서 본명을 쓴 것이 틀림없다고 생각했지요. 결국 이 세상에는 윌리엄 스미스라는 이름은 수없이 많다는 것이지요. 그래서 나는……."

플라이셔는 베네데티의 방법과는 달라서 "그러니까 무엇을 말하려고 하는 거요?"라고 안타깝다는 듯이 말했다.

이크스는 열반의 경지에 도달했다. 공포의 정점에 올라선 것이다. 하느님이시여! 경찰의 비위를 상하게 했습니다! 동시에 생각이 혼란스러워졌다. "결국,…… 그가…… 나에게는…… 그것이…… 최소한 나에겐…… 더구나 나로서는……"

"빨리 빨리 말해!"

"결국 재스트로를 찾아온 손님이 없었다는 것은 분명한 것처럼 보이는데……"

"왜, 그렇게 생각하지?"

"만약, 누가 있었다면 자살하도록 하지는 않았을 테니까요."

플라이셔가 신음소리를 내며 두 눈을 비볐다.

이때 교수가 도왔다. "고맙소! 이크스 씨. 매우 논리적이군. 우리들은 생각지도 못했거든."

그 이야기를 들은 이크스는 마음을 너그럽게 갖고 플라이셔를 용서해 주기로 했다. 경찰관에겐 중압감을 주는 면이 좀 있는 것이라고 생각했다.

이크스는 환하게 웃었다. "천만의 말씀. 언제든지 협조하겠습니다."

외국인이 진지한 표정으로 말했다. "고마우신 말씀! 한 가지 묻겠는데요, 이 방에는 편지지가 몇 장 준비되어 있습니까?"

그 대답은 간단했다. "레스토버 인이라고 인쇄된 편지지가 비닐 속에 12장, 봉투도 12통이 들어 있지요. 훌륭한 선전물이 되니까요."

"그렇다면, 그 봉투를 어느 정도의 간격으로 교체시킵니까?"

"손님이 쓰지 않았을 경우는 그대로 두지만 몇 장이라도 사용하면 바로 그만큼 새것으로 교체하지요. '마음 편히 쉴 수 있는 이곳에서는 최고를 서비스합니다'라는 의미에서요."

"과연 그렇군요!" 교수가 말했다. 그리고 경감을 향해 몸을 돌렸다. "이 점에 주의하게. 로널드, 경감에게 서랍의 내용물을 보여 주도록!"

안경을 쓴 금발의 젊은이가 서랍을 열었다. 이크스는 그를 형사로 생각하고 있었다. 론이 찢어진 비닐 봉투를 꺼냈다. "편지지는 8장 남아 있는데 봉투는 하나도 쓰지 않았습니다."

늙은 이탈리아인이 말했다. "이것으로 시체의 자세에 대해 이해할 수 있게 됐군. 공격당했을 때, 재스트로는 뭔가를 기록하고 있었던 거야."

"예를 들면?"

딥사우스 출신의 목소리가 들려왔다. 자기도 모르는 사이 이크스는 그가 뷰얼 테이섬이란 것을 깨달았다. 그의 칼럼을 즐겨 보고 있기 때문이다. 그러나 지금 그것을 말할 때가 아니란 것을 그는 현명하게 판단했다.

교수는 어깨를 움츠렸다. "무엇을 쓰고 있었는지, 누가 알겠소? 아마도 살인자의 이름이 씌어 있었는지도 모르지. 어쨌든 편지지를 가지고 달아났어요. 테이섬 씨, HOG로부터 오는 다음 편지에 '레스토버 인'의 편지지가 사용되어도 난 놀라지 않을 겁니다."

정신적인 공황 상태에서도 이크스는 생각했다. '이게 무슨 말인가! 레스토버 인에서 HOG 살인 사건이라니! 지역 감독자는 몹시 화를 낼 것이다.'

12

화요일은 파란만장한 하루였다. 교수는 그날 아침 일찍 꼬박 밤샘을 하며 멧돼지 사냥 그림을 끝내고 다음 그림을 그리기 시작했다. 수면 부족으로 의식이 멍한 론의 눈에는 그것이 뉴욕 주의 지도처럼 보였다. 교수에게 물어보자, 교수는 생각나는 대로 그린 그림이라고 대답했다. 론은 왜 그런 그림을 그리는지 물었다.

노인이 설명했다. "나는 한 대륙을 제외하고 모든 대륙을 여행해 왔지. 그리고 지구상에서 가장 색다른 지방의 악(惡)도 직접 다루어 보았거든. 그런데 그렇게 취급했던 사건도 이 주, 이 고장에서 당면하고 있는 사건에 비하면 발 밑에도 미치지 못하거든. 이만큼 지능적이고 계발적인 사건은 드물지."

계발적이란 단어는 지능범에 대하여 베네데티가 최고로 칭찬할 때 쓰는 말이란 것을 론은 알고 있었다. "그렇다면 이 사건이 사건으로서는 인류 걸작품에 속하는 셈이라는 뜻입니까?"

"물론이지. 가령 HOG가 구원의 손길을 필요로 하는 단순한 미치광이라고 해도, 물론 그런 일은 없겠지만. 이 사건에 비하면 목욕탕에서 목이 잘린 것 같은 사건도 어린아이 장난 같은 거야."

론은 안경을 벗고 눈을 문질렀다. "역사적 사건과 관련된다는 것은 훌륭한 일입니다, 마에스트로. 그런데 아침 식사는 무엇이 좋을까요?"

노인은 캔버스에서 얼굴을 들었다. "아마도 내 생각대로겠지만, 만일 차가운 우유를 넣어 먹는 콘프레이크 같은 걸로 할 거라면 아침 식사를 거르고 그림을 계속 그릴 거야."

"알겠습니다. 나중에 제 사무실에서 만나 뵙겠습니다." 론이 말했다.

시내에 있는 사무실에서는 고롤스키 부인이 유쾌하게 근무하고 있었다. 콧노래를 부르면서 편지 답장을 쓰고 있었다. 어떻게 된 걸까 하고 론은 생각했지만, 수줍어하면서 교수가 몇 시쯤에 사무실에 나오는지 묻는 것을 보고 당연하다고 생각했다. 론은 투덜투덜거리면서 자기 방안으로 들어갔다.

전화를 몇 통화 했다. 재닛 히긴스에게도 걸었다. 전날 밤, 모텔에 부르지 않은 것 때문에 저기압이었다. 그러나 오늘은 론과 교수를 따라 동행하게 된다. 그 다음에 올바니의 친구에게 간다. 그런데 해럴드 애틀러 씨가 그에 대한 론의 비윤리적 행위를 주의 면허국에 소송했다고 한다.

론은 시계를 보았다. 재미없는 긴 하루가 될 듯하다.

디들 체스터는 그렇게 생각하지 않았을 것이다. 오전이 순간처럼 지나가 버린 것이다. 더구나 뭐라 표현할 수도 없이 기분이 좋은 것 같았다. 작은 닭고기 가게에서 보기 드문 칠면조를 발견했고, 겨울인데도 신선한 채소를 살 수 있었다. 내일 밤 파티는 멋있는 모임이 될 것이다. 새로운 살인의 화제가 생겼기에 더욱 안 돼, 하고 그녀는 생각했다. 그런 사고 방식을 뷰얼은 싫어하거든. 그렇지만 그대로 될 것이다. 뷰얼이나 리키에게 무슨 일이 벌어진다면 어떤 느낌이 들 것인지 충분히 알 수 있으니까.

오전에 우체부가 로스엔젤레스 근처 몬로비아의 부친 집에 가 있는 리키가 보낸 편지를 가지고 왔다. 하이킹을 간다고 했다. 리키가 두 가지 문화를 접하는 것은 매우 좋은 일이라고 디둘은 생각했다. 어른이 되면 외교관이나 다른 공무원이 될지도 모른다.

편지를 읽고 봉투에 다시 넣었다. 파티에 오시는 분들에게 우표수집을 하고 있는지 꼭 물어보기로 다짐했다.

화요일은 플라이서 경감에게 작은 승리의 날이었다. 뷰얼 테이섬이 앞에서 경감은, 문서와 말로 게다가 워싱턴DC에 뒷공작까지 써서, 통신공사의 뉴욕 주 스파터국에 뷰얼에게 보내는 우편물을 압류하도록 시킨 것이다. 이렇게 소란을 피운 결과는 겨우 편지가 배달 2시간 전 경감의 손에 도달되었다는 것뿐이었다.

뷰얼은 그런 것을 지적하는 바보짓을 해 버렸다.

"그런 것에 신경 쓰지 마시오. 1분 1초가 중요한 것이오." 경감이 노발대발했다.

봉투는 그전 것과 같았다. 우체국 소인 날짜만 다를 뿐이었다. 그러나 봉투 안의 편지는 달랐다. 우선 첫째, 베네데티가 말한 대로 '레스토버 인'이라고 인쇄된 편지지가 사용된 것이다.

둘째, 메시지가 없다. 구체적으로 기록된 메시지가 없는 것이다. "HOG"라는 낯익은 서명은 분명 있었다. 그런데 그 위에 붉은 차(茶) 빛깔의 얼룩이 있을 뿐이었다. 나중에 감식한 결과 그것은 살해당한 제프리 재스트로의 혈액이란 것이 판명되었다.

누가 봐도 메시지는 분명했다.

고롤스키 부인이 불러 사무실 밖에 나가자, 택시 운전 기사 모자를 쓴 남자가 유명한 베네데티의 팔꿈치를 붙잡고 무서운 모습으로 서 있었다.

"자네," 노인이 입을 열었다.

"당신이 젠트리요?" 택시 운전 기사가 날카롭게 물었다.

론은 아니라고 대답하려다가 그만두었다.

"당신이 요금을 낼 거요?" 운전 기사가 대들었다.

론이 한숨을 쉬었다. 요금이 얼마인가를 묻고 지불했다. 남자는 투덜거리면서 떠났다.

교수는 머리를 흔들면서 "이상한 놈이군!"이라고 말했다. 매우 진지한 표정이었다. "나는 이 나라를 방문한 사람이야. 브라질의 쿨르제이르로 지불하는 게 안 된다면 처음부터 그렇게 말을 했어야지." 그는 택시 기사가 쥐고 있던 웃옷 팔꿈치를 털었다. "그런데, 로널드, 오늘 아침에는 어땠나? 뭔가 성과가 있었나?"

서너시와 통화중이던 론은 진행 상황을 들려주었다. 교수는 뭔가 중얼거리면서 이렇게 말했다. "그럼, 이제 히긴스 박사한테 이쪽 일에 협조하도록 하게!"

하비 프랭크는 즐거워하고 있었다. 오늘 손님은 일을 방해하여 신경 쓰게 하는 얼간이 같은 경찰관이 아닌 것이다. 신문에도 사진이 실린 적이 있는 베네데티 교수인 것이다. 불쌍한 레슬리를 어떻게 생각하느냐는 둥 가슴 아픈 질문을 통해 자기를 HOG로 의심하는 짓은 결코 하지 않는 이성적인 유명인인 것이다. 그는 그러한 질문에는 이미 앵돌아져 있었다. 경찰은 바보라기보다는 틀림없이 얼간이들인 것이다. 어찌됐건 간에.

거기에 도착하자 베네데티는 머리가 예민해졌다. 교수는 사건에 관하여 하비의 협력을 바랐다. 하비라면 여러 가지 사고 방식을 갖고 있을 것이라고 생각한 것이다.

하비는 같이 온 여자에게도 호감이 갔다. 히긴스 박사였다. 그에게 웃음을 보냈는데 기분좋은 것이었다. 더구나 인생의 다양한 문제에 대해서도 이해가 깊을 것 같았다. 어리석은 교수들이 자신의 표현을 이해 못하거나 질투를 느끼는 매우 우수한 학생들에게 C학점만을 고집하는 것도 그녀는 잘 이해할 것 같았다.

또한 동행한 운전 기사로밖에 보이지 않는 금발의 젊은이도 좋은 남자로 보였다. 여름 동안 어디서 일하고 있는가를 이야기했을 때도 '체력이 대단한데요'라고 빈정거리지도 않았다. 하비는 거기서 현장 감독을 한 일이 있었다고 설명하는 것에 신물이 났다.

교수는 시가 담배를 피워도 괜찮은지 물었다. 평소 같으면 자기 아파트에서 흡연을 허락하지 않던 하비도 교수에게는 흔쾌히 허락했다. 그는 유리 재떨이 대신 종이컵을 가지고 왔다.

노인이 입을 열었다. "그런데, 프랭크 씨. 나와 우리 동료들은 이 사건에 대한 당신의 견해에 대해 매우 큰 흥미를 갖고 있어요."

하비가 말했다. "그렇습니까? 레슬리와는 잘 알고 지냈는데, 뭐랄까, 그녀에게 존경심 같은 것을 갖고 있거든요. 그래서 이번 사건에 대해서도 깊은 관심을 갖고 있습니다. 사건 내용을 컴퓨터에 프로그래밍했습니다. HOG가 세 번째로 또 사건을 일으킨다면 데이터를 충분히 갖출 수 있게 됩니다."

교수가 웃었다. "HOG가 사고를 일으키기 전에 당신의 견해를 듣고 싶은데요?"

"물론 상관없습니다. 하지만 아무리 컴퓨터를 다루고 있어 논리적으로 생각한다고 해도 물샐틈 없이 정확하다고는 생각하지 마십시오."

노인이 말했다. "이해가 갑니다. 지금의 수사 단계에서는 그 정도만으로도 크게 참고가 됩니다."

안심이 된 하비가 계속했다. "생각건대, 가령 HOG가, 제 표현에 미리 양해를 구합니다만, 히긴스 박사님. 그가 분명 미쳤다 해도 자기 스스로는 미쳤다고는 생각하지 않을 것입니다. HOG도 이유가 있어서 그렇게 행동하고 있다고 생각할 겁니다. 그런데 그가 피해자들로부터 무엇을 얻을 수 있겠습니까? HOG가 특별한 이유가 있어 서로 전혀 다른 사람들을 살해했다고 보기는 매우 어렵습니다. 내가 만든 공식을 보여드릴 수도 있는데……."

세 사람이 그의 공식을 보지도 않고 믿어준 것에 대하여 하비는 즐거워했다. "결국 HOG가 어떤 이유가 있어 살해한 것은 한 사람뿐이고 다른 사람들은 어떤 사실을 은폐하기 위해 죽인 겁니다."

세 사람은 그의 한마디 한마디를 음미하듯이 가만히 듣고만 있었다. 하비는 박사논문으로 수사의 프로그래밍에 대하여 쓸까 생각하고 있었다.

교수가 입을 열었다. "그럴 가능성은 우리도 생각하고 있지요. 거기에 대해 좀더 깊이 파고들어 보았는지요?"

하비는 즐거운 듯이 머리를 끄덕였다. "물론입니다. 여기에서 다시 한 번 피해자들에 대하여 생각해 봅시다. 이번에는 변칙적인 요소, 다른 것과는 다른 점을 탐색하는 것이지요. 이런 식으로 프로그래밍을 만들어가는 것이지요. 그렇게 하면 무엇인가 알게 될 것입니다. HOG가 살해한 피해자 중에서 부자는 오직 레슬리 비켈뿐입니다. HOG는 그녀가 죽으면 이익이 있다고 생각한 것이지요."

"하지만 그녀의 죽음으로 덕을 본 사람은 한 사람도 없어요."

입을 연 것은 론이었다. 이야기의 진행이 약간 느려졌다.

"물론 없지요." 하비는 감정을 억제하면서 참을성 있게 설명했다. "그놈은 미친놈이지요. 정신적으로 혼란한 놈이지요. 그녀가 죽으면 득이 된다고 생각했는데 그렇지 않다는 것을 깨달았을 때는 이미 때가 늦어 버린 것이지요. 거기에서 한 번 자취를 감추었는데 그것을 위장하기 위해 다시 살인을 저지른 것입니다."

노인이 말했다. "과연 그렇군요. 그렇다면 테리 윌버가 범인이라고 생각하겠군요."

하비가 냉정하게 말했다. "명백하지요. 나는 몇 번 만난 적도 있고 목소리를 들은 일도 있는데……. 여러분은 다르겠지요. 내 말을 믿어주면 좋겠는데. 그는……그는…… 정상이 아닙니다! 그것을 컴퓨터로 증명해 줄 수도 있습니다!"

히긴스 박사가 물었다. "예를 들면, 어떤 식으로 겉으로 드러납니까?"

교수가 중얼거렸다. "좋은 질문이군!"

"미친놈 같은 짓을 했었거든요. 레슬리를 혼내주고, 인간 취급을 하지 않았습니다." 하비가 대답했다.

"좀더 구체적으로 말씀해 주세요." 재닛이 물었다.

하비가 얼굴을 문질렀다. "참으로 분통이 터질 정도였습니다." 그는 의자에 앉은 채 안절부절못했다. "그래요. 휘파람을 불었습니다."

"휘파람?" 론이 앵무새처럼 반복하여 물었다.

하비가 말했다. "그렇습니다! 레슬리를 만나러 오면 계단에 올라와 마치 즐거운 새처럼 휘파람을 불어댔습니다. 〈오늘밤이야말로〉 같은 노래를 부를 때도 있었고, 그런 망측스런 짓을 했거든요."

"그 밖에는?"

"또 있지요. 열쇠 다발인데, 항상 열쇠 다발을 짤랑짤랑거리면서 계단으로 올라갔어요. 원하면 언제든 레슬리 속으로 들어갈 수 있다고 떠드는 것처럼 보였는데……. 물론 그녀의 아파트 방안으로 들어간다는 뜻이지요. 선전하는 것 같았어요. 마치, 마치 그 녀석이……."

"잠을 같이 잔다고 하는 것처럼?"

하비는 휴우 하고 한숨을 쉬었다. 이 같은 장면의 표현은 전문가에게 맡겨야 한다. "그래요. 그녀와 잠잔다는 것을 선전하고 싶어 견딜 수 없었던 거지요. 그날 밤 그 녀석은 계단에 오르는 것을 알려주고 싶었고, 마지막 계단을 올랐을 땐 그녀의 이름을 불러대고 있었습니다! 생각만 해도 뱉이 꼴립니다!"

교수가 부드럽게 물었다. "그러니까 결국 테리 윌버를 찾아내야 한다는 말이군."

흥분한 하비는 입을 열지 못하고 고개를 끄덕일 뿐이었다.

"그렇다면 프랭크 씨." 일어서면서 노인이 말했다. "자네의 의견에 찬성이오. 협조해 줘서 감사하오."

히긴스 박사가 말했다. "그리고 만약, 그 사건에 대해 좋은 의견이 있으면 제게 전화 주세요." 이렇게 말하면서 히긴스 박사는 명함을 건넸다.

하비는 얼굴이 아플 정도로 크게 웃었다. 세 사람이 모두 머리가 확 트인 사람들임을 깨달은 것이다.

밖에 나온 론은 낮은 음으로 길게 휘파람을 불었다. 그 휘파람 소리가 찬 공기 때문에 하얀 칼날처럼 느껴졌다. 재닛에게 얼굴을 돌렸다. "심리적으로 자기와 비슷한 사람을 만난다는 것은 어떤 느낌일까요? 마치 당신이 그를 창조한 것 같은 느낌이겠지요. 그래서 명함을 건네준 것이지요?"

재닛의 얼굴 표정은 굳어 있고 눈은 전문가답게 빛나고 있었다.

"그에겐 절대로 도움이 필요해요."

"말해 두지만, 남자가 애인을 만나러 갈 때, 즐거운 기분으로 휘파람을 불거나 노래하거나 뛰어가고 열쇠 다발을 흔드는 것을 그는 이해할 수 없다는 것인데……. 만일 몰래 살금살금 간다면 그것이 비정상이 아닐까요?"

"그러니까 도움이 필요한 거예요!" 히긴스 박사가 말했다.

"그런데 유명한 심리학자의 보고서가 암시하는 것처럼 만일 하비 프랭크가 HOG라고 한다면 그를 도울 수 있는 사람은 한 사람도 없을 거요. 그렇지 않다 해도 당신이 한번이라도 그에게 연민을 느낀다는 인상을 주면 그는 단번에 당신을 사랑하게 될 거요. 게다가 당신이 돌봐 준다 해도, 그는 위험해!" 론이 말했다.

"그럴지도 모르겠군요. 당신은 어디서 박사 학위를 받았나요, 젠트리 박사?" 히긴스 박사가 말했다.

"아니, 아니 내가 말하고 싶은 것은 연쇄살인범인지도 모를 남자에게 너무 관심을 갖지 말라는 거지요. 나의 부탁입니다."

히긴스 박사는 계속 논쟁하려고 했으나 론의 마지막 한마디가 그녀에게 상쾌한 느낌을 준 듯했다.

"어때요? 그는 어제 아침, 당신이 정열적으로 주장한 범인 모습과 똑같던데." 론이 말했다.

"나는 전문가입니다. 내가 하고 있는 일은 내가 잘 알고 있어요!" 그녀가 날카롭게 말했다.

"하지만 그는 틀림없어요. 다른 사람들과 마찬가지로, 그가 여름에 뭘 했는지 들었겠지요?"

"주물 공장에서 일하고 있었지요! 그런데 다른 사람들이 어떻다는 거예요, 무슨 뜻이지요?"

론이 대답하기 전 베네데티 교수의 무시하는 듯한 소리가 그들의 말시비를 중단시켰다.

"상당히 재미있군! 나의 필생 사업이 인간에게 잠재된 악이 아닌 어리석음에 있었다면 그대들 대화 내용이 상당히 도움이 됐을 텐데. 그것보다 지금 해야 할 일이 있어요. 여기에서 내가 매듭을 짓기로 하지. 우선 첫째로 로널드와 히긴스 박사 본인들이 직접 저 비참한 하비를 어떻게 할 필요가 없다는 것이지요. 히긴스 박사가 자네와 말싸움한 것은 무서워서 남성 동료에게 떠넘길 것이라는 오해를 자네로부터 받고 싶지 않았기 때문이고, 그것은 자네의 일방적인 태도 탓이기도 해. 둘째로 이것은 두 사람에게 말하는 것인데, 아카데믹한 이야기지. 하비 프랭크는 HOG가 아니야. 분명히 정서적으로 문제가 있는 것은 사실이지만, 충분히 배수구는 갖고 있어요. 감정도 없는 메마른 전자공학의 세계와 접촉하고 있는 한 그는 조금도 위험하지 않지."

베네데티가 이렇게까지 말했음에도 불구하고 론은 자기 누이동생을 하비 프랭크와 함께 고등학교 졸업 파티에 보내고 싶은 마음 같은 건 전혀 들지 않았다. 어쨌든 그 노인의 의견은 매우 적확한 것이었다. 재닛의 얼굴이 신호등처럼 빨개졌다. 론은 미소짓고 있었다. 정신분석 의사가 자기 내면의 심리 상태를 표출했다고 생각하자 유쾌할 수밖에 없었다.

"이제 됐지?" 교수가 물었다. "화해하도록. 좋아, 이제 됐어. 이번 일로 어리석은 젊은이는 말이 많다는 것도 잘 알았겠지?"

데비 리드가 있었던 드라이브 길이나 차고에 묻어 있던 핏자국도 다행히 전날 쏟아진 눈보라와 강풍 덕택에 눈 속에 파묻히고 말았다. 그런데 그 현장을 보게 되면 재닛의 마음속에 경찰에서 보았던 생생한 사진이 떠오르는 것이었다. 그녀는 자기도 모르게 몸을 떨었다.

문을 열어준 남자는 오랫동안 병으로 고생하고 있는 서부 영화의 배우 같은 모습을 하고 있었다. 햇볕에 탔던 얼굴이 창백해져 허약해 보였다. 그가 방문자를 의아스러운 듯이 쳐다보았다.

"무슨 일이오?"

"당신이 리드 씨요?" 교수가 장의사의 주인 같은 표정으로 물었다.

"그렇습니다만, 무슨 용건이죠?"

교수는 론에게 플라이셔가 쓴 수사자격 증명서를 보여 주게 하고 각자 자신을 소개했다. 방문자가 수사와 관련된 사람들임을 알자, 그때까지 굳은 표정을 하고 있는 데 무척 힘들었던 듯 즉시 그의 표정이 부드러워졌다.

"그렇군요. 어서 오십시오." 그는 세 사람을 방으로 안내했다. 재닛은 경찰서에서 그 방의 사진을 본 기억이 났다. 난로 위에 있는 손수 만든 액자. 꾹, 목이 메는 것을 느꼈다. 재닛은 자기 스스로에게 다짐했다. '너무 지나치게 감정에 의존하면 프로라고 말할 수가 없지.'

리드가 말했다. "마실 거라도 좀 드릴까요? 제가 마셔도 되겠습니까?" 단순히 예의상으로 갖춘 인사치레였다. 그가 묻기도 전에 이미 보드카의 마개는 열려 있었다. 리드가 보드카에 얼음을 넣으면서 말했다. "교수님! 조금 전 문 앞에서 실례했습니다. 지독한 놈들이 몇 번 찾아온 일이 있어서요. 어떤 남자는, 내게, 아니, 조이스에게 자기는 대필 작가라며 미친놈에게 아들을 살해당한 느낌이 어떤 것인가를 책으로 만들자고 하는 거예요. 한 대 때려주었지요. 심령 세계에서 데비와 접촉할 수 있다는 노파도 찾아왔어요. 더구나 친척 중에서, 나의 결혼식에도 오지 않았던 사람들이 데비의 장례식에 찾아왔지요. 귀신 같은 패거리들이지요." 그는 머리를 들고 청량 음료를 마시듯 보드카를 들이켰다. 그리고 손등으로 입을 닦고 이렇게 말했다.

"나는 틀렸어요. 옛날부터 그랬으니까. 하지만 이번엔 스파터로 돌아오면 다른 사람들보다는 낫지 않을까 생각했지요."

론이 입을 열었다. "데비가 죽은 다음날 아침에 돌아왔군요. 샌프란시스코에서? 그러니까 그것이 29일 목요일인가요?"

"그렇습니다. 그런데요?" 리드가 필사적으로 적개심을 보이려는 태도가 재닛에게 포착되었다. 질문하는 탐정의 참뜻을 파악하려는 것이었다.

그런데 론은 매우 부드러운 편이었다. "단순한 확인입니다. 여기에 오기 위해 모터사이클 상점의 문을 닫고 왔다는데……"

"괜찮습니다. 동업자가 대신 도와주니까요."

"어떤 종류를 팔고 있는지?"

"여러 가지 종류가 있습니다."

"할레이 데이비드슨도 있어요?"

"그럼요. 경찰 당국과 계약하여 대형차도 많이 판매하고 있지요. 그런데……, 대체 뭡니까?"

"어떻게 한 겁니까, 리드 씨?"

리드는 입을 딱 벌렸다. 그것을 감추려고 또 보드카를 마셨다. 재닛이 볼 때 론은 위엄 있는 얼굴을 하고 있었고 베네데티는 희미하게 웃고 있었다. 재닛은 뭐가 뭔지 이해할 수가 없었다.

노인이 입을 열었다. "너무 신경 쓸 것 없어요, 리드 씨. 단순한 우연의 일치니까요."

옆에서도 느낄 정도로 떨고 있었는데 리드의 기분이 조금 침착해진 것 같다. "나는 생각도 못한 일이어서."

교수가 그 이야기를 중단시켰다. "잘 이해합니다. 그런데 약간 개인적인 것을 묻고 싶습니다만, 괜찮겠습니까?"

"뭔데요? 말씀하세요."

"왜 이혼하셨습니까?"

"내가 나쁜 남자지요. 다른 여자를 만났습니다."

"바람을 피웠군요."

리드는 콧소리를 냈다. "말하자면 그런 셈인데, 하룻밤뿐인 관계는 별것이 아니지요. 멍청하게 계속했으니까 문제가 됐습니다. 아마 조이스도 나의 바람기에 대하여는 너그럽게 대한 것 같아요. 그러나 계속되는 여자 관계를 더이상 이해해 주지 못한 것이지요." 그는 술잔을 들고 혼자서 말했다. "나도 한심한 놈이지요."

"그런 일로 적개심을 산 경우는 없었습니까? 또는 사업상으로 적이 생겼다거나, 아이들을 죽이는 방법으로 복수당할 만한 일은 없었나요?"

리드는 무거운 기분으로 머리를 흔들었다. "아니요, 끈적끈적 달라붙는 여자는 없었으니까요. 가령 나에게 애정 같은 것을 느꼈다고 해도 나 이외에 남자는 많이 있었을 것이고, 서해안으로 갈 때까지는 사업을 하지도 않았기 때문에 그런 쪽으로도 적은 없었고. 다만 나를 원망할 만한 사람은 오직 조이스뿐인데 그녀는 날 미워할 줄 모르거든요."

"리드 부인은 이번 사건을 어떻게 생각하고 있습니까?" 교수가 물었다.

"상태가 매우 나쁩니다. 기운을 차려야 하는데……. 먼 곳에 떨어져 있는 느낌이지요. 혼자 있게 내버려둘 수는 없습니다. 전 그녀를 돌보느라 죽 이 소파에서 잠자고 있어요." 리드가 대답했다.

"언제까지 이렇게 지낼 작정인가요?" 론이 물었다.

재닛은 리드의 눈에서 불꽃이 튀는 것을 느꼈다. "괜찮아요. 나는 그렇게 나쁜 놈이 아닙니다. 착실하게 살려고 합니다."

"리드 부인과는 대화할 수 없을까요?" 교수가 물었다.

리드가 인상을 찌푸렸다. "그것이 가능하다면 좋겠지만, 이제 겨우 잠자리에 들었습니다."

베네데티는 미안한 듯한 어조로 말했다. "그 점 잘 이해하겠는데요, 리드 씨, 그러나 조금이라도 빨리 범인을 잡을 수 있다면 다음 희생자를 미리 차단시킬 수도 있는 겁니다. 그렇지요?"

리드는 체념한 듯 수긍하면서 이렇게 말했다. "제가 데리고 오겠습니다." 그의 모습이 안쪽으로 사라졌다.

얼마 후 누군가를 부르는 리드의 목소리가 들렸다.

재닛의 시선이 론에게 집중되었다. "무슨 일이지요?"

"나에겐 아프다는 소리처럼 들리는데요."

재닛의 귀에도 그렇게 들렸다. 그 수수께끼는 곧 밝혀졌다. 당황한 리드가 큰소리를 지르며 거실로 달려왔다. "히긴스 박사! 급해요!" 황급히 일어선 그녀가 뒤를 따랐다.

재닛은 심리학자일 뿐 정신과 의사가 아니다. 그렇지만 손에 빈 수면제 병을 쥔 혼수 상태의 여성을 어떻게 응급 조치할 것인가 정도는 알고 있었다. 그녀가 처치하는 동안 론이 구급차를 불렀다.

그것은 결말 가능성이 두 가지 있고, 몇 안 되는 등장 인물이 단 한 줄짜리 대사를 하고 있는 단막극 같았다. 그러나 그 흔한 연극이 몇 번 상연됐다고 해도, 의사가 대기실에 나타나면 관객으로서는 그 이상의 서스펜스가 없다. 이번 연극은 해피 엔드로 끝났다. "생명에는 아무런 지장이 없습니다"라고 의사가 말하고 막이 내린다.

그녀는 생명에 지장이 없을 뿐만 아니라 회복이 가능했다. 결정적인 심리적·육체적 타격이 나타나기 전에 발견된 것이다. 존 리드는 울고 있었다. 당황하여 병원으로 달려온 플라이셔도 투덜거리면서 돌아갔다. 뷰얼 테이섬도 다른 기자들도 원고를 정리하자 곧 돌아갔다.

이 사건이 조용해질 때까지 이상하게도 교수는 얌전했다. 론은 그러한 교수의 모습이 뭔가를 생각한 끝에 결정한 것처럼 보았다. 그것이 무언인가 알기 위해 여러 가지로 시도했지만 실패로 끝났다.

얼마 후 노인이 말했다. "로널드, 집까지 바래다 주게. 이젠 증인은 만나지 않을 거야. 그림을 그리려고 해, 로널드."

론은 그 이야기를 전하기 위해 재닛에게 갔다. "이젠 증인을 만나지 않겠다니 무슨 이유일까요?" 그녀도 그 이유를 알고 싶어했다.

론은 난처했다. 그는 말했다. "교수님 자신에게 불만이 있으신 겁니다. 뭔가 중요한 것에 생각이 미친 겁니다. 중대한 것을 꿰뚫어보는 데 있어서는 보통 사람과는 다른 본능을 갖고 있거든요. 그런데 왜 그것이 중대한가, 때로는 어떤 생각에 이른 것인지조차 자기도 모르는 경우가 있는 거죠. 그는 자신감을 갖고 있는 사람이니까 자기도 책망을 하는 겁니다. 그런 때는 항상 일을 중단하고 그것을 알 때까지 그림을 그리는 습성이 있지요."

"오래 걸리나요?"

"엔트라이트 사건 때는 3주일이나 걸렸습니다. 그러나 보통은 2, 3일 걸리지요. 그리고 그 시간이 끝나면 사건은 대부분 해결됩니다. 같이 갈까요?"

"안 돼요. 경찰과 병원에서 좀더 이야기를 나눌 일이 있어서……." 그녀가 대답했다.

"알았어요. 그러면 내일 만납시다." 이렇게 말하고 론은 자기 손과 같은 크기의 그녀 손을 잡고 가볍게 두드린 다음 헤어졌다.

병원에서는 그녀가 생각한 것 이상으로 시간이 걸려 재닛이 자기 아파트에 돌아온 것은 늦은 밤이었다. 그녀는 흥분으로 긴장했기 때문에 잠시 동안 피아노를 쳤다. 그리고 수면제 한 알을 먹고 침대에 들었다. 얼마 전에 구입한 《샬로트의 거미줄》을 읽는 것조차 깨끗이 잊었다.

13

 화요일이 파란만장한 하루였다고 한다면 수요일은 플라이서 경감의 표현처럼 그야말로 엄청나면서도 터무니없는 하루였다, 여러 가지 다양한 각도에서 볼 때.

 론 젠트리는 교수가 핑거 호수까지 그려놓고도 뉴욕 주의 그림을 마구 칠해 망쳐놓는 것을 보고 안타까워 견딜 수 없었다. 노인의 누렇게 뜬 얼굴엔 빵 반죽대 주위에 생긴 곰팡이처럼 검은 반점이 눈에 띄었다. 사건에 관한 집착이 너무 오래 머리에서 떠나지 않는 것이었다. 론은 그러한 은사에게 아침 인사도 하지 않고 살며시 사무실로 출근한 것이었다.

 스파터 대학의 캠퍼스에서 재닛 히긴스 박사는 자신도 모르는 사이에 교수회의의 열띤 논쟁에 휘말려 들었다. 대학 운영 당국의 억압적인 정책을 비롯하여 저임금, 초만원 학급에 대한 불만, 여기에 학생자치회 간부들의 선동(학문의 자유와 스키 타러 가는 시간을 쟁취하기 위하여)으로, 교양학부 교수들이 동맹파업을 결정한 것이었다. 그 때 파업의 범위, 결국 자기들의 전문 지식을 지역사회 발전을 위해 제공하고 있는 포괄적인 활동도 파업의 대상으로 삼을 것인가 하는 문제가 논의되었다. 마침내 그렇게 하기로 결정되었다. 이윽고 정치학과의 급진적인 젊은 교수가 만일 히긴스 박사가 HOG에 대한 수사에서 손을 떼면 매스컴에서 슬그머니 비난할 것이고 여론도 틀림없이 좋지 않을 것이라고 지적했다. 그러나 그의 의견은 야유를 받아 공감을 얻을 수 없었다. 그는 자기가 선동한 사람들이 '왜' 중요한 시점에 냉정하게 판단을 하지 못하는가 생각했다. 그는 《프랑켄슈타인》을 읽은 적이 없어 자기 스스로가 만든 것에 의해 멸망한다는 것을 모르고 있었다.

 재닛은 네 살 때부터 미국 음악가협회 회원증을 갖고 있었다. 노동자의 권리에 대해서는 완고한 편이었다. 그러나 그때는 자기 마음속에 피켓 라인을 치고 조용히 그리고 동시에 굳은 결심을 가지고 파업을 깨려고 했다. 그녀는 집회장을 떠나 공안 빌딩으로 갔다.

그곳 또한 혼란스러웠다. 플라이셔 경감도 이렇게 미칠 것 같은 날을 경험한 적은 한 번밖에 없었다. 그가 아직 젊었을 때, 캐나다의 주류 밀매자와 뉴욕 시의 무허가 술집 주인, 버펄로의 강도범들이 총격전을 벌여 시의회 의장의 애인을 시청사 앞 계단에서 사살하고 퍼싱스퀘어 반대편에 6시간 동안 틀어박혀 농성했던 사건 이후 처음인 것이다.

그렇지만 그때는 미친 듯이 날뛰었으나 동시에 자극적이기도 했다. 그런데 오늘은 다만 그저 미치고 있을 뿐이다.

사람들은 공안 빌딩 앞에서 피켓을 들고, '즉시 HOG를 잡아라!'라든가, '스파터를 안정되게 지키자'와 같은 플래카드를 들고 혹독한 추위에도 시위를 계속하고 있다. 이 패거리들은 도대체 무엇을 주장하고 있는 것인가? 이번 사건에 대하여 우리들이 아무런 노력도 하지 않고 있다고 생각한단 말인가? HOG반으로 알려진 35명의 형사 한 사람, 한 사람이 아무 일도 하지 않고 놀고 있단 말인가? 그 어처구니없는 플래카드를 본 형사들이 기운차게 일어나서 살인 사건이 일어난 것을 알려주어 고맙다고 감사할 줄 안단 말인가? 어리석은 자들.

거기에 여자 정신분석 의사가 어슬렁어슬렁 나타나 대학의 말 많은 동료 교수들이 손 떼라고 하지만 자기로서는 그럴 수가 없다고 한다. 그렇다고 해도 경감으로서 동료들의 반대를 무릅쓰는 것은 나름대로 상당한 각오가 필요하다는 것을 인정하지 않을 수 없으므로 어떤 경의를 느꼈다. 그녀가 사건 해결에 크게 도움이 되는 것은 아니지만 그 점은 인정해줘야 했다.

경감이 재닛에게 전혀 진전이 없는 보고서를 보이고 있을 때, HOG반의 호킨스가 의젓하게 들어왔다. 자기 도시락 속에 들어 있는 샌드위치가 형사부장의 계급장으로 변한 것 같은 표정이었다.

"기분이 좋아 보이는군, 호킨스. 좋은 소식이 아니면 혼날 줄 알아." 소화불량에 걸린 사람처럼 우울한 목소리로 플라이셔가 말했다.

"좋은 소식입니다, 별것 아닙니다만." 그는 흔쾌히 대답했다.

"뭔데?"

"애로니언과 내가 첫 번째 날의 살인 사건 때 주장한 테리 윌버의 알리바이를 깨 버렸어요."

"이야기해 봐."

"우리들은 몇 차례 증인들을 만나봤습니다. 그리고 급기야 윌버를 아무래도 믿을 수 없다는 남자를 만나게 된 것이지요. 다른 증인들도 모두 윌버를 확신할 수 없다는 것이었습니다."

"좋아, 호킨스, 훌륭했어." 젊은 형사는 생긋 웃으면서 나갔다. 플라이셔도 기뻐했지만 떠들어대지는 않았다. 그는 '과연, 그렇지만 확신이 있는가?'란 질문을 계속 물고 늘어진다면 사람과 개에게 털이 나는지 안 나는지조차 확신을 갖지 못하게 된다는 것을 알고 있었다. 경찰관이 지방 검사와 같은 흉내를 내면 수사는 적신호인 것이다. 플라이셔는 범인을 체포하는 일에 전념하고 알리바이 문제는 검사에게 맡기는 것이 바람직하다고 생각했다.

히긴스 박사가 눈살을 찌푸리자 플라이셔가 왜 그러냐고 물었다.

"이제까지의 편지를 다시 읽어보았는데 이제껏 알지 못했던 일이 있어요. HOG에게는 정상적인 연쇄살인범과는 다른 특징이." 그녀가 대답했다.

"정상적인?"

"일반적이란 뜻이지요."

"뭐요, 그게?"

"HOG 자신에 대해서는 전혀 기록하지 않는다는 것이지요."

플라이셔는 불만스럽게 말했다. "그의 주소라도 써 있기를 바라는 겁니까?"

"내가 농담하는 것으로 보이세요, 경감님?" 그녀는 조용히 말했다. 플라이셔는 난처해져 입을 다물었다.

"내가 말하고자 하는 것은 이런 것입니다. 이제까지 내가 연구해온 사건의 경우, 살인범은 반드시 자기에 대하여 말하고 있어요. 매드 보머의 조지 메티스키는 회사에 대한 원한을 이야기하고 있고……."

"그 녀석은 아무도 죽이지는 않았습니다." 플라이셔가 정정했다. "당신이 말하려는 의도는 잘 압니다. 뉴욕 시경은 종업원이었던 사람들 가운데서 추려낸 불만분자 파일에서 메티스키를 알아냈지요. 그들이 붙잡히고 싶어하는 것도 그렇기 때문입니다."

히긴스 박사가 수긍했다. "극단적인 경우지만 '더 많이 죽이기 전에 구속해 달라'고 쓴 것은 그 소년이지요. 그런데 HOG의 편지에는 자기에 관해서는 전혀 언급하지 않고 있어요. 마약 중독이 나쁘다거나, 이따금 사건을 다루게 된 기자가 행운이라는 것 외에 자기 의견은 전혀 없는 것이지요."

이 여자는 보통이 아니구나 하고 플라이셔는 생각했다. 그는 성실한 남자여서 정직하게 그렇게 말하고 처음에 비꼬아 말한 것을 사과하려고 했으나 기회가 지나가 버렸다. 숨가쁘게 달려온 셔너시가 사무실로 뛰어들어왔기 때문이다.

"어떻게 된 거야, 마이크?" 경감이 물었다.

"본부장이 방문하시겠답니다."

"여기에?" 플라이셔에겐 충격적이었다. 스파터의 시경 본부장은 과거의 사건 내용을 잘 기억해 수시로 활용하는 사람인데, 정치를 매우 좋아했다.

그의 정치적 활동은 오로지 '드러그네트'라는 TV 프로에서 얻어진 지식에 의한 것이었다. 그리고 정치적 캠페인을 벌일 때는 부인의 자산을 투입하고 있었다. 그는 시장의 오랜 친구였고 카리브 섬들의 경찰 업무 시찰은 플라이셔가 평가하는 기준에서 가장 유능한 업적이었다.

"도대체 본부장이 여기에 와서 무얼 하겠다는 거야?" 플라이셔가 크게 소리를 질렀다.

경감은 그날 〈익스프레스〉 신문 석간을 보지 못했다. 보았다면 그런 말을 하지 못했을 것이다. 〈익스프레스〉 신문은 스파터에서 발행되는 또 하나의 신문이다. 신문 살 때 사람들은 흔히 이렇게 말했다.

"신문 판매점에 가서 〈클랜트〉 신문하고 나머지 신문 하나를 사가지고 와."

그리고 〈익스프레스〉 신문사에 근무하는 사람들은 모두가 자기 신문을 2류지로 평가하는 것에 신경 쓰지 않았다. 자기들의 신문이 존재하는 것 자체가 다행이었다. 스파터는 두 일간지가 필요할 만큼 큰 도시가 아니다. 〈익스프레스〉 신문은 어떤 대기업이 세금 대책으로 경영하고 있는 것이다.

그러나 존재하고 있다는 것에는 변화는 없었다. HOG 사건은 〈클랜트〉 신문이 독점적으로 보도하고 있다. 뷰얼 테이섬이 경찰과 철저하게 밀착되어 있었다. 〈익스프레스〉 신문은 그 사실을 간파하고 있었다.

신문의 1면 사설에 독자의 관심이 집중되었다. 제목은 이것이다. '경찰 당국이 HOG 사건을 은폐?' 훗날의 조사에서 천 명의 독자(그 날 〈익스프레스〉 신문을 본 사람은 평소보다 수천 명 많았다) 중 이 의문에 대해 달리 생각할 사람은 하나도 없었다. 그 사설은 많은 지면을 할애하여 〈익스프레스〉 신문에서는 HOG의 소위 천리안에 대해서 의문을 갖고 있다고 쓰고 있다. 그는 어떻게 모든 걸 그렇게 상세히 알고 있는가, 무슨 이유로 그렇게 쉽게 경찰로부터 도망칠 수 있는가. 〈익스프레스〉 신문은 HOG가 '경찰의 속셈을 경찰을 통해 알고 있는 것이 아닐까' 하고 의문을 나타내고 있다.

그들은 진실 여부를 떠나 사설을 발표한 것뿐인데, 경찰 측도 단순히 그렇게 생각하고 있는 것이 아닐까 하는 것이다. 그들은 이렇게 결론을 내리고 있었다.

"경찰에서도 이미 그것을 알고 있는 것이 아닐까? 그렇다면 경찰 측의 뉴스 자료에서 유일하게 정보를 얻고 있는 한 기자를 보더라도, 이렇게 상당한 시간이 지나면서 많은 인간이 죽어가고 있는데도 불구하고, 공식적인 발표로서 '진전된 바 없다'는 기사밖에 쓸 수 없는 것을 볼 때, 정확한 내용이 은폐되고 있는 것은 아닌가 하고 의문을 갖지 않을 수가 없는 것이다."

만일 시장이 이 사설을 읽고 있을 때, 요구르트 이외의 다른 음식을 먹고 있었다면 아마 목에 걸려 죽었을지도 모른다. 시장은 돼지(HOG)가 여기저기 헤엄치고 있는 작은 연못 속에서 저 상원의원들이 가라앉아가는 그림을 상상하고 있었다. 그는 옛날 친구인 본부장을 불러 대책을 강구하라고 급히 부탁한 것이다.

본부장은 대책을 강구하는 일에 착수했다. 극히 드문 일이었는데 경찰본부에 나타나 플라이서에게 다음과 같이 명령했다. 20분 이내에 기자 회견을 통해 HOG 사건에 관한 최신 정보를 발표하고, 시경 당국 및 다음에 뉴욕 주에서 선출되는 미합중국 상원의원과 관련 있는 어떤 인물도 은폐 공작과는 전혀 상관이 없다고 말하라는 것이었다. 본부장으로서는 '그렇지 않으면'이라는 말 따위는 할 필요가 전혀 없었다.

히긴스 박사는 실례한다고 말하고 사무실을 나왔다. 플라이서는 그 침몰하던 배에서 어떻게 탈출할 것인가를 쥐처럼 생각하고 있었다.

그때 론 젠트리는 해럴드 애틀러가 면허국에 제출한 복잡한 서류를 검토하고 있었다. 젠트리는 애틀러에게 고용되고 있을 때 얻은 정보를 개인적 목적을 위하여 이용했다고 고소당했다. 그는 애틀러를 중상했고 폭력적으로 위협했다고 되어 있다. 그중 한 가지는 맞다고 론은 생각했다.

얼굴을 찌푸렸다. 애틀러는 뭐가 뭔지 알 수가 없게 되었다. 잘못된 것이다. 그가 원하고 있는 사정 청취가 가능하면 세상에 공표하고 싶지 않은 일도 공표하게 되는 것이 아닌가. 아마도 애틀러는 자기가 이제 끝장났다고 생각하고 있는 것이 아닐까. 애틀러에게 있어서는 이미 자기를 구하는 것보다도 젠트리에게 상처를 주는 것만을 생각하고 있는 것이다. 론은 그 주식 중개인이 불쌍해서 견딜 수가 없었다.

전화벨 소리가 나고 고롤스키 부인의 목소리가 귀에 들렸다. "히긴스 박사의 전화입니다."

론은 연결시켜 달라고 말했다. 평소와 같이 째깍 소리와 함께 재닛의 목소리가 들렸다. "젠트리 씨!" 그리고 크게 잡음이 들렸다.

"여보세요? 히긴스 박사님?" 론이 말했다.

"여보세요?"

"잘 들립니까, 지금 그 소리는 뭡니까?"

"아! 전화기를 떨어뜨렸어요. 젠트리 씨, 플라이서 경감님께 큰일이 생겼어요."

"오늘 나온 〈익스프레스〉 신문 읽었어요."

"그를 희생양으로 만들고 있어요." 재닛은 본부장이 방문한 사실을 들려주었다.

"당신이 도움을 줄 수 없을까요? 플라이셔 경감님은 절대로 남에게 도움을 요청할 사람이 아니란 것쯤은 알고 있겠지요?"

"과대평가를 하시는군요. 나 같은 것은 불면 날아가는 존재입니다. 힘이 돼 줄 수 있는 분은 교수님밖에 없어요."

재닛은 빨리 서두르라고 말했다.

론은 고롤스키 부인에게 집으로 전화를 걸어달라고 했다. 헛수고였다. 교수가 그림에 열중하고 있는 동안 전화를 받는 경우는 절대로 없다. 론은 욕지거리를 하면서 전화기를 내려놓았다. 그리고 계단을 뛰어내려가 질퍽거리는 눈 속을 헤치며 그의 집으로 차를 몰았다.

교수의 모습은 마치 부랑자 같았다. 제멋대로 긴 수염, 더러워진 셔츠, 캔버스를 바라보고 있는 눈. 그 노려보는 눈초리까지 초라하게 보였다. 뉴욕 주는 더욱 넓어졌고 끝은 둥글게 되어 있었다. 좁고 돌출된 부분은 다시 가늘고 길어졌다. 도깨비 집의 거울 옆에 거는 지도 같았다.

교수는 론이 들어오는 소리도 듣지 못했다.

"마에스트로!"

베네데티는 캔버스에서 얼굴을 들지 않았다. "무슨 일인가? 로널드? 벌써 돌아왔는가? 나는 오늘밤 체스터 부인의 파티엔 가지 않기로 했어."

"그것 때문에 찾아온 것이 아닙니다, 마에스트로. 시청의 고위층들이 플라이셔를 사건에서 제외시키려고 하는데요."

노인은 웃었다. "그렇다면 여기에서 누가 그 일을 대신 맡아할 수 있겠나?" 노인은 정치적인 것에는 관심이 없다는 태도였다.

"그러한 대타자가 있느냐 없느냐 하는 것은 그들과는 관계가 없지요. 다만 입장이 어렵게 된 것이지요. 그러니까 아무리 해도 되지 않는다는 걸 알면서도 뭔가를 의욕적으로 하고 있다는 인상을 세상에 심어주지 않으면 안 되는 것이지요."

교수가 일어나 조용히 말했다. "로널드, 이번 사건은 진흙탕 속에 빠져 있는 느낌이 들게 하네. 분석도 해보았고 상상력도 동원해 보았지만 알 수가 없어. 전혀 방법이 없는 거야. 엉뚱한 추리조차 떠오르지 않는군. 추리도 그런 상태이니 증거는 말할 것도 없지. 아마도 이것은 내가 그동안 다루어 온 사건 중에서도 가장 기묘한 것인 것 같아. 그런데 자네는 무능한 경찰의 말썽 많은 일거리나 가져오고, 이젠 참을 수 없을 만큼 골치가 아파. 이런 일이 전에 있었다면 자네는 아마 내 제자가 안 되었을 걸세."

드디어 론이 폭발했다. "이젠 교수님도 어른이 되십시오."

교수는 머리를 뒤로 젖히고 자기 코를 보았다. "니콜로 베네데티를 그런 식으로 자네가 말하면 안 되지."

론은 무뚝뚝하게 말했다. "죄송합니다, 교수님. 그럼 좋습니다. 이 무료 작업장에서 마음껏 그림을 그리시고 깊이 생각해 보십시오. 하지만 철학자로서 현대의 악은 백마에 올라탄 채로는 싸울 수 없다는 것을 이해해 주시기 바랍니다. 그리고 현대 사회의 악이란 것은 범인이 잡히지 않기 때문이기는 해도 속죄양을 꾸며내는 인간의 더럽고 악한 부분과 결부되어 있는 것이니까요. 또 한 가지, 이 특별한 죄악을 연구할 기회를 누가 주었는지도 잘 생각해 보십시오. 만일 플라이셔가 제외되면 수사에 혼란을 일으켜 진행되기 어렵게 된다는 사실 말입니다. 미친놈에게 있어서는 다음 범행이 유리하게 되지는 않겠지만, 마에스트로? 하지만 당신에게는 자기의 색다른 괴짜 태도에 만족하고 있다는 것을 증명하는 좋은 기회가 되겠지요?"

그가 오른쪽으로 돌아 방을 나가려고 하자 뒤에서 교수의 웃음소리가 들려왔다. 획하고 뒤를 돌아보았다. "무엇이 그렇게 우습습니까?"

"자기의 복잡한 감정을 부정하려는 사립 탐정의 고민이겠지!" 교수는 다시 한번 웃으면서 한숨을 쉬었다. "다시금 스승이 제자에게서 배운다고. 그렇군. 잠깐 기다려 주게, 같이 가자고. 우선 얼굴을 씻고 수염을 깎아야겠군."

플라이셔의 기자 회견은 원만히 진행되지 못하고 있었다. 그는 신문 기자나 방송 기자들에게 그 당시까지의 수사에 동원된 여러 가지 사항들의 리스트를 발표하는 것부터 시작했다. 기자들은 인내심을 가지고 경청했다. 그런데 경감은 지난날 세계 각지에서 매우 유사한 사건이 있었는데 그것이 어떻게 미궁에 빠져 버렸는가를 설명함으로써 전술상의 실수를 범하고 말았다.

"그것은 책임을 회피하는 거 아닙니까, 경감?" 〈톱 40〉 방송국의 기자가 질문했다. 방 안이 술렁거렸다.

경감은 도저히 조리 있게 생각할 수가 없었다. 그는 한손으로는 시장, 한손으로는 본부장을 한꺼번에 때려 죽이고 싶은 생각으로 가득 차 있었다.

이제 할 일은 하나뿐이었다. 경감은 기자들에게 낚싯밥을 던졌다.

"전혀 책임 회피가 아닙니다. 사실만을 설명했을 뿐입니다. 사실상 오늘도 수사가 진행되어 성과가 나타났으니까요. 애로니언 형사와 그리고" 그 녀석 이름이 뭐더라? "아아, 호킨스 형사" 그래, 그 사람이지. "나의 부하인 이 두 사람이" 이 정도면 하느님도 이해해 주실 거요. "네 번째의 희생자 레슬리 비켈의 남자 친구로 현재 행방불명인 테리 윌버의 알리바이가 거짓임을 밝혀냈습니다. 우린 그를 첫 번째 용의자로 생각하고 있습니다."

경감은 스스로 자기 무덤을 판 격이 되었다. 매스컴에서는 윌버와의 인터뷰가 불가능해진 뒤부터 이미 그를 첫 번째 용의자로 보았기 때문이다.

〈익스프레스〉 신문 기자가 말했다.

"그런데 경감님, 누굴 비호하고 있는 거 아닙니까?"

플라이셔의 밸이 뒤틀리기 시작했다. 지난 33년 동안 경찰관이었던 그는 전에도 이런 질문을 받은 적이 있고 이런 경우 어떻게 처리하는 것이 현명한가를 잘 알고 있었다. 그런데 그날의 그는 평소의 그가 아니었다. 지긋지긋하고 화가 치밀어오는 시장의 대리자인 것이다. 기자들에게 생각한 바를 그대로 말하면 확실히 목이 달아난다. 따라서 경감은 잠재된 분노를 눌러 참고 있었다.

기자와 방청객들이 시끄럽게 떠들었다.

"어떻게 된 거야?"

"어찌됐나, 플라이셔!"

"침묵을 지키다니, 그럼 누굴 감싸주고 있는 거야?"

"누구지요, 플라이셔!"

그때 방 뒤쪽 문에서 소리가 났다. 그렇게 큰소리가 아니었는데 시끄러운 소리들을 압도하여 조용해졌다.

"경감이 허락한다면 내가 대답하겠습니다."

플라이셔는 그에게 키스하고 싶은 심정이었다. '상관없습니다, 교수님!' 경감은 마음속 깊이 이렇게 말했다. "이분은 세계적으로 저명하신 니콜로 베네데티 교수이십니다." 그는 기자들에게 소개했다. 그들에게 있어서는 새삼 소개할 필요가 없는 인물이었다.

론 젠트리와 함께 교수가 작은 계단식으로 된 단 위로 올라가 잘들보라는 듯 플라이셔와 악수를 했다. 그리고 테이블의 뒤쪽에 서서 마이크의 위치를 고친 다음 기자들에게 이야기를 시작했다.

교수가 말했다. "바보들! 매스컴의 바보들과 시 당국의 멍텅구리들! 바보들이 뿌려놓은 악의에 가득 찬 중상모략에서 자기 명예를 이렇게 지킬 수밖에 없는 그가 어떻게 살인범을 잡을 수 있겠습니까?"

론의 눈에 방청객 중에 있는 재닛이 보였다. 그녀는 박수치고 싶은 감정을 필사적으로 억제하고 있었다.

베네데티는 계속했다. "여러분들은 사건의 수사와 관련된 누군가가 HOG가 아닌가를 알고 싶은 것이지요? 경감이 당신들처럼 어리석다고 생각하십니까? 이 사건이 터진 후 사건에 관련된 모든 사람들이 이 니콜로 베네데티를 포함하여 경찰의 미행을 철저하게 받아왔습니다. 전원 모두가. 적어도 한 번쯤은 HOG가 범행한 시간에 알리바이를 갖고 있는 것입니다. 이것으로 만족하시겠습니까?"

그 지방의 TV 방송국에서 취재 나온 가발 쓴 여성은 이 답변에 불만이었다. "그러면 플라이셔는 무슨 이유로 자기 입으로 직접 말하지 못하는 것입니까?"

베네데티는 빙긋 웃으면서 손을 밀어젖히며 말했다. "그것은 말이지요." 그는 기다리고 있었다는 듯이 대답했다. "경감은 다른 사람과는 달라서 자기의 체면보다 HOG를 잡는 것이 중요하다고 생각하고 있기 때문이지요. 그는 형사들이 동료들에게 감시당하고 있는 것을 감추고 싶었던 거지요. 만일 HOG가 이 사건과 관련된 누군가라면 반드시 살해될 것입니다. 그것은 형사들의 용기와 의욕이 해결할 것입니다. 여러분들은 수사의 이 중요한 부분을 망치게 만든 것입니다. 이제 시민 여러분에게 꼭 전해드리고 싶은 것이 있는데 오늘은 2월 4일이고 수요일이지요. 니콜로 베네데티가 명예를 걸고 인간의 피에

굶주린 HOG를 1주일 안에 플라이셔 경감에게 넘길 것을 약속합니다. 이것도 보도해 주기 바랍니다."

기자들은 철면피였다. 교수가 말한 모욕도, 그 약속에 대해 지불되는 작은 부분에 불과한 것이었다. 그들은 그 뉴스를 전하려고 전화기에 매달렸다.

그러나 급하게 기사를 마감할 필요가 없는 뷰얼 테이섬은 천천히 교수와 플라이셔가 있는 곳으로 찾아왔다. "대단한 연설이었습니다, 교수님, 다른 사람들은 일반적으로 우리 기자들이 무서워서 그런 식으로 몹시 꾸짖지 못합니다."

"모두를 비난한 것은 아니에요. 바보들이란 단어 자체도 해당되는 사람에게만 한정된 말이니까요." 베네데티가 환하게 웃었다.

뷰얼도 유쾌하게 웃었다. "이것은 반드시 내일의 칼럼에서 다룰 겁니다. 그런데 디들의 파티를 잊지 말기 바랍니다. 오늘밤 7시 30분이니까요." 모두들 참석한다고 하자 뷰얼은 그곳을 떠났다.

론은 닥쳐오는 밤을 그가 얼마나 불안하게 생각할까를 계산하면서 그의 뒷모습을 바라보았다. 그리고 조금 뒤 론은 재닛과 대화하려고 그쪽으로 갔다.

한편 플라이셔는 감격에 겨워 웃으면서 교수의 손을 잡고 있었다. 그러면서도 한편 이상스럽게 생각되었다. "내가 해온 일을 어떻게 알게 됐는지요, 교수님?"

베네데티가 어깨를 움츠렸다. "나라도 그렇게 했을 테니까요."

"사실은 모르고 있었나요?"

"물론 알고 있었지요. 나는 당신이라는 인간을 알고 있지요. 결국 알고 있었다고 할 수 있지요."

론이 데리고 온 재닛이 이야기에 가담했다.

"교수님, 진심이세요? HOG를 1주일 내에 체포할 수 있다고 하신 것은?"

"니콜로 베네데티가 자기 명예를 건 이상 항상 진실입니다." 교수는 잘라 말했다.

"어떻게 하실 겁니까, 마에스트로?" 론이 물었다.

"자네에게 솔직히 이야기하는데 사실은 그것도 아직 결정하지 못했네."

14

뷰얼 테이섬의 약혼자는 아름답고 요리도 수준급이었다. 재닛은 그녀가 대단한 여자라고 생각했다. 하지만 몇 종류의 악기를 연주할 수 있을까, 하는 생각이 들자 웃음이 절로 나서 더 이상 샴페인을 마실 일이 아니라고 스스로에게 다짐했다. 디둘 체스터는 살인 사건에 대한 수사가 한창인만큼 오늘 파티를 어떻게 진행하는 것이 현명한가를 조심스럽게 생각하고 있었다.

'살인'이라는 이 하나의 사건으로 재닛의 취기는 깨는 듯했다. 요 몇 주일 동안 1시간이나 HOG 사건이 머리에서 떠났던 적은 이번이 처음이었다. 테이블에 앉아 있을 때는 그 문제를 이야기하지 않는다는 묵계가 있었기 때문에 디둘은 슬기롭게 화제를 이끌어가고 있었다.

영화에 대한 이야기가 나왔을 때, 꼭 참석하기로 되어 있던 베네데티 교수가 열렬한 서부극 애호가라는 것이 확인되었다. 그러나 뷰얼은 현실과 거리가 멀다며 서부극을 비판했다.

"그래서 어떻다는 거야?" 베네데티 교수가 반박했다.

"그것은 역사의 기록이 아니라 오락 작품에 불과한 것이지요. 우리 조국에서 만들어지고 있는 영화가 로마 시대 검술사의 생애를 정확하게 묘사하고 있다고 생각하십니까? 영화란 것은 환상에 불과합니다. 우리들 지각의 결함 때문에 생겨난 것입니다. 영화에서는 기분 전환 이상의 것을 바랄 필요가 없어요. 우리 현실 생활에는 더욱더 깊은 환상이 있어요."

이것은 재미있는 대화였다.

재닛은 이야기의 방향이 바뀌어 이번엔 참석자 모두가 연결되어 있는 사건 쪽으로 진행될 듯한 조짐이 느껴졌다. 그러나 이야기의 '키'를 쥐고 있는 것은 교수였다.

이에 대한 저항은 별로 없는 편이었다. 이야기가 사건 쪽으로 진행되자 디들 체스터의 눈이 더욱 빛났다. 뷰얼도 아내의 마음에 드는 것이라면 무엇이거나 호감을 갖게 되는 것이다. 즐거워하는 것은 아니었지만 론도 그것을 피할 수 없는 것으로 받아들이고 있었다. 마치 불유쾌한 경우를 예상하고 각오한 듯한 표정이다.

얼마 후 디들이 거침없이 물었다. "정말 범인을 잡을 수 있습니까, 교수님?"

노인은 어깨를 움츠렸다. "HOG를 붙잡으려면 5가지 의문점을 해결하지 않으면 안 되는 거야." 이렇게 말하면서 교수는 뼈가 앙상한 손가락을 펴 보였다.

"첫째로 표지판을 매달고 있던 쇠붙이에서 떨어져나간 조각 하나의 의미를 알아야 합니다. 그리고 두 번째 연쇄살인 사건 가운데 비켈과 재스트로만이 무슨 이유로 사고가 아닌 자살처럼 보이게 하였는가를 알아야 되고, 세 번째로, 이것은 큰 목소리로 말하고 싶은데, 테리 윌버를 찾아내야 합니다. 나의 직감으로는 그가 이 사건의 열쇠를 쥐고 있습니다. 네 번째로 대답은 분명한 것으로 생각되는데 윌버는 무슨 이유로 책을 훼손시켰는가, 하는 겁니다. 다섯 번째로 만일의 경우지만 우리 젊은 동료가 조사한 어느 부분이 수사와 관련되는가를 확인하는 겁니다. 플라이서 경감이 내 말을 듣지 못해 유감이군요." 교수는 한숨을 쉬었다. "환상입니다. 정치가란 것은 사건 해결을 떠맡고 있는 경찰관을 비참한 인간들이라고 믿고 있거든요."

디둘이 말했다. "조사라니? 뭔가를 포착했나요, 론?"

뷰얼이 조용히 웃었다. "론은 말이지, 사건과 관련된 사람들로부터 넌지시 이야기를 듣고 아무도 모르게 여러 가지 정보를 수집하고 있거든."

"날 완전히 꿰뚫어보고 있는 것 같군요." 론이 말했다. "나도 바바라 엘레거와는 이야기한 적이 있지. 그러나 그 뒤에는 다른 사람들을 잠시 조사하는 것으로 끝났어. 하지만 당신이 노리는 목적은 전혀 모르겠어요."

론은 무언가를 탐색하는 듯한 시선으로 그를 보았다. 론의 영문 모를 아리송한 발언에는 상당히 익숙한 편인 재닛이 불만스럽게 말했다. "그래도 무엇을 찾아냈다는 겁니까? 도대체 어떻게 된 겁니까?"

론이 그녀를 쳐다보는 사이 교수가 말했다. "돼지예요, 히긴스 박사."

"돼지요?" 디둘이 믿을 수 없다는 표정을 지어 보이더니 설핏 웃었다.

론이 말했다. "그렇습니다. 돼지입니다. 재닛은 알고 있지만 교수님이 이 도시에 오시기 전까지 쭉 대학 도서관에 계셨고, 거기에서 아마도 이 도시에서는 누구도 비견할 수 없을 만큼 돼지에 대하여 상세히 알게 되셨죠."

"그렇지만 그 이유는?" 디둘이 꼭 알고 싶었다.

"살인범에 관해 우리가 알고 있는 유일한 것은 편지에 'HOG'라고 서명한 것, 오직 그것 때문입니다. 결국 어째서 'HOG'라는 것이냐 하는 겁니다. 그놈들에게 있어서는 틀림없이 뭔가를 의미할 텐데, 그렇지 않습니까?"

뷰얼은 의심스런 표정이었다. "그것은 좀 지나친 생각이 아닐까요, 론?"

디둘이 가로막더니 그에게 손바닥을 내밀었다. "어머, 이야기를 자르지 말아요. 편지에 '용기' 같은 서명을 한 것보다는 낫겠지요."

웃음이 터졌다. 론이 말했다. "맞아요. 나도 지나치게 생각했다고 보는데, HOG의 기묘한 흔적과 가깝게 도망치는 방법이나 넌지시 빈정대는 듯한 편지를 생각할 때, 이 사건 자체가 보통과는 다른 거예요. 그러니까 HOG, 즉 돼지의 모습을 생각해 본 거죠. 돼지 그 자체에서부터 거기에 관련된 것까지도."

이것에 관해 어떻게 생각하는지 뷰얼이 교수에게 질문했다.

노인이 대답했다. "찬성이지. 모든 지식에는 가치가 있어."

론이 방긋 웃었다. "눈을 크게 뜨게 하는 부분이 있었지요. 돼지란 것은 동물계에서 학대받는 소수파거든요. 부당한 학대를 받고 있어요. 인간에게 있어서의 중요성을 생각할 때 더욱 그렇게 느껴지거든요. 현실적으로나 언어상으로나 어디에서나 나올 수 있는 것이니까요."

"부당하다는 것은 무슨 의미죠? 옛날부터 돼지란 것은 불결하고 더러운 동물이라고 생각되어 왔는데……." 디둘이 물었다.

"사실은 그렇지가 않아요, 디둘. 돼지는 땀을 흘리지 않고 피부가 매우 예민해요. 그래서 태양으로부터 받는 열을 식히려고 흙탕물 속에서도 이리저리 뒹굴어 다니는 겁니다.

그리고 돼지는 상당히 경제적 동물이거든. 돼지만큼 사료가 빨리 단백질로 변하는 동물도 없죠. 게다가 쓸모 있는 것은 고기뿐이 아니거든요. 업계에서는 불필요한 것은 돼지 우는 소리뿐이라고도 하는데 피부는 피혁, 지방으론 비누나 화장품, 뼈로는 비료, 털로는 솥을 만들고 있지요.

조사를 통해 알게 됐지만 생물학적으로 돼지는 인간과 매우 비슷합니다. 그래서 심한 화상을 입은 경우 흔히 돼지 피부를 이식하는 겁니다. 눈도 인간과 비슷하고 소화기관도 영장류가 아닌 동물 중 인간과 가장 가깝죠. 식인종들 사이에서는 인간과 돼지의 고기가 매우 비슷한 것으로 알려져 있습니다. '사람 고기'를 나타내는 식인종의 말을 직역하면 '길다란 돼지'라는 뜻입니다."

"오늘 요리에 돼지고기를 쓰지 않아 다행이었군요." 디둘이 말했다.

"고마워요. 그것이 다음 이야기의 핵심이거든요. 잘 알려져 있는 바와 같이 돼지고기를 먹지 않는 종교 신자가 있는데 특히 유대교와 이슬람교가 유명하죠. 거기에는 합리적인 이유가 있는데, 요리하기가 나쁘다는 것과 선모충병을 일으킨다는 것. 그래서 그들 종교의 선구자들이 돼지고기를 금했을 겁니다. 그리고 또 한 가지 이유는 해부학적 구조의 특이성에 근거한 미신인 듯한데, 첫째로 소나 양과 달리 돼지에는 인간처럼 위가 하나뿐이라는 것과 둘째로 돼지는 둘로 나뉜 발굽으로 걷는다는 것. 이러한 것을 깨달은 데다 돼지고기를 먹은 사람이 선모충병에 걸리는 것을 본 고대인들이 돼지를 악마나 귀신의 화신으로 생각하게 된 것도 이상할 것은 없습니다."

2초 정도 침묵이 흘렀다. 모두가 강신회의 모임에 참석한 것처럼 디둘이 마련한 커피 테이블을 둘러싸고 있다.

재닛은 자기도 모르게 중얼거리고 있었다. "그래요. 정신병의 증세와 딱 맞거든!"

론이 이야기를 계속했다. "신약성서에도 그 영향이 나타나고 있는데, 뷰얼, 예수는 귀신을 돼지의 몸에 넣어 귀신에 홀린 두 사람을 구해주었지요?"

뷰얼은 인정했다. "물론, 그 이야기는 사실이지요, 론. 그런데……." 그는 교수를 보았다. "그놈들이 아무리 미쳤다고 해도 자기를 귀신의 왕 바알세불^(신약에서 '악귀의 우두머리', 곧 사탄)이라고 생각하진 않겠지요?"

교수는 진지한 표정이 되었다. "내 생각이 꼭 어떻다는 것은 아니지만, HOG가 악마 자격을 충분히 가지고 있다는 것은 틀림없어. 아이들이나 노인들을 살해하고 뒤에서 혼자 싱글벙글하고 있으니까. 그 비극에서 오는 괴로움을 듣게 되면 어느 악마보다도 사악해."

뷰얼이 반대 의견을 말하려 하자 히긴스 박사가 그것을 만류했다. "심리학적으로는 이해가 됩니다, 뷰얼. 살인범은 권력 의식에서 만족감을 얻거든요. 그에겐 새로운 경험이고 그래서 쾌감을 느꼈을 겁니다. 자기가 신이라고 착각하고 있다는 것은 고전적인 정신병이지요. 만일 HOG가 자기 주장이 강하고 종교의 교리에 통달해 있다면 그는 악마가 되기를 선택할 겁니다. 신으로서의 그는 인간의 생명을 빼앗고, 악마로서 장래에도 인간의 영혼을 괴롭히는 힘을 장악하게 되지요."

한참 동안 지껄이던 히긴스 박사 스스로가 약간 흠칫 놀랐다. 이것은 식사 후에 한 이야기로는 어울리지 않는다고 생각했다. 그녀가 설명한 효과가 잔물결처럼 테이블로 퍼져나갔다.

"대단하군." 론이 조용히 말했다.

"다시 한 번 '훌륭하다'고 말하지 않을 수가 없군요. 진심입니다." 교수가 말했다.

뷰얼은 짜증이 났다. "오늘밤은 이 정도로 해둡시다. 우리들의 공통된 관심사가 사건인 것은 틀림없으나 디둘의 입장도 좀 이해하여 주셨으면 합니다."

"어머나, 뷰얼!" 디둘이 극구 말렸다.

그러나 론이 입을 열었다. "아닙니다. 미안합니다. 눈덩이처럼 이야기가 확대됐군요. 별로 도움이 되는 이야기도 아니었고."

뷰얼도 조용하게 말했다. "아닙니다. 나에게도 잘못이 있어요, 다만 요점을 벗어난 것 같아서."

론이 눈을 크게 뜨고 말했다. "처음에는 나도 그렇게 생각했어요. 그러나 HOG란 것이 사건과 관련되어 만나게 된 어떤 누구인지 모른다는 전제하에, 관련된 사람에 대해 새로운 지식으로 접근을 모색해 봤는데 생각보다는 가능성이 보였거든요."

디둘이 숨을 죽이고 말했다. "그럼 그 누군가를 알아냈어요?"

론은 샴페인에 입을 댔지만 기운이 없었다. 얼굴을 찡그렸다.

"누가 누군지 아직은······."

15

론은 안경을 닦았다. "아무리 생각해 봐도 누가 누군지 모르겠어." 이렇게 말하고 모두를 바라보았다. 교수를 빼고 모두가 당혹한 표정이었다. 론은 이 같은 상황에서 뭔가를 간파하려고 시도하지 않았다. 교수가 늘 말하는 것이지만 멋진 거짓 표정에 속으면 사람의 얼굴이라는 것은 어떻게 해볼 수 없는 무기가 되는 것이다.

당연한 것이지만 모두가 이 말의 의미를 알려고 했다.

"그런데 앞에서도 말했지만 돼지와 거기에 관련된 것은 어디에든 있어요. 약간의 상상력을 동원하면 누구나 그것에 관계되지요. 그래서 내 생각에 자신을 가질 수 없는 겁니다. 재미있는 생각이긴 하지만."

디둘은 몹시 안타까워했다. "그렇게 앉아 있지만 말고 이야기를 하세요."

론은 몸을 앞으로 구부린 다음 무릎에 팔꿈치를 대고 두 손을 깍지

끼었다. "좋아요. 우선 이것을 범죄에 의한 범죄라고 생각하는 겁니다. 이렇게 생각하게 될 때까지 약간 시간이 걸렸는데 최초 사건에 관한 HOG의 편지에서 난 혼란스러웠습니다. 바바라 엘레거의 페서리에 관한 것이 기록되어 있었기 때문입니다. 그러나 그녀는 죽지 않았고 HOG의 맨 처음 희생자는 캐럴 샐린스키와 베스 링이었습니다. 두 사람 모두 미국 출생이지만 조상은 각각 폴란드와 중국이고요.

맨 처음 편지를 읽었을 때 머릿속에 뭔가 떠오르는 게 있어서 조사를 해보았더니 백과사전 속에서 색채 사진을 볼 수 있었습니다. 폴란드 차이나라는 것은 돼지의 일종이고 원산지는 오하이오 주인데 살찌는 속도가 빠른 점에서 유명하더군요. 그 이름이 어디서 유래되었는지는 모르겠지만 말입니다."

재닛은 반신반의하는 표정이었다. "약간 억지로 연결시키는 것 같군요!"

론은 빙그레 웃었다. "그건 처음에도 말했을 텐데요. 그래도 거기에서 출발했는데 스탠리 왓슨 노인의 경우는 직접적인 관련을 찾기 어려웠습니다. 유일하게 관계가 있다고 한다면 그는 고등학교 때 유능한 럭비 선수였다는 거죠. 어떤 때는 한 시합에서 4번이나 터치다운한 일도 있었습니다."

"피그스킨(돼지가죽. 속어로 축구공)이란 뜻인가, 론?" 뷰얼이 웃었다. "그런 게 관련 있다고 한다면 뉴욕 주 남자의 반은 모두 관련되겠군요."

론이 수긍했다. "나도 포함해서……. 나는 포메이션(진영)의 풀백이었지요. 1년에 여섯 번은 볼을 잡았죠. 그러니까 왓슨 씨의 럭비 선수 이야기는 빠져야 돼요. 그래서 두 건의 살인 사건 후 곤란하게 됐어요. 한 건은 딱 맞는데, 한 건은 너무 동떨어져 있기 때문에.

세 번째와 네 번째 사건은 말이지요. 참, 결국 네 번째와 다섯 번째 살인은 같은 밤에 일어났지요. 우선 레슬리 비켈의 애긴데, 이 이야기는 잘 듣길 바랍니다. 그녀는 그날 밤 훔친 돈으로 산 마약으로 죽었지요. 해럴드 애틀러가 관리하고 있던 돈이지요. 그 돈의 주인은 그가 가르치고 있던 경영과 학생들이었고, 그 돈은 커피콩이나 고기의 부산물 구입에 대한 투기로 번 돈이었지요. 어떤 고기의 부산물이라고 생각하나요?"

디둘이 대답했다. "돼지 다리겠지요."

모두들 웃었지만 교수는 부드러운 미소만 띨 뿐이었다.

"비슷하군요. 대부분 돼지의 창자였습니다." 론이 말했다.

"식용인 작은 창자군." 뷰얼이 말했다.

"식료품점에 진열되어 있을 때는 그렇게 부르지요." 론이 수긍했다. "그러나 그들이 투자하게 된 것은 '페트 푸드' 회사와 제약회사의 권유 때문이었다는 거예요."

"이상한 투자 방법이군요." 재닛이 말했다.

"나도 그렇게 생각했지요. 돼지의 내장에서 헤페린이라고 하는 의약 재료가 만들어진다는 것을 알 때까지는. 그것은 정맥의 염증 치료에 사용되고 엉긴 피를 제거한다더군요. 이것은 사건과 밀접한 관계가 있습니다. 억지로 생각해 보아도 비유적인 관련도 아닙니다. 진짜 사실상 살아 있는 돼지가 관련되어 있으니까요. 최소한 그 일부가 관련되어 있는 거죠. 더구나 여기에 비켈과 애틀러가 동시에 연관시킬 수 있거든요.

이 살인에는 하비 프랭크도 관련되어 있어요. 그가 여름 동안에 현장 감독으로 주물 공장에서 일한 사실을 알기까지는 나도 상당히 심사숙고했습니다." 론이 말했다.

"어머나!" 큰소리를 치며 재닛은 이내 난처한 듯이 말을 꺼냈다. "그렇다면, 당신은 그걸 말하는 거군요." 그리고는 겸연쩍은 듯 머리를 긁적거렸다. "어쨌든 아직도 알 수가 없어요."

"주물 공장에는 주괴가 된 금속이 들어오죠. 공장 사람한테 들은 바에 의하면, 그 금속은 어떤 종류거나 그 주괴(鑄塊)를 '피그(pig)'라고 부른다고 하는데 여기엔 선철(pig iron)이란 뜻이 있죠." 론이 말했다.

베네데티가 아마도 이렇게 오랫동안 아무 질문도 없이 조용한 것은 처음일 것이다. 여기에서는 그도 침묵을 깨고 입을 열었다. "이 살인 사건에는 테리 윌버가 관계된다는 것을 잊지 말도록."

뷰얼이 매우 느린 어조로 말했다. "그렇습니다. 저도 그 점에는 흥미를 갖고 있어요. 그런데 윌버를 어떻게 연결시켜야 하나요? 설마 또 럭비는 아니겠죠?"

"그렇지 않아요. 그가 럭비를 했는지 안 했는지는 나도 몰라요. 윌버의 경우는 그가 가지고 있던 동화책과 관련되는 거지요. 투티오 부인에게 자기의 '계획'을 위한 책이라고 말했다는데 그것이 어떤 계획인지는 알 수 없거든요. 그 이야기는 알고 있겠지요?" 론이 말했다.

디둘과 뷰얼이 고개를 끄덕였다.

"그렇다면 그 책이 얼마나 파손되어 너덜너덜해진 것인지를 짐작할 수 있을 겁니다. 윌버가 가지고 있는 책 중 가장 크년서노 깨끗한 것이 E.B. 화이트의 《샬로트의 거미줄》이란 것도. 그 책에 관한 건 알고 있지?"

"물론이지요. 어렸을 때부터 갖고 있던 책인데 리키에게도 읽어 주었거든요." 디둘이 말했다.

"무슨 이야기입니까, 디둘?" 론이 물었다.

"샬로트라고 하는 거미에 관한 이야기인데 거미집에 글씨를 쓸 수가 있고 그래서 저……."

론이 뒤를 이어 계속했다. "그래서 윌버라는 이름의 돼지가 잡혀

먹힐 뻔한 것을 샬로트가 구해주는 이야기죠."

뷰얼은 론이 그것을 경찰에 말했는지를 물었다.

"아니요, 아직은. 모든 것이 우연의 일치일 수도 있으니까. 그런데 우연의 일치라고 해도 그렇게 엄청난 우연은 아닌 것 같고."

"다른 것은 우연인지 모르겠지만, 같은 이름의 돼지가 나오는 책을 갖고 있다는 것은……." 뷰얼이 말했다.

"그리고 다른 책을 모두 뒤죽박죽으로 만든 것도……. 너무 이상하잖아요?" 디둘이 재닛의 얼굴을 보았다.

"바로 그 점을 나도 알 수가 없어요. 학교 기록을 보면 그는 별로 독서에 취미가 없었던 것 같은데……." 론이 말했다.

"교수님은 어떻게 생각하시는지요?" 디둘이 물었다.

"경찰에 보고할 아주 좋은 시기라고 생각해. 만일 내가 말한다면 그들은 더욱 중대하게 취급할걸. 그것은 다음에 이야기하기로 하고."

론은 그 이야기를 듣고 안심했다. 뷰얼이나 디둘, 재닛의 눈을 응시하면서 자신이 정말 그렇게 생각하고 있는 것처럼 말하는 것은 대단한 일이다. 이런 것을 플라이셔에게 말하면 어처구니 없게 될 것이다.

그는 이야기를 계속했다. 최악의 부분은 아직 남아 있었다. "그 다음은 데비 리드의 살해 사건인데……."

"그것은 너무 잔인한 사건이에요." 말할 것도 없는 사건이지만 디둘이 이렇게 말했다.

론은 그녀의 이야기를 무시했다. "데비 리드의 아버지는 모터사이클을 판매하고 있지요. 이익금의 대부분은 그가 거주하고 있는 캘리포니아 경찰과의 상거래에서 생긴 겁니다."

"경찰관을 순찰의 의미로 '돼지(pig)'라고 부르잖아요!" 디둘이 재미있다는 듯이 말했다.

론은 머리를 흔들었다. "너무 앞질러 가는군요, 디둘. 그렇지 않습니다. 이 경우에 문제되는 것은 이 나라의 오토바이 경찰관의 거의 100퍼센트는, 더구나 오토바이에 미친 자들 모두가 할레이 데이비드슨의 엘렉트라 글라이드를 타고 있다는 사실입니다. 성능, 가격에서도 다른 차와 비교할 수 없는 엄청난 오토바이거든요. 최고 시속 210킬로미터쯤인데, 이 오토바이를 상표이름대로 부르는 사람은 거의 없습니다. '초퍼(chopper)'라든가 '호그(HOG)'라고 부르고 있죠. 그리고 마지막 살인인데……."

"현재로 보아서 마지막이지." 교수가 정정했다.

"현재로 보아서" 이렇게 말하고 론이 등을 의자에 기댔다. "마지막에 살해된 재스트로와의 관련은 정말 직접적이라는 겁니다. 재스트로야말로 아까 디둘이 말한 '돼지(pig)' 그대로이며 재스트로가 죽기 전 셔너시도 말했었습니다. 재스트로는 예전에 보안관보였지만 나쁜 놈이었습니다. 어느 면에서 그는 '피그'라는 단어에 새로운 의미를 첨가시켜 준 셈이지요."

"과연 그렇군요." 뷰얼이 말했다.

이어서 론이 계속했다. "아직 끝나지 않았어. 수사를 맡고 있는 쪽에도 HOG와 관련된 자가 있지요."

재닛의 얼굴이 붉어지면서 유리잔을 카펫에 떨어뜨렸다. 빈 잔이었지만 깨졌다. 론은 그녀가 그러한 반응을 보이리라고는 미처 생각지 못했다.

그런데 재닛이 이야기를 시작하자 얼굴이 붉어진 것은 당황해서가 아니라 분노 때문인 것을 알 수 있었다.

"물론이지요! 물론입니다. 우선 내가 있지요. 나는 아칸소 주 출신이고 아칸소 대학을 다녔어요. 누구나 다 아는 바와 같이 아칸소 대학 체조 팀의 별명은 '레이저백'인데 그 뜻은 산돼지의 일종이란 것이지요, 그렇지요?" 재닛이 날카로운 어조로 말했다.

론은 다만 머리를 끄덕일 뿐이었다. 그녀는 무엇 때문에 저렇게 흥분하고 있을까?

디둘이 말했다. "대단하네요!" 론은 목졸라 죽이고 싶은 기분이었다. "나는 어때요? 어떤 관련이 있지요?"

뷰얼은 그렇게 말하는 그녀가 만족스러웠다. "괜찮아, 당신은……."

론이 말했다. "그럴까요, 뷰얼. 체스터 화이트도, 폴란드 차이나처럼 우리나라 원산 돼지의 일종이거든요."

디둘이 재미있다는 표정을 지었다.

재닛이 무엇 때문에 불만일까 생각하면서 론은 계속했다. "그런데 경찰이라고 하면 좀 문제가 있지요. 예를 들면 플라이셔인데 독일어에서는 '푸줏간'이란 뜻이지요. 푸줏간은 돼지와 친밀하거든요."

뷰얼이 웃었다. "플라이셔는 푸줏간이 아닌데요 (독어로 Fleischer는 푸줏간 주인, 도살자)."

"맞아요. 셔너시로 말한다면 마이클 프랜시스 패트릭 셔너시……. 이것은 약간 억지지만 패디 셔너시, 즉 패디(Paddy)는 패트릭의 애칭이고 경관이라든가 아일랜드 사람이란 의미도 있으므로 아일랜드인 패디는 '순찰하는 경관'이 되는 거죠."

"약간 상상력이 필요하다고 당신이 말했지요." 재닛이 부드럽게 말했다.

"나 자신에 대해서는 축구를 했었던 것과, 내 일을 경관과 똑같이 생각해 '순찰하는 경관(pig)'으로 부르지 않는 한은 부끄럽지만 아무런 연관도 시키지 못했습니다."

디둘은 게임이라도 하고 있는 것처럼 이렇게 말했다. "만일 당신의 직업을 '사립 탐정 젠트리(Private Investigator Gentley)'라고 부를 경우 이니셜은 PIG가 되는데 딱 들어맞지요."

뷰얼이 또 웃었다. "플라이셔의 이름을 번역하여 연결시킬 정도라면 디둘의 주장도 받아들이지 않을 수 없겠는데."

뷰얼의 약혼녀가 빈정대는 시선을 보냈다. "당신은 어떻게 생각해요, 뷰얼?" 이렇게 묻고 론의 얼굴을 보았다. "교수님도 연관이 없지는 않겠죠? 그렇지 않으면 불공평하잖아요." 그녀는 웃음을 띠었다. "뷰얼과 교수님을 제외시키면 안 돼요."

론의 시선이 베네데티로 향하자 그의 검은 눈은 계속하라고 말했다.

"제외되는 것은 교수님뿐이죠, 디둘." 론이 부드럽게 말했다. 그리고 기자 쪽을 보았다. "당신이 말하겠소, 뷰얼? 아니면 내가 말할까요?"

16

뷰얼은 언젠가는 닥쳐오리라고 생각하고 있었다. 그날 밤뿐만이 아니라 모든 일이 시작된 이래, 아니 그 전부터. 처음부터 마음의 준비를 해왔지만 괴로웠다. 결국 닥치고 말았지만 아직 마음의 준비를 다 해놓은 것은 아니다. 자신이 원망스러웠다. 약하기 때문이라 생각했다. 자기에게 그런 약점이 있으리라고는 미처 생각 못했었다.

"당신이 말해 주시죠." 뷰얼이 대답했다. 론이 조사한 것이 그가 숨겨온 게 아니라 오늘밤 지껄인 것처럼 허튼소리거나 어리석은 얘기의 연장일지도 모른다는 기대 때문이었다. 그런데 그런 기대도 스스로가 저버리고 말았다. 만일 그것이 정말 어리석은 이야기라면 다른 사람들처럼 아무렇지도 않게 꺼내는 게 당연한 일이었기 때문이다.

론이 입을 열었다. "우선 첫째로 진짜 이름은 피터 뷰얼 챈들러이고……"

뷰얼에겐 이것만으로도 충분했다. 저 쓸데없는 기대를 저버린 것은 올바른 해답이었다. "테이섬은 어머니의 결혼 전 이름이에요," 뷰얼이 말했다.

"알고 있어요," 론이 말했다.

뷰얼과 교수의 시선이 마주쳤다. 어두운 빛 때문에 주의하지 않으면 빠져 버리는 움푹 팬 구덩이처럼 두 사람은 서로가 희미하게 보였다.

노인의 표정은 침착성을 잃고 있었지만 힘있게 시선을 뗄 때 뷰얼은 양심의 가책 같은 걸 느꼈다.

"당신은 녹스 카운티의 유복한 전통 있는 명문 출신인데. 그 집안엔 성공한 복음 전도사가 몇 분 있어 유명했었지요. 그런데 복음 전도사의 성공 여부는 구원된 영혼의 숫자에 따라 평가된다고 보는데 그렇지 않은가요? 어쨌든 당신 아버지 챈들러 대제사장과 그 형인 W.K. 챈들러는 두 분 다 전도사가 되었지만 두 분 모두 크게 성공한 편은 아니었죠."

"그에 대한 이야기는 뷰얼에게서 들었어요. 뷰얼의 아버지는 소작인들에게 그들의 형편에 따라 살 수 있는 가격으로 자기 땅을 팔려고 했었죠. 그런데 뷰얼의 큰아버지 윌리가 반대했답니다. 그리고 뷰얼의 아버지는 북부로 가서 여러 인종이 섞인 청중에게 설교했는데 큰아버지는 그 얘기를 듣고 노발대발했다더군요," 디들이 말했다.

론은 끄덕였다. "그리고 그 설교 여행에서 돌아오는 도중에 챈들러 대제사장이 탄 버스가 객지에서 돈벌이하는 사람들을 태운 트럭과 충돌하여 그분과 부인이 돌아가셨지. 처음에 뷰얼은 외할머니와 살았는데 정치력과 재력으로 큰아버지가 후견인이 되었죠. 그때가 몇 살이었죠, 뷰얼?"

"아홉 살 반이었소," 이렇게 말하고 뷰얼은 가시 돋친 웃음을 터뜨렸다. "슬픈 그 나이의 숫자를 꺼내지 말았으면 좋겠소. 내 일생에서 최악의 숫자지." 뷰얼은 몸을 앞으로 구부린 다음 재닛을 향해 손가락을 흔들었다. "박사님, 아무리 연구해도 권력을 즐기는 인간을 이해하기란 어려울 겁니다. 나는 잘 알고 있습니다. 하느님 같은 흉내를 내고 있는 인간에 대해서도 잘 모를 겁니다. 녹스 카운티에서는 윌리 챈들러가 하느님이죠. 그가 영혼을 괴롭히는 것을 나는 보기도 했고 느꼈습니다. 그는 그 사고를 자기가 일으킨 것이라고 나에게 믿게 하려고 했죠. 이런 사실을 알고 있었습니까? 몇 년 전까지만 해도 그것이 거짓말이라는 것을 나는 몰랐습니다. 항상 친아버지의 죽음에 관해서는 자기 말을 들으라고 강요했죠.

그러니까 이 HOG 사건도 별로 낯설지가 않습니다. 악마를 연구하려면 교수님, 녹스 카운티에 가서서 윌리 챈들러에 대하여 조사하면 될 겁니다."

뷰얼은 이런 말을 함으로써 기분이 상쾌해지리라고는 생각지 못했다. 마치 무슨 선서나 증언을 한 것 같았다. 아버지가 죽고 나서 처음 하는 체험. 그는 하느님의 진실을 말한 것이 아니라 윌리 챈들러의 거짓을 증언한 것이다.

"그는 악마였습니다, 교수님. 지금은 다 죽어가고 있지만, 여전히 마찬가지입니다. 언제 죽어도 이상할 것이 없는 상태인데 그를 위하여 절대로 눈물을 흘리지 않을 사람이 꼭 한 사람 있습니다."

"그에 대한 정보는 잘 들어오는 모양이군요." 교수가 말했다.

"네, 네. 들어오고말고요. 추방된 뒤부터 계속 관심을 기울이고 있으니까요. 자신의 신념에 충실할지, 특히 유언을 남기지 않겠다는 신념을 지킬지 지켜보고 있는 겁니다. 그렇게 하는 것이 내가 복수하는 길이기 때문이지요. 부모님의 영혼 앞에서 그의 죽음을 기다려 녹스 카운티를 훌륭한 정의의 토지로 만들겠다고 맹세했습니다.

오래 전에 이것을 실행했어야 했는데. 그때가 오면 큰아버지의 수호자나 추종자들을 모조리 추방시킬 작정입니다."

"수호자라니요?" 재닛이 물었다.

뷰얼의 불안감은 자기의 맹세를 인정해주는 안도감에 의해 깨끗이 사라지고 말았다. 그가 설명했다. "아메리카의 수호자라는 조직이지요. 쿠 클럭스 클랜(KKK단)이나 아메리카 나치당과 같은 추악한 집단과 큰아버지와의 연대조직입니다."

"60년대 초 그가 조직한 거지요." 론이 끼어들었다. "시민권 운동에 대한 격렬한 반동이었지. 1963년 2명의 회원이 녹스 카운티에서 흑인의 투표권 획득 운동을 하고 있던 로드 아일랜드 주의 두 여성을 폭행 살해한 혐의로 재판에 회부되었어요. 그런데 배심원들의 의견을 일치시키지 못하게 방해하여 판결을 유보시키는 전술을 취한 거지요. 그밖에도 여러 가지 소문이 난무했으나 모두 결론 없이 끝나고 말았지요. 챈들러는 언제나 표면에는 나서지 않았고요."

뷰얼은 콧방귀를 뀌었다.

론은 계속했다. "그 뒤 그들은 전국 규모로 운동을 전개했어요. 예를 들면 통학 버스 안에서의 흑백 갈등 문제라든가 감정적인 문제에도 개입하고 상대방에 대한 증오심을 확대시키는 등등."

"굉장히 무서운 일이지만. 그것과 뷰얼이 무슨 관계가 있죠?" 디 둘이 말했다.

"이번 사건과 관련하여 조사한 친구에 의하면 그 조직이 녹스 카운티에서 결성되었을 때 '남부 수호자의 성스런 질서(Holy Order of Guardiance/of the South)', 라고 불렸는데 그 이니셜을 열거하면 HOGS가 된다고 하더군요."

뷰얼이 일어서서 방 안에 있는 카운터로 갔다. 기다란 유리잔에 얼음을 가득 넣고 거기에 깨끗한 물을 부은 뒤 자리에 돌아왔다. "전부를 합해도 'Mother'(경멸할/녀석)라는 스펠링이 되지는 않을 거요. 하지만 론 당신이 동업자를 고용해 내 과거를 조사했다고 해도 난 아무렇지도 않소."

론이 어깨를 으쓱했다. "어떤 악의가 있는 것도 과장된 것도 아닙니다. 당신에게 죄가 있느냐 하는 문제가 아니오. 이름을 바꾼 것 역시 그렇고."

"그리고 살인 사건이 일어났을 때는 대부분 플라이서와 같이 있었지요. 결국 그걸 말하는 거요?"

론은 굳이 부정하지는 않았다. "교수님으로부터 완벽하려면 철저하라고 배웠거든요. HOG와의 관계를 생각하게 되면서 모든 것을 철저히 조사하려고 했을 뿐이죠. 그런데 문제는 무엇 때문에 내가 그것을 조사하지 않으면 안 되었는가 하는 거였어요. 당신도 말한 것처럼 당신은 정보를 잘 수집하고 있었어요. HOG와 HOGS의 관련 등을 생각지도 못했던 것이라고 말하지는 말아요. 그렇다면 도대체 무엇을 숨기고 있는 겁니까?"

뷰얼은 물을 마신 다음 컵을 놓았다. 그는 이것을 두려워한 것이었다. 다음의 한마디로 모든 것이 수포로 돌아갈지도 모른다. 그는 기도하는 듯한 어조로 말했다. "디둘 때문이지. 디둘과의 일을 숨기고 있었소."

뷰얼은 그녀의 얼굴에 나타난 마음의 상처를 읽었다. 절대로 보고 싶지 않았던 모습이었다. 그것을 떨쳐 버리려고 빨리 말을 꺼냈다. "디둘, 이해하지? 만일 우리들의 관계가 윌리에게 알려지면 나의, 우리들의 녹스 카운티 계획은 하루 아침에 깨지고 만다는 것을. 만일 날 죽이기 위해 유언장을 쓰게 하는 자가 나타난다면 모든 것이 다 끝나는 거야. 알려지면 반드시 그렇게 될 거야."

디둘이 말했다. "뷰얼, 물론 알고 있었어요." 그녀는 뷰얼이 있는 곳으로 가서 포옹한 다음 울면서 말했다. "당신에게는 참을 수 없는 일이었지요."

"당신을 포기할 수도 없었기 때문이야. 당신이 이해해 줄지도 자신이 없었고."

"알고 있어요."

"나로서는 알 수가 없군요." 재닛이 말했다.

교수가 설명을 시작했다. "체스터 부인의 첫 번째 남편은 아들의 부친이기도 한 사람인데 외교관이었소. 라이베리아의 유엔 대사였죠. 흑인 아프리카 국가죠. 나는 테이섬 씨의 말이 옳다고 생각합니다. 못된 챈들러 목사라면 '검둥이 애인'이었던 여자가 자기 조카와 결혼하고 또 혼혈 아이가 있다는 것이 알려지면 분명히 신념을 굽혀서라도 유언장을 만들 테니까."

"그렇지만 우리들에게는 말해주었으면 좋았을 텐데요. 최소한 플라이셔에게만이라도 말입니다. 그가 W.K. 챈들러를 도울 리는 없을 테니까요." 론이 말했다

"누설되는 것이 두려웠던 거요, 론. 비밀이란 새나가기 마련이거든. 기자 생활을 해보면 그것을 다른 사람보다 잘 알게 되지요. 우리가 경찰이 어떻게 수사하는지 알고 있듯이. 그러니까 맨 처음 편지를 받기 전에 이것이 큰 사건이라는 확신을 가졌던 거지요. 사고로 가장하는 것이 얼마나 어려운 것인가를 나는 잘 알고 있어요." 기자가 말했다.

베네데티가 손등을 매만졌다. "그만큼 경찰에 대해 잘 안다면 수사의 최초 단계에서 은폐된 사실이 나중에 밝혀지면 실제 이상으로 중요해진다는 것도 깨달아야 하오. 가급적 빨리 플라이셔 경감에게 사정을 설명하는 편이 좋으리라고 생각하는데요."

"오늘밤이라도?"

"지금 당장. 함께 가주죠. 내가 직접 경감에게 말해 주겠소." 베네

데티가 말했다.

 참석한 모든 사람은 작별을 고했다. 인사가 끝날 때까지 한참 시간이 걸렸다. 디둘이 한 사람 한 사람 작별 키스를 했기 때문이다. 볼을 살짝 스치며 가볍게 키스를 했다. 즐거운 시간을 보냈지만 작별인사 같은 사회적 관습에 대해서는 론은 늘 저항감을 느꼈다. 특히 자기 때문에 다소 긴장감이 높아진 오늘 같은 경우는 한층 더했다.
 교수는 뷰얼과 경찰에 가기로 했고 론은 재닛을 배웅해 주기로 했다. 그런데 눈으로 질퍽거리는 길에서 재닛은 이렇게 말했다. "괜찮아요."
 "무엇이 괜찮아요?"
 그들이 디둘의 집에 온 뒤 기온이 약간 올라가 달과 별의 윤곽이 조금 희미해져 있었다. 또 눈이 올 것이고 그것이 최고라고 론은 생각했다. 드디어 얼음 속에 파묻힌 고대 생물 마스토돈 같은 HOG를 잡을 수 있게 되는 것이다.
 론은 그녀의 대답을 미처 듣지 못했다. "미안해요. 뭐라고 했죠?"
 재닛의 목소리는 얼음 속에 파묻혀 있었다. "차로 데려다 주지 않아도 된다고 했어요."
 "왜죠? 특별히 신경 쓰이는 이유라도 있나요?"
 "신경쓰이다니, 천만에요." 이처럼 속이 분명히 들여다보이는 거짓말을 론은 들은 적이 없었다. "나도 용의자 가운데 한 사람이란 것을 내게 알려 주었으니까 더 이상 내 반응을 볼 필요는 없잖아요? 당신의 탐정으로서의 에너지를 헛되게 쓰게 하고 싶지 않을 뿐이에요."
 론이 두 손을 치켜들었다. "무슨 말입니까?"
 "어제 리드 부인에게 손대게 해준 것이 참 놀라울 정도예요! 그

면도칼로 그녀의 목을 긋는 것은 아닌가 하고 걱정하지 않았나요?"

"말도 안 돼요!" 두 사람은 동시에 크게 소리를 질렀다.

재닛이 한쪽 발로 힘껏 차자 눈 녹은 진창이 튀었다. 그런 것과는 상관없이 그녀가 말했다. "아주 비열하게 사람을 속이는 것 같아요."

"조용히 해요!"

그녀가 즉시 조용히 하자 론은 상당히 놀랐다. 그러나 곧 재닛이 침묵을 지킨 것은 론의 말 한마디 때문이 아니라 그가 뻔뻔스럽게 말한 것에 대한 분노 때문이란 것을 알 수 있었다.

그는 다시 걸으면서 말할 기회를 엿보았다. "재닛, 도대체 무엇 때문에 그렇게 신경질을 내는 겁니까?" 재닛이 론에게 등을 돌렸지만 그는 이야기를 계속했다.

"누구도 당신을 HOG라고 생각하는 사람은 없어요, 절대. 당신은 우리 수사팀의 한 사람이에요. 교수님이 당신을 받아들였으니까!"

"고마운 말씀이군요." 재닛이 괴로운 듯이 말했다.

"고마운 말이라고!" 론도 화를 내기 시작했다. "알고 있는지 모르겠지만 당신과 나는 베네데티가 서구 사회에서 믿고 받아들인 단 두 사람이란 말이오. 그분은 살인범일지도 모르는 인간과 자기를 관련시키는 분이 아니에요!"

반응이 없었다. 그는 등 뒤의 바람에 휘날리는 머리카락을 향해 말을 계속했다.

"나는 당신만 꼬집어서 이야기한 것이 아니었잖소! 교수님 이외의 모든 사람들에게서 뭔가 시시한 관계를 발견하려고 한 것뿐이었어요."

발을 힘차게 구르며 그녀는 날렵하게 뒤돌아섰다. "미리 말해 줬으면 좋잖아요." 이 작전의 드라마틱한 효과도 뜻하지 않은 사고로 줄어들고 말았다.

힘껏 내디딘 재닛의 발이 질퍽한 눈 때문에 잘 보이지 않았던 구덩이 속에 빠지면서 다리가 뒤틀려 그녀는 '앗' 소리를 지르며 길 위에 넘어지고 만 것이다.

론은 필사적으로 웃음을 참았다. "그렇게 웃고만 있을 거예요!" 이렇게 크게 외칠 때까지 웃음이 그치지 않았다. 너무 크게 웃는 바람에 안경이 벗겨져, 그것을 붙잡으려는 바람에 론도 곡예사 춤을 추는 꼴이 돼 버렸다. 이것을 본 재닛도 앉은 채 웃기 시작했다.

"나도 덜렁이 같아!"

"당신 등에 표지판을 걸어야겠어요. '화내고 있을 때는 위험'이라고 써 가지고요. 많이 다친 것 아닙니까?" 론이 말했다.

"발목이 뒤틀린 것 같아요." 그곳을 어루만지면서 그녀가 말했다. "좀 일으켜 줘요."

론이 겨드랑이를 끼자 재닛이 그의 어깨 위로 팔을 둘렀다. 두 사람은 가까스로 일어섰다. 론은 걱정스러웠다. "걸을 수 있겠소?"

재닛은 한 발짝 걷다가 비틀거렸다. "안 되겠는데!" 론은 다시 한 번 그녀를 부축했다.

"몸을 굽히지 않아도 좋을 만큼 당신 키가 커서 도움이 됐어요. 차가 있는 데까지 꼽추 노릇을 할 뻔했는데. 병원에 가서 엑스레이 촬영을 해볼까요?"

"아니에요. 아얏. 발목을 접질린 것 뿐이에요. 잘 해봐요."

"알았어요. 당신은 의사니까. 솔직히 말하면 이렇게 하고 있는 것이 나로서는 좋긴 한데." 론은 재닛이 얼굴 붉힐 것을 기대하면서 이렇게 말했다. 기대한 대로였다. 그러나 그 말은 진심이었으므로 그의 얼굴에도 미소가 떠올랐다.

마치 희극적인 2인3각 달리기 같았다. 재닛이 가방에서 열쇠를 찾는 동안 그는 몸을 부축해 주었고 문을 열고 소파까지 떠받드는 것처럼 하면서 앉도록 도와주었다. 재닛은 소파에 털썩 주저앉더니 버둥거리며 혼자서 외투를 벗었다. 그 사이에 론이 그녀의 아픈 왼발 아래에 오토만(쿠션 달)을 깔아 주었다.

넓은 방이었다. 론은 그곳이 마음에 들었다. 소파는 밝은 녹색이고 의자는 소파보다 약간 진했다. 커튼은 소파와 같은 색이었다. 카펫은 칙칙한 오렌지색이고 한쪽 벽면은 전부 선반을 만들어 스테레오와 텔레비전이 놓여 있고 그 이외는 모두 책으로 채워져 있었다. 또 다른 한쪽 벽에는 고물 타이프라이터가 책상 위에 놓여 있다. 방 중앙에는 검은 그랜드피아노가 화려하게 놓여 있다. 깨끗이 손질되어 있다. 피아노의 옆에는 그것을 보완하는 불그스레한 나무가 화려한 빛을 발하고 있다. 스탠드에 기대어 세워 놓은 것은 마틴 기타였다. 좌우의 양손으로 생명을 불어넣어 주기만을 기다리고 있다.

재닛은 목욕탕을 가리키며 약상자 속에 붕대가 있을 거라고 말했다. 그것을 가지러 간 론은 붕대뿐만 아니라 가제, 반창고, 머큐로크롬, 연고 등이 가득 준비되어 있는 것을 보고 웃음을 터뜨렸다. 축구팀의 코치 방과 비슷했기 때문이다. 적당한 크기의 붕대를 가지고 거실로 되돌아왔다.

재닛은 론이 감아 주겠다는 것을 거절했다.

"경험이 풍부한데"라며 그는 약간 분한 듯이 빙그레 웃을 뿐이었다.

론은 의자에 앉았다. "오늘 말한 것을 당신에게 미리 말하지 않은 것은 나 스스로도 그것을 믿고 있지 않았기 때문이오. 누구에게도 말할 생각이 없었는데 교수가 부추겨서 그만. 아마도 내가 언짢은 기분을 느끼게 하고 싶어서 그랬을 거요. 아니, 뷰얼에게도 말이오. 가끔 그런 짓을 잘 하거든."

그녀는 머리를 흔들었다. "설명해 주지 않아도 돼요. 내가 생각이 짧았어요. 진심이에요." 재닛은 이렇게 말하고 웃었다. "심리학자라는 사람이 이 정도예요. 결국 심리학자라고 해서 어리석은 짓을 하지 않는다는 보장이 없다는 말이에요. 나중에 그것을 학문적으로 설명할 수 있다는 것뿐."

"그것만으로도 대단한 거지요." 이렇게 말하고 론은 화제를 바꾸었다. "저건 멋진 기타 같군요."

"고마워요. 마지막 피아노 독주회를 개최한 다음날 구입한 거예요."

"무엇 때문에 피아노를 그만두었어요, 재닛?"

그녀는 머리를 긁적였다. "설명하기 좀 힘들지만 아마도 음악을 너무 사랑하니까 그것을 직업으로 삼고 싶지 않아서였겠지요."

"이해가 잘 안 가는군요."

"그러니까 피아노를 칠 때, 연습할 때도 마찬가지지만, 건반을 두드리지 않으면 안 되기 때문에 피아노 앞에 앉는다는 것이 싫었어요. 사람들 앞에서 연주함으로써 자기 존재를 정당화하지 않으면 안 된다는 것이 싫은 거죠. 그렇게 하지 않으면 안 된다고 생각할 때 건반을 두드린다는 것이 단지 수고로운 일로만 생각되는 거예요. 때로는 그런 일도 있었죠. 그렇게 되면 연주함으로써 느끼는 즐거움이 전부 사라져 버리는 거예요. 이해하겠어요?"

"이해할 수 있을 것 같군요."

"당신은 어떻게 해서 탐정이 됐어요? 몇 주일 동안 당신에 대해 알아내려고 했었어요." 재닛이 물었다.

론이 웃었다. "당신도 교수님도 같은 생각을 했군요. 교수님은 나를 알아내는 데 몇 년이나 걸렸다고 말씀하시더군요. 그렇게 알기 어려운 인간인가, 내가?"

재닛은 쳐다볼 뿐이었다.

"알았어요, 알았어. 대답하지요. 그러니 그 차가운 심리학자의 눈으로 바라보진 마시오. 그것은 〈도둑맞은 편지〉의 수수께끼풀이 같은 것이에요. 결국 내가 너무 단순해 잘 모르는 거예요. 수수께끼를 싫어하기 때문에 탐정을 하고 있는 거지요."

"결국 수수께끼를 좋아한다는 얘기군요?"

"아니, 싫어해요. 좋아하는 것은 해답이고, 인생이란 복잡미묘해서 수수께끼투성이요. 중동에서는 무슨 일이 일어나고 있죠? 에너지 위기를 극복하기 위해 무엇을 해야 할까요? 무엇 때문에 인간들은 서로에게 가혹하게 대할까요? 마지막은 베네데티 교수님이 던진 질문이죠. 그는 '악'의 정체를 연구하고 있으니까.

그런데 나란 인간도 무척 단순하거든요. 그러니까 내가 대답할 중대한 질문은 단 하나밖에 없소. 단순한 대답이 나오는 유일한 질문은 '그것을 누가 했는가'이죠. 그렇지만 대답을 쉽게 발견된다고 할 수는 없지요. 대답이 확인되면 그것은 엄연히 거기에 있다는 거지요.

저어, 조금 잘못된 것 같군요. 소파에 앉아야 되는 것은 내 쪽인데."

재닛이 웃었다.

"기타를 좀 봐도 괜찮겠소?" 론이 물었다.

"물론이에요. 보세요" 재닛이 대답하자 론은 외투를 벗은 다음 다른 의자에 놓여 있는 재닛의 외투 위에 겹쳐놓고 기타가 있는 곳으로 갔다.

재닛은 론의 기타 연주를 듣고 싶어 견딜 수가 없었다. 그녀는 기술과는 상관없이 악기의 연주 방법에 따라 그 사람의 개성이나 인격을 알아내는 중대한 힌트를 얻을 수 있다는 이론을 믿고 있었다. 그녀는 몇 개의 녹음테이프를 갖고 있는데 조만간에 할리 톨맨과 리처드 닉슨의 피아노 연주스타일을 비교한 논문을 쓸 계획이었다.

론이 기타를 조율한 다음 연주하기 시작했다. A마이너의 키로 코드를 잡았는데 재닛은 과연 그다운 연주라고 생각했다. 호기심이 강하고 어쩐지 기분 나쁜 듯한 감정이 느껴지는 분위기였다.

그의 본격적인 연주에 재닛은 깜짝 놀랐다. 예상한 것보다 훨씬 섬세했기 때문이다. 초기 비틀즈의 곡인 〈아일 폴로 더 선〉이었다. 그의 솜씨에 어울리는 간단한 곡목이었다. 기술적으로는 그랬다. 프렛으로 현을 누르는 손가락의 누름이 어색하게 보였다. 프레이징(구절법)은 표현이 다양했는데 무엇보다도 본인 스스로가 연주에 도취되어 있는 것 같았다.

재닛은 론 젠트리가 처음 만났을 때 느낀 것처럼 파고들기 좋아하고 수사 기계 같은 인간이 아니란 것을 확신할 수 있었다. 적어도 그 정도밖에 안 되는 인간은 아니었다. 만일 베네데티 교수가 기타나 다른 악기를 연주한다면 더욱 얼음처럼 차갑고 완벽하게 연주했을 거라고 그녀는 생각했다. 론이 그런 사람이 아니라는 사실을 알고 즐거워하는 스스로에게 재닛은 놀랐다.

론이 연주를 끝내자 재닛은 몇 번 손뼉을 쳤다. 이때 얼굴을 붉히는 론의 태도를 보고 그녀는 또 한번 놀라고 말았다.

론은 쑥스러워했다. "괜히 치켜세우지 말아요, 내 연주엔 이런 훌륭한 악기는 어울리지 않아요. 13달러짜리 스텔라 같은 게 걸맞지요."

재닛은 반대편 쪽 벽을 가리키면서 말했다. "저 잿빛 케이스를 갖다 주시겠어요?" 론은 그것을 그녀에게 건네주었다. 재닛은 그 상자를 연 다음 일반인들에게 인기 있는 특별 주문 제품인 12현 기타를 꺼냈다. 3주일치 급료가 조금 넘는 정도의 악기다. HOG 사건에 관여한 뒤 처음으로 만져본다는 생각이 문득 났다. 재닛은 가죽끈을 어깨에 메고 악기를 조율한 다음 론을 쳐다보았다. "어떤 걸 연주하고 싶으세요?"라고 물었다. 원근 양용 안경 안쪽에서 눈이 반짝 빛났다.

그것은 분명 유도신문이었다. 그 출발점을 무의미하게 만들고 싶지 않았다. 론은 즐거웠다. 재닛은 직업으로 삼고 싶지 않을 만큼 음악을 사랑했고 론은 연주하고 싶어 못 견딜 만큼 음악을 좋아하고 있다.

론은 그녀가 좋았다. 그 어색한 개방감, 그리고 성급한 것까지 좋았다. 그리고 자의식이 강한 정신분석학자라는 기본적인 모순이 맘에 들었다. 베네데티풍의 전능, 플라이셔풍의 시니시즘(냉소주의), 디둘풍의 하찮은 애기, 뷰얼풍의 개혁 운동, 이런 것에는 약간 진저리가 나 있었다.

키가 크고 마른 재닛은 사랑에 빠졌다고 해도 좋을 행복감과 유쾌함을 론에게 주고 있었다. 론은 빙긋 웃으며 이렇게 대답했다. "먼저 시작해요, 내가 알고 있는 것이 나오면 따라 할 테니까."

재닛은 그 말이 기뻤다. 그녀는 1960년부터 1963년의 포크신의 투어를 치기 시작했다. 론이 좋아하는 시대였다. 감미로운 콘트랄토(알토) 목소리로 불렀다. 디란, 피터 폴 앤드 메어리, 라임라이터스, 그리고 이름이 생각나지 않는 사람들.

휴가보다도 즐거웠다. 처음으로 론은 시체를 찾는 일, 시체를 보는 일을 잊을 수 있었다. 재닛에게도 그렇게 말했다. 그녀가 기뻐하리라는 것은 알고 있었다.

"그래요." 기타를 내려놓으면서 재닛이 말했다. "마지막에 제가……아야!"

"왜 그래요?"

"내가 바보같이!" 재닛은 오른손을 머리 옆으로 올렸다.

론은 아직 이유를 몰랐다. "도대체 왜 그래요?"

"부끄러워요!" 론의 얼굴에 떠오른 날카로운 표정을 보면서 재닛은 말했다. "아무것도 아녜요. 기타의 스트랩에 귀걸이가 걸렸어요! 귀가 찢어지지 않았으면 좋겠는데."

손을 내리며 손가락 끝을 보고 또 귀에 댔다가 다시 한 번 보았다. "론, 피가 나오는지 봐 줄래요?"

싱글벙글 좋아라 고개를 끄덕이며 론은 소파에 있는 그녀 옆으로 가 앉았다. 그리고 짙은 회갈색의 머리카락을 올리고 귓불을 들여다 보았다. "약간 빨갛지만 아무렇지도 않아요. 괜찮아요."

"안심했어요. 가끔 좋은 심리학자에게 진단을 받아 볼까 하고 생각하는 때도 있어요." 재닛은 지겹다는 듯이 머리를 흔들었다.

"어쩜 그런 바보 같은 소리를!"

론은 그녀에게 키스를 했다. 론으로서는 철학박사 재닛 히긴스에 대해서는 아무런 곤란한 부분 같은 것도 없다는 걸 심어주려고 한 것일지도 모른다. 어쨌든 키스에 관해서는 그녀도 자신과 마찬가지라는 것을 알았다. 뜨겁고 적극적이었다.

그런데 곧 재닛은 콧소리를 내며 입술을 뗐다. "둘 다 안경 때문에 상처를 입겠어요."

론은 아주 진지한 표정을 지으며 재닛과 자신의 안경을 벗겨 살짝 티 테이블 위에 놓았다. "어디까지 말했었지?"

이윽고 둘은 침대로 갈 분위기가 되었다는 것을 깨달았다. "걷지 못하겠어요."

"안아다 주지." 론은 이렇게 말하며, 재닛이 안고 가기에는 너무 크다고 말할 틈도 없이 그녀를 소파에서 감싸안았다. 재닛은 눈 깜짝할 사이에 손을 뻗어 안경 두 개를 들어올렸다.

과학적 호기심과 생물학적 필요성에서 '닥터 히긴스는 가끔 남자에게 안기곤' 했다. 그러나 그녀의 감정이 머무는 재닛 부분은 아직 처녀였다. 그래서 '위대한 순간'이 다가옴에 따라 머릿속에서 단풍나무의 씨가 뱅글뱅글 돌며 떨어져 나가듯 작고 쓸데없는 의문이 소용돌이치기 시작한 것이었다. 그는 무슨 생각을 하고 있는 것일까? 나의 둥근 이 코를 어떻게 생각하고 있을까? 납작한 가슴을 어떻게 생각할까? 뼈가 앙상한 어깨를, 커다란 손과 발을 어떻게⋯⋯.

그때 론이 이렇게 말했다. "당신의 등은 마치 여신상 같소." 이 한 마디로 재닛은 안심했다.

17

전화벨이 울리자 재닛은 죄의식을 느끼면서 퍼뜩 눈을 떴다. 손을 뻗었지만 곧 단념하고는 불을 켜고서 수화기를 들었다. 귀에 대기 전에 디지털 시계를 바라보았다. 6시 30분이 다 되어 가고 있었다.

"여보세요?"

"여보세요, 히긴스 박사님? 셔너시 경사인데요."

"네."

경사는 조금 망설이다가 단숨에 이렇게 말했다. "죄송하지만 젠트리 씨 계십니까?"

갑자기 얼굴이 빨개졌다. 머리에서 발끝까지 가린 게 아무것도 없다는 것을 깨닫자 점점 빨개졌다.

론도 깨어 있었다. 재닛은 수화기를 손으로 막고 말했다. "셔너시

경사인데 바꿔 드려요?"

론은 웃지 않았지만 회색눈이 빛나고 있었다. "여기에 있는 게 탄로났군."

"그렇네요. 들켰어요." 재닛은 작게 웃었다. 그녀는 다시 수화기를 들고 "지금 바꿔드리겠어요"라고 말하며 론에게 수화기를 건네주었다.

내용은 알 수 없었지만 나쁜 소식 같았다. 두세 마디 하는 동안 론의 표정이 험악해졌다. 그는 "대단해" 하고 괴로운 듯이 두 번 말하고는 "정말 대단해!" 그리고는, "알겠소, 15분 내로" 하고 말했다.

론이 수화기를 재닛에게 다시 주고는 "안경을 집어주겠소?" 하고 말했다.

안경을 건네면서 그녀가 물었다. "무슨 일이에요?"

"모르겠소." 그는 옷을 입기 시작했다. "매우 당황해하고 있더군. 교수님이 이젤에 몰두하고 있어서 경찰이 보여주고 싶어하는 걸 보러 가지 않는가 봐. 그래서 내게 연락한 거지." 그는 어깨를 움츠렸다. "잘됐어. 이제 곧 자격증을 잃게 되니까."

재닛은 걱정이 되어 그 이유를 물었다. 론은 애틀러에 대한 것을 들려주었다. "대단할 건 없소. 자격증을 땄을 때도 꽤 법을 허술하게 해석하고 땄으니까."

"어떻게?"

"자격증을 따려면 보안조직의 수사관이나 자격증을 가진 탐정의 조수로 3년간 일하게 되어 있는데, 내 경우에는 올바니의 공무원에게 베네데티 교수님과 나를 특별 취급하게 해서 학생 시절의 3년간을 인정받았지요, 두 시대 전의 주 정부일 때지만."

그 말을 들은 재닛은 교수회에서 성적 우수자 중 한 사람으로 인정받았을 때의 일을 떠올렸다.

"나도 가겠어요." 이렇게 말하며 그녀는 일어서려고 했다.

"아니, 안 돼요." 거의 옷을 다 입은 론은 살짝 그녀를 눕혔다. "무슨 일인지 반드시 알려 주겠소. 약속하겠소." 그녀에게 시트를 걸쳐 주었다. "여기서 그 발을 치료하고 있어요. 알겠지, 퍼니 페이스 (funny face)?" 그녀에게 말할 틈도 안 주고 둥근 콧등에 키스를 하고 론은 나갔다.

퍼니 페이스라고? 론이 나가는 문소리를 들으면서 재닛은 행복해했다. 론이 말한 것과는 상관없이 침대에서 나와 절름거리면서 거울 앞으로 갔다. 전부터 재닛은 거울을 적이라고 생각했었다. 무정한 거울.

눈을 가늘게 뜨고 들여다보았다. 안경을 잊고 있었다. 투덜대면서 침대 옆 테이블로 가 안경을 쓰고 다시 한 번 거울 앞으로 갔다. 거울에 등을 돌리고 어깨 너머로 자신의 모습을 보았다. 아름다운 등이었다. 정말 아름다운 등이었다.

그리고 얼굴을 바라보았다. 평소처럼 그렇게 나쁘지는 않았다. 왜 그럴까 하고 생각했다. '행복감' 때문은 아니었다. 재닛은 행복감이라는 것을 믿지 않았다. 곧 미소 때문이라는 것을 깨달았다. 두려움, 또는 절망감을 얼굴에 떠올리지 않고 거울에 비친 자신을 본 것은 지금이 처음이었다. 미소라는 것이 얼굴을 전혀 다르게 바꾸어 놓았다.

교통과의 성실한 직원이 서너시에게 전화로 소문 같은 것을 떠벌리지 않았더라면 플라이셔도 시체가 발견되었을 그때 현장에는 없었을 것이다.

경감은 자기 사무실에서 보고서를 읽고 있었다. 최근의 것인데 벌써 여덟 번째 읽고 있는 중이었다. 그렇지만 새로운 사실은 무엇 하나 파악해내지 못했다. 볼트 커터의 행방도 모른다. 만일 그게 발견되면 당연히 쇠붙이의 잘린 부분과 비교해볼 수도 있으련만. 아니, 총과는 다르다. 잘린 부분과 비교하는 것만으로는 아무것도 파악할 수는 없지. 단서가 되지는 않는다.

재스트로에 관한 보고서도 있었다. 경찰에서는 그가 스파터에서 말썽을 일으킨 뒤 몇 년 동안의 행동을 조사했다. 그는 서쪽으로 갔다. 우선 신시내티, 그리고서 시카고, 배지도 없는데 여전히 돈을 강탈하고 다녔다. 최근 3년간은 그것 때문에 시카고 교도소에 들어갔다가 크리스마스 때 석방되었다. 처음 읽었을 때 플라이셔는 꽤 재미있겠다고 생각했었다.

그런데 지금 경감에게 있어서 가장 큰 관심사는 자기가 죽을 때에는 얼마나 피곤해져 있을까 하는 것이었다. 그 시장 녀석······.

그리고 셔너시 녀석, 거머리처럼 내게 딱 달라붙어 있어서 정말 싫다. 아니, 그렇지 않아. 그런 것은 아무래도 좋다.

"고맙네, 셔너시."

"천만에요, 경감님." 셔너시도 피곤했다. "무엇 말씀입니까?" 하고 덧붙여 말할 때까지는 2~3초 걸렸다.

"아니, 괜찮네. 신경 쓰지 마. 그것보다, 어떻게 되었지?"

"교통과의 윈켈에게서 지금 막 전화가 왔는데, 휴런 거리의 쇼핑 센터에서 일어난 화재를 정리하고 있답니다."

"그래서?"

"윈켈의 말에 따르면, 방화라는 소문이 있는 것 같은데, 불이 난 곳은 클라크라운드 마켓입니다."

"처음으로 돼지가면을 팔기 시작했다는 그 상점 말인가?"

"예, 그렇습니다."

"방화라고? 우리 과와 관계가 있을지도 모른다고 생각하는 건가?"

"한번 보러 가도 좋지 않을까 싶어서요."

클라크라운드 마켓은 현대적인 슈퍼마켓이었다. 회향풀 열매에서 팬 벨트까지 무엇이든 팔고 있었다. 높이가 낮고 면적이 크며, 확실히 현대풍으로 꾸며진 상점인데, 최근에 시의 오래 된 법률이 폐지된 덕분에 24시간 영업을 하고 있었다. 이른 아침인데도 생각 외로 붐볐다. 야근하고 돌아오는 사람들, 밤새도록 먹고 마시는 학생들, 불면증에 시달리는 사람들, 아침 일찍 물건 사는 걸 좋아하는 사람들.

그런 사람들이 급히 달려와 이 광대한 주차장에 모여들어 스파터 소방서가 불과 싸우고 있는 것을 보고 있었다. 큰 화재는 아니었지만 상황이 나빴다. 많은 플라스틱과 고무 제품 때문에 악취가 풍겼다.

플라이셔가 번호판 없는 차에서 내렸다. 소방차 호스에서 나오는 물이 얼어붙어 스케이트라도 타는 듯한 모습으로 걸었다. 한번 미끄러져서 넘어졌다. 셔너시가 손을 내밀어 일으켜 세우려 했지만 큰 소리로 화를 냈다. "혼자서 일어날 수 있네!" 그리고 흰 소방 모자를 쓴 남자에게로 무사히 더듬어갔다.

플라이셔와 소방대장은 인사를 나누었다. "당신이 화재난 걸 구경하는 것을 좋아할 줄은 몰랐소, 조."

"지금은 그렇소. 여기는 HOG 때문에 돈을 벌기 시작한 최초의 상점이오. 틀림없이 녀석이 복수할 생각을 가지고 있었겠지."

소방대장은 핸드마이크로 지시를 한 뒤 플라이셔를 보았다. "몰랐소?"

"무엇을?"

"방화범은 벌써 붙잡았어요. 미성년자 둘이지."

플라이셔는 몹시 놀랐다. "그래요? 상당히 빠르군."

소방대장은 웃었다. "우리가 도착해 보니, 그 두 명이 망치와 잔디 깎는 기계의 연료 깡통을 가지고 화재를 냈다는 거요. 우리의 수사 내용은 대충 이렇소."

"어디로 데려갔지요?" 경감이 물었다.

소방대장이 구조 트럭 쪽을 턱으로 가리켰다. "인원이 부족해서 경찰서에 데려가진 못했습니다."

"모두 무사히 상점을 나왔소?" 플라이셔는 알고 싶었다.

"그렇게 생각합니다. 두세 사람에게 내부를 살펴보게 했는데, 아직은 연기가 심해서. 누가 있다고 해도 자력으로 탈출했을 겁니다. 종업원들은 모두 무사하다는 것이 확인되었고, 가족이나 친구들도 확인되었소."

"잘됐군요." 플라이셔는 상점 정면의 거대한 유리에 뚫린 구멍에서 연기가 뿜어져 나오는 것을 바라보았다. 이것이 단순한 우연이라고는 생각되지 않았다. 이미 우연은 믿을 수 없게 되었다.

"그 미성년자에게서 더 얘기를 듣고 싶은데."

"당신 일에 참견하고 싶지는 않지만, 규칙은 알고 있겠죠? 부모의 승낙 없이 취조 같은 걸 하면……."

"알고 있소. 모두 헛수고로군." 플라이셔는 얼음 위에 침을 뱉었다. "미성년자라는 것 때문에 벌을 줄 수도 없는 규칙이니. 14살짜리 살인범이 활개를 치며 거리를 활보하고 있어요."

그는 구조 트럭의 열쇠를 받아 셔너시와 함께 올라탔다. 두 소년은 자신들이 한 일을 신이 나서 얘기하고 있었다. 주근깨투성이의 붉은 털이 난 소년이 이렇게 말했다.

"저렇게 빨리 타오를 거라고는 생각 못했어!"

머리카락이 검은 코흘리개 아이가 말했다.

"자동차 용품 코너에서는 하지 말라고 말했을 텐데. 스프레이라든가 오일이 있으니까……."

두 아이는 경감을 보고는 말을 중단했지만 작게 웃었다. 플라이셔는 겁을 주어서 가만히 있게 하려고 했다. 그들 앞에 장승처럼 서려고 한 것까지는 좋았는데, 천장에 머리를 쾅 부딪치고 말았다. 플라이셔가 보기에 기껏해야 15살 정도로 생각되는 두 소년이 크게 웃었다.

플라이셔는 웅크리고서 2명을 노려보았다. 뒤에 있는 셔너시도 같이 웅크리고 앉았다. 아이들은 조금 웃다가 이내 경관을 곁눈으로 흘끗 보기 시작했다. 차가운 시선을 느끼며 두 아이는 가만히 있었다.

"이런 일을 저지르고도 재미있어하고 있으니 부럽군." 플라이셔가 말했다.

소년들은 대단한 문제가 될 거라는 것을 깨닫고는 놀란 모양이었다.

경감은 첫 질문을 셔너시에게 하도록 했다. 붉은 털이 난 아이가 윌리엄 스미스라는 것을 알았다. 그것을 증명하는 것도 가지고 있었다. '당신이 말한 대로군, 이크스' 하고 플라이셔는 생각했다. 그리고 코흘리개 아이는 마크('크'의 부분이 'K'가 아니고 'C'였다) 굿사이트, 두 아이 모두 쇼핑 센터에서 곧장 다섯 블록 앞에 살고 있으며 9학년이었다.

"왜 그런 짓을 했지?" 플라이셔가 물었다.

스미스가 화를 냈다. "왜 했냐는 게 무슨 뜻이죠?"

굿사이트가 코를 문질렀다. "누군가가 하지 않으면 안 되었기 때문이에요." 그는 그럴듯한 이유가 있는 듯이 말했다.

"왜 그렇지?" 플라이셔는 계속 물었다.

"그 상점은 사람이 살해되는 사건 때문에 돈을 벌기 때문이에요." 굿사이트는 대답했다.

"가면을 쓴 녀석이 제 작은 잠자리를 학교에서 쫓아냈어요. 그 이후로도 자주 시달리고 있어요." 스미스가 말했다.

"제 동생도요. 어젯밤에 엄마가 그런 걸 파는 상점은 누가 불태워 버렸으면 좋겠다고 했어요. 그래서 빌리와 나는 일찍 일어났죠. 좋은 생각이라고 생각했거든요."

"뭐야!" 플라이셔는 화가 나 소리를 지르며 그 소년을 붙잡으려고 했다. 셔너시가 그것을 말렸다. "네 엄마는 양말이라도 가져오라고 했겠지. 그런데 너는 그 정도로 약삭빠르지 못했어! 그런데 방화는 달라, 그렇지? 즐거울 테니까! 이······."

셔너시가 끼여들었다. "저······."

플라이셔는 입을 다물고 정신을 맑게 하려고 세차게 머리를 흔들었다. 이런 바보 같은 사건을 다뤄온 게 벌써 몇 년째인가 하고 총경은 생각했다. 잠은 부족하고, 이 근방에 미치광이는 있고.

"알겠네, 마이크. 이젠 괜찮아." 플라이셔는 말했다. 두 소년에게 더 이상 묻고 싶은 것이 없었다. "자, 가세" 하고 말하려는데 밖에서 심하게 두드리는 소리가 나더니 소방대장이 소리를 질렀다.

"어이, 조. 이리 좀 나와보시오. 아무래도 당신이 나설 차례인 것 같소."

플라이셔는 내심 불쾌해져 욕설을 퍼부으며 소년 쪽을 향해 이렇게 말했다. "네 엄마는 틀림없이 우쭐해 있을 거야. 대수롭지 않게 내뱉은 말로 사람이 죽었으니까."

셔너시의 전화를 받고 온 론 젠트리가 현장에 도착했을 때는 소화 작업도 끝났고, 모두 베네데티의 무례를 제각기 따질 만큼의 여유도 생겼다.

론이 물었다. "괜찮습니까? 교수님과는 몇 년을 사귀어 왔지요. 그가 뭐라고 했는지 맞춰볼까요? '내게는 같은 일을 반복하고 있을 여유는 없소.'"

"반복이 아니라 '덤'이라고 했습니다." 셔너시가 고쳐주었다.

"그래, 덤인가? 그리고는, '방해하지 마시오!' 하며 나를 빗대서 말했겠죠? 내가 있는 곳을 가르쳐 주고 나를 방해하라고 말이오, 안 그래요?"

셔너시는 그렇다고 인정했다. 그러자 론이 말했다. "괜찮아요, 그렇다고 교수님의 신경질 때문에 내게 불평하지는 마시오. 그런데 시체는?"

그들이 발견한 시체는 글로리아 마커스, 지머 마커스의 부인이었다. 그녀는 스파터에서 가장 큰 사무실 건물의 청소부였다. 남편의 아침 식사를 준비하기 위해 집에 돌아가는 도중 클라크라운드 마켓에 들르는 경우가 흔히 있었다. 남편은 마을에서 작은 시계 수리점을 하고 있었다. 두 사람 사이에 자식은 없고, 마커스 부인은 45세였다.

그녀의 시체는 산처럼 쌓인 타이티 델라이트 프루츠 펀치 28온스짜리 통조림 밑에 깔려 있었다. 그 통조림은 1시간 반이나 걸려 치워 놓은 높이 약 5.6미터나 되는 피라미드형 디스플레이 중 나머지라고 종업원 중 한 사람이 슬픈 듯이 말했다. 탈출하지 못한 사람은 그녀뿐이었다. 소화 작업을 끝내고 나서 상점 안을 구석구석 다니며 조사하다가 발견된 것이었다.

검시관 사무실의 드미트리 박사에 따르면 피해자는 상점 안에 있던 탄화불소재로 만든 제품이 타서 나온 유독 가스에 의해 사망했다는 것이다. 그런데 마커스 부인의 머리 부분에는 상처가 있었고, 그것 때문에 의식불명이 되어 연기에 질식했을 거라고 한다.

플라이셔가 말했다. "그의 얘기는, 사고가 아니라는 증거는 아무것도 없다는 거요." 침착한 어조였지만 그의 손이 꽉 움켜져 있는 것을 론은 보았다.

"사고였을 거라는 건 알겠습니다." 론이 입을 열었다. "연기와 경보벨과 혼란 속에서 아마 그녀는 당황해서 무턱대고 마구 달려가다가 통조림 더미에 부딪쳤을 겁니다. 그래서 통조림이 무너져 머리에 맞은 거죠." 호스가 두 발 사이에 끼어 있어서 소방수가 그것을 치울 때 재빠르게 점프하지 않으면 안 되었다. "어이쿠! 어디까지 얘기했지?"

"사고일 거라는 얘기요." 경감이 괴로운 듯이 말했다.

"그렇군요, 고맙습니다. 그런데 반대로 만일 이것이 살인이라고 한다면 돌파구가 될지도 모르겠습니다."

"무슨 말이오?"

"HOG가 아침 5시 30분경에 이 상점 안을 돌아다녔다고 생각하세요? 불이 났을 때 돼지 가면에 가격을 붙이고 있기라도 했다고?"

"아뇨." 플라이셔는 말했다. 론이 들어본 말 중에서도 가장 기운이 없는 대답이었다.

"그렇다면 다시 한 번 그 두 소년에게서 얘기를 듣고, 어머니 이외에 방화를 부추긴 사람이 있는지 없는지 확인을 해봐야겠습니다."

18

"우리의 사건과 관계가 있다고는 생각할 수 없습니다."

그날 아침 론은 교수에게 말했다. "사고로 결정났어요. 만일 HOG의 짓이라고 한다면 아주 특별한 것으로 그 아이들을 매수했거나, 또는 기적을 일으킨 것이지요." 론은 콘플레이크를 입에 넣었다. "정말 오싹해지는군요, 마에스트로."

베이네네이티는 홍차를 마시며 동감이라는 듯이 끄덕였다. 론은 스승과의 언쟁을 각오하고 집으로 돌아온 것이었다. 그런데 교수는 이미 그림에서 벗어나 있었다. 적어도 잠시 동안 교수는 아래층에서 텔레비전에 나오는 에디 머피의 〈무정한 권총〉을 보고 있었다. 기분 전환으로는 제격이었다.

"잘 잤나, 자네? 즐거운 밤이었나?" 교수의 얼굴에 떠오른 표정은 평소의 심술궂은 표정과는 좀 달랐다. 풍부한 매력과 풍부한 지성을 가지고 있는데도 불구하고 여자 문제가 나오면 교수의 마음이 비참할 정도로 비뚤어져 버리는 것을 론은 알고 있었던 것이다.

왜 저렇게 재미있는 표정을 짓는 것일까 하고 생각하면서 론은 캔버스를 보러 2층으로 뛰어올라갔다. 뉴욕 주는 사라졌다. 넓은 부분은 아주 둥글어지고, 가늘고 긴 부분은 더 길어졌다. 매끄럽고 거침없는 선이 밑에서 윗부분으로 옮겨갔다. 지도라고만 생각해서 그런지 뭐가 뭔지 알 수가 없었다. 그러나 이내 그것은 지도가 아니라 파란색을 바탕으로 해서 그려진 금열쇠라는 것을 깨달았다. 론은 어깨를 으쓱했다. 무엇을 의미하는지는 말할 기분이 되었을 때 설명해 줄 것이다.

론이 아래층으로 내려가자 노인이 말했다. "로널드, 이 나라에서는 여자에게 꽃을 보내는 데 그 대금을 전화료 청구서에 포함시킬 수 있다는 걸 알고 있나? 미안하지만 어젯밤 초대해 준 그녀에게 꽃을 보냈네."

내 집 전화다. 론은 생각했다. 뭐, 좋아. "우리가 보내는 부케로군요, 마에스트로?"

"천만에!" 교수가 단호히 말했다. "니콜로 베네데티는 그런 어중간한 짓은 하지 않네. 체스터 부인은 오늘 아침 나와 자네에게서 각각 예쁜 부케를 받을 거야!"

론은 빙긋이 웃었다. "저를 생각해 주셔서 고맙습니다, 마에스트로."

"천만의 말씀." 교수는 지나치게 공손하게 대답했다.

론은 볼트 절단기와 재스트로에 대한 것, 그리고 화재와, 그에 따른 사건들을 들려주었다.

"……2명의 10대 방화범이 그렇게 도덕적이라니 당신도 믿지 못할 겁니다." 론이 말했다. "플라이셔는 1시간 반 동안 두 아이를 심문했습니다. 그러나 거기에 불을 지르라고 한 사람이나 도와준 사람, 또 돈을 준 사람도 없었습니다. 자신들이 생각하고 한 짓이라는 거죠. 사회 때문에. 플라이셔는 그런 사람이 있다고 정직하게 얘기하면 용서해 주겠다고 했으나, 두 아이는 절대 없다고 했다는군요. 그것을 뷰얼 씨는 이해하고 있었습니다. 그와는 시내에서 만났죠. 플라이셔가 두 아이에게 빠져나갈 기회를 주었는데도 둘 다 그것을 거절했으니까요."

"자네가 말한 대로 HOG가 준 보수가 엄청나게 많았을지도 모르지. 경찰은 편지를 맞이할 준비는 했다나?"

론은 남은 우유를 마셨다. "플라이셔는 이제 편지는 예상하지 않아요. 그 상점에서 가면을 팔고 있었다는 것만을 근거로 해서, 불이 났을 때 상점 안에 있었던 11명의 손님과 3명의 점원에 대해서 조사를 시작했지요. 교수님은 어젯밤 제가 말한 HOG와, 돼지와 연관된 얘기에서 좀 끄집어내신 건 아니세요? 지금 생각이 났는데, 뷰얼 씨 얘기에 대한 경감님의 반응은 어땠습니까?"

"지금으로서는 그의 인생을 복잡하게 만드는 하나의 요인이 되고 있어. 그는 이미 이 사건 뒤에서 '미국의 수호자'가 비웃고 있을 가능성에 대해서 조사하고 있었다는군."

론은 몹시 놀랐다. "보고서에는 써 있지 않았는데요."

노인이 빙긋 웃었다. "경감은 너무나 '엉뚱한 일'이라 쑥스러워 말할 수 없었다고 그러더군." 웃는 얼굴이 진지해졌다. "그런데 별다른 것은 없는 것 같네. 그것보다 테리 윌버를 찾아낼 좋은 생각이 있다네."

론은 시외 국번 401을 돌렸다. 몇백 번 돌린 적이 있는 느낌이었다. 리처드 비켈은 로드아일랜드 주 프로비던스에서 가장 통화하기 힘든 남자였다. 그는 없었다. 회의중이라고 했다.

"바꿔드릴 수 없습니다."

"딸의 살해에 관한 문제인데요."

"죄송합니다만 비켈 씨는 기자와는 말씀하시지 않습니다." 찰칵……

론은 다른 방법으로 접근을 시도했다. 그는 트릭 카탈로그를 닥치는 대로 들추어 비켈의 전화 번호부에 실려 있지 않은 자택 전화 번호를 알아냈다. 여자 목소리가 나왔다. 그런데 대답은 매몰찼다.

"비켈 부인은 의사의 지시에 따라 누구하고도 말씀하실 수 없습니다. 특히 그 문제에 대해선. 이 번호를 어떻게 알아내셨는지는 모르겠지만 다시 한 번 걸면 귀찮은 일이 생길 겁니다."

"그럼, 생각이 바뀌시면 제게 전화해 주시도록 전해 주시겠습니까?"

"생각이 바뀔 것 같지 않은데요."

"그래도 만일……."

"알겠습니다. 그럼."

이 순간 교수는 2층에서 자고 있었다. 론은 억울했다. 노인이 밤을 새워 무언가를 생각해 낸 모양인데, 론은 그게 무엇인지를 알아내려 했으나 생각한 것보다 훨씬 힘들었다. 문제가 되고 있는 게 비켈은 아니라는 것을 론은 알고 있었다. 스스로가 명령의 한마디 한마디를 온 힘을 다해 충실하게 따르겠다는 것으로 머리가 가득 차 있었다. 명령 계통의 중간 지점에 있는 문지기 같은 지위로 생각할 수 있었다. 그런 사람에게 상점에 심부름을 보낼 때는 돌아오라는 명령까지 해야 한다.

참을 수 없다는 생각을 하면서 론은 우선 베네데티의 생각이 그렇게 훌륭한 것인지를 의심하기 시작했다. 그러다가 그 출발점으로 생각이 미쳤다. 출발점은 테리 윌버와 그의 열쇠 꾸러미에 대한 하비 프랭크의 얘기였다.

하비의 얘기에 의하면, 레슬리는 자기 아파트 열쇠를 테리에게 건네주었다고 한다. 필시 어디까지나 추측이겠지만, 그녀는 자신이 갖고 있는 열쇠를 복사해서 그것을 전부 윌버에게 준 모양이다. 그런 일은 있을 수 있다. 그렇다면 그녀가 어떤 열쇠를 갖고 있었는지를 알아내야 한다. 경찰처럼 윌버가 들를 만한 곳을 찾을 게 아니라, 레슬리가 들를 만한 곳을 찾는 편이 낫지 않을까. 만일 경찰이 그것을 짐작할 만한 사람을 찾아낸다면.

아니지, 만일 내가 그런 사람을 찾을 수만 있다면, 이런 것을 깨달은 사람은 나 혼자뿐인걸. 무슨 이유에서인지 (아마 자만한 탓이겠지만) 교수는 이 일에 대해서는 경찰을 개입시키지 말라고 했다, 그렇지만 경찰에 알렸다고 해도 무엇이 어떻게 바뀌는 것도 아닌네. 론은 이미 세 장관에게 세 번 경찰관이 되게 해달라고 청원한 터였다.

론은 잠깐 쉬어야겠다고 생각하고 시외 국번이 아닌 시내 국번을 돌렸다.

첫 번째 신호에 상대가 나왔다. "여보세요?"

"나요, 퍼니 페이스."

"론." 그녀는 기뻐했다.

두 사람은 연인끼리 주고받는 말투로 화재에 관한 것과 죽은 사람에 관해 이야기했다. 이것으로 둘의 관계는 마침내 두터워졌다는 것을 느낄 수 있었다. 약속대로 론은 제대로 끝맺지 못한 전화 통화에 관한 정보까지 전해 주었다. 교수는 경찰에게 말하지 말라고 했을 뿐이다. 재닛에 대해서는 아무 말도 하지 않았다.

그녀는 론의 심중을 살폈다. "그래도 그 장관인지 뭔지가 왜 당신을 경관으로 채용하지 않았는지는 알 것 같아요. 당신이, '난 경찰이오' 하고 말하는 장면을 생각해 보면 더욱다 그래요. 그래도 해낼 수 있을지 어떨지는 잘 모르겠지만 비켈 씨라면 경찰을 속일 수도 있지 않을까……"

"그거야!" 론은 소리질렀다. "재닛, 사랑해요. 당신의 미모나 머리까지도. 나중에 다시 전화하겠소. 그럼."

이제 전화 번호는 기억할 수 있었다. "프로비던스 시프드입니다." 교환이 말했다.

"딕 비켈 씨 사무실을 연결해 주시오." 론은 퉁명스럽게 말했다. 무슨 일이나 공손하게 일을 진행시킬 수 있는 사람은 베네데티뿐이라고 그는 생각했다. 아마 타고난 것일 테지.

비켈의 비서인 것 같은 사람이 수화기를 들자 론이 말했다. "딕을 부탁하오."

"실례지만 누구신가요?"

"직원들에게는 일 없소. 딕을 대주시오. 당신에게 가르쳐 주는 게 나을 것 같으면 그가 말해 줄 거요."

목소리는 다소 떨면서도 어조는 분명했다. "죄송합니다만 비켈 씨는 회의중이시니 잠시 여쭈어 보겠습니다."

"그렇게 해주시오." 론은 큰소리로 말했다. "콘 푸스와의 합병을 잘도 숨기려 한다고 전해 주시오. 친구에게만."

"네……, 잠시 기다려 주세요."

론은 시간을 쟀다. 친근한 바리톤 목소리가 귀에 들어오기까지 25초 걸렸다. "콘 푸스와의 합병이라니 도대체 무슨 일을 말씀하시는 겁니까?" 론은 사업가가 그 주위에 쳐놓은 벽을 깨기 위해서는 사업 얘기가 가장 중요하다는 것을 좀더 일찍 깨달았어야 했다. 돈벌 기회를 보스에게 알리지 않을 비지니스 맨은 없을 테니까.

"딕?"

"무슨 일이오? 어떻게 하라는 거요?" 그가 말했다.

제1단계가 끝나자 론은 거짓말한 것을 사과했다. 그리고 5분이나 지나서야 그는 론의 용건을 납득했다. "모두들 내가 그 사건에 관해서 당신에게 협력하고 싶지 않을 거라고 생각하고 있는 것 같군요."

비켈은 유감스러운 듯이 말했다. "약간 사고 방식을 바꿔야 할 사람이 주의에 몇 사람인가 있는 것 같소."

"그게 좋겠군요, 딕."

비켈은 론에게 계속 딕이라 불러달라고 했다.

"그래서요, 론?"

"예?"

"윌버를 찾으면 알려주시오. 나는, 그와 얘기 하고 싶소. 그래서……."

"그는 HOG가 아닐지도 모릅니다." 론이 지적했다.

"그래도 좋으니까."

"알겠습니다. 그러나 만일 그가 HOG라면 처음 대면해야 할 분은 교수님입니다." 론은 대답했다.

플라이셔 경감의 피로는 극에 달했다고 해도 좋을 정도였다. 언제 집에 마지막으로 돌아갔는지도 생각나지 않았다. 그것이 언제였건, 생각나는 건 잠을 못 잤다는 것뿐이었다. 혹사당한 머리는 기능을 정지하고 말았다. 머릿속이 주먹처럼 단단히 죄어들어 평소의 감각에서 벗어나 있다는 것을 느낄 수 있을 정도였다.

눈은 활동하고는 있었지만, 그 눈이 보내는 신호의 해석을 머리가 거부하고 있었다. 그런 상태의 머리가 무슨 소용이 있겠는가? 그는 불꽃의 끝을 보는 것 같은 무의미한 색과 날뛰는 듯한 불안한 모양의 세계 속을 걷고 있었다.

귀의 상태가 좋다는 것에는 그 스스로도 놀랐다. 괜찮느냐고 계속 물어보는 셔너시와 테이섬의 목소리는 확실히 알아들을 수 있었다.

"물론 괜찮아! 만일 내가 안 괜찮으면 도대체 누가 이 수사를 지휘한단 말이지? 본부장? 농담이 아냐. 베네데티? 그 사람에겐 이미 흥미를 잃었어!" 그는 날카롭게 대답했다.

"그 점에 대해서는 확실치 않습니다, 경감님." 뷰얼이 말했다.

"그렇다면 어디에 있는 거지? 우리가 여기서 계속 대기하고 있었는데 그는 어디로 가 버렸지? 몇 사람째야, 벌써 여섯 사람째 희생자가 나왔소."

"일곱 사람째입니다." 셔너시가 고쳐 말했다.

플라이셔는 긴장해 있기는 했으나, 후회스러운 초조감으로 보낸 몇 주일 뒤라 날짜가 뒤죽박죽이 되었고, 사건도 그것과 함께 뒤죽박죽이 되어 버리는 것이었다. 플라이셔는 물론 HOG를 1주일 이내에 잡겠다고 큰소리친 것은 물론 어제 기자 회견에서 교수가 도와준 일 같은 것은 까맣게 잊고 있었다. 일이 이렇게 되어가고 있는데도 집에 돌아가서 캔버스 앞에만 있겠다고 한단 말이지, 하고 경감은 생각했다.

본관에서 심하게 울부짖는 소리가 들렸다. 마커스 노인이었다. 아침부터 계속 그런 상태였다. 그의 아름다운 글로리아, 그 멋진 글로리아는 이젠 없다. 마커스의 비탄의 절규는 플라이셔에게는 전기 자명종 시계 같았다. 초조했다.

플라이셔가 말했다. "셔너시, 가서 조용히 하게 해. 그렇지 않으면 가만히 안 놔둘 테니."

셔너시가 나갔다.

플라이셔는 테이섬의 목소리를 내고 있는 희미한 그림자를 흐리멍덩한 눈으로 보았다. "뷰얼, 이 사건 때문에 내가 죽으면 자네가 부고를 써주게. 알겠나?"

"그런 말씀 하지 마십시오, 경감님." 기자는 함께 있기가 매우 거북한 것 같았다.

"이것이 내 마지막 사건이네." 플라이셔는 계속했다. "나는 여기에서 죽는 거야. 오늘 아침 그 상점에 있었던 바보 같은 놈들의 보고서를 읽으면서 말야. 그것도 마지막 한 페이지를 읽으면서."

"단순한 과로예요, 경감님. 죽고 싶을 정도로 피곤해서 그런 겁니다. 그뿐입니다."

"죽고 싶을 정도로 피곤해 있다고? 나는 피곤해서 죽는 거야." 힘이 남아 있어서가 아니라, 단순한 신경 충동으로 플라이셔는 일어서서 주위를 걷기 시작했다.

"곧 좋은 소식이 전해져 기운을 회복하실 겁니다." 뷰얼이 위로하듯 말했다. "그 편지에 대해 감식 반원이 뭔가를 알아낼지도 모르고 말이죠."

편지. 그래, 살인 사건이 있은 뒤 정말 몇 시간 뒤에 그들은 편지를 받았다. 우체국이 협력하여 여기저기에서 수집된 우편물을 한데로 종합하기 전에 이 편지를 발견해 낸 것이다. 이번의 편지는 스테이트 거리와 할리맨 거리 모퉁이의 우체통에 넣은 것이었다. 공안 건물 정면에 있는 우체통이었다. 설상가상으로 모욕당하고 있다는 생각이 들자 또 베네데티가 떠오르는 것이었다.

"그 거지 같은 교수! 그 양반은 편지에는 신경도 쓰지 않는 건가? 무슨 말인가 해야 할 게 아냐!"

"그분은 편지에 대해선 모릅니다. 젠트리 씨가 있는 곳의 전화가 계속 통화중이거든요." 뷰얼이 말했다.

"그렇군. 어이! 거기에 그냥 서 있지 말고 다시 한번 걸어보시오!"

뷰얼은 뭐라고 중얼거리면서 전화를 찾으러 사무실을 나갔다.

플라이셔는 눈을 비비면서 사무실 중앙에 내내 서 있었다. 그는 아뿔사, 하고 생각했다. 정말 그런 일을 해버린 걸까? 정말로 뷰얼에게 부하처럼 명령한 것일까? 그러면서도 비위까지 맞춰주고 있으니. 너, 꽤 상태가 좋지 않아, 조.

뭔가 건설적인 일을 하자. 너는 경감이야. 수사하는 일이 네 직업이야. 다시 한 번 편지를 읽자. 원본은 감식 반원이 갖고 있지만 복사한 것이 있잖아. 빨리 읽어보자.

플라이셔에게 있어서 이 정도로 고통스러운 일은 일찍이 한 번도 없었다. 그런데도 머릿속에 채찍을 가하면서 편지를 읽기 시작했다. 형식면에서는 이제까지의 편지와 똑같았다. 핏자국이 있었던 편지는 달랐지만.

테이섬에게

이것은 그들이 가면을 파는 광고 대신이 되는 셈 아니겠소? 나는 그 여자가 눈과 추위로부터 피하는 걸 도와주려고 타이티델라이트를 사용한 거요. 나는 사람을 돕는 것을 좋아하오. 그럼, 이 다음에.

HOG

'내가 도와주지, 너를. 이 바보 같은 녀석아' 하고 플라이셔는 생각했다. 그는 다시 한번 읽고는 머리에 새겨넣으려고 했지만 잘 되질 않았다. 알파벳 수프처럼 문자가 헤매고 있었던 것이다.

이윽고 모든 게 몽롱해지더니 플라이셔는 탁 무릎이 꺾이면서 양손을 책상에 대고 겨우 균형을 잡았다. '지쳤어' 하고 생각하며 일어서려고 했으나 다리가 펴지지 않으면서 의식을 잃고서 바닥에 쓰러지고 말았다.

19

 부상자의 수도 사망자의 수에 달했다. 발목을 삔 재닛은 전투력을 잃었다. 그녀는 지팡이를 짚고 걷는 연습을 했다. HOG 사건과 여러 가지로 얽힌 사람 넷이 세인트 에라스무스 병원에 입원했다. 바바라 엘레거와 비자로, 조이스 리드, 그리고 네 번째는 플라이셔였다. 네 사람으로 이루어진 무슨 조편성인가 하고 론은 생각했다.
 론과 교수는 플라이셔를 문병하러 갔지만, 경감이 휴식에 뭐라도 보태줘야 할 만큼 기운을 잃은 상태였기 때문에, 역시 문병 와 있었던 뷰얼 테이섬과 셔너시 형사 부장하고만 얘기를 나누게 되었다.
 "의사가 뭐라 그럽디까?" 론이 물었다.
 셔너시가 대답했다. "저……. 괜찮긴 하겠지만 과로가 심했나봐요. 약 3주일간이나 HOG 사건에다가 다른 일까지 겹쳤으니."
 "그거야 알고 있지만, 당신과 뷰얼 씨도 마찬가지 아닙니까?"
 뷰얼이 얼굴을 찌푸렸다. "잊지 말아요. 플라이셔 씨는 나보다 20살 가까이나 위라고요. 그리고 나도 어린애가 아니고."
 "그뿐이 아닙니다. 이 사건이 그를 홀리고 있는 겁니다. 때로는 당신도 홀리고 있진 않나요?" 셔너시가 말했다.
 "물론이지요. 게다가 이번에는 그 멍청이도 홀린 것 같군요. 본부장 말이오." 교수가 대답했다.
 "예, 그가 직접 지휘를 합니다." 정말 끔찍하다는 듯 쓴 미소를 지으며 셔너시가 말했다. "나까지 내쫓았습니다. 내 이름조차 모른다니까요, 그 얼간이는 그가 나보고 래퍼티라고 부르면서 '래퍼티, 2~3

일 휴가를 주겠네. 그러니 월요일에 나와도 좋아. 그때까지 내가 사건을 해결해 놓겠네.' 이렇게 말하면서요. 그러고는 내 엉덩이를 두드리며 웃는 겁니다." 그는 본부장을 명예훼손으로 고소라도 할 것 같은 태도로 말했다.

교수가 그를 가로막았다. "당신의 억울함은 알겠소, 형사부장. 그러나 오히려 그게 더 잘됐다고 생각하는데. 이번 주말에 무슨 일을 할지 계획해 놓은 거 있소? 없소? 그럼, 내 젊은 친구와 함께 가보면 어떻겠소?"

"어디를 말씀입니까?"

"테리 윌버가 있는 곳이오. 틀림없을 거라고 생각하는데."

뷰얼이 큰소리로 말했다. "알고 계십니까?"

교수는 어깨를 움츠렸다. "내게 어떤 추리가 있다오. 로널드가 그것을 확인해 주기로 했지."

기자가 물었다. "어디에 있는데요? 빅 뉴스군요. 많은 사람들이 윌버가 HOG라고 생각하고 있으니까."

"내 추리로는 윌버는 애딜론 다크의 산장에 틀어박혀 있소. 레슬리 비켈의 아버지가 사냥할 때 있는 곳이지."

이번에는 셔너시가 소리를 질렀다. "어디에 있는 겁니까, 그게? 경관을 모아 녀석을 잡아 끌어내죠!"

베네데티가 말했다. "안 돼! 경찰은 끌어들이고 싶지 않소. 틀림없이 그는 총을 가지고 있을 테니까. 공격해서 죽이고 싶지도 않소. 테리 윌버에 대한 수수께끼를 풀지 못하면 이 사건의 수수께끼도 풀 수 없게 되고 말아요. 확실히 내가 경솔했군." 노인은 검은 눈을 가늘게 떴다. "당신에게는 의무라는 것도 있겠지만, 부탁이니 이번 일에 관해서는 내 부탁을 들어 주시기 바라오. 장소는 로널드가 알고 있어요. 출발 직전에 로널드가 알려줄 거요. 괜찮겠지요?"

셔너시의 주근깨투성이 얼굴에 빙긋이 미소가 떠올랐다. "집에서 기다리기로 하지요. 그렇지만 아내는 이 방법에 불평을 할 겁니다."

"디둘도 그럴 겁니다. 저도 가겠습니다." 뷰얼이 말했다.

교수가 그에게 시선을 돌렸다. "상당히 위험한 일이 될지도 몰라요, 테이섬 씨."

뷰얼은 웃었다. "농담이 아닙니다." 그의 표정은 매우 진지했다. "괜찮습니다, 교수님. 저는 이 사건엔 처음부터 관련되어 있었습니다. 게다가 HOG도 제게 편지를 보내 중개인이라는 묘한 명예를 주었잖습니까. 테리 윌버가 최후의 범인이라면 그에 맞서서 겨뤄야죠."

검은 눈과 파란 눈이 오랫동안 서로를 마주보았다. 이윽고 노인이 입을 열었다. "그렇군요. 그렇다면 함께 가도록 합시다."

디둘은 눈을 크게 뜨고 바라보았다. 숨이 막히는 듯 그녀가 물었다. "그거 어디에서 구했죠?"

뷰얼은 와이어트 어프나 가지고 있었을 법한 총을 닦고 있었다. "할아버지 총이야. 미서 전쟁(1898년 미국과 스페인 사이의 전쟁) 때 케틀 힐 전투에서 사용한 거지. 집을 나올 때 가지고 왔어."

"그런데 왜 닦고 있죠?"

"더러우니까."

"그렇지만 교수님은."

"교수님이 살인범이 있는 산장의 문을 직접 노크할 리도 없고……. 그리고 만일 필요하다면 내 몸을 지키라고 했소. 셔너시도 자기 총을 갖고 갈 거야."

"당신이 그런 위험한 곳에 가는 건 반대예요. 나하고 리키는 어떻게 해요?"

뷰얼은 부드럽게 말했다. "자, 걱정할 것 없어요. 총이 필요해질 일은 없을 거야. 괜찮아." 그는 디들을 안았다. "그곳에 없을 수도 있고." 뷰얼은 안심시키려고 작게 웃었지만 그 눈에는 불안감이 어려 있었다. 그는 그녀의 머리를 젖히더니 손가락 끝으로 그 턱을 가볍게 퉁겼다. "짐꾸리는 것 좀 도와줘요, 알았지? 그곳은 꽤 추울 거야."

"지팡이 쓰는 법이 상당히 익숙해졌군." 론이 말했다.
"적어도 걸어다닐 수는 있게 되었어요. 짐꾸리는 걸 도와드릴까요?" 재닛은 대답했다.
"이제 다 됐소. 오늘 밤은 시간이 있어요. 교수님은 다음 그림을 그리는 데 열중하고 계시지."
걷는 연습을 끝낸 재닛이 의자에 앉았다. "이번에는 무엇을 그리시는데요?"
"아직 모르겠소."
"싫어요." 그녀가 말했다. 뭔가 잘못되고 있었다. 짐꾸리는 데 도와주는 걸 교묘하게 피하고 있는 듯한 느낌이 들었다. 마치…… 론이 전쟁터에라도 나가는 듯한 느낌이 들었다. 생각하기도 싫었다. 인생에서 겨우 그를 만났는데 이렇게 되다니. 그녀는 가까스로 그런 생각을 떨쳐 버렸다.
무엇인가 생각났다는 듯이 론이 손가락을 꺾었다. "바셀린 있소?"
재닛이 물었다. "왜요?"
론은 그녀를 바라보며 웃었다. 그리고 머리를 흔들면서 말했다.
"재닛, 괜찮아. 그렇지?" 그는 안경을 벗고 눈을 비볐다. "바셀린이 필요해. 집에는 없소?"
'이 병은 영원히 낫지 않는 걸까?' 그녀는 얼굴을 붉히며 바셀린이야 있다고 대답했다. 꼭 가야 하느냐고 묻고 싶었지만 자신을 억제했다. '그렇소' 하고 대답할 게 분명하기 때문에. 그런 것을 묻는다고 해서 어떻게 되는 것도 아니다. 그 대신, "총을 가지고 가요" 하고 말했다.

"쓸모없을 거요." 론이 대답했다. "총 같은 건 한 번도 쏘아본 적이 없어. 사람을 쏠 만한 그런 상황에는 한 번도 놓여본 적도 없었고."

재닛은 뭐라고 말해야 좋을지 몰랐다. 그녀는 사립 탐정이라는 것은 마치 간호사가 체온계를 갖고 있는 것처럼 총을 갖고 있다고 생각했던 것이다.

"그럼, 조심하세요!" 재닛이 날카롭게 말했다.

"괜찮아요." 또 론이 말했다.

그가 아침에 퍼니 페이스라며 농담처럼 말했지만, 이번에는 진지하게 자신이 말해야 할 때가 왔다고 재닛은 생각했다. 가만히 그의 눈을 바라보며 '사랑해요' 하고 말하는 것이다. 아니, 아직은 안 돼. 그렇게 되면 론도 무슨 말인가를 하지 않으면 안 된다. 그가 할 말은 태산처럼 많을 것이다. '안녕'이라든가, '으흠'이라든가, '참 멋있소!'라는 그녀가 듣고 싶어하는 말들이. 그녀는 그런 가능성을 걸고 되든 안 되든 말해 볼 마음의 준비가 되어 있지 않았다. 아직은 론과 자기의 관계를 뭐라고 해야할 지 모르겠지만, 그런 관계가 매우 마음에 들었기 때문에 급진전시키고 싶지는 않았다.

론이 시계를 보았다.

"내일은 일찍 출발해야겠네요?"

"5시에 나갈 거요. 오랫동안 운전을 해야 하니까."

"몇 시에 집에 갈 거죠?"

그는 다시 한 번 시계를 보았다. "지금 곧."

"그렇게 금방은 아니겠죠?" 그녀가 말했다. 그 얼굴에는 몹시 욕심이 나는, 귀여우면서도 수줍어하는 듯한 소녀 같은 미소가 떠올랐다. 재닛 자신은 그것을 깨닫지 못했다. 그녀에게는 의도적인 유혹 같은 것은 없었다.

그 미소에 론은 이길 수 없었다. "그래요, 그렇게 금방은 아니야, 퍼니 페이스."

해가 떠오를 무렵 동쪽으로 향하면서 셔너시가 보온병에 담아온 커피를 모두 마셨다. 론은 태양 때문에 눈을 가늘게 뜨고 핸들에서 손을 떼어 햇빛 가리개를 내렸다. 도수가 들어 있는 선글라스를 가지고 있었지만 나올 때에는 그런 것은 생각지도 못했었다. 스파터 시민에게는 눈부시다는 생각이 들 만큼 태양을 볼 기회가 많지 않았다.

차가 달리기 시작했을 때 세 사람은 잡담을 나누고 있었다. 셔너시가 그날의 〈클랜트〉 신문을 갖고 있어서 스파터의 마이너 리그인 호케 팀의 미래에 대해 얘기했는데, 그 이야기도 금방 끝나고 나중에는 모두 묵묵히 있었다.

론은 시라큐스에서 81호선 고속도로로 들어가 오터 마을까지 북쪽으로 올라가 거기에서 또 차를 동쪽으로 돌렸다. 태양도 앞 유리 위까지 올라가 이제 그렇게 눈부시지는 않았다.

목적지인 작은 모텔까지 약 24킬로미터 남은 지점에서 론이 입을 열었다.

"뷰얼 씨?"

기자는 창밖의 설경을 보고 있었다. 모든 것이 눈에 뒤덮여 있어 마치 크리스마스 카드를 보는 듯했다.

"뷰얼 씨?"

그가 창 밖을 향하던 시선을 떼었다. "왜 그러죠?"

"며칠 전날 밤 악의가 있어서 그런 게 아니라는 것을 말해 두고 싶었소. 그 얘기 때문에 실례가 되었다면 미안합니다."

뷰얼은 신사다웠다. "다른 건 없어요. 디둘이 어떻게 생각하는지 걱정이 되었을 뿐이오. 사과할 필요도 없소. 이 사건이 당신에게 있어서 어떤 것인지는 알고 있으니까."

"그 말을 들으니 안심이 되는군요." 그들은 몇 킬로미터를 더 달렸다. 가는 도중에 동물이 나무들 사이에서 차 앞으로 튀어나와 진로를 가로막았다.

"뭐지, 저게?" 깜짝 놀란 셔너시가 물었다. 론과 뷰얼은 그가 자고 있다고 생각했었다.

"모르겠는데. 눈 깜짝할 사이였으니까." 론이 대답했다.

"나도 그다지 자세히 보지는 못했지만 퓨마였을지 모르겠네" 하고 뷰얼이 말했다.

론이 말했다. "아니에요. 예전에는 북아메리카에 퓨마가 있었지만, 이 동부에서는 거의 전멸되었어요. 그렇지만 이 부근의 산속에는 아직 자연이 남아 있지요. 독수리나 곰, 이리도 있지요. 여러 가지 육식동물이."

"돼지를 빼놓고는." 셔너시가 이렇게 말해서 모두가 웃었다.

"저, 마이크. 그래서 잠깐 생각이 났는데요. 뷰얼 씨, HOG가 이번 사건을 당신에게 향하고 있다고 생각한 적은 없나요?" 론이 말했다.

뷰얼은 놀랐다. "내게?"

"편지를 받았잖소." 셔너시가 지적했다.

"게다가 첫 번째 살인의 유일한 목격자이기도 하고." 론이 덧붙여 말했다.

"그렇지만 첫 번째 편지를 기억하고 있겠지요? 녀석은 내가 목격자였기 때문에 첫 번째 편지를 내게 보낸 거요." 뷰얼이 이치에 맞는 말을 했다.

 론은 말을 되받았다. "그거야 그렇지만. 그것은 기적적인 범행이었소. 도망가는 것도 기적적이었고……. 육교에든 어디에든 발자취를 남기지 않았으니까. 아마 당신이 보고 있기를 기대하고 있었을 거요. 그리고 그 재스트로. 그의 과거 속에서 당신의 존재는 컸어요. 그리고 큰아버지인 윌리와 GOA, 그전의 HOGS도 있어요. 누군가가 당신에 관한 것을 알아보았는지도 몰라요."

 셔너시가 말했다. "아니, 그건 무리요. 당신은 HOG가 그날 뷰얼 씨가 그곳을 지나가리라는 것을 알고 있었다고 생각하는 것 같은데, 가령 알고 있었다고 합시다. 녀석은 그 여자들이 그곳을 지나갈 거라는 것도 알고 있었어요. 그런데 2대의 차가 거의 동시에, 즉 뷰얼 씨가 사고를 목격할 수 있을 정도로 뒤에서 달려오는 것까지 알 리는 없지요. 그런 일이 가능한 것은 하느님뿐."

 정말 그가 한 말이 맞다고 론은 생각했다.

 뷰얼이 말했다. "재스트로에 대해서 말한다면, 나는 스파터에서 25년간 기자 생활을 했어요. 신문사에 있으면 여러 사람을 만나지요. 스파터 사람을 적당히 일곱 명쯤 골라도 그 중 한사람은 알 거라고 생각해요.

 큰아버지 윌리에 관해서는 당신이 그날 밤 말한 대로요. 그렇지만 그런 생각으로 조사하면 누구나 HOG와 관련이 있어요."

 론은 이런 상황을 교수가 보지 않기를 잘했다고 생각했다.

 그의 모든 이론이 다 깨져 버린 것이다. 아마 긴장이 풀려서라고 그는 생각했다. 또는 단순히 이상해져서인지도 모르고. 사건에 도전할 때 여성을 가까이 하지 않겠다는 교수의 방식은 분명 올바른 것일 게다. 그렇지만 그런 것을 깊이 생각하고 있을 틈이 없다. 간판이 눈에 들어온 것이다. '마크 두갈스 애딜론다크인'. 그 밑에는 '낚시, 사냥, 안내, 맥주, 식사'라고 써 있었고, 맨 밑에 칠칠치 못한 글자로 '스노 모빌'이라고 씌어 있었다.

"자, 다 왔소." 론이 말했다.

론이 침대 옆 테이블에 놓인 흠집투성이의 진공관식 라디오를 켜자 잠시 지나 감기 걸린 듯한 목소리의 아나운서가 매우 허물없는 투로 말하는 소리가 들렸다. "……오늘 북부의 날씨는 맑고 시원합니다. 최고 기온은 영하 26도."

'뭐, 시원하다고? 농담이 아니군' 하고 론은 생각했다.

"그렇지만 바람이 세기 때문에 피부에는 영하 48도 정도로 느껴질 겁니다."

잠시 론은 쾌적한 스파터에 남았더라면 좋았을걸 하고 생각했다. 스파터에서는 영하 23도 이하로 떨어지는 때가 절대로 없었다. 그러나 쓸데없는 생각하지 말라고 자신을 책망했다. 해야 할 일이 있는 것이다.

어젯밤 론은 뷰얼과 셔너시가 말한 대로 장비를 가지고 왔는지 살펴보고, 즉석에서 추위에 갖춰야 할 복장에 관해 설명해 주었다.

두 사람은 오랫동안 스파터에서 살았기 때문에 추위에 갖춰야 할 복장 같은 것은 설명을 듣지 않아도 알고 있다고 했다. 론은 스파터에 있으면 추위를 벗어날 수 있는 건물이 많이 있지만, 여기에서는 그런 것은 없어서 확실히 해두지 않으면 손가락 두세 개는 눈깜짝할 사이에 동상에 걸려 잃게 된다고 말해 주었다.

론은 자신이 설명한 대로 껴입었다. 우선 헐거운 피시네트 티셔츠를 입고, 그 위에 보통 면 셔츠. 두껍게 입어 뚱뚱하기는 했지만 무겁지는 않았다. 대부분의 사람들은 무거울수록 따뜻해진다고 생각하지만, 론은 추위로부터 지키는 것은 직물이 아니라 직물 사이의 공기라는 걸 알고 있었다. 피부와 바깥 기온 사이에 충분한 공기를 가둬 두면, 그 공기가 체온으로 따뜻해져서 추위로부터 지켜주는 것이다.

론은 상하로 보온성이 있는 속옷을 입고 두꺼운 흰색 양말을 신었다. 그런 뒤 셔츠와 바지, 공군이 개발한 극한지용의 방한구. 이 재킷 부분은 스노켈 코트로 널리 알려져 있었다. 그 위에 양털이 있는 방수 부츠. 이것으로 거의 다 됐다.

그는 복도로 나와 두 사람을 살피러 갔다. 필요한 것은 스파터에서 사든가 빌리든가 하더라도 입는 방법이 틀리면 안 된다고 생각했던 것이다.

두 사람 모두 바르게 입었다. 론은 자기 방으로 돌아가 마지막 마무리를 했다. 재닛이 준 바셀린을 얼굴, 특히 코 주위와 입술에 잘 발랐다. 눈에 타원형의 구멍이 뚫린 검은 스키 마스크를 썼다. 안경을 마스크 위에 걸치고 그 위에 진한 노란색 스키용 안경을 썼다. 안경 위에 잘 맞는 스키용 안경을 찾기란 힘든 일이었다. 양털이 있는 긴 장갑. 이렇게 해서 만반의 준비를 갖추었다.

뷰얼과 셔너시도 이제 준비는 끝냈을 것이다. 단지 자신과는 달리 두 사람은 무기를 소지하고 있을 게 틀림없다고 론은 생각했다. 두 사람 다 그것을 사용하지 않고 끝났으면, 가령 사용한다 해도 재빨리 쏘는 일 없이 끝나 주었으면.

마크 두갈은 쾌히 스노 모빌을 빌려주었다. 튼튼하고 큰 대형이었다. 론은 고마웠다. 세 사람 모두 조작법을 알고 있었다. 두 대의 스키 두스, 한 대의 존 디어, 그리고 셀모터가 딸려 있었다. 론은 기뻤다. 마을에서 몇 킬로미터나 떨어진 곳에서 걸리지 않는 엔진 로프를 몇 번씩이나 잡아당기는 것만큼 불안한 일도 없다.

"괜찮겠습니까?" 론의 물음에 두 사람 다 끄덕였다. "좋아요, 갑시다." 세 사람은 희미한 가솔린 냄새를 얼어붙은 공기에 남기고 요란한 소리와 함께 출발했다.

"저거야." 뷰얼이 말했다. 그 말이 내뿜는 숨에 함유된 수분 때문에 모(毛)로 만들어진 스키 마스크가 순간적으로 얼어붙었다. 론이 가르쳐준 대로 입은 그는 충분히 따뜻했지만, 그것을 보면 바깥 기온이 얼마나 차가운지를 단번에 알 수 있었다. 스노 모빌로 달릴 때의 바람은 그에게 부딪쳐서 좌우로 갈라진다기보다는 관성 때문에 갈라지는 느낌이었다.

"와아, 비켈 씨의 위치 설명이 아주 완벽하군." 론이 말했다.

당연한 일이지만 론은 마크 두갈의 안내를 거절했던 것이다. 물론 뷰얼도 거기에 동조했지만, 그 부근에서 길을 헤맬 것을 조금은 염려하고 있었다. 자연에 대한 론의 생각은 옳았다. 여기는 하느님의 나라인 것이다.

세 사람은 놀랄 정도로 넓고, 여기까지의 거리를 생각하면 놀랄 정도로 평탄한 평원의 끝에 있었다. 반대쪽에는 지붕에 두껍게 쌓인 눈의 무게를 견뎌내고 있는 탄탄하게 만든 석조로 된 산장이 있었다. 건물 위나 그 주위의 눈, 정원에 쌓인 눈, 바람의 힘으로 조각이라도 해놓은 것처럼 매우 아름다웠다.

"어떻게 생각합니까?" 뷰얼이 물었다.

"밖에 발자국 같은 것이 있나요?" 셔너시가 말했다.

"꽤 시간이 지났군요. 게다가 굴뚝에서 연기도 안 나오고, 여기에 있었다고 해도 벌써 어디론가 가 버렸을지도 모르겠는데요. 우리가 안이한 생각을 하고 있었던 것 같습니다." 론은 비관적인 말투였다.

"연기가 나오지 않는다고 해서 그렇게 단정할 수는 없지요. 친구의 형이 이런 산장을 가지고 있는데, 가스 스토브가 설치되어 있었답니다. 여름이 끝날 무렵에 가득 채운 가스 봄베를 집 뒤켠에 두더군요." 셔너시가 말했다.

"그렇겠군요." 론은 끄덕였다.

론은 스노 모빌의 엔진을 걸어 건물 쪽으로 향했다. 산장에 살짝 다가가려는 것이 소용없는 짓이라는 것 정도는 뷰얼도 알고 있었다. 스노 모빌의 소리는 숨길 수도 없고, 또 걸어가기에는 눈이 너무 깊었다. 스노 모빌은 보트가 물 위를 미끄러져 나가듯이 눈 위를 미끄러져 가도록 만들어져 있었다. 스노 슈즈가 없으면 눈에 푹 빠져 버리는 그런 곳을 스노 모빌이 데려다 준다.

바람은 건물 뒤쪽에서 불고 있어서 건물이 바람막이가 되고 있었다. 그래서 산장 앞에는 눈이 많이 쌓이지 않은 곳에 눈물 모양의 공간이 생겼다. 그곳에서 뷰얼이 스노 모빌을 내렸다, 눈은 장딴지밖에 올라오지 않았다.

공격해 올 것을 대비해서 세 사람이 옆으로 퍼져 다가가는 게 낫겠다고 셔너시가 말했다. 론은 중앙에, 왼쪽에는 셔너시, 오른쪽에는 뷰얼이 서서 접근했다.

뷰얼은 두려웠다. 자신도 그것을 잘 알고 있었다. 어처구니없는 곳에 왔다는 생각이 들었다. HOG의 그림자가 고속도로를 시작하여 마을 안, 교외로 옮겨 결국 여기까지 온 것인가 하는 생각이 들자 오싹 소름이 끼쳤다. 여기에는 도로도 없고, 있는 것이라곤 눈 속의 불쾌함뿐이었다.

론이 문으로 가서 힘차게 두드리며 소리쳤다. "윌버 씨!" 안쪽에서 공포에 질려 부들부들 떨면서 주저하며 뭔가를 문지르는 듯한 소리가 뷰얼에게 들렸다. 재킷에 있는 지퍼를 중간까지 내렸다. 추위 같은 것은 느낄 수 없었다.

"윌버 씨!"

젠트리 저 사람은 머리도 똑똑하지만 용기도 대단하다고 뷰얼은 생각했다. 그는 벨트에서 할아버지의 총을 꺼냈다. 손에 쥔 그것이 떨리고 있었다. 눈을 감고 마음속으로 빌었다. 기도가 끝날 때에는 떨리던 것도 멈춰 있었다.

론이 다시 한 번 소리쳤다. 들려오는 것은 뭔가를 문지르는 듯한 소리뿐이었다. 무엇을 하고 있는 것일까? 뷰얼은 스스로 물어 보았다.

셔너시도 총을 뺐다. "젠트리 씨의 뒤를 따라 들어갈 테니 따라오세요, 뷰얼 씨" 하고 그가 말했다. 자물쇠는 채워져 있지 않았다. 셔너시가 뛰어들어갔다. "움직이지 마!" 언제라도 쏠 수 있도록 총을 가지고 있던 뷰얼이 긴장된 상태로 그 뒤를 따랐다.

안에 들어서자 총구멍을 막은 셔너시가 눈에 들어왔다. 그의 얼굴에 떠오른 고통스러운 표정이 스키 마스크와 스키용 안경을 꿰뚫고서까지 알아볼 수 있었다.

"아무도 없군." 셔너시가 말했다.

산장에 들어갔을 때 론은 따뜻한 온도 변화를 느끼지 못했다. 느낄 수 있는 유일한 차이는 바람이 없다는 것뿐이었다. 뒤로 문을 닫자 마찰하는 듯한 소리의 정체가 눈에 들어왔다.

너구리였다. 방 구석에서 세 사람을 이상하다는 듯이 바라보고 있었다.

"저것이 장난치고 있었군요." 차가운 난로 앞의 바닥에 있는 침구 더미를 가리키며 셔너시가 말했다.

뷰얼은 의아스러운 표정을 지었다. "겨울잠을 자고 있어야 하는 거 아닌가?"

론이 말했다. "그렇기는 하지만 가끔 잠에서 깨어나 먹이를 먹지요, 곰처럼. 아마 먹이를 찾으러 왔을 겁니다." 론은 너구리를 보았다. "무서워하고 있어요, 도망가게 해야지." 문을 열고 옆으로 비켜 섰다. 너구리는 굉장한 속도로 방을 가로질러 밖으로 뛰어나갔다.

론은 산장 안을 대충 둘러보았다. 하나로 된 큰 방이었는데 꽤 훌륭했다. 레인지와 냉장고(냉장고 안이 오히려 따뜻할 테지 하고 그는 생각했다), 침대가 셋, 침구는 벗겨져 있었다. 나무를 그대로 사용한 건목 테이블, 목재의자 2개, 건너편 쪽 벽에는 금속물로 된 커다란 사각형 물체. 가스 히터였다. 아주 새 것처럼 보이는데, 화가 나서 걷어차기라도 한 것처럼 움푹 들어간 자국이 크게 나 있었다. 그 주위 바닥에는 타 버린 성냥개비가 많이 흩어져 있었다.

셔너시가 말했다. "여기에 있는 동안 좀 살펴봅시다. 저것을 켜서 따뜻하게 하면 어떨까요?" 그는 대답도 기다리지 않고 히터 있는 쪽으로 갔다.

론은 실망감에 대해선 생각지 않기로 했다. 그것보다 자신들의 모습이 어떠한가를 생각해 보았다. 너구리가 무서워하는 것도 무리는 아니었다. 큰소리로 웃으니 마스크에 붙어 있던 얼음 층이 하나 더 늘었다.

셔너시는 어찌할 바를 모르고 있었다. "도대체 어떻게 켜야 하는 건지……. 아, 역시." 히터의 조작 스위치를 덮은 패널 안쪽에 조작법이 쓰여져 있었던 것이다. "점화법." 셔너시가 읽었다. "'1. 성냥을 켠다. 2. 녹색 버튼을 눌러 가스가 나오게 하고 가스 조절 손잡이의 잠금쇠를 벗긴다.' 좋아, 녹색 버튼이 어떤 거지? 아, 이건가? 옆에 붙어 있군." 그는 그것을 눌렀다. "'3. 가스 조절 손잡이를 오른쪽으로 돌린다.' 아니, 누가 손잡이를 부러뜨렸잖아!"

그러나 조작할 수 없을 정도는 아니었다. 조금(힘은 들었지만) 돌릴 수 있을 정도로 부러지고 남은 손잡이가 있었다. "'4 화살표가 있는 구멍에 성냥을 떨어뜨린다.' 위태로운 순간에 아주 적격이군! 장갑에 옮겨붙었잖아!" 이렇게 말하며 성냥을 떨어뜨리자 팍 하며 불이 붙었다.

히터는 놀라울 정도로 화력이 좋았다. 실내 온도를 생각하면 재킷까지는 가지 않더라도 마스크와 장갑을 벗게 되기까지는 눈 깜짝할 사이라고 해도 좋을 정도였다.

"나는 이것들을 치우겠소." 이렇게 말하며 뷰얼은 너구리가 장난치고 있었던 모포와 시트가 있는 곳에 웅크리고 앉았다. 모포 끝을 잡아당긴 순간 그는 전기 쇼크라도 받은 것처럼 소리를 지르며 물러섰다.

론이 찬장을 살피며 그 산장이 최근 사용된 흔적이 있다는 확신을 가졌을 때였다.

"왜 그래요?"

"이것 좀 봐요!" 기자가 손가락으로 가리켰다. 두 사람은 가리키는 곳을 보았다. 모포 끝에서 구두가 보이고 남자의 다리가 보였다.

셔너시와 론이 뷰얼이 있는 쪽으로 갔다. 힘을 다해 시체에서 모포를 잡아떼었다. 시체는 동사한 데다 얼어붙어 굳어 있었다. 모포를 치우자 체격이 좋은 젊은 남자의 시체가 드러났다. 둥그렇게 누워서 조용히 잠들어 있는 것처럼 보였다.

"테리 윌버겠지요?" 론이 물었다.

"틀림없어요, 젠장. 산 채로 붙잡아가고 싶었는데." 셔너시가 대답했다.

"모두들 그렇게 생각했었겠죠." 뷰얼이 말했다.

"왜 이렇게 되었는지는 알 만하군요. 녀석은 이것을 끌어다 불 앞에서 누웠어요. 그런데 불이 꺼져 버려서 잠들어 있는 동안 얼어죽고 만 거요."

론은 나무 의자에 앉았다. 그리고는 세차게 머리를 흔들었다.

"아니요, 문제는 그렇게 단순하지가 않습니다. 우선 첫째로, 이 산장엔 담배꽁초가 하나도 없어요. 둘째, 이 큰 테이블에 의자가 2개밖에 없을 리도 없고. 이 친구가 의자를 부수어 태워 버린 게 분명해요.

그리고 3개의 침대에서 가져온 모포와 이불을 뒤집어쓰고 불 앞에 누웠어요. 그렇게 해서 추위를 견뎌내었던 거요."

뷰얼이 안타까운듯 끼어들며 말했다. "그런데……."

론은 끄덕었다. "그렇소, 문제는 윌버가 왜 그런 짓을 했는가 하는 거요. 어린애도 다룰 수 있는 이렇게 좋은 가스 히터가 있는데도 왜 일부러 난로에 불을 지폈을까요. 히터를 사용하면 엄마 품에 안겨 있는 것처럼 따뜻했을 텐데.

다시 말하면 테리 윌버는 왜 얼어 죽기 쉬운 방식을 택했는가 하는 거요."

20

숙소로 돌아오자 디둘에게서 전화가 왔었다고 한다. 마크 두갈이 긴급한 전화였다고 하여 론은 뷰얼에게 전화를 걸게 했다. 단, 산장에서 있었던 일은 말하지 않는다는 조건을 붙였다. 그 사건은 맨 먼저 베네데티 교수에게 들려주어야 한다.

뷰얼의 전화는 짧았다. 3분 정도였을 것이다. 통화하는 동안 기쁜 듯이, "그래" 하는 말이 세 번쯤 들렸고 웃으면서, "그것 참 잘됐군!" 하는 말도 들렸다. 듣고 있던 론은 기분이 나빠졌다.

마크 두갈의 테이블에 있는 전화를 둘러싼 칸막이에서 나왔을 때의 뷰얼은 열 살은 젊어 보였다. 그는 론을 안으며 기쁜 듯이 등을 두드렸다.

"해냈어요, 로니!" 뷰얼은 말했다. "우리가 출발한 직후에 디둘에게 연락이 왔었던 것 같은데 여기 일을 몰라서 교수님께 물어보았답니다." 그는 웃었다. "교수님은 당신의 전화를 기다리고 있었기 때문에 그녀와 전화로 통화하는 것을 떨떠름해 하셨대요. 전화를 쓰지 않고 기다리고 있었던 거지요!" 뷰얼은 셔너시의 등도 두드렸다. "대단한 일이라고 생각지 않습니까?"

셔너시는 론 이상으로 기분이 들뜰 것 같지는 않았다. "그녀에게 온 연락이라는 게 뭐요?" 그가 냉정하게 물었다.

뷰얼은 기뻐서 어쩔할 바를 몰랐다. "우리 큰아버지 윌리 씨가 드디어 악마 곁으로 갔답니다. 벌써 몇 년이나 그런 상태였었지만 말입니다."

"그랬군요." 론이 말했다. 보통 때라면 사람의 죽음을 그렇게 기뻐할 수 있느냐고 말했을 테지만, 사정을 알고 있는 론은 뷰얼의 기분을 이해할 수 있었다. 히틀러가 죽었을 때 슬퍼한 사람은 한 명도 없었다. 뷰얼에게 있어서 큰아버지 윌리는 그의 히틀러였던 것이다.

"그렇다면 그가 알지 않았나요? 디둘에 관해서 말이오. 유언은 남기지 않았답디까?"

"그래요." 뷰얼이 미소지으며 말했다. "난 부자가 되었소, 론. 그 재산 덕분에 좋은 일을 많이 할 수 있을 거요." 그는 손뼉을 치며 창가로 가서 밖의 눈을 바라보았다. 그리고 금방 론과 셔너시에게로 돌아와 말했다. "그런데 내가 가장 기뻐하는 것은 무엇인지 아시오? 거짓말을 하지 않고 끝나게 되었다는 것이오. 이젠 몰래 하지 않아도 된단 말이오!"

"그렇게까지 지독하지는 않았잖소, 뷰얼 씨? 어떤 감시 같은 걸 당한 것도 아닌 것 같은데." 론이 물었다.

뷰얼은 정곡을 찔린 듯 약간 움찔했다. "아 물론, 물론 그렇지요." 이렇게 말하며 미소를 떠올렸다. "하지만 디둘에 관한 거라면서 그쪽

사람들이 나를 찾을 것만 같았거든요. 즉, 그거예요. 그런 식으로 생각하는 사람은 한 명도 없는데도, 내가 필사적으로 숨기는 그런 것이었지요."

"아마 그럴 거요." 론이 말했다. 그의 마음속에 테리 윌버의 선명한 이미지가 떠올랐다. 그리고 은신처에서 그의 신상에 일어난 일도, 뷰얼에게 간단히 축하한다고 말하고 교수에게 전화를 했다.

론은 약 6미터 정도 떨어진, 빅스비 빌딩 근처의 다른 사무실에 전화를 하는 것보다도 장거리 전화가 언제나 잘 들리는 것은 무슨 이유일까 하고 생각했다. 그렇게 생각한 것은 교수가 빠른 말로 뜻모를 이탈리아어 주문을 외우기 시작했기 때문이었다. 그 주문은 테리 윌버가 죽었다고 론이 말한 순간 시작되었다. 그런 일은 처음 있는 일이었다. 그런 독백은 론이 상황 설명을 했을 때부터 시작되고 있었다.

베네데티가 갑자기 아무 말 않고 가만히 있었다. 론은 깜짝 놀랐다.

"마에스트로?"

"여기에 있네." 그 말투는 어디론가 가 버리고 싶기라도 한 듯이 쓸쓸하고 차분했다.

교수가 큰 한숨을 쉬었다. 다리 위에서 애인의 남편으로부터 도망친 베네치아인 같다고 론은 생각했다. 탐정은 스승에게 물었다.

"저, 어떻게 할까요, 마에스트로?"

"다시 한 번 말해 주겠나? 윌버가 동사한 것은 확실한가?" 그는 대답했다.

"상처는 없었으니까요, 마에스트로. 병이나 독살당한 것일 수도 있겠지만 윌버는 젊은 데다가 건강하고, 그리고 그런 곳에서 누가 어떻게 독살하겠습니까? 어디까지 믿어야 할지 모르겠지만, 시체를 많이 보아온 셔너시도 동사 같다고 했습니다."

노인은 다시 한번 한숨을 쉬었다. "알겠어. 이젠 됐어. 형사부장의 말을 믿지. 히터의 겉표면이 움푹 패고 손잡이가 부러져 있긴 했지만 사용은 할 수 있었다고 그랬지?"

론은 전화를 향해 끄덕였지만 곧 깨닫고서 대답했다. "예, 마에스트로. 손잡이는 부러져 있었지만, 셔너시는 15초 만에 켰지요."

"혼란이 오는군. 마음에 들지 않아. 니콜로 베네데티에게는 혼란 이외의 것은 아무것도 보이질 않아. 악마 같은 놈, 오늘을 경축일로 삼을 테지, 로널드."

노인은 단념하고 있었다. 론은 그런 그를 탓할 수 없었다. 울고 싶은 심정이었다.

"연료는 가득 있었나?" 베네데티는 절망적인 목소리로 물었다.

"98프로는 들어 있었어요, 마에스트로. 산장을 나오기 전에 살펴보았습니다." 교수가 1주일 내에 HOG를 붙잡겠다는 말을 하지 않았더라면 좋았을걸 하고 론은 생각했다. 그것이야말로 교수에겐 최악이었다. 누구든 때로는 실패할 수도 있다. 되돌이킬 수 없을 만큼 불명예스러운 일은 아니었다.

그러나 론은 설명할 수 없는 공포라고밖에 표현할 길 없는 일련의 사건들 가운데 마지막 공포를 떨쳐낼 수가 없었다. "위안이 되실지 모르겠지만, 셔너시와 뷰얼도 윌버가 범인이라고 확신하고 있습니다."

"HOG 말인가?" 교수가 물었다.

"그래요! 그 외에 뭐가 있겠어요?"

"근거는?"

론은 코를 쿵쿵거렸다. "추측입니다, 마에스트로. HOG는 분명히 머리가 이상해요. 패널을 열고서 점화법을 읽고 성냥으로 불을 켜기만 하면 히터가 켜지는데, 꺼져가는 난로 앞에서 누워 얼어 죽는다는 것은 머리가 이상하지 않고서야."

아직까지도 론은 그 순간 전기 쇼크 같은 걸 받았다고 회상한다. 베네데티 교수의 뇌의 충격력이 전화를 통해 도달한 것이다. 재닛은 그것을 텔레파시라며 혼란스럽게 했다. 론의 정신 파장이 노인의 것과 딱 맞았다는 것이다. 교수는 그런 두 사람에게 이렇게 말하며 설명했다. 론은 교수가 의식적으로 하고 있는 일을 무의식적으로 하고 있었던 것이라고. 즉, 사건의 수수께끼를 풀고 있었던 것이라고 말이다.

"돌아오게." 교수가 말했다.

"뭐라고요?" 론은 어처구니 없었다.

"돌아오란 말야, 당장." 교수가 다시 한 번 말했다.

"윌버에 관한 일을 경찰에 알리지도 않았어요."

"경찰이라면 셔너시에게 맡겨두면 돼. 나는 자네가 필요하단 말일세."

"아마 뷰얼 씨도 저와 함께 돌아가고 싶어할 겁니다."

교수는 잠시 그 일을 생각했다. "함께 돌아오게. 단, 돌아올 때 지금 한 통화 내용을 말하지 말게. 기다리고 있을 테니까."

"곧 가겠습니다, 마에스트로."

"좋아, 그리고 악마의 경축일은 다른 날로 받아." 노인은 자신만만하게 말했다.

론과 뷰얼이 도착했을 때 스파터의 하늘은 새벽녘의 빛으로 약간 밝아져 있었다. 오터 마을 남쪽에서 트럭이 미끄러지며 다른 차와 충돌했기 때문에 가는 시간이 두 시간도 더 걸렸다.

"어디에서 내리겠소? 신문사?" 론이 물었다.

뷰얼은 눈을 비볐다. "아닙니다. 당신이 교수님과 얘기를 나눈 뒤 원고를 쓰겠소. 윌버의 죽음은 어차피 〈클랜트〉 신문의 특종이오. 상세한 건 내일 내 칼럼에 써도 돼요. 그렇게 해야 신문도 많이 팔릴 테고."

"그럼, 어디가 좋겠소?"

"내 아파트로 갑시다. 피곤해서 자야겠소. 디둘에게 전화를 해서 무사히 돌아왔다는 말을 하고 저절로 깰 때까지 푹 자야겠소. 일어나면 칼럼을 쓴 후에 변호사를 고용해서 재산을 살펴보기로 해야지."

"사건에서 손을 뗄 겁니까?"

"천만에, 마지막까지 지켜볼 거요. 그렇지만 테리 윌버의 죽음으로 우리는 HOG의 죽음을 확인했소. 그런 생각이 들어요."

"그렇다고 할 수 있지요." 론이 말했다. 뷰얼은 교수의 엉뚱한 생각을 모르고 있었으며, 그가 론을 다시 불렀다는 것조차 모르고 있었다. 자신의 호기심을 만족시키기 전에 타인의 호기심을 자극하고 싶어진 론은 셔너시에게, 뷰얼이 중요한 일이 있어 돌아가야 하기 때문에 둘이서 운전을 교대로 하는 것이 안전하니까 자신도 돌아가야겠다고 이야기했있다. 셔너시가 적임자라고도 했다.

주 경찰과 지방 경찰이 자신이 돌아가는 걸 어떻게 생각하는가 하는 것은 상관 않고, 론은 강력히 밀고 나가면 빠져나갈 수 있을 거라고 판단한 것이다. 두 사람은 투덜투덜거리면서도 동의한 셔너시를 남겨두고 숙소를 나왔다.

마을로 돌아가기 전에 두 사람은 여자들이 죽은 그 미완성된 육교 밑을 지나갔다. 론은 옆에 앉아 있는 남자가 몸을 떠는 것을 느꼈다. 뷰얼도 정말 여러 가지 일로 힘들었구나 하고 론은 생각했다. 교수는 자신이 한 말을 알고나 있는지. 사건은 이제 곧 해결될 거라고. 그럴까? 그러나 왠지 모르게 신뢰감이 적어지는 것이었다. 하지만 교수들은 언제나 자신이 말하는 것을 분별하고 있다. 물어보는 게 좋다.

무엇이 보인 걸까? HOG는 누구일까? 테리 윌버는 스파터에서 모습을 감추고 7명의 피해자가 나온 뒤 애딜론다크로 도망쳤다. 교수가 그곳을 찾으라고 한 그날이다. 론은 항복하려는 본능에 채찍을 가해 이것을 인정하게 만들었다. 그러나 윌버가 아니라면 그 책은 도대체 무엇을 의미하는 걸까? 그는 무슨 '계획'을 갖고 있었을까? 그리고 왜 그런 식으로 죽은 것일까?

모를 일이 태산같이 많았다. 자문하는 것보다 교수에게 묻는 편이 낫다. 뷰얼을 내려주고 집으로 돌아갈 때까지 론은 억지로 다른 것을 생각하려고 애썼다.

집에 들어서자 교수답다고 할 수 없는 한숨소리가 들렸다. 누구일 거라고 생각할 틈도 없이 목에 양팔이 감겨 휴우 하고 안심하는 심리학자의 키스를 받았다.

"걱정했어요." 재닛이 말했다.

"왜?" 론이 물었다. "별로 상관없지만, 여기에서 무엇을 하고 있소? 거실에 가서 얘기할까?"

그녀가 웃었다. "안 돼요. 나는 그렇게 하고 싶지만 안 돼요. 돌아오면 곧바로 2층 교수님께 가게 되어 있어요. 그림을 그리고 계세요. 난 두세 시간 전에 불려 왔어요. 시작되었대요. 이제 곧 당신이 올 테니까, 그러면 HOG 사건의 최종 마무리를 하겠다고 하셨어요. 나도 동석하고 싶을 거라고 하시면서."

"당신을 우리 팀의 한 사람이라고 생각하신 거지. 다리는 어떻소?"

"상태가 그리 나쁘진 않아요. 지팡이를 사용하면 걸을 수 있어요.

당신은? 무슨 일이 생긴 것은 아닐까 하고 걱정했어요, 늦어져서."

"어떤 사고가 있었지만 나는 아니었소." 그는 고속도로에서 있었던 사고 얘기를 했다.

"교수님에게서 저쪽 일에 대한 것은 들었소?"

재닛은 끄덕였다. "테리 윌버에 관한 것 말이죠? 난…… 도무지 잘 모르겠어요, 전혀 앞뒤가 맞질 않아요."

"이 사건에서 앞뒤가 맞는 게 있소?"

"없어요. 육체적으로나 정신적으로나 믿을 수가 없어요. 두렵지 않으세요?" 그녀는 쓸쓸한 미소를 지었다.

"그 밖엔 어떤 말을 했소?"

"윌버가 HOG라고 하셨어요."

"그분이 그렇게 말씀하셨소?" 론은 매우 놀랐다. 이유는 한 가지가 아니다. 첫째로, 교수님은 진심으로는 그렇게 믿고 있지 않을 것이다. 둘째로, 사건의 결론을 간단히 말해 버리는 것은 전혀 베네데티답지 않다. 먼 데서부터 차츰차츰 결론을 향해 말하는 걸 좋아했으니까. 론은 교수가 한 말을 재닛에게 물었다.

"이렇게 말씀하셨어요. '테리 윌버의 죽음으로 사건은 종말에 왔소. 윌버는 자신이 살인범이라는 것을 알고 있기 때문에 도망친 거요!'라고요."

설마 하고 론은 생각했다. "교수님을 만나야겠어." 그는 재닛에게 팔을 풀게 하고 계단을 뛰어올라갔다.

노인은 겨우 지평선에서 머리를 내민 태양의 희미한 빛 아래 이젤을 향해 선을 그리고 있었다. 얼굴을 들고 론에게 미소를 보내며 노인이 말했다. "잘 왔네, 마침 좋은 때에 돌아왔어. 이제 막 다 그린 참이야." 그는 그림을 가리켰다.

론은 그것을 바라보았다. 칙칙하고 반투명하며 자줏빛 나는 회색을 배경으로 검은색과 흰색 공이 부딪치고 있었다. 충격으로 움푹 패이고 부서져 사방으로 흩어지는 모양이 상세히 그려져 있었다. 갈라진 틈에서는 붉은색이 뿜어져 나왔다. 이것도 미술관에 들여놓겠지. 상당히 좋은 작품이었다. 간단하지만 어딘지 힘이 들어가 있었다. 그리고 약간 불쾌했다.

"뭐죠, 이게?"

베네데티의 웃음소리는 커졌다. "뭐냐고? 물론 살인범의 마음속이지."

이때 재닛이 지팡이를 짚고 계단을 올라왔다. 론의 등 뒤에서 그녀가 말했다. "테리 윌버의 마음속, 맞지요?"

교수가 얼굴을 찌푸렸다. "천만에, HOG의 것이오."

21

1초마다 재닛의 머리는 혼란스러웠다. '테리 윌버의 죽음으로 이 사건도 끝이야", "테리 윌버는 살인범이었어", 그리고 이 말과 모순되게, "테리 윌버가 HOG가 아니었어" 하고 교수가 기쁜 듯이 말했다. 아무리 생각해도 앞뒤가 맞지 않았다.

그런데 그 말을 설명하려 하지는 않았다. 교수는 사과하는 투로 그녀에게 말했다.

"내 동료가 아직 내 제자라는 것을 잊지 마시오. 그를 위해서도 자력으로 결론에 이를 기회를 주어야 해요. 항상 그에게 올바른 방향만 제시해 주면 좋겠지만."

올바른 방향이라는 것은 분명히 세인트 에라스무스 병원 얘기였다. 그는 론에게 그곳으로 데려가 달라고 했다. 그는 뒷좌석에서 담배를 피우고 있었다. 재닛이 한번 뒤돌아보자 교수가 윙크를 했다. 론은 그가 방탕자라고 했지만, 그 윙크는 좀 어색하다고 재닛은 생각했다, 장난치는 게 아니라면.

론은 생각에 잠긴 채 얼굴을 찌푸리며 운전을 했다. 그 옆에 앉은 재닛은 묘하게 무시당한 것 같은 느낌이 들었다. 그래서 자포자기 심정으로 무슨 이유에서 그러는지 생각해 보았다. 아침 출근 시간이 시작되는 시간인데도 스파터 시내의 거리는 어째서 인적이 드문 것일까? 그렇지, 일요일이지. 그녀는 날짜나 요일 가는 것도 잊을 정도였다. 2월 8일, 일요일. 교수 말에 따르면 HOG 사건이 끝나는 날. 도대체……

"창녀야! 그래!" 론이 소리질렀다.

"뭐라고요?" 몹시 놀란 재닛이 물었다.

"잘했어. 자네가 최고야. 영원히 존재할 수는 없는 불유쾌한 사실을 이해하기 쉽게 해주었어." 교수가 말했다.

"그래도, 도대체 무슨?"

"쉿! 내 젊은 친구는 지금 그 의미를 생각하고 있는 거요, 얘기의 빈틈을 메우려고." 교수가 말했다.

그 순간 그녀는 말대꾸하고 싶어졌다. 재닛 히긴스 박사를 아무 말 못하게 한 사람은 아무도 없었다. 그녀는 한쪽 손을 등받이에 걸치고 뒤돌아 노인에게 에티켓이라는 것을 가르쳐 주려고 했다. 그런데 그가 엄숙한 얼굴에 잔잔한 미소를 띠며 그녀보다도 더 크고 앙상한 손으로 그녀의 큰 손을 가볍게 두드렸을 때는 손을 빼낼 수밖에 없었다.

론이 깊은 생각에 잠겨 있다는 것을 재닛은 잘 알 수 있었다. 그 신경의 집중에서 오는 긴장감이 전해져 왔다. 병원 입구에서 불러세워졌을 때도 교수가 옆에서 증명서를 보이라고 재촉하지 않으면 안 될 정도였다.

엘리베이터를 타고 위로 올라갈 때 론이 눈을 크게 뜨며 중얼거렸다. "그런가?"

"이보게, 알 것 같은가?" 노인이 물었다.

"그랬었나?" 론은 다시 한 번 말했다. "왜 그렇죠, 마에스트로? 안에 무엇이 있었을까요?"

"글쎄."

론이 빠른 어조로 말했다. "그렇다면…… 그렇다면 이것도 다른 것과 똑같이 의미가 없잖습니까!"

"오늘 중으로 알아내면 좋겠네. 우선 해야 할 일을 해야 하지 않을까, 응?" 교수가 말했다.

재닛은 묻고 싶은 마음을 참고 있었는데, 두 사람이 무슨 얘기를 하는 것인지 알려면 몇 년은 걸릴 것 같았다. 엘리베이터가 멈추자, 자신이 틀림없이 그를 진심으로 사랑하고 있는 거라고 재닛은 맥없이 생각했다. 그녀는 의기소침해져서 두 사람 뒤에서 복도를 걸으며 팬비자로 혹은 마약의 교황으로도 알려진 조지 루이스 버스케이스의 병실로 향했다.

"아마 자고 있을 겁니다." 문 앞에 서서 경비하고 있던 경관이 말했다. 그 경관을 보고, 사람은 두 주인을 섬기기 어렵다는 말의 생생한 표본 같다고 론은 생각했다. 세 사람을 병실에 들여보내면 병실 측에서 대들게 되고, 들여보내지 않으면 경찰 측에서 대들게 된다.

경찰에 대한 충성심이 승리를 거두었다. 죄수의 건강 상태에 대해서는 전적으로 책임을 지겠다는 교수의 말에 경관이 병실에 세 사람을 들여보내 준 것이었다. 다행히 병원 관계자는 아무도 보지 못했다.

론이 병실의 형광등을 켰다. 그 빛 때문에 침대에 누워 있던 남자가 졸린 듯이 잠을 깼다. 론은 속으로 끔찍하게 생각했다. 그 남자에게 손가락 하나 대고 싶지 않았던 것이다. 마약의 교황을 본 론은 병원 침대에서 움직이지 못하고 있는 그가 얼마나 많은 사람들에게 피해를 주었는지를 생각하고는 오싹했다.

버스케이스가 세 사람을 흘끗 보았다. "무슨 일이오? 지금 몇 시지?"

교수가 손등을 긁었다. "우리에게 진실을 얘기할 시간이오. 당신 때문에 많은 인생이 엉망이 되어 버렸으니."

"성가시군." 버스케이스가 말했다. 아직 침도 제대로 내뱉기 귀찮다는 듯이 말했다.

"자네를 이렇게 만든 자가 누구지, 비자로?" 론이 물었다.

침대에서는 대답이 없었다.

"윌버겠지? 그래서 자네는 그가 HOG라고 생각하게 된 거야. 그런데 그는 HOG가 아냐, 그렇지?" 아직도 대답이 없었다. 재닛이 한숨을 지었다.

"당신들 머리가 어떻게 되었소?" 버스케이스가 입을 열었다. "벨을 눌러 간호사를 불러 줘요!"

론은 부저를 빼앗으며 침대로 다가섰다. "나중에. 우선 얘기부터 하고."

"말하지 않는다면 어떻게 할 건가? 다리라도 부러뜨릴 텐가?" 비자로가 코웃음쳤다. 그는 공중에 매달린 자신의 두 다리로 시선을 돌렸다.

"자네 냄새도 맡고 싶지 않아. 손을 대다니, 천만의 말씀." 론이 말했다. 이런 것은 론의 특기였다. 교수는 그가 버스케이스에게 말하게 할 거라고 믿었다. 그것이야말로 HOG를 채찍질하기 전에 묶어두어야 하는 끈과 같은 것이다. 하느님도 우리 편이 되어주시겠지 하고 그는 생각했다.

"말하지 않으면 어떻게 되는지 가르쳐 주지. 우선 첫째로 당신에 대한 소송을 전부 철회시킬 거야."

"위협하는 건가?" 버스케이스가 물었다.

"아직 끝나지 않았어. 잘 들어. 먼저 당신에 대한 소송을 철회시키겠어. 오늘은 일요일이니까, 내일이면 프랭크 폰파노가 체포되고, 화요일엔 레오 하츠. 그리고 수요일에는 자네의 은행구좌를 만들어 2,500달러 집어넣을 거야. 그 정도의 액수가 적당하겠지?"

버스케이스가 땀을 흘리기 시작하더니 눈에 낭패의 빛이 떠올랐다. 론은 계속했다. "목요일에는 로체스터에 가서 매니길을 체포하는 거지."

"당신, 나를 죽일 생각인가? 그, 그만!"

"그만두라고? 금요일엔 자네 구좌에 6, 700달러 더 집어넣을 텐데?"

버스케이스는 몸을 떨었다. 론은 거물급의 이름을 들며 그를 '일급' 첩자로 꾸며놓겠다고 위협했다. 그는 호소했다. "그러면 난 놈들의 손에 죽고 말아."

"당연하지." 론이 계속했다. "자네를 돈으로 산 게 되기 때문이야, 비자로. 자네가 엉망으로 만든 사람들의 인생을 생각하면 이런 것은 극히 하잘것 없는 일이지. 토요일 밤에 문 밖에 있는 경관의 눈에 무엇인가가 들어갔어. 그는 간호사에게 눈을 보여 주러 가지. 그러는 사이에 경비하는 사람이 없어진다는 거야."

"흥!" 진절머리난다는 듯 교수가 말했다. "이불을 더럽힐 새도 없이 끝나겠구먼. 지성 있는 대학 출신의 남자일 테니. 구더기 같은 놈, 겁쟁이." 노인은 위협하듯이 침대로 다가갔다. "이봐, 조지 루이스 버스케이스, 1월 27일부터 2월 8일에 걸쳐 무슨 일이 있었지? 내가 말할까? 만일 틀리면 고쳐 주게. 그렇지 않으면 이 친구를 보내서 당신에 대한 호송을 철회시킬 테니까, 알겠나?"

버스케이스가 끄덕였다.

"좋아." 이렇게 말하며 교수는 몸을 폈다. "내 연구에서 알아낸 것인데, 사악한 자가 모두 겁쟁이는 아니지만 겁쟁이는 모두 사악해. 착한 사람이나 정직한 사람은 남자든 여자든 정직하며 영웅적이야. 이런 생활은." 교수는 침대를 가리켰다. "지금 세상에서는 금방 속죄받아. 아니, 얘기가 옆으로 빗나가 버렸군. 레슬리 비켈이 죽은 날 밤……." 교수가 다시 한 번 버스케이스에게 말을 걸었다. "레슬리 비켈이 애틀러의 사무실에서 돈을 훔쳐 당신에게 가서 헤로인을 산 뒤 자신의 아파트로 돌아갔어. 여기까지는 확실해.

그뒤 급히 서둘러 테리 윌버가 그곳으로 달려간 것, 그녀에게 뭐라고 소리 친 것, 그리고는 도망쳐 나와 어디론가 모습을 감춘 것. 이런 것들도 알고 있어. 어제 오후에 찾긴 했지만."

버스케이스가 놀란 표정을 지었다.

교수가 말했다. "그렇고 말고. 찾았어. 그리고 그에게서 이 사건을 풀기에 충분한 얘기도 들었어. 당신이 어떤 것을 알고 있는지도."

론은 노인의 허세가 얼마나 효과가 있는지를 보았다. 그것은 최고의 허세였다. 진실한 것이니까.

"가장 중요한 증인인 하비 프랭크에 의하면 윌버는 비켈 양에게 무척 화를 냈다고 하더군. 그녀에게 '창녀'라고 했다는 거야. 바로 얼마 전까지만 해도 깨닫지 못했는데, 그 소리친 말은 잘못 듣기 쉬운 것이었어. 벽을 통해서 들으면 더 그렇지. 가장 강한 음절만이 귀에 들어오기 쉬운 거야……."

리드의 집에서 교수에게 무슨 생각이 떠올랐군 하고 론은 생각했다. 아내가 자살을 시도하는 것을 리드가 발견하고 히긴스 박사를 큰소리로 불렀는데, 그들에게는 '……하고 싶어!'라고 밖에는 들리지 않았었다. 소리를 지르자 그 부분 외에는 발음이 불명확했다.

"……그것을 알게 되면," 교수는 말을 계속하고 있었다. "무슨 일이 있었는지 다시 생각해 보는 것은 쉬운 일이지. 레슬리 비켈은 손에 상처가 났었어. 따라서 스스로 혈관에 주사할 수가 없었지. 다른 혈관에 놓는 건 망설였고, 실수해서 잘못 주사하면 양이 불충분해지고 말 테니까.

맞긴 해야겠고, 그러자니 남의 손이 필요했지. 그녀는 자기를 사랑하는 테리 월버를 불렀어. 내 생각에 월버는 당신이 그녀를 그런 식으로 만든 것을 몰랐을 거야, 버스케이스.

그렇게 되자 하비 프랭크가 들었다는 월버의 고함소리 이외의 것도 알게 되었어. 그때의 대화를 재현해 볼까? '당신의 친구 때문에 마약 중독자가 되어 버렸어!' 하고 비켈 양이 말했겠지. 월버는 그 말을 듣고 어처구니가 없었겠고, '이 헤로인을 주사해 줘. 괴로워서 견딜 수가 없어.' 월버는 고민과 불신에 빠져 그녀의 이름을 불렀지만, 그녀가 고통스러워하는 모습을 보기 힘들어서 요구하는 대로 해주었어.

그것이 엄청난 일이라는 걸 그는 알 리가 없었지. 그가 깨달은 것은 주사를 다 놓기 전에 레슬리가 죽어버린 사실뿐이었어.

그는 당신 탓이라고 생각했지. 그래서 소리지른 거야. 당신의 이름을, 버스케이스. 그는 당신이 푸에르토리코를 떠났을 때부터 아는 사이였어. 당신 자신이 당신의 세례명을 스페인어 발음으로 부르는 건 그 친구뿐이라고 했어. 하비 프랭크는 '호어'라는 소리를 오해했던 거야. 그가 소리친 것은 '창녀'라는 뜻인 '호어'(whore)가 아니고 '조지'의 스페인어 발음인 '호어헤이'였던 거야. 이 두 번째 음절은 안 들리기 쉬워. 숨을 내쉴 정도의 세기밖에 안 되기 때문이지.

월버는 살인범이야. 그는 그것을 깨달았어. 당신 때문에 그는 자기 애인을 죽이고 만 거야. 그는 목욕탕의 세면대에 헤로인을 버리고 물을 틀어 흘려 버리고는 당신을 찾으러 나갔던 거지."

조지 루이스 버스케이스의 눈이 불타올랐다. "녀석은 미쳤어요! 그런 녀석은 훨씬 전에 처넣었어야 하는 건데. 그 티몬스 선생 때처럼 나에게 덤벼들어서 아무도 녀석을 떼어놓지 못했지. 나를 반 죽여 그 앙갚음을 하려 한 거예요." 그는 거칠게 말했다.

"자네는 알고 있었어. 월버가 전혀 예상도 못하고 그녀를 죽인 것을 자네는 알고 있었던 거야. 그런데도 그를 HOG로 만들려고 우리에게는 아무 말도 하지 않았어." 론이 말했다.

"그 말이 맞아. 경찰이 녀석을 찾아내서 죽여 버릴 것을 기다리고 있었어. 젠트리, 얼마 안 있어 당신이 그렇게 되어도 놀라지 말라구."

론이 빙긋이 웃었다. "언제든 오게, 조지."

교수가 말했다. "왜 그랬는지는 모르겠지만 월버는 당신을 죽여 버렸다고 생각하고서 죄의식을 느꼈어. 그래서 도망친 거야. 당신 같은 사람을 죽인 건 훈장감인데도." 노인이 론과 재닛을 바라보았다.

"자, 가기로 할까? 우리의 일요일이 완전히 더럽혀졌군."

마음속으로 그렇게 느끼고는 있었지만 기죽은 것처럼 보이진 않겠다며, 재닛은 어떻게 해서 그런 결론에 이르렀는지를 공손한 어조로 교수에게 물었다.

교수는 그녀의 얼굴을 보지 않고 대답했다. 엘리베이터의 빛에 최면술이라도 걸려 있는 것 같았다. "테리 월버가 HOG일 리가 없다고 확신한 뒤는 간단했소."

"제가 모르는 점이 바로 그거예요. 그가 레슬리 비켈을 죽인 것이 사고였다고 해도, 그가 HOG가 아니라고 할 수는 없잖아요? 다른 살인을 속이기 위해 그녀에 대한 것까지 편지에 쓴 것일지도 모르고, 게다가 그 책은 어떻게 된 거죠? 그것과 그가 죽은 방법도?" 재닛이 말했다.

론에게 말을 걸 때 교수의 검은 눈동자가 빛났다. "우리는 두 사람 다 멍청했어. 그 동화책이 해답을 주었는데도 깨닫지 못했으니."

"소리치고 싶은 건 나예요." 재닛이 큰소리를 쳤다. 마침 엘리베이터가 로비에서 멈추고 문이 열렸을 때였다. 경비원이 교수와 론에게 의심스러운 시선을 보내면서 괜찮겠느냐고 그녀에게 물었다.

"네, 아무것도 아녜요." 재닛은 대답했다. 로비를 빠져나가 밖으로 나갈 때까지 론과 교수의 앞을 걷는 재닛은 부끄러워 어쩔 줄을 몰랐다.

론이 문 밖에서 그녀를 따라잡았다. "내가 설명하겠소, 퍼니 페이스."

그녀는 마음속으로 '부탁해요' 하고 이렇게 말했다.

"좋아요. HOG이기 위해서는 월버는 편지를 써야 했어, 그렇겠지요?"

"물론 그래요."

"그렇지만 테리 월버는 글씨를 읽을 수가 없어! 이것은 명백한 사실이오."

교수가 두 사람을 따라잡았다. "정말 그래요. 학교 성적을 조사했는데……, 아주 지독하더군. 모두들, 특히 귀여운 투티오 부인은 그가 인물이 좋고 명랑한 사람이라고 입을 모아 말하긴 했지만.

테리 윌버는 독서 장애인지 무슨 학습 장애인지 같은 것에 걸려 있었다오. 이것은 나보다 당신의 영역이겠지만, 박사. 내가 알고 있는 한에서는 이런 장애는 1급 비극이오."

재닛은 긴 한숨을 토했다. "물론이에요. 저도 깨달았어야 했어요. 말씀대로예요, 교수님. 그것은 비극이지요. 어떤 이유에서인지 쓰여진 말을 이해하지 못하게 되어 버리는 겁니다. '이해력이 전무(全無)하다'고 보는 학자도 있지요. 이 문제가 주목받게 된 것은 정말 요 몇 년 사이의 일이에요."

교수가 괴로운 듯이 입을 열었다. "테리 윌버에게 있어서 더 비극적인 것은 어린아이들에게 부끄러운 생각을 갖지 않도록 무엇이 가능하고, 가능하지 않은가를 확인해 보지도 않고 상급 학년으로 올려 버리는 '계발(啓發)'의 시기에 학교에 다닌다는 점이었어. 지독한 얘기지. 그것보다도 왜 이해할 수 없는지를 확인하기 위해서 유급시켜 대책을 강구해야 하는데. 어리석은 얘기 아닌가?"

"이해와 약간의 노력만 있었다면 독서 장애는 어느 정도 고쳐졌을 거예요. 학회지에서 읽은 것인데, 그런 애들 중에선 머리가 좋은 아이들이 많대요, 기억력도 좋고 IQ도 높은 아이들이." 재닛이 말했다.

"넬슨 록펠러도 독서 장애자였다고 어딘가에서 읽은 적이 있어요. 어떻게 그렇게까지 되어 버렸는지. 재산과 환경의 혜택을 받으며 살았었는데." 론이 말했다.

베네데티는 고개를 끄덕였다. "그러나 테리 윌버에게는 그런 환경이나 이해심이 많은 교사가 없었던 거야. 교과서에 씌어 있는 것을 이해 못하고 다른 아이들보다 열등한 걸 의식하고서 학년을 그냥 올라간 거지. 그가 얼마나 쓸쓸한 마음이었겠는지 알 만한가? 해마다 뒤떨어지는 거야. 점점 자신이 바보스럽고 둔하다는 것을 강하게 의식하게 되는 거지.

 티몬스라는 그 고등학교 선생이 큰소리로 멍청이라고 나무랐기 때문에 그가 폭행한 것인데, 그의 좌절감이 발산되어 그런 일을 저지르게 되었다고 생각해. 학교 밖에서 정원사로 일한 윌버는 일을 잘 해냈지. 학생으로서는 비참했지만, 훌륭한 정원사가 되었던 거야."

 "그리고 우연히 레슬리 비켈을 만났지요." 재닛이 말했다. 그녀는 이해할 수 있었다. 그의 생각을 느낄 수 있게까지 되었다. 정원사가 부잣집 딸을 사랑한다. 낙오자가 대학원생을 사랑한다. 그래서 열등감이 되살아났겠지. 윌버는 그녀와 비슷한 궤도에 오르려고 생각했던 거야.

 "윌버가 투티오 부인에게 말한 '계획'이라는 것은 바로 그 문제였던 거야. 그 때문에 동화책을 샀지. 이번 겨울에 꼭 읽어 보려고 한 거야. 사랑에 자극을 받아서 의지력으로 배우려고 했지. 그런데 그것은 그렇게 쉬운 일이 아니었어." 교수가 말했다.

 재닛은 윌버가 느꼈을 게 틀림없는 고뇌를 느낄 수 있었다. 어린아이들을 위해 쓰여진 허황된 이야기나 옛날 이야기를 상대로 글자와 단어를 필사적으로 베끼고, 아는 단어엔 밑줄을 그었겠지. '아니오, 나는 그것을 좋아하지 않아, 샘. 초록색 계란과 햄은 좋아하지 않아.' 그렇지만 조금도 진척이 되지 않았어. 글자는 꿈틀거리며 여러 가지 모습으로 나타났어. 좌절, 굴욕적인 좌절감······.

 "너무나도 분해서 울화가 치밀어 책을 엉망으로 만든 거예요. 선생님을 구타했을 때처럼. 그것은 충분히 이해할 수 있는 일이에요." 재닛이 말했다.

 세 사람은 론의 차가 있는 곳에 도착했다. 그가 잠겨 있는 문을 열어 모두 올라탔다.

 론이 말했다. "그것으로 《샬로트의 거미줄》에 대한 설명도 이루어지는군요. 아마 윌버가 보고 금방 알 수 있었던 단어는 자신의 이름뿐이었을 거예요. 공부하는 데 쓸 책을 살 때 그게 눈에 들어와, 말하자면 즉흥적으로 그것을 산 거예요. 그런데 가장 쉬운 책도 읽을 수 없었기 때문에 그것도 역시 읽을 수가 없었죠."

론은 엔진을 걸어 거리로 나왔다. "그렇게 되면 그가 왜 그렇게 죽었는지도 설명이 돼요." 론이 무거운 어조로 말했다. 재닛은 론도 테리 윌버의 비극을 느끼고 있다는 것을 알 수 있었다. "점화법을 읽을 수 없었기 때문에 가스 히터를 켤 수 없었던 거야." 론이 말했다. "그 초록색 버튼을 몰랐던 거야. 초조하다 못해 히터를 발로 차고 억지로 손잡이를 돌리려다 부러뜨리고 만 거지. 땔감은 많이 있었겠지만, 그가 산장에 도착한 뒤 4일간은 북서부 일대에 눈보라가 덮쳤어. 땔감을 다 써버린 데다가 그 눈 때문에 땔감을 구하러 나갈 수도 없었어. 한동안 의자를 부수어 불을 뗐지만, 그것으로도 추위와 피로는 이겨낼 수 없었던 거지."

세 사람은 한참 동안 잠자코 있었다. 재닛은 그 비극을 생각했다. 이것은 HOG 사건과는 관계없다. 설령 HOG가 없다고 해도 레슬리 비켈과 테리 윌버는 결국에는 죽게 되어 있었다. 그래도……

그녀가 론과 교수 쪽으로 몸을 돌렸다. "그럼, 테리 윌버가 레슬리 비켈을 죽인 것이라면……, 편지를 보낸 것은 대체 누구죠? 그게 진짜 HOG의 편지예요?"

"그렇소." 론이 말했다. "물론 HOG가 쓴 거지."

"그래도……." 재닛은 자세한 것까지는 몰랐지만 어떤 생각을 파악하고 있었다. "그래도 편지를 쓴 것이 HOG이고…… 그런데 HOG는 레슬리 비켈을 죽이지 않았다고 한다면……."

교수가 고양이처럼 미소를 지으며 말했다. "이것으로 세 번째인데, 히긴스 박사, 중요한 것이오. 이런 일에 대해서 당신은 숨은 재능을 가지고 있소. 당신이 더 젊었을 때 만나지 못한 것이 유감스럽군. 여자 조수를 훈련시키는 것도 재미있었을 텐데. 당신에게는 묻고 싶은 것만 묻는 재능이 있소. 레슬리 비켈을 죽인 것이 HOG가 아니라고 한다면…… HOG는 누구를 죽인 것일까?"

22

교수가 자신의 물음에 대답할 틈도 없이(곧 대답을 들려줄 거라고는 재닛도 생각하지 않았지만) 론이 갑자기 생각난 듯 입을 열었다.
"마에스트로, 지금 이 순간에 뷰얼 테이섬은 테리 윌버에 대해서 잘못된 내용의 칼럼을 쓰고 있을지도 몰라요."
"그건 안 되지. 못 쓰게 해야 돼. 우리가 추리한 것을 들려주기 전에 달리 할 일은 없을까?" 교수가 말했다.
"아무것도 생각이 안 나는데요." 론이 대답했다.
"생각해 보니 그게 있군. 플라이셔 경감도 이제는 퇴원했겠지? 그에게도 동석할 기회를 줘야 한다고 생각하는데." 노인이 담배를 꺼냈다.
론이 빙긋이 웃었다. "본부장이 아니라 경감이군요?"
"물론이지."

"안녕하시오, 경감. 이젠 나았으면 좋겠는데." 교수가 말했다.
"나는 괜찮습니다." 플라이셔는 화가 난 듯이 말했다. 화가 날 정도로 건강해지고 있었던 것이다. 무엇보다도 이번 사건에서 제외된 것에 화를 내고 있었다. 그런데도 일요일 아침 8시에 잠에서 깨어나 교수와 상대하지 않으면 안 된다는 것에 화를 낼 이유는 충분히 있었다. 그렇다고는 해도 아내는 어찌된 거지?
"건강해 보이는군. 오늘 중으로 한층 더 기분도 좋아질 게요." 베네데티가 친근하게 말했다.

"왜죠?" 경감이 물었다.

"2센티미터 되는 쇠붙이 문제라든가 뭐 여러 가지 것들 때문이오." 이렇게 해서 교수가 설명하기 시작했다. 설명을 끝내자 플라이셔는 평생 병이라곤 몰랐던 사람처럼 옷을 갈아입으러 계단을 뛰어올라갔다.

"곧 가겠습니다, 교수님." 그는 큰소리로 말했다.

"물론 오늘 밤에 잔치를 하는 거야." 디둘에게 전화를 한 뷰얼이 말했다. "마을에서 가장 좋은 레스토랑에 데려가지. 응, 1, 2주일간 우리는 마을을 떠나게 될 테니까. 이쪽의 일을 끝내고 나서 그쪽에 가서 호적을 정리하고 일에 착수할 작정이오."

기쁨에 넘친 디둘의 목소리를 듣는 것이 그에게는 견딜 수 없이 기분 좋았다. 귀여운 비누 거품 같은 목소리. "저, 뷰얼. 흥분이 되는데요."

"나도 그래. 사랑하오."

"그런데 사건을 도중에서 방치하고 손 떼는 것은 아녜요?"

그는 성급하게 굴지 않았다. "언제까지나 기다릴 수야 없지 않겠어? 미궁에 빠진 사건도 있어. 게다가 수사관들도 최고고, 나는 그렇게 중요하지 않아."

"그렇지 않아요."

뷰얼은 웃었다. "응, 하지만 HOG가 이번에는 다른 사람에게 편지를 보냈어."

"그렇더라도 어떻게 될지 끝까지 지켜보고 싶어요."

"정보는 정확하게 들어올 거야." 뷰얼은 이렇게 말했지만 디둘은 포기하지 않을 것 같았다. 그런 그녀를 이해시키기 위해 덧붙여 말했다. "반드시 교수님이 알아내실 거야."

초인종이 울렸다. "누가 온 것 같은데. 나가 봐야겠어. 6시 30분에 만나지, 그럼."

문을 열자 플라이서, 베네데티, 론, 그리고 재닛이 서 있었다.

"여러분······. 자, 들어오십시오. 교회에라도 다녀오십니까?"

"교수님이 그럴듯한 걸 생각해 내셨소. 그래서 기사를 쓰기 전에 알려줘야겠다고 해서서." 론이 말했다.

뷰얼이 문을 활짝 열었다. "꼭 듣고 싶군요. 사실을 쓰는 것이 직업이니까요. 들어오지 않을 거요, 론?" 론은 뒤로 나가고 있었던 것이다.

"아, 재닛과 나는 잠깐 일이 있어서." 이렇게 말하며 론은 그녀의 팔을 잡고 방에서 끌어냈다.

"정말인가, 자네? 자네나 히긴스 박사도 있을 자격은 있는데." 교수가 물었다.

"무엇 때문에요, 마에스트로? 나가겠습니다."

교수는 미소를 지으면서 고개를 끄덕였다. "정말 알 수 없는 친구군."

뷰얼은 무슨 일인지 전혀 몰랐다. 그는 어깨를 으쓱하며 문을 닫았다.

재닛은 자신을 동료들로부터 제외시키려는 음모가 있는 것은 아닐까 하고 생각하기 시작했다. 자신의 초조한 기분을 어떻게 말할까 하고 생각하는 동안 론이 정면에서 그녀의 양팔을 붙잡았다.

"재닛! 결혼합시다." 그는 말했다.

"네? 왜요?"

"결혼하고 싶소. 왜라니요?"

그녀는 그렇게 물으려고 한 게 아닌데, 그렇게 말을 했으니 어떻게 하면 좋을까? 얼굴이 빨개지는 것을 자신도 느꼈다.

"아니, 그러니까…… 왜 들어가지 않았는지를 묻고 싶었던 거예요."

"있기 거북할 것 같아서. 교수님이 내가 알고 싶어하는 것은 전부 설명해 주실 테니."

"당신은 전부 알고 있는 것 같은데요?"

"알고 있소."

"그렇다면 왜 당신에게 설명할 필요가 있는 거죠? 알고 있는 것을 뷰얼 씨에게 설명하는 걸 듣고 있기만 하면 되는 건데, 왜 있기가 거북해지는 거죠?"

"뷰얼에게는 사건에 대한 것을 설명하는 게 아니오."

"아니라고요?"

"아니라니까."

"그럼, 무엇을 하는 거예요?"

"수수료의 일부를 받고 있는 거요."

"수수료?"

"두 시간의 면담, 살인범과." 론이 말했다.

"뷰얼 씨가?" 있을 수 없는 일이었다. "그…… 그에게는 알리바이가 있어요. 범인상에도 맞질 않고."

"아아" 론이 복잡한 미소를 떠올렸다. "흠, 이런 것은 어떨까? 그 이유는 빼놓고, 전부 내가 얘기해 주지. 그게 싫다면 들어가도 좋소. 얘기는 이제 막 하기 시작했을 테니까."

살인범이 자신의 범행을 폭로당했을 때 어떤 반응을 나타내는지를 보는 기회를 포기할 심리학자는 한 사람도 없을 것이다.

그녀에게는 과학을 위해서 들어가야겠다는 명분이 있었다. 그러나

247

아무리 짧은 기간이라고는 해도 이 남자와 교제가 있었다는 것이 다른 생각을 잊게 했다.

"갑시다, 히긴스 박사." 그가 거칠게 말했다.

"뭐라고요?"

"아녜요, 아무것도 아녜요. 어디로든 갑시다. 거기 가서 얘기해요."

두 사람은 빅스비 빌딩의 론의 사무실로 갔다. 몇 시간이 지나 베네데티 교수가 그곳에 나타났다. 노인은 어떻게 두 사람이 거기에 있는 걸 알았는지 설명하지 않았다. 게다가(론은 매우 놀랐지만) 론이 요금을 지불해야 할 택시 운전사도 데리고 오지 않았다.

"자네는 좀더 공부할 필요가 있네." 론에게 미소를 보내며 머리를 흔들면서 교수가 말했다. "승리하는 순간에 사건에 대한 흥미를 잃어버리다니. 그건 중요한 일이야."

론은 어깨를 움츠렸다. "그 일에 대한 대답은 나왔습니다."

재닛은 더 이상 기다릴 수 없었다. "그가 자백했나요? 왜 그런 짓을 한 거죠, 교수님?"

"자신은 충분히 그럴 수 있다고 생각할 만큼 이유가 있었던 거지."

"그렇지만 너무 무서워요. 만일 그가 그 사람들 전부를 죽인 거라면 무서운 일이 아니겠어요?" 재닛이 말했다.

"상당히…… 생각을 요하는 얘기였소." 이렇게 말하며 교수는 코트 주머니에서 두 장의 접힌 메모지를 꺼냈다. "이것 좀 보게." 교수가 그것을 론에게 건네주었다. "여기에 대답이 쓰여 있어. 그런데 나는 윤리상의 어려운 문제에 부딪친 것 같은 느낌이 드네."

론은 그게 뭔지는 묻지도 않고, 뷰얼의 타이프 용지대에 끼워 있었을 신문용 원고지를 펼쳐서 어깨 너머로 보는 재닛을 등에 두고 읽기 시작했다.

2월 9일

'휴먼 앵글

뷰얼 테이섬

(스파터)

이 칼럼은 조셉 플라이셔 경감의 방심하지 않는 눈과, 니콜로 베네데티 교수의 모든 걸 꿰뚫어보는 눈에 감시당하며 쓰고 있습니다. 두 사람은 '살인범'에 대해서 최후의 기사를 쓸 것을 허락해 주었습니다. 물론 마을을 공포의 구렁텅이로 떨어뜨린 HOG에 대해서 말입니다.'

"어디에서 입수한 겁니까?" 론이 날카로운 어조로 물었다. 노인은 가볍에 웃었다. "경감의 주머니에서 떨어졌는데, 바닥에 닿기 전에 우연히 내가 손에 넣은 거야."

"결국은 훔친 거로군요." 재닛은 어처구니 없었다.

"니콜로 베네데티는 물건을 훔치지 않소. 윤리상의 문제를 풀 때까지 빌렸을 뿐이지." 노인은 거만하게 말했다.

론은 그 윤리상의 문제가 무엇인지 물었다.

"그것에 대해서는 자네가 다 읽고 나서 의논하기로 하세."

'사실은 HOG라는 것은 꾸며낸 것입니다. HOG 같은 건 없었습니다. 내가 HOG였던 겁니다.

캐럴 샐린스키, 베스 링, 스탠리 왓슨, 그리고 데비 리드는 단순히 하느님의 손에 의해 죽은 것이지요. 그 각각의 죽음은 정말로 사고에 의한 것이었습니다. 레슬리 비켈과 글로리아 마커스는 사람이 지닌 사악함의 결과로 죽게 되었습니다. 나는 다만 편지를 보냈을 뿐입니다(첫 번째 사고 때는). 살인으로 보이게 하기 위해 손을

가했지만……'

"저는 모르겠어요." 재닛이 끼어들었다. "없어진 쇠붙이 조각은……."

"사실은 두 군데를 잘라낸 거요. 그것이 바로 사건 전체의 열쇠였소. 뷰얼은 최근에 일어난 사고에 대해서 조사하기로 했다오. 그리고 그 가운데 살인이라고 해도 이상하지 않을 만한 것을 골라 자기 주소로 편지를 보내기로 한 거지. 그런데 어느 날 그 불행한 여자들의 뒤를 달리고 있는 중에 기적이라고도 할 수 있는 천재일우의 기회를 만난 거요.

그 사고는 살인으로 꾸밀 수도 있을 뿐만 아니라, 살인이라는 것을 증명할 수도 있는 사고였으니까. 더구나 상황이 좋아서 그가 의심받을 여지 같은 것은 전혀 없었고." 교수가 말했다.

"말씀하신 대로예요. 차를 세우고 가능한 한 재빨리 구조를 했으니까. 단, 한 사람은 반드시 죽게 하고." 론이 말했다.

"만일 죽지 않았다면?" 재닛이 물었다.

"그 기회를 이용하지 않았겠지." 교수가 대답했다.

론이 증명을 계속했다. "가능한 한 최선을 다한 데다, 볼트 절단기를 꺼내와서 자연스럽게 부러진 쇠붙이의 끊긴 부분을 또 끊어 버렸어. 기적적인 인스턴트 살인인 셈이었지."

"다른 사고들처럼." 노인이 말했다.

"다른 모든 사고들처럼." 론은 머리를 흔들었다.

모든 것이 너무나도 단순했다. 그들은 지나치게 생각했던 것이다. 계단 위에서 HOG는 어떻게 해서 왓슨의 등뒤로 갈 수 있었을까? 얼음을 가지고 어떻게 데비 리드와 드라이브웨이 사이에 들어간 것일까? 대답은 물론 그런 짓은 하지 않았다는 것이다.

"정말 큰 실수였군. 사건이 있을 때마다 누군가가, '사고가 아니라는 것을 절대로 증명할 수 없어!' 하고 말했었는데. 실제로 전부 사고였던 거야!" 론이 말했다.

어쨌든 론은 교수가 편지 이외의 다른 것에서도 그것을 증명하여 레슬리 비켈의 죽음이 HOG와는 아무 관계도 없다는 것을 알게 되자 모든 죽음이 의심스러워졌다. 그렇게 되자 한 사람의 죽음만큼은 사고가 아니라는 것을 쉽게 알 수 있게 되었는데, 그게 바로 재스트로의 죽음이었다. 그리고 첫 번째 일어난 자동차 사건 1건이 사고라고 한다면 그것을 살인으로 꾸밀 수 있는 사람은 뷰얼밖에는 없다. 현장에 있었던 사람은 그 한 사람뿐이었으니까. 간단한 일이었다. 그렇게 해서 자신을 찾는 수사에 스스로 가담하게 된 것이다.

'이런 것은 제프리 재스트로의 죽음을 숨기기 위한 연막으로서 그 많은 끔찍한 '살인'이 필요했었던 겁니다.

제프리 재스트로는 죽어야 할 필요가 있는 남자였습니다. 그를 죽인 것에 대해서는 적어도 죄책감은 없습니다. 내게는 해야 할 중요한, 상당히 중요한 일이 있었습니다. 죄도 없는 사람들을 위협해서 돈을 빼앗는 재스트로는 나의 중대한 계획과, 내 인생에 의미를 부여해 준 여자를 포기하지 않으면 안 될 입장으로 나를 몰아넣으려 했습니다……'

"그래요? 어떤 이유에서일까요?" 재닛은 알고 싶어했다.

교수가 대답했다. "그렇소. 간접적으로 뷰얼은 스스로 자신의 딜레마를 만들어 버린 거요." 그는 론의 책상에서 편지를 들고는 만지작거리기 시작했다. "이 도시에서 쫓겨난 뒤 재스트로는 여기저기를 전전했소. 그런데 어쩌다가 일리노이 주에서 교도소에 들어가게 되었지. 그곳에서 그는 어떤 남자를 만났소. 그 남자가 아메리카 수호자의 일리노이 지부의 회원이었던거요. 그는 탁아소 방화죄로 교도소에 들어가 있었지. 대단한 일이지요?

아무튼 몇 개월 지나는 동안 그 남자가 재스트로에게 자기 조직에 대해서 얘기해 주었소. 그 남자는 그 조직을 상당히 자랑스럽게 떠벌였지. 그 조직의 유명한 창설자를 극찬하며, 재스트로에게 그 가정의 사정까지 얘기해 주었던 거요.

그 남자는 그런 얘기가 나오게 되자 신이 나서 떠들어댔겠지. 그 얘기 중에서 행방을 알 수 없게 된 조카의 얘기도 간혹 나왔는데, 거기에서 어머니의 성을 가지고 있는 테이섬을 연결시키게 되었던 거요.

재스트로가 테이섬의 이름에 얼마나 민감했을지는 쉽게 상상할 수 있겠지? 그래서 재스트로는 석방되면 뷰얼과 그 조직의 창설자와의 관계를 파헤치려고 마음먹었소. 처음에는 뷰얼의 인도주의자 이미지를 손상시킬 작정이었겠지.

그러나 눈앞에 다가온 뷰얼의 상속 문제를 알아내는 데에는 그다지 시간이 걸리질 않았소. 재스트로보다 적은 정보로 조사한 자네가 불과 2, 3일 만에 알아냈을 정도니까."

"내가 아는 사람이 알아낸 일이지만, 말씀하신 대로입니다."

노인이 싱긋 웃었다. "자네 친구가 조사한 것은 자네가 조사한 거나 마찬가지야. 자신의 공적이라고 해도 부끄러워 할 일은 아니네. 친구가 실패했다면 책임은 자네에게 돌아갔을 테니까." 베네데티가 손등을 긁었다. "계속해서 말하지. 뷰얼이 처한 입장을 알게 된 재스트로는 단순히 복수하는 것뿐만이 아니라 자기 욕심을 채우려고 했었던 거야."

"그래서 디들의 관계를 알아낸 거로군요." 론이 말했다.

"그렇지. 체스터 부인이 원인이 되었어. 뷰얼은 그녀를 사랑하고 있었으니까……."

재닛이 머리를 흔들었다.

"왜 그러시오, 박사?" 베네데티가 물었다.

"네? 아녜요, 아무것도 아녜요, 교수님. 어서 말씀을 계속하세요." 그녀는 입술을 깨물었다. 재닛은 뷰얼이 디둘 속에서 찾은 멋이 어떤 걸까 하고 생각하고 있었던 것인데, 그것 이상은 생각지 않기로 했다. 누가 알 수 있을까? 그렇게 생각해 가면 론이 재닛 속에서 찾은 것에 대한 생각으로 이어진다. 그때 재닛은 그게 무엇인지에 대해서는 흥미를 느끼지 못했다. 무엇인가를 찾아냈다는 것만으로 충분했던 것이다.

"말한 대로 뷰얼은 그녀를 사랑하고 있소." 노인이 계속해서 말했다. "하지만 그렇다 해도 큰아버지의 유산과, 그것을 이용해서 벌일 복수라는 오랜 꿈을 버릴 수는 없었지. 그래서 한 달쯤 전에 재스트로가 몰래 뷰얼을 만나서 최후의 통첩을 보냈을 때 뷰얼은 살인을 결심했던 거요."

"최후의 통첩이라니, 그게 뭔데요?" 재닛이 물었다.

"그것은 정말 교묘한 것이오." 교수가 대답했다. "재스트로는 상당히 오랫동안 계획을 짠 것이 틀림없소. 뷰얼에게 자필 문서를 쓰게 했죠. 그 내용은 과거 보안관 조수로 있을 때 재스트로가 한 짓은 뷰얼의 조작이었다는 것, 그의 생활과 '명예'를 악의를 갖고 파괴했다는 것, 그 대가로 이후 10년간 모든 수입의 25%를 재스트로에게 지불한다는 것, 이런 내용의 문서였소."

"아주 지독하군요." 론이 말했다.

"정말이야. 물론 그 10년 동안에는 W.K. 챈들러는 틀림없이 죽게 되지. 사실상 10주일도 걸리지 않았지만. 그렇게 되면 뷰얼은 1,100

만 달러 이상의 유산을 상속받는 거야. 그래서 그 조건을 받아들이지 않으면 W.K. 챈들러에게 뷰얼이 결혼하려는 여자의 과거를 알리겠다고 위협한 거야."

론이 냉담하게 말했다. "어리석군. 왜 생명보험 대신에 모든 사실을 쓴 문서를 숨겨두고, 자신에게 무슨 일이 생기면 그것이 공표될 거라고 하지 않았을까요?"

교수가 어깨를 으쓱했다. "재스트로는 그것을 생각지 못했을 뿐이야, 뷰얼도. 재스트로가 그렇게 해두었다면 이렇게까지는 안 되었을지도 몰라."

론은 읽던 걸 계속 읽었다.

'단지 재스트로만 죽이면 경찰이 그에 관한 걸 조사해서 나를 위협한 비밀을 알아낼 것이라는 걸 잘 알고 있었습니다. 그렇게 되면 곧 내가 혐의를 받게 됩니다.

그래서 사고사나 자살로 보이게 해야 한다고 생각했습니다. 그렇지만 우리 부모님은 사고사로 돌아가셨고, 나도 오랫동안 기자 생활을 해왔습니다. 그렇기 때문에 그런 사건이 있으면 얼마나 철저한 수사가 행해지는지 알고 있었습니다. 경찰의 눈을 속인다는 것은 상상할 수도 없었던 겁니다. 그래서 생각한 것이 재스트로의 죽음을 연쇄살인 사건 속에 넣어 버리는 것이었지요. 그렇게 하면 내가 저지른 일은 수사상에 떠오른 많은 다른 무관한 사실 속에 섞여 혼동되어 버릴 테니까요. 물론, 스파터 경찰과의 오랜 교제와, 나를 사건에 말려들게 하면 '살인범'이라는 사실이나 의혹의 눈길을 내게서 다른 데로 돌려 수사에 가담할 구실을 줄 거라고 생각했습니다.

그러나 연쇄살인 같은 것은 전혀 생기지 않았습니다. 재스트로는 사악한 인간이지만 나는 다릅니다. 그를 죽인다는 것은 내가 해야 할 일을 하는 것이고, 이전에 누군가가 했어야 한 걸 한다는 생각뿐이었습니다. 그런데 단지 나의 신변을 지키기 위해서 아무런 관계도 없는 사람들에게 상처를 준다는 것은 도저히 있을 수 없는 일입니다. 나는 그런 사람이 아니니까…….'

"관계없는 사람들을 상처입히지 않겠다고?" 빈정대며 론이 괴롭게 말했다. "그런 사람이 아니라고? 조이스 리드는 어떻게 되었지? 글로리아 마커스는? 모두 HOG 사건에서 파생된 죽음이야! 아내의 총에 맞은 젊은이나, 의형제에게 맞아죽은 양돈장 주인도!"
"그는 병자예요, 론." 재닛이 부드럽게 말했다.
"병자가 될 것 같은 사람은 바로 나요, 계속 읽어봅시다." 론이 말했다.

'경찰과 시민의 마음에 HOG에 관해 심어 주는 것은 매우 쉬운 일이었습니다. 모든 사람들의 상상력을 부추기기만 하면 되는 것이었지요…….'

"확실히 나도 당했어요. 축구라든가 폴란드 차이나라든가, 돼지 작은 창자라는 쓸데없는 것만을 전력을 다해서 조사했으니까. 다른 제자를 찾는 게 낫겠어요, 마에스트로. 뷰얼에게 바이올린처럼 농락당하고 말았으니." 머리를 흔들면서 론이 말했다.
"이보게, 비관할 건 없네. 아주 재미있잖나." 그는 론과 재닛에게 의미 있는 시선을 보냈다. "우리 세 사람만이 재미있다는 거야, 알겠는가. 나는 잃은 쇠붙이 한 쪽에 대한 것을 깨달은 순간 첫 번째 사건의 진실을 알아차렸어. 그것도 레슬리 비켈의 죽음 덕분이지. 그것은 전혀 살인이 아니었기 때문이야. 뷰얼이 모두 죽일 수는 없었어. 그 사실을 알았던 거야. 그야말로 비켈 양의 죽음이 뷰얼의 범행을 파헤쳐 낸 거지."

"그때 말씀하셨으면 뷰얼도 포기했을지 모릅니다. 적어도 그 이상 편지 같은 것은 쓰지 않았겠지요." 재닛이 말했다.

교수는 어깨를 움츠렸다. "그 점에 대해선 틀림없이 내게도 죄는 있소, 박사. 우리는 누구나 맹점을 가지고 있지요, 개인적인 학습 장애를. 내 경우는 내 자신이 생각한 것이 잘못 판단한 건 아닐까 하고 자신을 의심하는 것이고, 자신이 전능하지 않다는 의식에 매어 있는 것이오."

여느 때라면 그런 말을 듣고 한마디 해주고 싶어지는 론이었지만 그때만은 다른 일에 생각이 가 있었다.

'일단 HOG의 존재가 확실해지게 되면 나는 플라이서 경감과 함께 있는 것이 유리했습니다. 그렇게 되면 어떻게 해서든 편지를 그럴 듯하게 쓰기 위한 현장의 상세한 상황을 알 수 있고, '살인 사건'의 알리바이도 생기게 되니까요. 내가 사건과 관계가 없다는 것이 주위 사람들에게 명백해진 뒤에는 수사에 가담하는 시간을 줄인다 해도 안전했습니다. 그 대신 나는 재스트로에게 시간을 쓴 겁니다, 예상한 것이 적중했습니다. 단, 재스트로의 죽음을 자살로 보이게 가장해 놓았지만 경찰은 금방 타살이라는 것을 알아차렸습니다. '피해자' 개개인의 일에서 주의를 다른 데로 돌리기 위해 가능하면 HOG를 두려운 존재로 만들어야 했습니다. 그러기 위해선 편지를 쓰는 것만으로도 충분했습니다. 최후의 편지는 집에서 써서 경찰 본부로 플라이서 경감을 만나러 가는 도중에 집어넣은 것입니다.

훌륭한 계획이었습니다. 관계 없는 사람들을 상처받게 하는것도

없이…….'

여기에서 론은 또 머리를 흔들었다.

'……더구나 해야 할 일을 할 수 있었으니까. 유일한 실수는 같은 날 밤에 레슬리 비켈과 데비 리드를 '죽였다'고 선언해서 HOG를 너무 무섭게 만들어 놓은 것이었습니다. 비켈은 보통보다 약을 과잉투여해서 죽었다는 경감의 판단을 그대로 받아들였어야 했습니다. 거기에는 복잡한 사연이 있었는데, 이 점에 대해선 이 〈클랜트〉 신문의 다른 면에 기사가 실리게 되리라고 생각합니다. 그것을 계기로 베네데티 교수가 진실을 알아낸 것입니다.'

"남의 무죄를 증명해서 살인범의 가면을 벗겨낸 것은 이번이 처음이야." 교수가 말했다.

'친구, 또는 오랫동안 애독해 주신 여러분은 이제 진상을 아셨으리라 생각합니다. 내가 한 짓에 대해서는 변명하지 않겠지만, 나 때문에 피해를 입은 분들에게는 깊이 사과를 드립니다. 그러나 결국은 환상이겠지만 요 몇 주일간 일어난 사건에 의해 진짜 악마에게 괴로움 당하고 있는 헤아릴 수 없이 많은 사람들이 구원된다는 것을 알아 주신다면 어느 정도 마음도 편해지지 않을까요?'

"녀석은 미치광이야!" 론이 말했다.
"전혀 뜻밖의 일은 아니야." 교수가 말했다.
재닛이 전문가 히긴스 박사로서 이렇게 결론지었다. "그는 큰아버지를 죽이고 싶었던 겁니다. 이전부터 죽 그랬던 거예요. 큰아버지가 상징하고 있는 모든 것을 없애고 싶은 생각이 점점 심해졌고, 그러기 위해서는 노인이 죽기만을 기다려야 했습니다." 그녀는 노트를 읽는 듯한 모습으로 걷기 시작했다.

그녀가 계속해서 말했다. "그런데 재스트로가 나타나자 그가 완벽한 대역이 된 것이지요. 권력의 악용……. 네, 그리고 뷰얼이 사랑하는 사람에 대한 직접적인 협박! 처음엔 부모, 다음이 디둘이었습니다.

저는 뷰얼 씨가 진정으로는 착한 일을 하겠다는 희망을 가지고 있지 않았다는 것을 말하는 게 아닙니다."

"그런 희망에서 파생된 악 중에서, 이것보다 더한 것을 본 적이 없어." 노인이 말했다.

론이 입을 열었다. "교수님의 그림 말입니다. 선과 악이 충돌해서 피가 흘렀는데……."

"하지만 그는 선한 일을 하고 싶었을 거예요." 초조해진 듯 히긴스 박사가 말했다.

"그 일은 HOG 자신이 마지막 편지에서 말했습니다. 뷰얼 씨가 재스트로를 죽여야 한다고 생각한 심층심리의 이유는 그 기사 속에서 그도 밝혔습니다, 죽여야 한다고. 그를 죽이면 큰아버지 윌리 씨를 죽였다고 느낄 수 있기 때문이지요. 또는 그 이상으로……."

그녀는 그 이상의 것을 말할 기회를 잃어버렸다. 사무실 문을 노크하는 소리가 들렸던 것이다. 론이 문을 열었다. 디둘 체스터였다.

디둘이 울면서 들어왔다. 물론 재닛은 가엾게 생각했지만 디둘의 빨간 코, 울어서 충혈되고 부은 눈이 매력적인 것을 보고는 약간 질투를 느끼지 않을 수 없었다.

"교수님께 전해 드릴 말씀이 있어서요." 디둘이 말했다.

"뷰얼 씨에게서?"

"네. 저…… 그이를 만나게 해주질 않는 거예요. 그런데 그이가 변호사에게 당신을 원망하지는 않는다고 전해 달라고 했답니다."

"그 말을 들으니 기쁘군요." 베네데티가 말했다.

"네." 디둘이 대답했다.

재닛이 말했다. "만일 제가 할 수 있는 일이 있다면…… 2, 3일 다른 사람과 함께 있고 싶다면……." 디둘이 아무리 예쁘다고 해도 이것만큼은 어쩔 수 없을 것이다. 쓸데없는 대항심이었다.

"아녜요. 고마워요." 디둘이 균형을 잃고 약간 비틀거렸다. 교수가 그녀를 의자에 앉혔다. "믿을 수 없어요. 정말로 믿을 수가 없어요."

노인이 슬픈 듯이 어깨를 으쓱했다.

디둘이 그를 올려다보았다. "뷰얼이 유산을 상속받을 수 있을까요?"

"만일 안 된다면?" 론이 물었다.

디둘은 냉정한 표정이 되었다. "저는 아무래도 좋아요! 어떻게 되든 뷰얼 옆에 있겠어요! 그렇지만 뷰얼에겐 중대한 일이에요. 그이가 큰아버님을 죽인 것은 아니잖아요? 상속받지 못할 이유는 없어요. 해야 할 일을 하지 못한 채 교도소에 들어가게 되면 그이는 죽어버려요."

교수가 지금까지 없었던 정체 모를 미소를 떠올렸다. "교도소에 들어가지 않고도 끝날 방법이 있을지도 모릅니다."

디둘이 긴장했다. "가르쳐 주세요!"

"단, 미리 말해 두겠는데 조건이 좀 까다롭습니다."

재닛에게는 디둘의 기대가 소리를 내며 무너지는 것이 들리는 것 같았다. 그녀는 경멸하듯 말했다. "자살이라도 하라는 말씀이세요? 그런 짓을 한다면 누가 기뻐할까요?"

교수가 대답했다. "아무도 기뻐하지 않을 거요. 내가 말하는 것은 그런 뜻이 아니오." 그가 신문용 원고지를 집어들었다." 이 원고가 정신이상을 호소하는 자료가 될지도 모른다는 거요. 나는 아보카토(awocato), 즉 변호사는 아니지만 그것으로 무죄로 만들 수 있다는 것 정도는 알아요. 이 주(州)에는 '책임 경감'이라는 것이 있지요. 어리석기는 하지만 법은 법이지요. 이것이 적용되면 죄는 가벼워지지만, 정신과 치료를 집중적으로 받게 된답니다.

그러나 그렇게 되면 큰아버지의 유산은 못 받게 되고 말아요. 정신이상자는 상속받지 못하거든. 흥미로운 딜레마이지요?"

디둘은 두 번 크게 심호흡했다. "그것을 읽어봐야겠어요." 그녀는 한 번 읽은 뒤에 다시 한 번 더 읽고는 입을 열었다. "그런데 이것은 〈클랜트〉 신문에 낼 원고로군요. 저한테 넘겨주지 않으시겠어요?"

교수는 머리를 흔들었다. "그건 안 돼요. 만일 이것이 일반인에게 알려지면 이 사건에 관한 공평한 배심원 선택이 불가능해지고 말아요. 그렇게 되면 큰일이지.

이것은 내 연구에 있어서도 귀중한 기회요. 어쨌든 뷰얼 씨와의 면회를 인정받으실 테니까, 이 일을 그에게 전해 주시오. 만일 이것을 그의 변호사에게 건네주면 반드시 형을 줄일 수 있을 거라고 생각합니다. 단, 상속권은 상실합니다. 그가 가장 바라고 있는 당신과의 행복한 생애는 이미 잃었지만."

디둘은 얼굴을 감싸고 훌쩍훌쩍 울기 시작했다.

교수는 그러한 그녀를 무시했다. "그리고 이것도 전해 주시오. 경찰에게 자백하는 것은 불필요합니다. 플라이셔 경감은 편지를 쓰는 데 사용한 펜을 압수했고, 게다가 당신과 당신의 아들, 그리고 뷰얼 씨의 사진도 압수해 갔습니다. 재스트로는 거짓 광고를 낸 당신에게 그 사진을 보내게 한 겁니다. 뷰얼 씨는 그를 죽인 날 밤에 그것을 되찾았지요. 그 사진은 큰아버지를 핑계로 뷰얼 씨를 위협한 증거가 되며 뉴욕 주 법에 저촉되는 증거도 됩니다. 재스트로의 지문이 남아 있으니까.

 나중 일도 알겠지요? 뷰얼 씨도 각오는 하고 있으리라고 생각합니다. 경찰은 찾아야 할 증거가 어떤 것인지 알고 있으니까 반드시 찾을 거라고 생각합니다. 예를 들어 볼트 절단기 말인데, 그는 그것을 갖고 있었습니까? 뭐 알고 있는 일이기는 하지만.

 그런 이유에서 만일 뷰얼 씨가 정상인으로서 재판을 받아 판결을 받고 스스로 결정한 대로 교도소 안에서 유산의 사용법을 지시할 작정이라면, 이 니콜로 베네데티는 망설일 것 없이 이 기사를 찢어버리겠소. 필요하다면 내가 플라이셔 경감과 법 그 자체에 대해서 대답할 작정이오."

 노인은 더부룩하게 털이 난 커다란 손을 디둘의 반짝이는 금발머리에 얹어 고개를 들어올리고는 눈을 마주 바라보았다.

 "전해 주겠소?"

 "네…… 전하겠어요." 그녀는 중얼거렸다.

 "그의 대답을 알려주시오."

 디둘은 끄덕이며 일어서더니 문 쪽으로 갔다. 무슨 말인가를 하려는 듯 그녀는 뒤를 돌아보았지만 아무 말도 하지 않았다. 그녀는 문을 연 채로 사라졌다. 론이 일어서서 문을 닫았다.

23

 "정말로 그렇게 할 거라고 생각해요?" 재닛이 물었다.

 "그렇게 할 거라니, 무엇을?"

 "그의 곁에 있겠다고 한 말."

 론은 어깨를 으쓱했다. "한동안은 아마 그렇겠지." 그는 교수에게 다가갔다. "복잡한 사건이었죠, 마에스트로? 뷰얼이 설마 자신을 벽

구석에다 넣고 칠해서 보이지 않게 할 줄이야!"

"칠한다고 하니까 생각났는데." 노인은 새 담배에 불을 붙였다. "화요일 오전중에 페인트공이 내 방을 칠하러 올 걸세. 까맣게 잊고 있었군. 그 벽 색깔은 이제 더 견딜 수가 없어."

론이 눈썹을 치켜올렸다. "계속 스파터에 눌러 계실 생각이세요?"

베네데티는 어깨를 들었다 놓았다. "사건이 끝나니 자네 머리 회전도 멈춰 버렸나, 로널드? 재판이 끝날 때까지는 여기 묶여 있어야 할걸? 우리 세 사람은 증인 중에서도 스타이니까." 그는 빙긋이 웃었다. "게다가 마칼로이, 투티오, 고롤스키 부인과도 약속이 있어. 가능하면 빠른 시일 내에 서로를 알 수 있는 기회를 만들기로 했는데, 니콜로 베네데티는 약속을 어기지 않아!"

그의 어조가 너무도 당연하다는 투였기에 재닛은 무심코 코웃음을 쳤다. "분주한 봄날이 되시겠네요, 교수님!"

재닛의 말에 모두가 웃음을 터뜨렸다.

론이 재닛에게 말했다. "참! 당신은 아직 내 질문에 대답하지 않았소."

재닛의 눈이 빛났다. "질문이라니, 무슨?"

론이 소리를 질렀다. "무슨이라니! 결혼해 주겠느냐고 묻지 않았소? 아직 결정하지 않은 거요?"

"그 얘기인지 확인하고 싶었을 뿐이에요." 장난기 섞인 목소리로 그녀가 말했다. "네, 론. 결혼해요. 너무너무 사랑해요." 론은 그녀에게 키스를 했다.

교수도 기뻐했다. "역시 그랬군. 그렇다면 로널드의 허가증이 취소되지 않도록 손을 써야겠구먼. 이제 아내를 부양해야 할 테니."

"게다가 인색한 노인도!" 론이 재닛의 귓전에 대고 속삭였다.

바로 그때 재닛이 생각난 듯이 말했다.

"교수님!"

"난 여기 있소. 무슨 일이오?"

"HOG 말예요! 전부 설명해 주셨지만 그것은 아직 설명 안 해주셨어요. 어째서 HOG죠?"

론이 고개를 끄덕였다. "그래, 나도 그만 잊고 있었군." 생각에 잠기듯 그가 말했다.

노인이 말했다. "아, 그것 말이오? 그것이야말로 최대의 수수께끼지." 그는 크게 한숨을 지으며 아주 심각한 표정을 지었다. "뷰얼이 말하지 않는 한 편지에 왜 그렇게 사인했는지는 결코 알지 못할 테니. 그렇지만 내 나름대로 의견은 있소. 그리고 몇 가지 근거도 있고.

우선 HOG가 죽인 피해자들에 대해 생각해 보면 천진난만한 어린아이에서 성적으로 조숙한 여자까지 모두 악과는 거리가 먼 사람들이오. 재스트로를 제외시키면, 모두 사고의 희생자였지. 레슬리 비켈의 경우는 좋지 못한 행실 때문이었고, HOG가 불러일으킨 공포는 다름 아닌 선량한 사람들을 잔인하게 죽이는 인간이 있다는 두려움이었소.

뷰얼도 큰아버지에 대해 똑같은 공포를 느꼈겠지. 부모님이 정말로 사고로 돌아가셨다는 사실을 알 때까지는 말이오. 그렇다고 해서 두려움이 사라질까? 음모로 살해당한 게 아니라는 것을 알았다고 해도 사랑하는 사람이 갑자기 죽어갔다고 생각해 봐요. 과연 즉흥적으로 HOG라고 이름을 지을까?

나는 절대 그렇게 생각지 않아요. 편지와 고백장에서도 뷰얼은 항상 그 이름을 대문자로 썼소. 즉, 사람들이 계속 그렇게 의심해온 것처럼 나도 그것은 머리글자라고 생각한다오."

"무슨 의미입니까, 마에스트로?" 론이 물었다.

263

교수는 입에서 담배를 떼고 복잡한 미소와 함께 연기를 내뿜었다.
"뷰얼이 직접 말했어. 다시 한 번 고백장을 읽어보면 알 거야. HOG야말로 진짜 살인범이었어. 처음부터 그 편지는 6명의 희생자를 죽인 진범에 대해 분명히 밝히고 있었어. 물론 일곱 번째 죄많은 희생자도 그가 죽였다고 뷰얼은 확신하고 있었지."

노인의 얼굴에서 미소가 사라지고 피곤에 지친 표정이 떠올랐다.
"모두 하느님의 손(Hand Of God)에 살해된 거야."

STORM IN THE CHANNEL
메그레 경감
조르즈 시므농

메그레 경감

1

 공교롭게도 운명은 메그레에게 인간의 증거가 믿을 수 없는 것일 수도 있다는 가장 뚜렷한 사실을 제시하고, 그것을 확인시켜 주기 위해 최근 그의 은퇴 시기를 이용한 것 같았다. 그리하여 이번에는 유명한 그 경감이, 아니 3개월 전까지는 경감이라는 감투를 쓰고 있던 그 사람이, 입장이 바뀌어 현직 경찰관의 날카로운 눈총을 받으며 신문을 받게 된 것이다.
 "그때가 6시 반, 아니 그보다 좀 이른 시간이었습니까? 당신은 분명히 그때 난로 옆에 앉아 있었습니까?"
 메그레는 6명의 사람들이 다음과 같은 단순한 질문을 받자 신경이 갑자기 마비되는 것을 놀라울 정도로 뚜렷하게 느낄 수 있었다.
 "당신은 6시와 7시 사이에 정확히 무슨 일을 하고 있었습니까?"
 그것이 극적인 또는 비극적인 사건이었거나 무질서와 관련된 사건이었더라도 큰 문제는 없었을 것이다. 그러나 그것은 그런 것과는 거리가 멀었다. 단순히 6명의 사람이 어느 비오는 날 저녁, 하숙집 거실에 앉아 저녁 식사를 기다리고 있었던 것이 사건의 전부였다.

그런데도 메그레는 그것에 관한 질문을 받자 마치 기억력이 좋지 않아 잘 잊어버리는 학생이나 허위로 진술하는 증인같이 머뭇거렸다.

약간의 폭풍이란 표현은 의미가 약한 편이었다. 생 라자르 정거장에는 '영국 해협에 폭풍이 일고 있음. 디에프에서 뉴헤이번 간의 운항이 늦어지겠음'이란 공고문이 나붙었다.

상당수의 영국 여행자들은 호텔로 되돌아왔다. 바람이 너무 거세게 불어 디에프 거리의 간판들은 날아갈 것만 같았다. 집 문을 열 때는 문이 떨어져 날아갈까봐 몸으로 문을 떠받치고 열어야 할 정도였다. 비는 마치 쏟아붓는 듯 왔고, 지붕에 떨어지는 빗방울 소리는 마치 해변가 바위에 부딪히는 파도 소리 같았다. 때때로 벽에 몸을 바싹 붙이고 머리에 코트를 뒤집어쓴 채 지나가는 사람들이 하나둘 겨우 있을 정도였다.

때는 11월이었다. 오후 4시만 되면 전깃불을 켜야 했다. 항구에는 2시에 떠났어야 할 배들이 몹시 흔들리며, 돛대들이 서로 부딪치고 있는 소형 어선들 옆에 묶여 있었다.

메그레 부인은 하는 수 없다는 듯 기차 안에서 뜨기 시작한 뜨개질감을 방으로 가지고 와서 다시 뜨기 시작했다. 그녀가 난로 옆에서 뜨개질을 시작하자 하숙집의 황갈색 고양이가 그녀의 무릎 위에 웅크리고 앉았다.

이따금 부인은 머리를 들어 어떻게 해야 하는지 고민하고 있는 남편에게 근심스러운 눈길을 던졌다. 메그레 부인이 입을 열었다.

"호텔로 들어갈 걸 그랬어요. 호텔에는 그나마 카드놀이라도 같이 할 사람이 있었을 텐데 말이에요."

물론 그랬겠지! 그러나 항상 돈을 아끼는 메그레 부인은 매년 여름이 되면, 사람들이 좀 들긴 하지만 겨울에는 모두 문을 닫아 인적이 끊겨 버리는 부두 끝에 자리한, 신으로부터 버림받은 것 같은 하숙집의 주소를 어떤 친구한테서 얻어 가지고 왔다.

여하튼 이번 여행은 메그레 부부가 신혼 여행을 갔다 온 뒤로 처음 갖는 휴가였다.

또한 메그레는 드디어 자유로운 몸이 되었다. 퀘드소르페브르를 떠난 그는 이제 한밤중에 아직 채 식지도 않은 시체를 보러 나오라는 전화 같은 것을 받는 일 없이 마음놓고 잠을 잘 수 있는 몸이 된 것이다.

그래서 그는 아내가 그렇게 오래전부터 바라던 영국 구경을 떠나기로 결심했던 것이다.

"런던에 가서 한 2주일 동안 묵기로 합시다. 그동안 전쟁을 치르듯 함께 일했던 스코틀랜드야드 친구들도 찾아 보고요."

그는 이렇게 제안했었다.

그러나 재수없는 사람은 뒤로 넘어져도 코가 깨지는 모양이었다. 영국 해협에 폭풍이 일었던 것이다. 그래서 배의 출항이 늦어지고, 그들은 우중충한 하숙집에 머물게 된 것이다. 벽만 쳐다봐도 초라해 보이고 권태로워지는 하숙집이었다.

하숙집 주인 마드무아젤 오타르는 고약한 마음씨를 붙임성 있는 웃음으로 감추려고 애쓰는, 나이가 50살이나 된 노처녀였다. 그 여자는 메그레가 집 안을 왔다갔다하면서 담배를 피워댈 때마다 콧구멍이 자신도 모르게 일그러지곤 했다. 숙녀들이 앉아 있는 방 안에서 쉴새없이 파이프를 피우는 것은 실례라고 말하고 싶은 걸 몇 번씩이나 꾹 참곤 했다. 그럴 때마다 메그레는 이 여자가 드디어 싸움을 걸어오는가 보다 하고 그 여주인의 눈을 정면으로 노려보았다. 그래서 그 여자도 할 수 없이 고개를 돌리곤 했던 것이다.

집주인 여자는 또 메그레가 담배를 쉴새없이 피워댈 뿐 아니라, 이 난로 저 난로에서 부삽으로 불을 헤치고 석탄을 듬뿍듬뿍 집어넣어 연통이 시뻘겋게 달아오르게 할 때마다 속에서 울화통이 치밀었다.

그 집은 큰 집이 아니었다. 2층짜리 별장을 하숙집으로 개조한 것이었다. 집 입구에는 조그마한 길이 하나 있었지만 전기를 아끼는 나머지 불을 켜놓는 법이 없었다. 또한 1층과 2층으로 가는 계단들에도 불이 켜져 있는 일은 없었다. 그래서 가끔 사람들이 올라가다 발을 헛디뎌 넘어질 뻔하는 소리가 들렸고, 문 손잡이를 찾아 더듬거리는 소리가 들릴 때도 있었다.

맨 앞에 있는 방이 거실로 쓰였다. 거기에는 녹색 벨벳으로 싼 이상하게 생긴 안락의자들이 놓여 있었으며, 테이블 위에는 다 떨어진 낡은 잡지들이 놓여 있었다.

그 옆이 식당이었는데 손님들은 식사 시간 외에도 그곳에 가서 앉아 있을 수 있었다.

메그레 부인은 거실에 앉아 있었다. 그때 메그레는 이 방에서 저 방으로, 이 난로에서 저 난로로 옮겨다니며 불을 지피고 있었다.

집 뒤쪽에는 식기실이 있었다. 15살 먹은 하녀 이르마가 칼과 접시들을 닦고 있었다.

그 옆은 부엌이었다. 그곳은 마드무아젤 오타르와 잔이 독차지하는 영역이었다. 잔은 이르마보다 나이가 많은 하녀로 늘 흐트러진 머리에 단정치 못한 옷차림을 하고 다녔다. 게다가 밤낮 무엇 때문인지 화가 나서 옆에 있는 사람들을 심술궂고 의심스러운 눈초리로 노려보았다.

그 집안 사람 중에서 남은 이는 항상 이리저리 쫓겨다니면서 야단맞고 매질당하는 네 살 먹은 사내아이다. 메그레가 이르마에게 물어서 알아낸 사실이지만 그 아이는 잔의 아들이었다.

다른 어느 곳에서라도 이런 날씨에는 시간이 유쾌하게 흐를 리가 없을 것이다. 그런데 이곳에서는 시간이 장례 행렬과도 같이 유난히 느리게 지나갔다. 이곳에서의 1분은 세상 다른 어느 곳에서와는 달리 60초가 넘는 것같이 느껴졌다. 벽난로의 장식용 선반 위에 놓인 검은 대리석 시계의 바늘들이 도대체 움직이고 있는 것 같지 않았다.

"바람이 좀 멎으면 카페에라도 한번 가보세요. 분명 함께 카드 놀이할 사람이 있을 거예요."

메그레 부인이 메그레를 보며 말했다.

방 안에는 항상 누군가가 있기 때문에 조용히 앉아 얘기할 수도 없었다. 특히 마드무아젤 오타르는 자기가 모든 사람을 다 감시하지 않으면 무슨 큰 일이라도 일어날 것처럼 부엌에서 거실로 왔다갔다하거나, 아니면 책상 서랍이나 찬장 문을 열었다 닫았다 하거나, 방에 들어와 앉았다가는 다시 일어서서 나가는 둥 부산을 떨었다. 마치 자기가 단 15분 동안만이라도 방을 비워 두면 누군가가 자기가 아끼는 책을 훔쳐가거나 찬장에 불이라도 지를 것 같은 생각이 드는 모양이었다.

이따금씩 찬장 속에 나이프나 스푼이나 포크를 갖다 넣고 다른 것들을 내가느라고 이르마가 들어왔다 나가곤 했다.

메그레 부부가 이름을 알 수 없어 '슬픈 여인'이라 부르던 여자는 언제나 거실 난로 옆에 꼿꼿이 앉아 표지가 떨어져 나가 무슨 책인지 알 수 없는 낡은 책을 열심히 읽고 있었다.

메그레 부부가 아는 한 그 여인은 이 하숙집에 벌써 몇 주째 묵고 있었다. 나이는 약 30살 정도로 건강이 좋지 않아 보였다. 무슨 수술을 받아 요양하러 온 사람처럼 보였다. 여하튼 그 여인은 몸을 좀 움직일 때마다 혹여라도 몸이 부서지기라도 할 것처럼 극도로 조심해서 움직였다. 식사 양도 아주 조금이었다. 그리고 먹으면서도 이따금씩 이런 쓸데없는 일을 위해 시간을 낭비하는 것이 아까워 죽겠다는 듯

한숨을 짓곤 했다.

메그레가 '젊은 신부'라 부르는 시니컬한 미소를 잘 짓는 또 다른 여인은 그 여자와는 정반대였다. 방 안에서 이 의자에서 저 의자로 옮겨 앉으면서 수선을 피웠다.

'젊은 신부'는 40대 초반으로 보였다. 키가 작고 다부지게 생겼는데 남편이 자기 말을 고분고분 듣지 않으면 절대로 가만두지 않을 타입이었다. 그녀의 남편이 그녀가 찾기만 하면 순식간에 달려와 온순하고 고분고분한 태도로 명령을 기다리는 시늉을 하는 것을 보면 알 수 있었다.

신랑은 30살 정도 돼 보였다. 단박에 저 사람은 사랑 때문에 결혼한 사람이 아니라는 것을 알 수 있었다. 노후를 편안하게 보내기 위해 자유를 희생한 남자라는 것이 분명해 보였다.

그 부부의 이름은 쥘 모슬레와 에밀리 모슬레였다.

비록 시계 바늘이 빨리 돌아가진 않았어도 조금은 돌아간 모양이다. 왜냐하면 잔이 '슬픈 여인'에게 박하 약탕을 가져왔을 때 벽난로 위의 시계를 쳐다보았던 생각이 나기 때문이다. 그때 시각은 5시를 몇 분 지나 있었으며, 잔은 어느 때보다도 더 뽀로통해 있었다.

비로 뒤 젊은 영국 사람 존이 밖에서 들어와 찬 바람과 비가 집 안으로 들어왔고 거실 바닥에는 비옷에서 흘러내리는 물방울이 뚝뚝 떨어지고 있었다.

그는 바깥의 찬 공기로 얼굴이 약간 상기되어 있었는데 자기가 가져온 좋은 소식 때문에 좀 흥분해 있었다. 그는 방에 들어서자마자 강한 영국 악센트로 말을 시작했다.

"배가 떠난답니다……. 마드무아젤, 제 짐을 좀 내다 주시죠."

존은 아침부터 내내 침착성을 잃고 부산을 떨고 다녔다. 그는 영국으로 돌아가기를 애타게 바라고 있었는데 항구에 갔다가 막 기선 하나가 떠날 것이라는 소식을 듣고 온 모양이다.

"내 계산서가 준비됐나요?"

메그레는 머뭇거렸다. 그는 마누라의 충고에 따라 옷이 다 젖는 한이 있더라도 거리로 뛰쳐나가 브라스리데스위스 식당까지 뛰어가려던 참이었다. 거기에 가면 그래도 사람들이 좀 있어 북적거리는 것을 볼 수 있으리라 생각되었기 때문이다.

메그레는 복도 끝에 있는 옷걸이까지 걸어갔다. 어두컴컴한 그곳에 영국 사람의 옷가방 세 개가 놓여 있는 것을 보았다. 그래서 그는 어깨를 으쓱하고는 다시 거실로 돌아왔다.

"왜 안 가셨어요? 심심해하시면서요."

메그레 부인이 메그레를 바라보며 물었다.

부인의 이 말에 그는 부아가 나서 안락의자에 푹 주저앉았다. 그러고는 옆에 있는 잡지를 아무거나 하나 집어들고 책장을 넘기기 시작했다.

한 가지 희한한 사실은 메그레에게는 할 일이 하나도 없고 머릿속으로 곰곰이 생각해야 할 일도 전혀 없다는 것이었다. 때문에 논리적으로 그는 완전히 느긋할 수 있는 몸이었다.

그 하숙집은 크지 않았다. 집 안 어느 곳에 있더라도 집 안에서 나는 아주 작은 소리까지 다 들릴 정도였다. 그래서 저녁이 되어 모슬레 부부가 잠자리에 들게 되면 사람들은 적잖이 민망스러워했다.

그런데도 메그레는 아무것도 보지 못했고 아무것도 듣지 못했으며, 따라서 눈곱만큼의 예감도 느낄 수 없었다.

메그레는 존이 숙박비를 내고 식기실로 들어가 이르마에게 팁을 주는 것을 어렴풋이 알고 있었다. 그리고 그 영국 사람이 안녕히 계시라고 인사하자 자신도 그에 대한 답례 인사를 했고, 그 영국 젊은이보다 한결 힘세게 생긴 잔이 그의 옷가방 두 개를 배까지 날라다 주기 위해 나가는 것을 알고 있었다.

그러나 메그레는 잔이 나가는 것을 눈으로 직접 보진 못했다. 별로 관심을 두지 않았기 때문이다. 그는 마침 잡지에 실린 들쥐의 습관에 관한 아주 작은 활자로 된 긴 기사를 읽고 있었다. 그가 안락의자 옆에서 주운 그 잡지는 농업 전문 간행물이었다. 그는 그 기사를 읽기 시작하자 그 기사에 푹 빠져 버린 것이다.

그때부터 벽에 걸린 시계의 녹색과 회색이 섞인 듯한 문자반 위의 시계 바늘은 아무도 눈치채지 못하는 사이에 조금씩 움직이고 있었다. 자기가 뜬 뜨개질거리를 한 코 한 코 세고 있는 메그레 부인의 입술이 움직이는 것이 보였다. 가끔 난로 안에서는 석탄 덩어리가 타 내려앉는 소리가 났으며, 연통 속에서는 바람 소리가 윙윙 들려오기도 했다.

그릇 소리가 쨍그랑쨍그랑 나는 것을 보니 이르마가 상을 차리는 것 같았다. 그리고 생선 튀기는 냄새가 희미하게 풍기는 것으로 보아 저녁 식사엔 전통 대구튀김이 나오는 모양이었다.

그런데 갑자기 어둠 속에서 사람들 소리가 들려왔다. 폭풍 속에서 나는 흥분한 목소리들이 점점 가까워지더니 대문 셔터 앞에까지 다가왔다. 그리고 문까지 와 딱 멈추더니 그 집에서 한 번도 들어 본 적 없는 요란한 초인종 소리가 울렸다.

메그레는 조금도 놀라지 않았다. 그날 오랜 시간 동안 그는 이 따분하고 단조로운 생활에 뭔가 변화가 생기길 바라고 있었다. 그런데 이제야 그러한 단조로움이 깨지는 사건, 자기가 기대할 수 있었던 것 이상으로 굉장한 사건이 생겼는데도 그는 들쥐에 관한 기사에 푹 빠져 있었다.

"예, 바로 그 집인데요……."

마드무아젤 오타르의 목소리가 들려왔다.

그리고 이내 마드무아젤 오타르는 바깥 공기와 물기와 젖은 옷과, 그리고 흥분해서 벌겋게 달아오른 얼굴들을 데리고 들어왔다. 메그레도 고개를 들지 않을 수 없었다. 경찰관 제복을 입은 사람과, 입에 불을 붙이지 않은 여송연을 물고 검은 외투를 입은 자그마한 사람이 눈에 들어왔다.

"이 집이 잔 페나르라는 여자가 일하던 곳이라고 알고 있는데."

입에 여송연을 문 그 자그마한 사람이 말했다.

그 순간 메그레는 어디에 있다가 나타났는지 그 여자의 아들아이가 거기에 나와 있는 것을 보았다. 아마 부엌 구석에 있었던 모양이다.

"그 여자가 조금 전에 뤼드라디귀에서 권총에 맞아 죽었습니다."

이 소리를 들은 마드무아젤 오타르는 믿을 수 없다는 표정을 지었다. 마드무아젤 오타르는 남의 말을 쉽게 믿는 사람이 아니었다. 그래서 입을 굳게 다물고 있다가 태연하게 입을 열었다.

"정말입니까?"

그러나 이내 그녀는 의심이 싹 가시는 것 같았다. 왜냐하면 그 여송연을 입에 문 사람이 다음과 같이 말했기 때문이다.

"난 형사부장입니다. 시체를 확인하러 좀 가주셔야겠습니다……. 그리고 아무도 이 방에서 나가지 말고 그대로 있어 주시기 바랍니다."

메그레의 눈이 재미있다는 듯 반짝거리기 시작했다. 메그레 부인은 '왜 이 사람들에게 당신이 누군지 밝히지 않으세요?' 하는 표정으로 남편을 쳐다보았다.

그러나 은퇴한 지 얼마 안 되는 메그레는 아직도 자기의 정체를 감추고 밝히지 않는 데서 일종의 쾌감을 느꼈다.

그는 안락의자에 더욱 깊이 몸을 파묻고 앉아 형사부장을 살펴보는 것을 즐기고 있었다.

"외투를 입고 나를 따라와 주시겠어요?"

"어디로요?"

마드무아젤 오타르가 항의하듯 물었다.

"시체실로요."

그러자 '슬픈 여인'이 진짜인지 가짜인지 알 수 없는 큰 비명을 질렀다. 그 여자의 존재를 완전히 잊고 있던 메그레는 그 여자의 신음에 가까운 비명 소리에 그녀에게로 시선이 잠깐 멈췄다.

동시에 이르마가 식기실에서 접시 하나를 손에 든 채 뛰어나와 소리쳤다. "아니, 잔이 죽었다고요?"

"네가 상관할 바가 아니야! 금방 돌아올 테니까 너는 빨리 저녁상이나 차려." 마드무아젤 오타르가 단호한 어조로 말했다.

마드무아젤 오타르는 이렇게 말하고, 자신에게 무슨 일이 일어났는지 알지 못하는 채 어른들 다리 틈을 왔다갔다하는 어린아이를 내려다보았다. 그리고 말했다.

"저 애를 제 방으로 보내……. 빨리 재워."

그 순간 모슬레 부인은 어디에 있었을까? 이것은 쉬운 질문인 것 같지만 메그레로서는 대답할 수 없는 질문이었다. 반면 방 안에서는 항상 빨간색 털 슬리퍼를 신고 다니는 모슬레가 복도 근처 어딘가에 서 있었다. 자기 방에 있다가 사람들이 떠드는 소리를 듣고 내려온 모양이었다. 모슬레가 다가와서 물었다.

"무슨 일이죠?"

그러나 갈 길이 바쁜 형사부장은 대답하지 않았다. 그는 제복 경관에게 가서 무슨 말인지 귀에다 대고 쑥덕거렸다. 그러자 경관은 망토와 모자를 벗고 마치 그 집에 묵으러 온 사람처럼 난롯가에 앉았다.

한편 마드무아젤 오타르는 노란 레인코트를 입고 고무장화를 신고 형사부장에게 끌려가듯 걸어 나갔다. 나가다가 다시 뒤돌아보면서 이르마에게 소리질렀다.

"빨리 저녁 식사 준비나 해! 생선이 다 타 버리겠다!"

이르마는 기계적으로, 집안 사람 하나가 죽었으니까 예의상 당연히 그래야 하는 것처럼 훌쩍훌쩍 울었다. 손님들에게 음식을 돌리면서도 음식에 눈물이 떨어지지 않도록 얼굴을 돌리고 울었다.

식탁에 앉은 메그레는 모슬레 부인이 호기심 외엔 아무런 감정도 보이지 않은 채 식탁에 앉아 있는 것을 보았다.

"어떻게 그런 일이 일어날 수 있었죠? 거리에서 그랬나요? 디에프에는 깡패들이 있나요?"

모슬레 부인이 질문을 해댔다.

메그레는 아무 말 없이 그저 게걸스럽게 먹고만 있었다. 메그레 부인은 일생을 범죄 수사에 바쳐온 자기 남편이 어떻게 이 사건에 저렇게 무관심할 수 있는지 이해할 수가 없었다.

'슬픈 여인'은 대구를 노려보고 있었다. 대구 또한 그 여자를 노려보고 있었다. 이따금 그 여자는 입을 열었는데, 음식을 먹기 위해서가 아니라 한숨을 내쉬기 위해서였다.

경관은 의자를 식탁 가까이에 갖다 놓고 앉아 사람들이 먹는 것을 구경하며 자기 자랑을 할 기회를 노리고 있었다.

"그 여자가 죽은 것을 제일 먼저 발견한 것은 나였죠."

그는 가장 관심 있는 것같이 보이는 모슬레 부인을 향해 말을 던졌다.

"어떻게요?"

"아주 우연히 발견했죠……. 난 뤼드라디귀에 살고 있어요. 선창가에서 항구 반대쪽 끝까지 난 작은 거리죠. 그곳 담배 공장 너머에 살아요. 인적이 드문 곳이죠. 난 머리를 숙인 채 급히 걸어가고 있었는데 뭔가 시커먼 게 보이는 거예요⋯⋯."

"아이 끔찍해라!" 모슬레 부인이 별로 믿겨지지 않는다는 듯이 말했다.

"처음에는 술취한 사람인 줄 알았어요. 그런 사람이 길바닥에 누워 있는 경우가 있으니까요⋯⋯."

"아니 겨울에도 말입니까?"

"특히 겨울에 많죠. 사람들이 겨울엔 몸을 녹인다고 술을 많이들 마시니까요⋯⋯."

"여름엔 시원해지려고 마시고요!"

쥘 모슬레가 교활한 표정으로 자기 아내를 힐끗 쳐다보며 대꾸했다.

"그저 그것뿐이었어요⋯⋯. 손으로 몸을 만져보았죠⋯⋯. 여자더군요⋯⋯. 사람들에게 도움을 청했죠. 근처 뤼드파리에 있는 약방에 그 여자를 안고 갔더니 이미 죽어 있더군요⋯⋯. 내가 그 여자가 누군지 알아본 것은 그때였죠. 난 이 동네 사람들을 전부 알고 있으니까요. 그래서 서장님한테 오타르 하숙집에서 일하는 여자라고 보고드린 겁니다."

그때 메그레가 자기가 관여할 일이 아닌데 괜히 끼어들기가 싫은 것처럼 머뭇거리며 물었다.

"그런데 시체 옆에 옷가방은 없던가요?"

"왜요? 옷가방이 있어야 하나요?"

"글쎄요⋯⋯. 그런데 그 여자는 항구 쪽을 보고 누워 있던가요? 아니면 이쪽을 향해 누웠던가요?"

경관은 머리를 긁적거렸다.

"잠깐만요⋯⋯. 누워 있던 모습을 생각해 보니 사건이 일어났을 때 그 여자는 이쪽을 향해 오고 있었던 것 같아요."

경관은 이어 약간 주저하더니 마음을 정한 듯 붉은 포도주병을 들고는 포도주를 자기 손으로 잔에 부으면서 속삭이듯 물었다.

"한 잔 마셔도 되죠?"

그는 포도주를 따르느라고 식탁 가까이 앉게 되었다. 접시에는 대구 두 마리가 아직도 그대로 남아 있었다. 경관은 그것들을 보고 약간 움칫하더니 그 가운데 한 마리를 나이프나 포크도 없이 손으로 집어먹고 나서 뼈를 골라내 석탄이 쌓여 있는 곳에 던졌다.

이어 그는 식탁을 한번 돌아보고 아무도 마지막 남은 생선을 먹으려는 사람이 없음을 확인하고 나서, 이번에도 또 그것을 손으로 집어먹고 포도주를 한번 꿀꺽 마시고는 한숨을 지었다.

"아마 치정 때문에 일어난 사건이었을 겁니다……. 그 여자는 정말 행실이 좋지 않았거든요. 매일같이 항구 한 모퉁이의 댄스홀에나 다니고……."

"아, 그러고 보니 그랬겠군요."

모슬레 부인이 속삭이듯 말했다. 모슬레 부인은 남녀관계가 개입됐다면 모든 일은 당연히 있을 수 있다고 생각하는 사람 같았다.

"그런데 내가 놀란 것은 말입니다." 경관이 다시 말을 이었다. "총에 맞아 죽었다는 사실입니다. 뱃사람들은 보통 칼을 쓰는 경우가 더 많거든요."

경관이 이렇게 말하는 동안 메그레는 그에게서 눈을 떼지 않고 있었다.

바로 그때 마드무아젤 오타르가 돌아왔다. 보통 사람들은 찬 바람을 맞으면 얼굴이 빨개지는데 그 여자의 얼굴은 백지장 같았다. 뿐만 아니라 그 사건은 그 여자에게 자신이 얼마나 중요한 존재인지를 새삼 깨닫게 해준 모양이었다. 그 여자의 태도는, '난 어떤 사실을 알고 있지. 그러나 그것을 입 밖에 내진 않겠어' 하는 것 같았다.

마드무아젤 오타르는 식탁을 한번 훑어보고 식사하는 사람들과 접시들 그리고 다 먹고 남은 생선 뼈들을 훑어본 다음 문에서 훌쩍거리고 서 있는 이르마를 보고 꾸짖듯이 말했다.
"왜 쇠고기 요리를 대접해 드리지 않았지?"
 마지막으로 경관 쪽을 향해 마드무아젤 오타르는 말했다.
"뭐 마실 것이라도 드렸던가요? 부장님이 곧 오실 겁니다. 지금 뉴헤이번에 전화를 걸고 계시니까요."
 그 말을 듣고 메그레는 약간 놀라는 표정을 지었는데, 집주인 여자는 그것을 놓치지 않았다. 그 여자의 얼굴에는 의심스럽다는 표정이 역력했다. 그 여자는 재빨리 덧붙였다. "내가 짐작하기로는 말입니다."
 집주인 여자는 짐작하고 있던 것이 아니라 알고 있었다. 그래서 형사부장은 이미 존과 그의 갑작스러운 출발에 대해 들어 알고 있었다.
 그렇기 때문에 우선 당장 경찰은 그 젊은 영국 사람의 행적을 쫓는 데 수사를 집중시키고 있었다.
"이 모든 일로 해서 내 몸이 또 아파지겠군."
 하루에 한숨 지을 때를 제외하고는 단 세 번도 입을 열고 말을 하는 법이 없는 '슬픈 여인'이 푸념하듯이 말했다.
"아니, 나는 어쩌구요?"
 마드무아젤 오타르가 이 사건 때문에 자기보다 더 고통받는 사람이 있다니 참을 수 없다는 듯이 반문하기 시작했다.
"이 사건이 나한테는 좋은 일이라도 되는 것 같이 생각하세요? 몇달이나 훈련시킨 아이가 그만 죽었는데……. 이르마! 그 고깃국물은 가져오는 거야?"
 사건이 발생하여 사람들이 들락날락하기 시작하자 자연스레 방 안에 찬 공기가 잔뜩 들어왔다. 찬 공기는 방 안의 따뜻한 공기와 뒤섞이지 않고 사람들의 목과 어깨를 스쳐 방 안에 앉아 있는 사람들을 추위에 떨게 만들었다.

방 안이 너무 추워졌기 때문에 메그레는 의자에서 일어나서 빈 석탄 통은 본체만체하고 난롯불을 들쑤셨다. 이어 그는 파이프에 담배를 채우고 종이로 불쏘시개를 만들어 파이프에 불을 붙인 다음 일찍이 퀘드소르페브르 경찰본부에서 사람들이 그렇게도 오랫동안 볼 수 있었던 그 유명한 자세를 취했다. 즉 사건 핵심과 관계없는 일들이 머릿속에 들어와 머리가 어지럽긴 하지만 사건을 풀 수 있는 실마리가 보일 듯할 때 잘 취하는 자세였다. 그는 파이프를 입에 물고 난로를 등지고 서서 무엇인지 아직 알 수 없는 것을 곰곰이 생각하며 서 있었다.

디에프 시의 형사부장이 도착했는데도 메그레는 그 자세를 그대로 취한 채 꼼짝 않고 서 있었다. 그에게는 형사부장이 말하는 소리가 들렸다.

"배는 아직 거기 도착하지 않았어……. 도착하면 가르쳐 준다고 했어……."

이 소리를 듣고 사람들은 영국 해협 바다 위 마구 흔들리는 여객선 안에서 희미한 파도 외엔 아무것도 보지 못하며 불안에 떨고 있을 승객들을 머리에 떠올렸다.

뱃멀미를 하고 있는 손님들, 텅텅 빈 식당 그리고 뉴헤이번 시의 등대에서 반짝이는 불빛 외엔 아무 길잡이도 없는 가운데 갑판 위에 서 있는 선원들이 머리에 떠올랐다.

형사부장이 입을 열었다.

"나는 여기 계신 부인들과 신사분들 모두 조사해야 할 의무가 있습니다."

마드무아젤 오타르는 알겠다고 고개를 끄덕이며 말했다.

"칸막이 문을 닫고 형사부장님은 여기 거실에 앉아서……."

형사부장은 아직 저녁을 먹지 않았다. 그러나 식탁 위에는 생선 남은 것이 하나도 없었다. 딱딱해진 쇠고기 덩어리들이 담긴 접시가 있었지만, 그는 그것에 손을 대고 싶은 생각이 전혀 들지 않았다.

2

순서는 우연히 그렇게 결정된 것이었다. 형사부장은 누구부터 시작할까 하고 주위를 한번 돌아보았다. 그때 마침 메그레 부인과 시선이 마주쳤고, 부인의 침착한 태도로 보아 다른 사람들에게 모범을 보일 만하다고 생각했다.

"들어오시죠."

그는 메그레 부인에게 거실 문을 열어주었다가 부인이 들어오자 문을 닫았다. 얼마전까지 경감이었던 메그레는 시종 미소를 짓고 있었다.

비록 문은 닫았다고 하지만 그 안에서 하는 소리는 옆방까지 들려왔다. 그래서 형사부장이 신문을 시작하자 메그레의 미소는 더욱 뚜렷해졌다.

"이름에서 '메'를 Mai로 쓰나요, 아니면 Mé로 쓰나요?"
"Mai로 씁니다."
"그럼 그 유명한 형사님 이름과 똑같은가요?"
그러자 얌전한 부인은 아무 말 없이 그저 "예"라고만 대답했다.
"무슨 친척 관계가 되는 것은 아니고요?"
"제가 그분의 아내입니다."
"아니 그럼……. 그렇다면 부인의 남편께서도 여기 와 계신가요?"

1분도 채 안 돼 메그레는 거실에 들어와 재기발랄하게 보이지만 약간 어색한 태도를 취하고 있는 형사부장과 마주앉았다.

"아니 저를 놀리고 계셨던 거군요……. 원참. 제가 경감님을 다른 사람들과 같이 신문하려 했다니 생각만 해도……. 제가 지금 하고 있는 것은 통상적인 절차에 따라 뉴헤이번에서 소식이 올 때까지 시간을 보내기 위해 그저……. 하지만 경감님은 처음부터 여기 계셨으니까, 애초부터 사건이 벌어지는 것을 보셨을 텐데요. 아니 그러진 못하셨더라도 저희보다는 한결 더 훌륭한 판단을 내리고 계실 테니까 좀 말씀해 주시면……."

"분명 말해 두지만 나도 어찌된 일인지 전혀 판단이 서지 않는군."

"죽은 처녀가 집을 나갈 적에 누가 알고 있었던가요?"

"물론 집 안에 있던 사람들은 다 알고 있었네. 그렇지만 이 문제를 생각할 때 사건의 증인이 된다는 것이 얼마나 어려운 일인지를 다시 한번 깨닫게 되는군. 왜냐하면 그 순간 집 안에 누가 있었는지 확실히 진술할 수 없기 때문일세."

"그때 바쁘셔서 그랬나요?"

"책을 읽고 있었거든……."

경감은 자기가 두더지와 들쥐에 관한 기사를 읽고 있었다는 말까지 할 필요는 없다고 생각했다.

경감은 계속 말을 이었다. "난 사람들 떠드는 소리와 사람들이 바삐 움직이는 소리는 듣고 있었는데……."

그때 형사부장이 불쑥 물었다.

"그런데 모슬레 부인 말입니다. 그 부인은 그때 아래층에 있었죠, 그렇죠? 만약 아래층에 있었다면 어느 방에 있었나요? 그리고 무엇을 하고 있었습니까?"

디에프 시의 형사부장은 메그레의 답변에 만족할 수가 없었다. 그는 이 화려한 경력을 가진 전직 경감이 핵심을 알면서도 자기를 떠보느라고 답변을 회피하고 있다고 확신하고 있었다. 그래서 그는 비록 시골에서 근무하는 형사지만 자기가 얼마나 수사에 능수능란한지 한번 보여 주겠다고 마음먹었다.

그 다음에 형사부장은 '슬픈 여인'을 불러들였다. 그 여인의 이름은 제르멘 물리노로 병가를 얻어 휴양 나온 학교 선생님이었다.

"나는 식당에 앉아 있었지요."

그 여인은 우물우물 말을 꺼내기 시작했다. "난 할 일이 없어 심심해하는 힘센 남자들을 두고 그 불쌍한 여자한테 그 영국 사람 짐을 가져가게 하다니 공평치 못하다고 생각했어요."

제르멘 물리노는 그때의 불만을 이렇게 토로하면서 메그레의 넓은 어깨에 시선을 고정시켰다. 메그레를 겨냥한 불평임이 분명했다.

"그럼 그 뒤 식당에서는 나가지 않으셨습니까?"

"내 침실로 올라갔죠."

"침실엔 오래 계셨나요?"

"15분 정도요……. 알약을 하나 먹고 그 효력이 나타나기를 기다리고 있었어요."

"제가 이런 질문을 하는 것을 양해해 주십시오. 전 똑같은 질문을 하숙집 손님들에게 다 하고 있으니까요. 하나의 형식입니다. 부인께선 오늘 하루 종일 바깥에 나가신 일이 없고, 따라서 젖은 옷은 하나도 없다. 이렇게 봐도 되는 거겠죠?"

"아뇨……. 오후에 바깥에 잠깐 나갔었어요."

이 말을 듣고 메그레는 증거가 믿을 수 없다는 것을 보여주는 또 하나의 예로구나, 하고 생각했다. 왜냐하면 자기로서는 그 여자가 밖에 나가는 것을 본 적이 없었고, 그 여자가 15분 동안이나 식당을 떠나 있는 것도 알지 못했기 때문이었다.

"약방에 알약을 사러 나가셨던 모양이죠?"

"아뇨……. 바람이 불고 비가 오는 항구가 어떤지 보러 나갔었죠
……."
"알았습니다……. 다음 분 들어오시죠."
다음 순서는 이르마였다. 그 젊은 하녀는 아직도 훌쩍거리고 있었다.
"혹시 당신 친구 잔에게 적대적인 사람이 있었나요?"
"모릅니다, 아저씨."
"그럼, 요사이 그 여자의 태도에 무슨 변화가 있었는지, 말하자면 무슨 위협이라도 느끼며 두려워하는 듯한 모습은 보이지 않았나요?"
"다만 오늘 아침에 나보고 자기는 이 진저리나는 곳에 오래 있지 않을 거란 말만 했어요. 그 말뿐이었죠."
"당신네들은 여기서 대우를 제대로 받지 못하는 모양이죠?"
"그런 뜻으로 얘기한 게 아녜요."
이르마는 문 쪽을 바라보면서 다급하게 대꾸했다.
"알았소. 그럼 잔에게 애인이 있었다는 건 알고 있었습니까?"
"아마 남자와 같이 잤던 것 같아요."
"어떻게 그것을 알죠?"
"밤낮 아이를 갖게 될까봐 걱정했으니까요."
"그럼 그 여자의 남자 친구들 이름 중에서 기억나는 게 있나요?"
"가끔 골목에 와서 휘파람을 부는 어부가 한 명 있었어요. 구스타브라는 남자였는데……."
"골목길이라니, 어느 골목 말이오?"
"이 집 뒤쪽에 있는 거 말예요. 부엌 뒤로 해서 마당을 건너 그쪽으로 나갈 수 있어요."
"당신은 오늘 저녁에 밖에 나간 적이 있었나요?"

이르마는 아니라고 해야 할지 그렇다고 해야 할지 몰라 우물쭈물하다가 나간 일이 있었다고 시인했다.
"아주 잠깐 동안 나갔었죠, 빵을 사러 제과점에."
"그게 몇 시였죠?"
"글쎄요, 잘 모르겠는데요. 아마 5시쯤……."
"빵은 왜 사왔죠?"
"먹을 것을 별로 많이 주지 않아서요."
이르마는 아주 작은 목소리로 속삭이듯 내뱉었다.
"고맙습니다."
"제가 한 이야기를 고자질하지는 않겠죠?"
"걱정 말아요……. 다음 분 들어오세요!"
이번에는 쥘 모슬레가 조용히 들어왔다.
"자, 말씀하시죠, 형사부장님!"
"오늘 오후 밖에 나간 일이 있었나요?"
"네, 나간 일이 있습니다. 담배를 사러 나갔었습니다."
"몇 시에 나갔었죠?"
"아마 5시나 5시 10분 전쯤 됐을 겁니다……. 나갔다가 금방 돌아왔습니다, 날씨가 워낙 나빠서."
"죽은 여자를 알고 있습니까?"
"전혀 모릅니다."
형사부장은 그에게도 다른 사람들에게 한 것처럼 고맙다고 인사를 했다. 모슬레 다음에는 그의 부인이 들어와 앉았는데 질문은 하나의 의식처럼 똑같이 되풀이되었다.
"오늘 오후 외출했었나요?"
"그 질문에 대답해야 되나요?"
"대답하시는 게 좋을 겁니다."

"그렇다면 우리 남편에겐 말하지 말아 주십시오. 우리 집 양반은 아주 매력 있는 분이라서 여자들이 많이 따라다녀요. 게다가 마음도 약한 편이고요. 그래서 난 그 양반을 믿질 않아요. 그 양반이 밖에 나가는 소리를 듣고 쫓아나갔죠."
"그래 남편은 어디로 가던가요?"
형사부장은 메그레에게 눈짓을 하며 물었다.
그런데 부인에게서 나온 대답은 약간 의외였다.
"모르겠어요……."
"아니, 모르다니 그게 무슨 말이죠? 방금 남편을 뒤쫓아 갔다고 하지 않았습니까?"
"그래요, 맞아요! 남편을 쫓아가고 있다고 생각했어요. 그런데 우산을 펴 들고 밖에 나갔을 때 그 양반은 벌써 길모퉁이를 돌아가고 있었어요. 그래서 서둘러 그 모퉁이로 갔죠. 갈색 비옷을 입은 사람이 멀리 보이더군요. 그래서 그 사람을 쫓아갔어요. 5분쯤 뒤에 그 사람이 불이 켜진 가게 창문 앞을 지나가는 것을 보았을 땐 남편이 아니라는 걸 알았지요……. 그래서 나는 그 길로 돌아와서 아무 일도 없었던 것처럼 행동했죠."
"그로부터 얼마나 지나 남편이 돌아왔죠?"
"모르겠어요……. 난 위층에 있었거든요. 남편은 돌아와서 아래층에 잠시 머물러 있다가 올라왔을지도 모르고."
모슬레 부인이 이렇게 말하는 순간 대문 초인종 소리가 날카롭게 나더니 제복 경관이 들어와 형사부장에게 쪽지를 하나 건네주었다. 형사부장은 그것을 들여다보고는 메그레에게 주었다.

디에프에서 뉴헤이번에 도착한 배에는 존 밀러라는 이름을 가졌거나 존 밀러라는 사람의 인상에 부합하는 사람이 없었음.

형사부장은 메그레에게 만약 흥미가 있다면 수사에 동참해 달라고 부탁했다. 그러나 메그레가 별로 협조적인 태도를 보이지 않는 것 같아서 그다지 간곡히 부탁하진 않았다.

길가 여기저기에 기왓장 깨진 것이 나뒹굴고 있었다. 두 사람이 지붕에서 기왓장이 떨어질지도 모르는 위험을 무릅쓰고 거리를 걸어가고 있을 때 형사부장은 메그레에게 자세한 설명을 하기 시작했다.

"짐작하셨겠지만 저는 알아볼 것은 모조리 다 알아봤습니다. 그 존 밀러라는 자에게 분명히 미심쩍은 데가 있습니다. 집주인이 그러는데 그자는 하숙집에 며칠씩이나 묵으면서 무엇을 물어도 제대로 대답한 적이 없었답니다. 그자는 하숙비를 프랑스 돈으로 치렀으며, 그것도 이상할 정도로 많은 잔돈으로 치렀다는 겁니다. 그리고 외출도 별로 하지 않았고요, 외출할 때는 꼭 아침에만 했다는 겁니다. 마드무아젤 오타르는 이틀이나 계속해서 그를 시장에서 만났는데 버터와 달걀과 야채에 관심을 보였다더군요……."

"그리고 또 주부들의 지갑에도 관심을 보였을 테고!"

메그레가 형사부장의 말을 가로채 이렇게 말했다.

"그럼 그자가 소매치기라고 생각하십니까?"

"여하튼 그 존 밀러라는 작자가 당신네가 영국 경찰에게 가르쳐 준 인상착의와 다르고 또 다른 이름으로 영국에 입국한 것을 보면 그렇게 생각도 되는군."

"그렇다 해도 저는 그놈을 붙들기 위한 노력을 포기하진 않을 겁니다. 지금 어시장 근처에 있는 빅터스라는 카페에 가고 있는 겁니다. 조금 전 그 어린 하녀가 말했던 그 구스타브란 자를 만나고 싶거든요. 내가 여러 번 잡아들인 일이 있는 그 이빨 빠진 구스타브란 자와 동일인인지 알아봐야겠습니다."

"아까 만난 그 경관에 의하면 이곳 선원들은 총보다는 칼을 많이 쓴다고 하던데."

메그레는 이렇게 말하면서 물구덩이를 껑충 뛰어넘었다. 하지만 결국 튀어오른 물에 옷을 버리고 말았다.

몇 분 뒤 두 사람은 빅터스에 들어갔다. 카페에 들어서니 바닥은 온통 기름투성이였으며, 스웨터를 입고 나막신을 신은 선원들이 열두어 개의 식탁에 앉아 술을 마시고 있었다. 카페 안은 전깃불이 환히 켜져 있었으며, 전축에서는 요란한 음악이 흘러나오고 있었고, 2명의 촌스럽게 생긴 접대부가 이리저리 왔다갔다하고 있었다.

선원들이 던지는 눈초리로 보아 그들이 형사부장을 알고 있음이 분명했다. 형사부장은 메그레와 함께 구석진 곳에 가서 앉아 맥주를 시켰다. 여자 하나가 맥주를 가져오자 형사부장은 그 여자의 앞치마를 잡고 낮은 목소리로 물었다.

"오늘 저녁 몇 시에 잔이 여기 왔었지?"

"잔이라뇨?"

"왜 그 구스타브와 친한 여자 말야."

접대부는 약간 머뭇거리더니 한 선원에게 눈길을 보냈다. 그리고 한참 생각하더니 말했다.

"오늘은 보지 못한 것 같은데요."

"그 여자 여기 가끔 오지, 그렇지?"

"가끔 오긴 와요. 그러나 들어오진 않아요. 오면 문을 조금 열고 그 남자가 있는지 봐요. 있으면 그 남자가 밖으로 나가 그 여자와 함께 어디론지 가죠."

"구스타브는 저녁에 여기 와 있었나?"

"제 동료 베르트에게 물어 보세요. 저는 나갈 시간이 됐거든요."

메그레는 혼자서 미소짓고 있었다. 결정적인 증거를 대지 못하는 사람이 자기 혼자만이 아니라는 사실을 알고 기분이 썩 좋은 모양이었다.

베르트는 다른 2명의 접대부 중 하나로 사팔뜨기였다. 사팔뜨기여서 그런지 인상이 별로 좋아 보이지 않았다.

그 여자는 형사부장에게 퉁명스럽게 쏘아 붙였다.

"알고 싶으면 그 사람에게 직접 물어보세요. 난 경찰 끄나풀 노릇하라고 돈 받은 일은 없으니까요."

그때는 이미 다른 접대부가 고무 장화를 신고 붉은 머리를 한 남자한테 가서 얘기한 뒤였다. 그는 자리에서 일어나더니 끈으로 아무렇게나 허리에 붙들어 맨 바지를 추켜올리고 땅바닥에 침을 탁 뱉고는 형사부장한테로 걸어왔다. 그가 말을 시작하느라 입을 벌리자 그 한복판에 부러진 이빨이 보였다.

"그래, 나에 관해 수소문하고 있다고요?"

"오늘 저녁 잔을 보았는지 알고 싶은데……."

"그게 당신하고 무슨 상관이 있단 말입니까?"

"잔이 죽었어."

"아니, 그럴 리가……."

"죽었단 말야. 길거리에서 총에 맞아 죽었어."

그 부러진 이빨의 사나이는 정말 놀라는 것 같았다. 그는 방 안의 다른 사람들을 돌아보고 소리쳤다.

"이것 봐. 이거 어떻게 된 거야? 잔이 정말 죽은 거야?"

"내 질문에 대답해 봐. 잔을 봤어? 못봤어?"

"그래, 할 수 없군. 사실대로 빨리 말하는 편이 낫지. 그 여잔 여기 왔었어요……."

"몇 시에?"

"모르겠어요……. 난 빅 조하고 술내기를 하고 있었으니까요."

"5시 이후였나?"

"그럴 거예요."

"그래, 여기 들어왔었나?"

"난 그 여자가 내가 다니는 카페에는 못 들어오게 해요. 그 여자가 문간에 왔기에 나가서 빨리 꺼지라고 했죠."

"왜?"

"왜냐하면!"

카페 주인이 전축을 껐다. 실내에는 침묵이 흘렀다. 손님들이 모두 대화에 귀를 기울이고 있었다.

"그 여자하고 싸웠나?"

부러진 이빨의 사나이는 어깨를 으쓱했다. 자기 말을 곧이듣게 하기가 퍽 힘들 거라는 사실을 아는 사람 같은 태도였다.

"싸웠다고 할 수도 있고 싸우지 않았다고 할 수도 있고……."

"빨리 말해봐!"

"내가 딴 여자에게 눈독을 들이고 있으니까 그 여자가 질투를 했다고 할 수 있죠."

"어떤 여자인데?"

"잔하고 같이 댄스홀에 왔던 여자였죠……."

"이름이 뭐야?"

"이름도 몰라요……. 에이 제기랄. 할 수 없지. 정말 알고 싶다면 말입니다……. 난 그 여자를 한번도 건드려 본 적이 없어요. 그러니까 그 여자 나이가 아무리 어리다 해도 이것 때문에 탈나지는 않을 테죠……. 그 왜 잔과 같이 하숙집에서 일하는 아이 말예요……. 난 그것밖엔 몰라요. 잔이 이곳에 왔을 때 나는 문간까지 나가서 자꾸 귀찮게 굴면 때려 주겠다고 했어요."

"그리고 그 뒤 곧바로 카페로 돌아왔나?"

"곧바로는 아니고요. 뉴헤이번으로 떠나는 배를 보러 갔었어요…

…. 파도 때문에 가기 힘들 거라고 했죠……. 선생님은 나를 체포하려는 겁니까?"

"아직은……."

"뭐 격식차릴 필요는 없어요. 우린 다른 사람 때문에 괜히 잡혀간 적이 한두 번이 아니니까요……. 그러나 저러나 잔이 죽었다니……. 고통이나 겪지 않고 갔으면 좋았을 텐데……."

메그레는 아무 하는 일 없이 그곳에 있는 것이 이상한 느낌이 들었다. 그는 여러 사람들 틈에 끼어 구경만 해 본 일이 없는 사람이었다. 자기 목소리가 아닌 다른 사람의 목소리가 질문을 하는 것을 듣고 있으면서 거기에 끼어들지 않으려고 노력하고 있는 자신이 이상하게 생각되었다.

가끔 질문이 입에서 튀어나오려 했는데, 그것을 참는 것은 꽤 고통스러운 일이었다.

"이제 일어나실까요?"

형사부장은 일어서서 식탁 위에 돈을 놓으면서 물었다.

"어디로 가는 건가?"

"경찰서로요. 가서 보고서를 써야겠어요. 그러고 나서는 자야겠습니다. 오늘은 더이상 할 일이 없으니까요."

그러나 거리에 나서자 형사부장은 외투 깃을 올리면서 속삭였다.

"물론 저 이빨 빠진 놈을 미행시켜야죠. 제가 하는 방법은 그렇답니다. 선배님도 아마 그러셨겠지만……. 무슨 짓을 해서라도 당장 결과를 얻으려 하는 것은 잘못이죠. 그러면 피곤해지기만 하고 정신이 혼란스러워집니다. 내일은 검사한테 가서 설명을 해야 하고……."

경찰서에 도착하자 메그레는 정문 앞에 있는 붉은 등 앞에서 그만 돌아가겠다고 했다. 형사부장이 들어가서 자세한 보고서를 쓸 텐데 자기로서는 들어가봤자 할 일이 없을 것 같았다.

바람은 조금씩 잠잠해지기 시작했다. 그러나 비는 여전히 오고 있었다. 길 바닥에는 아까보다 물이 더 많이 고이는 것 같았다. 바람이 덜 불어 비가 수직으로 내리고 있기 때문이었다. 가게 창문들에는 아직 불이 켜져 있었지만 그 앞을 지나가는 사람은 별로 없었다.

사건이 잘 풀리지 않을 때는 언제나 그랬듯이 메그레는 그날도 시간을 많이 낭비하고 말았다. 그는 브라스리데스위스 식당에 들어가 사람들이 주사위놀이를 하는 것을 15분 정도 지켜보았다.

신발에 물이 스며들어 발이 시려왔다. 메그레는 감기가 들겠구나 생각했다. 그래서 그는 맥주 한 잔을 들이켠 다음, 럼주 한 잔을 주문해 마셨다. 피가 머리를 향해 거꾸로 흐르는 것 같았다.

"아, 이젠 그만 가야겠군."

메그레는 일어서면서 한숨을 쉬었다.

'그까짓 것 나하고 무슨 상관이야! 골치 아픈 일을 가지고 괜히! 재직중에는 은퇴할 날이 그렇게 기다려지더니 막상 은퇴하고 나니 불평이 생기다니!'

메그레는 아크등 하나만 켜져 있는 항구 사무실 너머 부두 끝에 있는 식당 문을 나왔다. 비에 젖은 보도 위에 희미한 보라색 건물이 보였다. 그것을 보니 방금 전에 댄스홀이 하나 있다는 얘기를 들은 것이 생각났다.

거기에 별로 가보고 싶지 않았는데도, 또 여전히 사건은 생각하지 않기로 마음먹었는데도, 그는 거의 무의식중에 촌스럽게 페인트칠된, 색깔 있는 전등불을 켜놓은 그 댄스홀의 야하게 생긴 문 앞에 와 있었다. 문을 여니까 댄스 음악이 요란하게 쏟아져 나왔다. 하지만 메그레는 안에 사람이 별로 없어 비어 있는 것을 발견하고 실망했다.

두 여자가 서로 붙잡고 춤을 추고 있었다. 직장 여성들로 보였는데

밑천이라도 뽑아야겠다고 생각한 모양이었다. 그 두 여자를 위해 세 명의 악사가 연주하고 있었다.

메그레는 자리에 앉으면서 주인에게 물었다.

"저, 오늘이 무슨 요일이죠?"

"월요일입니다. 오늘은 물론 손님이 별로 많지 않은 날입니다. 토요일하고 일요일에 많이들 오고 목요일에도 더러들 오죠. 영화가 끝나면 같이 오는 남녀들이 더러 있을 겁니다. 그러나 날씨가 워낙 이래서……. 무엇을 드시겠습니까?"

"토디 한잔 주세요."

메그레는 종류를 알 수 없는 럼에다 지저분해 보이는 주전자에 끓인 물을 섞어 토디라고 만들어 내놓는 것을 보고 토디를 시킨 것을 후회했다.

"여기에 처음 오신 거죠? 디에프는 그저 지나가는 길에 들리신 거죠?"

"네, 맞습니다. 지나가는 길이죠."

이내 댄스홀 주인은 메그레가 그곳에 온 목적을 알지 못한 채 설명하기 시작했다.

"저런 광경은 여기서 보기 드문 일입니다요. 저 젊은 여자들하고는 춤도 추고 술도 사주실 수 있습니다. 그러나 그 이상은……. 특히 오늘 같은 날에는……."

"왜요? 사람이 아무도 없어서 그런가요?"

"그뿐만이 아니라 저 여자들 춤추는 것 좀 보세요. 저 여자들이 왜 저렇게 춤추고 있는지 아세요?"

"아뇨."

"우울한 기분을 달래기 위해서죠. 조금 전까지 하나는 훌쩍훌쩍 울고 또 하나는 가만히 앉아 앞쪽만 응시하고 있었죠. 그래서 내가 한잔씩 거저 따라주었습니다……. 친구 하나가 갑자기 죽었다는 소리를 들었으니 기분이 언짢을 수밖에 없죠."
"그래요? 무슨 사고라도 있었나요?"
"범죄가 일어났답니다. 여기서 100미터도 채 안 되는 길가에서요. 남의 집 하녀로 일하던 여자가 머리에 총을 맞고 죽었어요."
메그레는 댄스홀 주인의 이 말을 듣고 혼자서 생각했다.
'지금까지 나는 그 여자가 머리에 총을 맞았는지 가슴에 총을 맞았는지 물을 생각조차 하지 않고 있었구나!'
그래서 그는 큰소리로 물었다.
"그럼 아주 가까이에서 총을 맞은 모양이죠?"
"그렇습니다. 아주 가까이에서 쏜 거죠. 이렇게 캄캄하고, 더구나 이런 폭풍우가 부는 날 저녁에는 몇 발짝만 떨어져도 제대로 맞히지 못했을 겁니다. 어찌 되었든 이 동네 사람 짓은 아니었을 거예요. 이 동네 사람들은 으레 주먹을 쓰거든요. 토요일마다 난 주먹싸움을 막기 위해 사람들을 쫓아내곤 하니까요. 여하튼 오늘 저녁은 그 얘기를 들은 다음부터 어째 기분이 좋지 않군요……."
집주인은 스스로 술을 한 잔 따른 다음 입을 다셨다.
"저 여자들 소개해 드릴까요?"
메그레는 거절하려고 했으나 미처 거절하기도 전에 집주인은 재빨리 상냥한 손짓으로 두 여자를 불렀다.
"이봐, 이 손님이 외로워서 너희들에게 술 한잔 사고 싶으시대……. 이리들 오지 그래. 여기가 더 좋지 않아?"
집주인은 이렇게 말하고 메그레에게 자기가 보지 않는 동안 약간 슬쩍해도 좋다는 듯 윙크를 하고 물었다.
"무엇을 갖다 올릴까요? 뜨거운 토디가 좋을까요?"
"그래요. 그게 좋겠군요."

분위기가 약간 어색해졌다. 메그레는 여자들을 어떻게 다루어야 할지 몰라 망설였다. 두 아가씨는 그를 몰래 훔쳐보면서 얘기를 걸어보려고 애쓰더니 물었다.
"춤 안 추세요?"
"난 춤을 출 줄 몰라서요……."
"우리가 가르쳐 드릴까요?"
아니, 가르쳐주다니! 장난에도 한도가 있는 법이지! 세 사람의 악사들이 우스워 죽겠다는 표정으로 보는 앞에서 저 마룻바닥을 미끄럼쳐 다니다니!
"혹시 장사 때문에 여행하시는 분 아니세요?"
"네, 그저 지나가는 사람이죠. 이 집 주인이 그러는데, 아가씨들의 친구가…… 방금 슬픈 일이 있었다던데……."
"그 애는 우리 친구가 아니에요."
한 아가씨가 반박하듯 말했다.
"그래요? 난 그런 줄도……."
"그 애가 우리 친구였다면 우린 지금 여기 안 있죠. 그러나 우린 그 애를 알고는 있었지요. 여기 오는 다른 여자들을 아는 것처럼 알고는 있었어요. 이제 죽었으니까 그 애에 대해서 나쁜 소리는 않겠어요. 죽은 것만도 애석한 일인데 거기다……."
"물론이죠……."
메그레는 아가씨들의 말에 동의할 수밖에 없었다. 무엇보다도 그들을 놀라게 하지 않고 참을성 있게 얘기를 시켜나가야 했다.
"죽은 여자는 행동이 점잖지 않았던 모양이죠?"
그는 드디어 이렇게 질문을 던져보았다.
"점잖지 못하다는 건 좋게 하는 말이고요……."
"닥쳐, 마리! 죽은 사람을 가지고……."

그때 손님 몇 사람이 들어왔다.

여자 하나가 그 손님들과 여러 번 춤을 추었다. 그러던 중 이빨 부러진 구스타브가 만취가 되어 나타났다. 들어오더니 바에 기대고 섰다.

잔뜩 취한 구스타브는 메그레를 알아본 건지 한참을 물끄러미 바라보았다. 메그레는 잘못하다간 한판 벌어질지도 모른다고 생각했다. 그러나 아무 일도 일어나지 않았다. 구스타브는 너무 취해서 아무것도 제대로 보지를 못했다. 게다가 댄스홀 주인은 기회만 있으면 그를 내쫓을 태세를 하고 있었다.

댄스홀 주인은 그 지방 미녀 둘을 소개해준 대가로 메그레가 15분마다 한 번씩 공짜 술을 돌릴 것을 바라고 있었다.

따라서 전직 경감이 새벽 1시쯤 돼서 자리를 뜨려고 일어설 때는 다리가 비비 꼬여 잘 걷지도 못할 정도였다. 그리고 거리로 나가서 돌아가는 길에 그는 온몸이 흙탕물투성이가 돼버렸다.

메그레는 밤 11시가 지나 하숙집에 돌아오는 사람은 마드무아젤 오타르의 방만 울리게 돼 있는 특별 초인종을 누르기로 돼 있는 것을 잊어버리고 말았다. 그래서 대문 초인종을 요란하게 눌러 자던 사람들을 모조리 깨워 버렸다. 그리하여 잠옷에 코트를 걸치고 나와 문을 열어준 집주인 여자한테 가장 불친절한 영접을 받았다.

"하필이면 오늘 같은 날!"

집주인 여자는 투덜거렸다.

메그레 부인은 잠자리에 들어가 있었는데 계단에서 발소리가 나자 불을 켜고 일어났다. 그리고 남편이 이상한 걸음걸이로 걸어 들어오면서 여느 때는 볼 수 없는 맹렬한 힘을 발휘하여 셔츠를 벗어 던지자 깜짝 놀라 바라보았다.

"도대체 어디 갔다 오는 거예요?"

그러자 그는 그 질문을 따라 했다.

"도대체 어디 갔다 오는 거예요?"

이어 그는 또 그 질문을 되풀이하면서 이상한 웃음을 지었다.

"어디 갔다 오는 거예요? 그래 빌콤투아에 갔었다면 어쩔 거야?"

부인은 눈살을 찌푸리고 그게 어디일까 생각해 내려고 애썼다. 그러나 그때까지 한번도 들어보지 못한 이름이었다.

"이 근처에 있는 곳이에요?"

"셰르에 있는…… 빌콤투아 말야!"

이런 식으로 질문을 계속하느니 차라리 내일 아침에 묻는 게 낫겠다고 부인은 생각했다.

3

집에 있을 때나 여행다닐 때나, 잠자리에 일찍 들었거나 늦게 들었거나(늦게 잠자리에 드는 일은 별로 없지만), 메그레 부인은 반드시 꼭두새벽에 일어나는 버릇이 있었다. 그 전날에도 메그레는 그 때문에 자기 부인하고 말다툼을 한바탕 했었다. 부인은 아침 7시에 벌써 일어나 아무 할 일도 없이 옷을 입고 앉아 있었던 것이다.

"자리에 그대로 누워 있을 수가 없는 걸 어떻게 해요?" 부인은 항의하기 시작했다. "이런 데 와도 밤낮 집 안에 할 일이 많은 것 같이 생각되는 걸 어떡하란 말예요?"

그날 아침에도 또 같은 일이 일어났다. 메그레는 노란 전등불이 눈 속으로 스며드는 것 같아서 잠깐 눈을 떴다. 아직도 날이 밝으려면 멀었는데 아내는 벌써 일어나서 살금살금 잡음을 내고 있었다.

아직 잠에서 덜 깬 메그레는 지끈지끈 골치가 아파와 이마에 손을 갖다대며 생각했다. 그 이름이 뭐였더라. 한밤중에 돌아오자마자 아내에게 큰소리로 말했던 그 이름, 어떤 마을이나 소도시의 이름인데 머릿속으로 너무 많이 생각을 하다보니 막상 그 이름이 떠오르지 않았다.

그는 자기가 잠이 반 정도밖에 들지 않았던 것처럼 여겨졌다. 왜냐하면 머릿속에 아직도 어떤 작은 사실들을 의식하고 있었기 때문이다. 눈을 떠보니 전깃불은 꺼져 있고 현란한 태양빛이 방 안을 비추고 있었다. 이어 집 안 어디에선가 자명종 소리 같은 것이 들리더니 사람이 계단을 올라오는 소리가 나고 대문 초인종 소리가 두 번 울렸다.

메그레는 밖에 아직 비가 오고 있는지, 폭풍이 멎었는지 알고 싶었지만 물어볼 기력이 나지 않았다. 그러다가 그는 갑자기 일어나 앉았다. 아내가 자기 어깨를 잡고 흔들기 때문이었다. 일어나 앉아 보니 대낮이었다. 머리맡에 놓인 자기 시계가 9시 반을 가리키고 있었다.

"무슨 일이야?"
"형사부장이 밑에 와 있어요."
"그런데 어쩌라고?"
"그 사람이 당신을 찾고 있단……."

'그렇지, 이 양반이 어제 저녁에 술을 너무 많이 마셨으니 이럴 수밖에.' 이렇게 생각한 메그레 부인은 자기도 모르게 모성 보호본능에 사로잡혔다.

"이 커피, 따뜻할 때 마시세요……."

그런 날 아침에는 옷 입는 것도 지겨운 일이었다. 메그레는 면도도 안 하고 다음 날로 미룰 뻔했다.

"어제 저녁에 내가 말한 그 이름이 뭐였지?"
"무슨 이름요?"
"내가 무슨 동네 이름을 말했었지……."
"아, 맞아요. 어렴풋이 생각나네요. 무슨 칸탈이라는 곳에 있다고 했는데……."

"아냐, 아냐. 셰르에……."

"그래요. 그렇게 생각하세요? 난 '몽'으로 끝나는 줄 알았는데."

'그러고 보니 마누라도 기억 못하고 있군. 그렇다면 더이상 신경 쓸 필요없지.' 그는 이렇게 생각했다. 그리고 아직도 잠이 덜 깬 상태로 아래층으로 내려갔다. 머리는 여전히 무거웠고, 파이프 담배는 다른 날 아침과 같은 맛이 나지 않았다. 그는 부엌이나 식기실을 들여다봐도 아무도 없는 것을 보고 놀랐다. 그러나 식당 문을 열었을 땐 더 놀랐다. 그 하숙집에 든 사람들이 모두 다 모여 무슨 의식을 시작하거나 단체 사진을 찍기 직전처럼 엄숙하게 앉아 있는 것이었다.

마드무아젤 오타르는 그를 보더니 나무라는 듯한 날카로운 눈초리를 보냈다. 틀림없이 어제 저녁 돌아와서 피운 소동 때문인 것 같았다. '슬픈 여인'은 안락의자에 푹 주저앉아 이 세상 모든 것과 결별하고 죽어가는 여자와 같은 표정을 짓고 있었다. 모슬레 부부는 어제 저녁에 처음으로 부부싸움을 한 모양이었다. 서로 쳐다보지도 않고 앉아 자기네들 싸운 것을 가지고 이 세상 전체를 탓하는 것 같은 표정들을 하고 있었다.

어린 이르마까지도 평소의 이르마가 아니었다. 식초에 설인 것 같은 얼굴이었다.

"안녕들하십니까?"

메그레는 최대한 유쾌한 척하며 인사를 했다.

아무도 인사에 대꾸하지 않았다. 아니 인사에 대꾸하는 척하지도 않았다. 그런데 이윽고 거실 문이 열리더니 기분이 매우 좋은 듯한 형사부장이 유명한 그의 선배에게 손을 내밀며 말했다.

"들어오시죠. 아직 잠자리에 계실 거라고 생각하고 있었는데……."

거실 문이 다시 닫히자 두 사람만이 거실 안에 있게 되었다. 막 난로를 피웠는지 아직도 연기가 조금씩 나고 있었다. 메그레는 창 너머로 아직도 바람이 세차게 부는 부두 쪽을 내다볼 수 있었다. 파도가 밀려올 때마다 하얀 물이 구름처럼 솟아오르곤 했다.

"그래, 피곤해서 말야."

말을 마친 메그레는 형사부장이 능글맞게 웃는 것을 보고는 즉시 형사부장이 무엇을 시사하고 있는지 안다는 내색을 하기로 했다. 그는 간밤에 한 가지를 생각하지 못했는데 이제 그것이 생각났다. 그래서 말했다.

"물론 이빨 부러진 구스타브도 거기 왔었지! 그러니까 경찰관 하나가 그를 뒤따르고 있었을 것이고, 그 경찰관이 당신한테 보고했겠지……."

"걱정 마십시오. 전 그것에 대해선 한마디도 언급할 생각이 없으니까요……."

'이 바보 같은 인간 봐라! 내가 어제 저녁에 그 두 여자하고 같이 있었던 것을 딴 생각이 있어서 그런 것처럼 여기다니…….' 메그레는 생각했다.

"오늘 아침 제가 선배님을 깨운 것은 디에프 경찰이 아주 충격적인 발견을 했기 때문이죠……."

메그레는 습관적으로 난롯불을 쑤셨다. 뭐 마실 것이 좀 있으면 좋을 것 같았다. 가령 레몬주스 같은 것.

"내려오시면서 좀 이상하다고 느끼지 않으셨습니까?"

막 우레와 같은 박수갈채를 받은 배우나 생애 최고의 연설을 시작하려는 사람같이 행복의 극치에 달해 있는 형사부장이 의기양양하게 말했다.

"식당에서 기다리고 있는 사람들 말인가?"

"네, 그렇습니다. 그 사람들 이리저리 왔다갔다하지 못하게 하기 위해 제가 한데 모두 모아 놓았죠……. 전 선배님이 깜짝 놀랄 뉴스를 하나 가지고 있습니다. 잔 페나르를 죽인 사람이 남자건 여자건 저 사람들 가운데 있다는 사실입니다!"

그러나 이런 날 아침에 메그레를 깜짝 놀라게 하려면 그따위 뉴스 가지고는 안 되었다. 메그레는 그 소리를 듣고도 여전히 무겁고 맥풀린 눈초리로 형사부장을 물끄러미 바라보고만 있었다. 게다가 바로 그 순간 메그레가 생각해내려고 애쓰고 있던 것은 ois(우아)라는 세 글자로 끝나는 마을 이름이라는 것을 알았다면 형사부장은 더욱 놀랐을 것이다.

"이걸 좀 보십시오……. 손을 대어도 관계 없습니다……. 지문이 묻어 있었다 하더라도 비에 모조리 씻겨 없어졌을 테니까요."

형사부장이 내민 것은 메그레도 이미 낯이 익은 메뉴 카드였다. 장방형의 회색 카드로 '메뉴'라는 제목 둘레에 장식이 그려져 있었다.

그 카드에 잉크로 써놓은 글자들은 비 때문에 거의 지워져 있었지만 그래도 알아볼 수는 있었다. '소렐 수프' '겨자 소스로 요리한 고등어 생선' 등등…….

"이건 그저께 저녁 식사 메뉴로군."

메그레는 여전히 놀라는 기색 하나 없이 말했다.

"저도 그렇게 알고 있습니다. 그러니까 한 가지 사실은 확실합니다. 이것은 오타르 하숙집에서 나온 메뉴이고, 그저께 사용된 메뉴 카드라는 것입니다. 즉 범죄가 일어나기 바로 전날의 메뉴 카드라는 사실입니다. 그런데 이 카드가 말입니다, 오늘 아침 잔이 살해된 곳에서 3미터도 안 떨어진 뤼드라디귀에서 우연히 발견됐다는 사실을 아셔야 합니다."

"그럼 분명히!"

메그레가 신음하듯 내뱉었다.

"선배님도 동의하시죠? 제 말에 동의하시죠? 어제 저녁에 보통 형사라면 그 이빨 부러진 구스타브를 체포했을 테지만 제가 그자를 체포하려고 별로 서두르지 않는 걸 보셨죠? 저는 모든 일을 무리해서 서두르지 않는 것을 수사 원칙으로 삼고 있습니다. 이 메뉴 카드가 살인 현장에 있었다는 사실은, 제 생각으로는, 범인이 이 집에 있다는 증거입니다. 그리고 한 가지만 더 말씀드리죠. 오늘 아침 아직도 폭풍우가 계속되고 있는 가운데 저는 범인이 어떻게 행동했을지 곰곰이 생각해 봤습죠. 비가 쏟아져 두 손이 비에 젖었는데 총을 들고 쏘려 한다고 생각해 보십시오. 어떻게 하겠습니까? 손수건을 꺼내 손가락을 닦아야 합니다. 그래서 그 살인자는 손수건을 꺼냈는데 그때 그만 그것이 같이 나와 떨어진 거지요……."

"그랬겠군……."

메그레는 한숨을 쉬었다. 그리고 일어나서 두 번째 피우는 파이프에 불을 당기면서 물었다.

"그런데 그 카드 뒤의 숫자들이 무엇인지 알아냈나?"

"아직 못 알아냈습니다. 솔직히 말씀드려서, 그저께 저녁 여기 있던 사람 누군가가 무엇을 치부하기 위해 끼적거린 것 같습니다. 연필로 써놓은 79×140이라는 숫자가 보입니다. 그리고 그 밑에 160×80이라는 것도 보이고요. 처음엔 무슨 놀이를 하면서 적어 놓은 것이라고 생각했었는데 아무리 생각해 봐도 무슨 놀이인지 생각이 안 나서 그럴 가능성은 없는 것으로 봤습니다. 또 혹시 기차 시간이나 배 떠나는 시간이 아닐까도 생각해 봤습니다만 그것도 아닌 것 같고요. 그러니까 그 숫자들에 관한 한 아직 완전한 수수께끼로 남아 있지요. 그러나 여하튼 살인자가 이 하숙집에 있는 것만은 분명합니다. 그래서 저는 사람들을 전부 오라고 해서 식당에 앉혀 놓고 경찰관을 한 명 배치해 감시하고 있는 겁니다. 여기서 한 가지 여쭤보겠습니다.

선배님도 그저께 저녁 여기 묵으셨으니까 여쭤보는 건데요, 혹시 어떤 사람이 메뉴 카드에 연필을 가지고 끼적거리는 걸 보신 일이 있으신지요?"

"아니!"

메그레는 그런 건 본 적이 없다고 대답했다. 모슬레 부부가 거실의 작은 테이블에 앉아 체커를 두고 있는 것은 보았어도, 다른 사람들이 무엇을 했는지는 기억이 나지 않는다고 했다. 그리고 자기 자신은 신문을 읽다가 일찍 잠자리에 들었노라고 대답했다.

"이제, 이제, 사람을 하나하나 불러들여 신문해야겠군요." 형사부장은 여전히 신이 난 얼굴로 말했다.

메그레는 여전히 머릿속으로 그 이름을 생각해내려고 계속 끙끙거리고 있었다. 그러자니 자주 더 목이 말라 왔다.

"형사부장, 난 뭘 좀 마셔야겠는데." 메그레는 한숨지으면서 말했다.

메그레는 미닫이를 열고 옆방을 보았다. 자기 아내가 와서 다른 모든 사람과 같이 얌전히 앉아 있는 것이 보였다. 희미한 빛 속의 그 분위기는 조그마한 도시의 치과의원 대기실을 연상케 했다. 사람들은 반쯤 걷힌 커튼 뒤에서 시무룩한 얼굴들을 하고 다리도 제대로 펴지 못하고 못 미더워하는 눈초리로 서로를 훔쳐보며 앉아 있었다.

메그레 부인은 자기가 원했다면 그런 고통을 피할 수 있었을 것이다. 그러나 그녀답게 다른 사람들과 똑같이 행동하며 사람들의 틈에 끼어 있기로 한 것이다. 손에는 여전히 뜨개질감을 들고 그때까지 뜨개질한 것을 한 코 한 코 세느라고 입술을 놀리고 있었다.

형사부장은 메그레 부인을 제일 먼저 불렀다. 그리고 또다시 괴롭히게 돼 미안하다고 사과하면서 메뉴 카드를 보여주며 물었다.

"혹시 이것을 보시고 생각나는 게 있으십니까?"

메그레 부인은 자기 남편을 한번 슬쩍 보고 나서 고개를 흔들었다. 그리고 거기에 있는 숫자들을 다시 한번 읽더니 눈살을 찌푸리고 굉장히 낯익긴 한데 무엇인지 모르겠다는 표정을 지었다.

"아무것도 생각나는 게 없는데요." 부인은 급기야 대답을 했다.

"그저께 저녁에 어떤 사람이 메뉴 카드에 글씨를 끼적거리는 것을 보신 적이 있습니까?"

"저는 뜨개질만 했기 때문에 주위에서 무슨 일이 일어나고 있는지 알지 못했습니다." 메그레 부인은 이 말을 하면서 자기 남편에게 슬쩍 눈짓을 했다.

메그레는 자기 부인이 뭔가 덧붙여 말하고 싶은 게 있는데 비밀리에 말하고 싶어한다는 것을 눈치챘다.

그러나 그는 일부러 큰소리로 물었다.

"무슨 말이야?"

부인은 곤혹스러운 얼굴을 했다. 부인은 항상 실수할까봐 두려워하는 여자였다. 그래서 약간 겁에 질린 것처럼 얼굴이 붉어져 무슨 말을 할까 머뭇거리는 것 같더니 백 번 잘못했다는 듯이 사과했다.

"죄송합니다……. 정말 죄송합니다……. 아마 제가 잘못 생각한 걸 거예요……. 그 숫자들을 보고 언뜻 생각나는 게 있어서……."

메그레는 아내의 저 지나치게 겸손한 태도는 도무지 고칠 수 없는 병이라 생각하며 탄식했다.

"이런 말을 하면 웃으실지 모르지만……, 140센티미터는 어떤 드레스용 천의 폭입니다. 80센티미터는 또다른 천의 폭이고, 그리고 첫 번째 숫자 79는 스커트를 만드는 데 드는 천의 길이이고…

……"

여기까지 말하고 난 부인은 남편의 눈에 광채가 나는 것을 보고 '내가 잘했구나' 하고 생각했다. 그래서 이번에는 소리를 약간 더 높여 말을 계속했다.

"처음의 두 숫자 79×140은 이를테면 정확히 주름잡힌 스커트를 만드는 데 필요한 천입니다. 그러나 모든 천을 다 그만한 폭으로 잡지는 않지요. 너비 80센티미터의 스커트를 주름잡힌 것으로 만들려면 그 두 배의 천이 필요하니까요……. 제가 설명을 분명히 잘 하고 있는지 알 수 없습니다만……."

이렇게 말한 메그레 부인은 남편을 향하더니 큰소리로 물었다.

"그 이름 혹시 -ard로 끝나는 것 아니에요?"

부인은 아직도 자기가 잘못해서 잊어버린 그 이름을 생각해 내려고 애쓰고 있었던 것이다.

"그래요. 우리 집 메뉴 카드가 맞아요."

마드무아젤 오타르는 형사부장의 질문을 받고 대답했다. 그리고 나서 협박투로 덧붙였다.

"우리 집을 이렇게 포위 상태로 놓아둘 작정이라면 나도 정식으로 ……."

"용서하십시오, 마담……."

"마드무아젤이에요!"

"용서하십시오, 마드무아젤. 이 포위 상태, 당신이 포위 상태라 부르는 이 절차를 되도록 빨리 끝내기 위해 노력하겠습니다. 그러나 분명히 말씀드리지만 살인을 한 자는 지금 이 집 안에 있습니다. 그러니까 우리는 당연히 여기 머물면서……."

"그 사람이 누군지 대세요!"

마드무아젤은 대들다시피 하며 요구했다.
"나도 빨리 그러고 싶습니다. 여하튼 얼마 안 있으면 알게 될 겁니다. 그런데 어제 저녁 북새통에 미처 못 물어보았던 질문 하나를 해야겠습니다. 그 페나르라는 처녀는 댁에 얼마나 있었습니까?"
"6개월요."
마드무아젤 오타르는 마지못해 짤막하게 대답했다.
"그 여자가 어떻게 댁으로 들어왔는지 말씀해주실 수 있겠습니까?"
하숙집 주인은 그 순간 메그레의 냉소적인 시선이 자기를 향하고 있음을 느꼈는지 더욱 쏘아붙였다.
"여느 사람들같이 문을 통해 들어왔죠!"
"이런 때에 농담을 하시면 안 되죠. 그 페나르라는 아가씨는 직업 소개소를 통해 왔습니까?"
"아뇨."
"그럼 제 발로 걸어들어왔단 말인가요?"
"네."
"그때는 그 아가씨가 어떤 여자인지 몰랐겠죠, 그렇죠?"
"알고 있었어요."
하숙집 주인은 일부러 꼭 필요한 한두 마디로만 대답했다.
"그 아가씨를 어디서 알았죠?"
"고향에서요."
"고향이라고요?"
"내가 출납을 보던 아노 도르에서 몇 년 동안 일하고 있었죠."
"그게 뭡니까? 식당입니까?"
"식당 겸 호텔이죠."
"어디쯤 있죠?"

"말씀드렸잖아요? 고향에서라고…… 빌콤투아에서요……."

메그레는 놀라는 표정을 짓지 않으려고 애썼다. 그래 맞아. 그게 바로 문제의 열쇠를 쥐고 있는 마을 이름이었지! 셰르 지방의 빌콤투아! 그 순간 메그레는 전면에 나서지 않기로 자기 자신에게 한 약속을 잊고 말았다.

"그래, 잔의 고향이 빌콤투아란 말이죠?"

메그레는 물었다.

"아뇨, 우연히 거기서 일자리를 가졌던 거예요. 허드렛일을 하는 하녀로요……."

"잔은 그때 어린애가 있었던가요?"

하숙집 여자는 경멸하는 말투로 대답했다.

"그건 7년 전 일이었단 말예요. 에르네스는 지금 4살이잖아요?"

"7년 전이라니, 언제부터 7년 전이란 말입니까?"

"내가 여기 정착하기 위해 그곳을 떠난 뒤 말예요."

"그럼 잔은 그때 어떻게 됐죠?"

"모르겠어요."

"다시 말해서 당신이 거기를 떠났을 때 그 여자는 그대로 거기에 남아 있었다, 이 말씀이죠?"

"그랬던 것 같아요."

"고맙습니다."

메그레는 마치 재판정에서 고집불통인 증인을 상대로 막 신문을 마친 변호사처럼 위협적인 말투로 이렇게 끝을 맺었다.

형사부장이 형식적으로 덧붙여 말했다.

"말하자면 그 여자가 금년 여름 여기에 나타났다, 이거죠? 그런데 당신은 고향 사람임을 알아보고 일자리를 주었다, 이 말씀이죠, 그렇죠? 난 마드무아젤의 너그러운 마음씨를 알겠어요. 우선 잔이 어린애까지 데리고 있었던 사실로 보아 댁이 너그럽다는 걸 알겠고, 또한 이 여자의 행실이 댁의 하숙집 명성과는 어울리지 않았다는 사실로 보아……."
"난 내가 할 수 있는 일을 했을 뿐이에요."
하숙집 여주인은 여전히 무뚝뚝하게 대답했다.
1분쯤 지나서 모슬레가 들어올 차례가 되었다. 교활하게 생긴 그는 담배를 입에 물고 제법 겸손한 체했다.
"아직도 그 얘기인가요?" 그는 테이블 한 귀퉁이에 앉으면서 말을 이었다. "이거 신혼 여행 온 사람치곤 재수없게 걸렸다고 생각……."
"이건 댁이 쓴 겁니까?"
메그레는 메뉴를 손가락으로 이리저리 돌려보더니 물었다.
"왜 내가 메뉴를 작성하는 일을 하죠?"
"그 뒤에 연필로 쓴 숫자들 말예요……."
"아, 예……. 미안합니다. 아뇨, 내가 쓴 게 아닌데요. 도대체 무슨 말씀이죠? 왜 날 보고……."
"아, 아무것도 아닙니다……. 그럼 그저께 저녁에 메뉴 카드에 연필로 뭔가를 쓰는 사람을 본 일이 없다, 이거죠?"
"난 그런 거 눈여겨보지 않았어요……."
"그리고 댁은 잔을 알지 못했고요?"
이렇게 묻자 쥘 모슬레는 고개를 들더니 아무것도 아닌 것 같이 물었다.
"내가 그 여자를 알지 못했다니, 그게 무슨 뜻입니까?"
"여기 올 때까지 그 여자를 본 일이 없었느냐는 말입니다."
"그 여자를 전에 본 일은 있었습니다."
"디에프에서 말입니까?"

"아뇨, 고향에서······."

드디어 그 이름이 나오는구나! 메그레는 그 장면에서 일종의 무언의 연기자에 불과한데도 주연이라도 되는 것처럼 흥분을 했다.

"댁의 고향이 어딘데요?"

"빌콩투아입니다!"

"빌콩투아가 고향이시라고요? 아직 거기서 살고 있습니까?"

"물론이죠!"

"그러니까 잔 페나르를 거기서 아셨다 이거죠?"

"그 여자는 아노 도르에서 일했기 때문에 모든 사람들이 다 알고 있었죠. 나는 마드무아젤 오타르도 거기서 출납을 보았기 때문에 알고 있습니다. 그래서 나하고 우리 집사람이 이곳을 들르게 되었을 때, 이왕이면 우리 고향 사람이 경영하는 여관에 묵자, 이렇게 된 겁니다······."

"댁의 부인도 빌콩투아가 고향인가요?"

"에르브몽이 고향이죠. 그곳에서 8킬로미터 떨어진 곳입니다. 비슷한 마을들이에요. 여행할 때는 아는 사람을 찾아가는 것이 좋습니다······. 그래서 마드무아젤 물리노가 병에 걸렸을 때······."

메그레는 이 말을 듣고 웃는 얼굴을 보이지 않으려고 얼굴을 돌렸다. 그리고 나서 자기의 그 행동을 이해하지 못하는 형사부장이 약간 화가 났다는 것을 알았다. 그는 생각했다. '그러고 보니 이 디에프 사건에 연루된 사람들이 모두 하나같이 지금까지 아무도 한번도 들어보지 못한 빌콩투아라는 마을에서 온 사람들이었구나!'

메그레는 또 생각했다.

'아마 집사람에게 이 하숙집 주소를 가르쳐준 친구도 분명 빌콩투아 출신이 틀림없을 거다!'

그러나 형사부장은 여전히 무슨 영문인지 몰라 어정쩡한 모습을 하고 있었다. 그래도 위신 있게 점잔을 빼면서 중얼거리듯 말했다.
"네, 고맙습니다. 앞으로 또 물어볼 일이 있을지 모릅니다. 댁의 부인을 좀 들여보내 주시죠."
모슬레가 방을 나가려고 등을 돌리자마자 메그레는 탁자 위에서 그 메뉴 카드를 집어올려 호주머니에 넣었다. 그리고 이것이 가장 중요한 증거물이니 모슬레 부인에게는 이에 대해 말하지 말라는 뜻으로 손가락을 입에 갖다댔다.
방에 들어선 모슬레 부인은 그때까지 법이라는 게 무섭다는 걸 전혀 모르고 산 여인답게 점잖게 자기 남편이 앉았던 곳에 가서 앉았다.
"또 무슨 일이죠?"
모슬레 부인은 앉자마자 물었다.
메뉴 카드를 뺏기고 난 형사부장은 무슨 말부터 꺼내야 할지 몰라 망설이다가 물었다.
"빌콤투아에 사십니까?"
"셰르의 빌콤투아예요, 맞습니다. 제 아버지가 아노 도르 호텔을 사셨어요. 그런데 돌아가셔서 저한테 물려주셨습니다. 저는 그것을 경영하는 데 남자가 필요했죠. 그래서 결혼한 겁니다……. 우린 신혼 여행을 하기 위해 그 호텔을 1주일간 문을 닫았습니다. 그런데 이따위 일이 벌어지다니……."
메그레가 끼어들었다. "실례인 줄 압니다만, 두 분은 빌콤투아에서 결혼하셨습니까?"
"물론이죠……."
"근처 큰 도시에서 얼마나 떨어졌습니까?"
"부르주에서 43킬로미터 떨어져 있죠……."
"그럼 결혼식 때 입은 옷들은 부르주에서 사셨겠네요, 그렇죠?"

모슬레 부인은 잠시 놀란 표정을 짓고 메그레를 쳐다보았다. 분명 혼자서 의아하게 생각하는 모양이었다.
"도대체 그게 당신과 무슨 상관이 있죠?"
이내 그녀는 도무지 알 수 없다는 듯 어깨를 으쓱하고는 대답했다.
"아닙니다. 전 파리에 가서 사려고 합니다."
"아, 그럼 두 분은 파리에서 신혼 여행을 끝내시려는 거군요?"
"파리에서 시작하려고 했었죠. 그러나 제가 바다를 보고 싶어했고 굴도 보고 싶어했기 때문에……. 저희는 바다를 한 번도 본 일이 없었거든요. 둘 다요. 만약 환율만 나쁘지 않았더라면 저희는 런던까지 가려고 했었죠……."
"그래서 짐을 될 수 있는 대로 덜 가져온 거군요. 무슨 말씀인지 알겠어요……. 파리에 가면 마음에 드는 것을 사 입을 시간이 얼마든지 있을 테니까……."
모슬레 부인은 이 양복장만큼이나 넓고 단단하게 생긴 남자가 왜 그런 시시콜콜한 얘기만 하는지 이해할 수가 없었다. 그런데도 그 남자는 여전히 담배를 뻐끔뻐끔 피워대며 질문을 계속했다.
"파리에 가면 부인은 모델과 같은 몸매니까 특히 편리할 겁니다. 부인의 치수는 12라고 생각되는데, 맞습니까?"
"12보다 약간 큰 편이죠. 그런데 저는 키가 약간 작은 편이니까 드레스를 약간 짧게 입어야 해요……."
"직접 만들어 입으시지 않나요?"
"드레스를 아주 잘 만들어주는 양장점이 하나 있어요. 그리고 품삯도 겨우……."
여기까지 말한 부인은 신문이 이상한 방향으로 흐르고 있다는 것을 느꼈다. 그래서 두 사람을 쏘아보았다. 메그레는 빙그레 웃고 앉아 있고 또 한 사람은 약간 불안한 표정을 지으며 자기는 그런 질문하지 않았다고 발뺌을 하려는 눈치였다.
"그런데 왜 이런 질문을 하는 거죠?"
부인이 갑자기 물었다.
"아주머니 치마를 만들려면 천이 얼마나 들죠? 너비가 140센티미터짜리로 말입니다."
부인은 이 질문에 대답하고 싶지 않았다. 그저 웃어야 할지 아니면 화를 내야 할지 알 수가 없었다.
"단순한 스커트 길이라면 78센티미터 내지 79센티미터면 족하죠, 맞습니까?"
"그러니 어떻단 말예요?"
"아무것도 아녜요……. 신경 쓰실 것 없어요……. 그저 생각해 본 겁니다……. 마침 드레스에 대해 얘기하고 있었거든요. 저하고 집사람하고 말입니다. 그러다가 집사람보고 아주머니 같은 분이 집사람보다 드레스 해 입기는 쉬울 거라고 말했었죠……."
"그래, 그밖에 또 뭐가 알고 싶으세요?"
부인은 마치 남편이 혹시 자기 없는 틈을 타서 또 못된 짓이나 하러 나가지 않았나 걱정된다는 듯 문 쪽을 바라보았다.
"아주머니께서는 이제 가셔도 됩니다……. 형사부장님께서도 수고를 끼쳐드려 미안하게 생각하십니다."
부인은 문을 열고 나갔다. 사람들이 하는 말은 모두 진실성이 없다고 믿는 나머지, 사람들이 혹시 우연히라도 진실을 말한다는 것은 상상조차 할 수 없는 일이라고 여기는 그런 여자들이 짓는 의심스러운 눈초리를 보내며.
"시내에 나가도 되겠죠?"
"원하신다면……."
문이 다시 닫히자 형사부장은 급히 자리에서 일어나 식당으로 달려가려 했다. 식당에 있던 경찰관에게 그 여자를 미행해 보라고 명령하기 위해서.

"왜 그러나?"

메그레는 한참 동안 들쑤시지 않은 난롯불을 들쑤시러 가면서 물었다.

"제가 생각건대……"

"생각건대 뭐란 말인가?"

"아무래도 저 여자가 의심스러운데요, 이거…… 왜 기억하시죠? 어저께 신문에서 가장 모호한 소리를 한 사람이 저 여자란 말입니다. 자기 남편 뒤를 밟으러 나가서 낯모르는 사람을 남편으로 잘못 알고 따라갔다가 남편이 아니어서 실망하고 되돌아왔다느니…… 드레스 만드는 그 천 얘기도……"

"바로 그거란 말야!"

"바로 그거라니, 뭐 말입니까?"

"이 메뉴 카드에 쓰인 숫자들 말이야. 이것이 그 여자가 죄가 없는 증거란 말일세. 그리고 이 집 안에 있는 여자들은 모두 죄가 없다는 증거이기도 하고, 또 그 '슬픈 여인', 나하고 우리 집사람은 그 학교 여선생을 '슬픈 여인'이라 부르는데, 그 여자는 신문할 필요도 없게 되는 증거야. 여자들은 자기 옷의 치수를 머릿속에 지니고 다니며, 자기 옷 만드는 데 드는 천의 크기는 적어놓지 않아도 외운다는 사실을 알겠지? 하지만 여자가 남자보고 옷감을 사다 달라고 부탁했다든지, 혹은 남자가 여자에게 선물을 해서 놀라게 하려 했을 때는 말일세……"

메그레는 테이블 위에 놓인 〈라 모드 뒤 주른(오늘의 유행)〉이라는 잡지를 손으로 가리켰다.

메그레는 말했다. "난 내기라도 할 용의가 있네. 모슬레 부인이 사고 싶어한 유형이 반드시 이 책에 나와 있다고 말일세. 모슬레 부인은 그걸 보고 남편과 드레스 만들 천 얘기를 했을 거야……. 남편은 얘기를 듣고 부인을 놀라게 해주려고 치수를 적어 두었을 거고, 남편은 부인이 돈이 있기 때문에, 즉 아노 도르 호텔을 가지고 있기 때문에 부인에게 각별히 잘 보일 필요가 있었던 거지. 모슬레 부인이 그 사람을 남편으로 고른 것은 집안에 남자가 있어야겠기 때문이었고, 물론 뒤늦게 낭만적인 연정이 생겼는지도 모르지만. 그러나 그 여자는 남편을 엄격히 감시해야 했네. 그래서 항상 감시의 눈을 게을리하지 않았지. 그런데 남편이 이왕이면 옛날에 알던 사람네 여관에 묵자고 해서 와보니 마드무아젤 오타르가 역시 과거에 빌콤투아에서 산 일이 있었던 그 불행한 여자를 데리고 있었던 거야……."

밖은 아직도 비가 오고 있었다. 빗방울이 유리창 밖에 하염없이 떨어지고 있었다. 검은색 비옷을 입은 사람이 벽을 따라 길을 지나가는 모습이 이따금씩 보였다.

"이건 내가 관여할 일이 전혀 아니었네, 그렇지 않은가?"

메그레는 말을 계속했다.

"그런데 나는 어제 저녁에 그 아가씨들한테서 이 집의 잔이라는 여자에 대해 좋은 얘기를 별로 못 들었네. 착한 여자가 아니었거든. 타고난 불운을 저주하는 심술궂은 여자였지. 그래서 남자를 증오했네. 자기가 불행해진 것을 남자들 탓으로 돌리고, 남자가 걸려들기만 하면 바가지를 씌웠네. 그 여자는 그 댄스홀에 출입하고 춤을 즐기고 나서 남자와 같이 자곤 하던 몇 명 안 되는 여자 가운데 하나였으니까……. 럼주 몇 잔 마시면 머리가 돌지 모르지만 당신이 생각하는 것처럼 그렇게까진 돌지 않아……."

형사부장은 그날 아침 메그레가 나타났을 때 자기가 조롱하는 것 같은, 거만한 눈초리를 던졌던 것을 기억해내고 겸연쩍은 얼굴을 했다.

"이제 혼자서도 어떤 일이 일어났었는지 알 수 있겠지……. 잔은 고향에서 살 때 이 모슬레라는 사람의 내연의 처였다는 것이 밝혀질 걸세. 또한 성깔이 보통이 아닌 모슬레라는 사람이 잔이 여기까지 데리고 온 아이의 아버지라는 것이 밝혀질 거야. 그리고 잔이 모슬레에게서 받은 거라고는 분명 1000프랑이나 100프랑짜리 지폐가 아닌 주먹질이었을 거라는 사실도 밝혀질 거고……. 그런데 그 모슬레라는 사람이 갑자기 돈을 무더기로 가지고 있는 암고양이같이 질투심 많은 여자와 나타났으니……. 그러니 그여자는 어떻게 행동했겠나?"

"협박했겠죠."

형사부장은 한 방 얻어맞은 듯 한숨을 푹 쉬며 대답했다.

메그레는 파이프에 또다시 세 번째 담배를 담고 불을 붙인 다음 중얼거렸다.

"맞아. 보나마나 뻔한 일일세. 그 여자는 협박한 거야. 그러자 남자는 사랑하는 사람이 아니라 밥주머니를 잃게 될 판이라……."

이렇게 말하며 메그레는 식당 문을 열었다. 식당 안에는 사람들이 여전히 치과의원에 와서 차례를 기다리는 것처럼 얌전히 기다리고 있었다.

"쥘 모슬레 씨, 당신 이리 좀 와요."

메그레는 담배를 말고 있던 모슬레를 달라진 목소리로 불렀다.

"왜?"

"빨리 들어와요."

메그레는 이어 키가 거의 185센티미터나 되는 경관을 보고 "당신도 이리 들어오고……" 했다.

메그레는 형사부장을 쳐다보고 "저런 친구는 항상 조심해야……"

하는 눈짓을 보냈다.

 모슬레는 전보다 훨씬 공손해져 있었다. 혹시 주먹이라도 날라올까 봐 두 손을 금세 얼굴에 갖다댈 자세를 하고 있었다.

 메그레는 빨리 그 장소에서 빠져나가고 싶은 생각이 간절했다. 문 저쪽에서 여자들이 이쪽에서 음성이 높아지는 것을 듣고 일제히 일어서서 항의하며 웅성거렸다.

 메그레는 창밖을 내다보고 섰다. 그는 뉴헤이번행 기선이 아마 두 시에는 떠나겠지 하고 생각했다. 이내 그는 이상한 호기심이 일었는데, 조만간 한번 기회를 봐서 빌콤투아나 가봐야겠다는 생각을 했다.

 그는 이어 누군가가 어깨를 두드리는 것이 느껴졌지만 뒤돌아보지도 않았다.

 "그래, 잘돼 가오?"

 메그레가 물었다.

 "그 친구가 고백했습니다."

 메그레는 창문을 바라보며 한참 동안 그대로 서 있을 수 밖에 없었다. 형사부장이 자기의 미소를 보지 못하게 하기 위해서.

 가끔은 너무 약은 것같이 보이지 않는 것이 더 나을 때가 있는 법이니까.

WMA 최우수상에 빛나는 데안드리아, 25개 필명으로 400여 작품 쓴 시므농

MWA(Mystery Writers of America, 미국 미스터리작가협회) 최우수 신인상, 최우수 페이퍼백상, 최우수 평론가상에 빛나는 작가 W. L. 데안드리아(DeAndrea, William L., 1952~1996).

뉴욕 주 포트체스터에서 태어난 데안드리아는 미스터리 팬에서 출발하여 마침내 자신도 작가가 된 전형적인 타입으로, 12살에 읽었던 《엘러리 퀸의 모험》이 미스터리물에 빠지게 된 계기가 되었다고 한다. 고교시절에는 신문에 기사를 써서 용돈을 벌었고 시러큐스 대학에서는 작가를 꿈꾸며 매스컴학을 전공하지만 막상 현실은 그리 녹녹치 않았다. 그는 졸업 후 공장에서도 일했고, 1972년 세계 최초로 문을 연 미스터리 전문점 '마더 잉크'에서도 4년간 근무했다. 1984년에 결혼한 오레니아 파파조글루(Orania Papazoglou)를 만난 것도 이 '마더 잉크'에서였다. 만년은 불치병에 걸려서 필력이 눈에 띄게 떨어져 그의 존재는, 제인 하덤(Jane Haddam)이라는 필명으로 굵직굵직한 본격 미스터리(엘러리 퀸을 방불케 한다는 평가도 받았다)로 인기를 모으던 부인의 그늘에 완전히 가려져 버렸다.

천재탐정 니콜로 베네데티 교수가 활약하는 《호그 연쇄살인(1979년)》은, 퀸에 대해서는 모르는 게 없다는 자부심으로 퀴즈 프로그램에도 출연한 적이 있을 만큼 열렬한 팬이었던 데안드리아의 뜨거운 열정이 마침내 결실을 맺은 미스터리 황금시대풍의 퍼즐러로, 연쇄살인으로 점차 패닉 상태에 빠져드는 시민들의 모습이 퀸의 《꼬리 아홉 달린 고양이(1949년)》를 연상시킨다.

눈보라가 휘날리는 뉴욕 주의 한 지방 도시 스파터에서 볼트와 고정쇠가 잘려나간 게시판이 달리는 차 위로 떨어지면서 차에 타고 있던 여고생 2명이 사망하는 사건이 발생한다. 이 사건을 시작으로 사고로 위장한 살인이 꼬리에 꼬리를 물고 일어난다. 피해자들을 한데 묶을 수 있는 공통점이라고는 찾을 수도 없는데, 범행이 일어날 때마다 첫 사건을 목격한 신문 기자 테이섬 앞으로 '호그(HOG)'라 자칭하는 범인이 경찰의 수사를 조롱하듯 도전장을 보내온다. 이곳에서 사립 탐정업을 하고 있던 베네데티 교수의 제자 론 젠트리로부터 부디 도와달라는 요청을 받고 뉴욕 시에서 베네데티 교수가 찾아온다. 그는 이탈리아인 철학자로 학문적 연구 대상으로 삼기 위하여 사건을 분석하고 추리해 나가면서 범인을 찾아낸다.

범인이 치밀하게 살인을 사고사로 위장하는 이유가 이 사건의 핵심인데, 독자들의 맹점을 찌른 의외성이 이 작품에서 가장 돋보이는 점이다.

《꼬리 아홉 달린 고양이》에서 '고양이'라고 자칭하는 살인귀가 무더운 뉴욕 시를 모두 덜덜 떨게 만든 것처럼, 눈보라와 연쇄살인이 일으킨 시민들의 패닉 상태를 묘사한 작가의 비상한 정성과 재능이 이 작품을 열광적으로 지지하게 만드는 요소라 할 수 있을 것이다.

베테딕티 교수와 론 젠트리가 13년 만에 부활한 《울프 연쇄살인(1992년)》은 '꿈이여, 다시 한번'이라는 독자들의 가녀린 희망마저

무참하게 짓밟는 형태로 끝을 맺었다. 여기에서는 미국을 벗어나 이제 프랑스의 대부호가 주최하는 국제과학 올림피아드가 개최되고 있는 알프스 산속 리조트 타운이 무대가 되었다. 벌써 설정 자체에 이미 무리가 있는 데다 한층 더 치명적이었던 것은 늑대 사나이로 짐작되는 범인의 연쇄살인이라는 취지를 살릴 수 있는 별다른 분위기가 조성되어 있지 않아서, 늑대 사나이의 존재가 사건과는 별개로 외롭게 떠돌면서 어설픈 미국 코믹 잡지를 읽고 있는 듯한 느낌을 주게 되었다.

MWA 최우수 신인상을 수상했던 《시청률 살인(1978년)》은 미국 뉴욕에 본사가 있는 TV 방송국 트러블처리센터, 즉 특별기획부를 총괄하는 부사장 맷 콥 시리즈 제1편으로 현대적이면서도 세련된 미스터리소설이다. 여기서 콥은, 사장을 의식불명이라는 중태에 빠뜨린 자동차 사고에 관한 정보가 있다고 하는 전화를 받고 지정된 호텔방으로 찾아간다. 그러나 그곳에서 나이프로 살해된 사체를 발견하고 망연자실하는 중에 누군가로부터 갑자기 머리를 얻어맞고 그대로 의식을 잃고 만다. 사건을 담당하게 된 경찰관이 마침 콥의 코흘리개 친구인 코니리어스 마틴 주니어 경감보좌였지만 그렇다고 해서 콥이 가장 중요한 용의자라는 사실에는 조금도 변함이 없었다. 뒷부분에 이르면 TV 방송국에 관계자 전부를 불러모아서 퀸을 방불케 하는 사건 추리와 함께 그림 설명이 곁들여지는데, 교묘하고도 현대적인 트릭이 근사하다.

《Killed in the Act(1980년)》는 콥이 근무하는 TV 방송국의 개국 50주년을 축하하는 이벤트에 얽힌 이야기인데, 유명 여배우의 행운의 마스코트라고 부를 만한 볼링공과 방송국 자료실에 소장되었던 1952년도 필름이 도둑맞는 기이한 사건이 연속적으로 발생하면서 사건이 전개된다. 엎치락뒤치락하며 반전에 반전을 거듭하는 장면들은 전작에서 볼 수 없던 색다른 매력이지만 그 결말이 너무 멜로드라마다운 점은 아쉽다.

이 다음 작품은 퀸이 주특기로 하던 죽은 희생자의 마지막 메시지가 던지는 수수께끼에 도전하는 콥을 그린 장편《살인 아이스 링크(1984년)》인데, 스케이트 링크에서 발견된 정신과 의사의 피투성이 시체가 꼭 움켜쥐고 있던 성조기에 대한 비밀을 풀어나가는 전개이다. 하지만 완성도는 좀 떨어지는 편이다.

종합적으로 따져보아 모두 수준 이상의 작품임에도 어쩐지 100퍼센트 만족감이 느껴지지 않는 것이 데안드리아의 장편들에서 느껴지는 공통점인데, 역사소설《핑크 엔젤(1980년)》이나《5시의 벼락(1982년)》또한 예외가 아니다. 둘 다 본격적이라는 말보다는 서스펜스 터치의 장편으로, 19세기 말 뉴욕이 무대가 되는《핑크 엔젤》에서는 대통령이 되기 전의 루스벨트가 탐정역으로 활약하고 있으며, 1950년대의 야구장을 무대로 한《5시의 벼락》에서는 뉴욕 양키즈의 명선수 미키 맨틀도 등장한다. 다루는 소재가 어느 것 하나 흠잡을 데가 없이 화려하다.

이밖에도 작가에게는 작품별로 다른 이름으로 등장하는 '이름 없는 비밀공작원'이 활약하는 스파이 스릴러가 있고, 변호사 출신의 신문기자 로보 블랙과 삼류작가 크윈 북커가 콤비를 이루는 액션물인 소프트보일드 시리즈가 있다.

데안드리아가 미스터리 매니아다운 면모를 발휘하여 MWA 최우수 평론가상을 수상한 책《Encyclopedia Mysteriosa(1994년)》는 미스터리의 전반적 지식을 습득하는 데에는 더할 나위없이 좋은 입문서라고 할 수 있다.

장편소설의 황금기라 할 수 있는 1930년대는 수많은 천재적 탐정들이 활개를 치던 시대였다. 뛰어난 추리력만으로는 눈길을 끌 수 없다고 생각한 작가들은 보통 사람들과는 뭔가 다른 특징을 소유한 주인공들을 창조해내기 위해 노력해야 했다. 그 결과 주인공들 대부분이 기인(奇人)이 될 수밖에 없었다.

비슷한 시기, 영어권과는 조금 다른 스타일이지만 나름대로 프랑스에서 독특한 주인공이 등장한다. 메그레가 바로 그 인물인데 그의 독특함은 소설 속에서 흔히 볼 수 있는 천재 탐정들과는 달리 주변에서 흔히 볼 수 있는 평범함에 있다.

엘러리 퀸의 말에 따르면 메그레 경감은 '인내심과 노력의 화신이며 불독같이 고집스런 인물이고 사냥터의 블러드하운드 같은 집요한 추적자다. 끊임없이 파이프 담배를 피워대며, 자신의 기민하고 지능 높은 두뇌를 짐짓 평범한 외관으로 감추어 버린다. 그는 때로는 곰같이 난폭하고 때론 센 강만큼 평온하다. 때로는 안달하고 분노하고 참을성 없이 투덜거리는 파리만큼이나 큰 심장의 소유자다.'

평범한 삶을 살았던 메그레 경감과는 달리 시므농의 생애는 매우 드라마틱했다. 시므농과 메그레는 파이프 담배와 술을 즐겼다는 점에선 공통점이 있지만, 여자라고는 조강지처뿐이었던 메그레와는 달리 시므농은 여러 차례 결혼했으며 여자 관계도 복잡했다. 1984년 발간된 자서전 《내밀한 기억》에 생생하게 묘사된 것처럼 많은 물의를 일으킨 삶을 살았다. 그의 걸작 《사나이의 목》《황색의 개》가 한국에 번역되어 사랑을 받고 있다.

25개의 필명으로 400여 편을 써내, 전 세계적으로 70억 부 이상 판매된 소설의 작가 시므농은 이렇게 말한다.

'나는 위대한 소설가가 아니라 많은 작품을 쓴 소설가다.'

그의 집필관이 엿보이는 겸손함에도 불구하고, 특히 미스터리소설 분야에서 뛰어난 작가라는 것은 의심의 여지가 없다.